HEYNE

Christoph Marzi

Fabula

Roman

Originalausgabe

Wilhelm Heyne Verlag
München

FSC
Mix
Produktgruppe aus vorbildlich
bewirtschafteten Wäldern und
anderen kontrollierten Herkünften

Zert.-Nr. SGS-COC-1940
www.fsc.org

Verlagsgruppe Random House FSC-DEU-0100
Das FSC-zertifizierte Papier *München Super*
für Taschenbücher aus dem
Heyne-Verlag liefert Mochenwangen Papier.

Originalausgabe 12/2007
Redaktion: Uta Dahnke

Printed in Germany 2007
Umschlaggestaltung: Nele Schütz Design, München
Umschlagillustration: Dirk Schulz
Karte: Andreas Hancock
Satz: Christine Roithner Verlagsservice, Breitenaich
Druck und Bindung: GGP Media GmbH, Pößneck

ISBN: 978-3-453-52327-2

www.heyne.de

Für Stephan Marzi

Time is an ocean
but it ends at the shore.

BOB DYLAN, *Oh, sister*

Erstes Kapitel

in dem wir von Mr. Darcy,
einer Verwechslung, zwei Anrufen,
warmem Regen und noch anderen Dingen,
die wichtig sind, erfahren
(aber nicht unbedingt in dieser Reihenfolge)

Die meisten Lügen sind wahr und spinnen sich von ganz allein, kaum jemand kannte diese Wahrheit besser als Colin Darcy. Wenn man erst einmal der Melodie der Worte zu lauschen beginnt, dann pfeift man sie bald selbst. Und wenn Lügen wie kunstvolle Lieder sind, dann gehörte Helen Darcy, Colins Mutter, zu jenem seltenen Menschenschlag, der allzeit eine beschwingte Melodie auf den Lippen trägt.

Dessen eingedenk hatte Colin Darcy seinen Heimatort und alles, was ihn mit Vergangenheit, Familie und den Liedern von einst verband, hinter sich gelassen. Nicht ein einziges Mal hatte er zurückgeschaut, nein, nicht wirklich. Seit sieben Jahren schon war er nicht mehr in Ravenscraig gewesen, dem Anwesen nahe Portpatrick, eine Ewigkeit und mindestens drei neue Leben lang.

Danny, sein kleiner Bruder, lebte irgendwo jenseits des Atlantiks, rief nie an, schrieb weder Briefe noch Mails, nichts. Am Ende hatten sie alle das Haus ihrer Kindheit verlassen, weil Helen Darcy noch immer dort lebte. Die beiden Jungs hätten auch jeden anderen Ort auf der Welt verlassen, wenn Helen Darcy an jedem anderen Ort der Welt gelebt hätte, da war sich Colin Darcy sicher.

Jetzt lebte Darcy, wie ihn seine wenigen Freunde nannten (oder Mr. Darcy, wie er von seinen Kollegen und Studenten gerufen wurde – was er, nebenbei bemerkt, überdies gar nicht mochte, weil es klang, als sei er ein alter Mann), in London.

»Bist du sicher, dass du wirklich dorthin ziehen willst?« Eigentlich war es keine Frage gewesen. »Du wirst allein in London leben«, hatte Helen Darcy ihn gewarnt, als sie ihm einen Besuch in Cambridge abgestattet hatte. »Du wirst kaum mehr zu Hause sein.«

»London wird mein Zuhause sein.« Colin hatte seine Mutter weder eingeladen noch um ihre Meinung gebeten. Sie war einfach vor der Tür seiner Studentenbude aufgetaucht, als er gerade dabei war, sein Hab und Gut in Umzugskisten zu verpacken.

»Du hast noch nie in einer so großen Stadt gelebt.«

»Ich habe die letzten Jahre in Cambridge gelebt.« Er hatte ihr einen Tee angeboten, was höflich gewesen war, nicht mehr.

»Cambridge ist ein kleines Nest.«

»Mutter!«

»Du bist noch so jung, Colin.«

Entnervt hatte er das Gespräch beendet: »Ab nächster Woche bin ich Assistenzprofessor an der London Business School. Ich bin alt genug.« Er hatte sich gefragt, warum seine Mutter überhaupt zu ihm gekommen war.

Helen Darcy machte ein Gesicht, das bekümmert wirken sollte, es aber nicht tat. »Ich werde mich allein fühlen.«

»Wirst du nicht.« Gedacht hatte er nur: und wenn schon!

Dann hatten sie noch gemeinsam zu Mittag gegessen, und danach war Helen Darcy von ihrem Sohn zum Bahnhof gebracht worden. Er hatte sie nur deswegen bis zum Bahnsteig begleitet, weil er sichergehen wollte, dass sie auch wirklich verschwand.

Einen Tag später war er nach London gezogen und hatte sein neues Leben begonnen.

Er war gegangen, wie Danny vor ihm.

Auch sein Bruder, der acht Jahre jünger und hundert Jahre lässiger war als Colin, war seit der Beerdigung nicht mehr in Ravenscraig gewesen. Das Anwesen musste immer mehr so wirken, als sei es einem Roman von Wilkie Collins entsprungen, so leer und verlassen, bewohnt nur von Helen Darcy und den beiden Dienstboten (ja, so bezeichnete sie die beiden Angestellten tatsächlich noch immer, obwohl die beiden wohl eher zu Helen Darcys Familie gehörten als ihre beiden Söhne).

Damals, als Colin Darcy sich neu in der wirtschaftswissenschaftlichen Fakultät in Cambridge eingeschrieben hatte, da war Danny bereits nach Prag gegangen. Ja, der Kleine hatte schon immer ein rastloses Gemüt sein Eigen nennen dürfen. Mit seiner Gitarre (dem wohl einzigen Gegenstand, den er aufrichtig und von ganzem Herzen liebte) war er zuerst einmal nach Paris entschwunden, wo er sich als Straßenmusikant in Montmartre und am Boulevard Saint Michel durchzuschlagen gedachte, und dann später in Prag gestrandet, wo es, zumindest laut Danny, die letzten Bohemiens und die geilsten Weiber Europas gab.

Sie hatten hin und wieder telefoniert, spätabends: Colin am Schreibtisch, der übersät war mit Büchern und Magazinen, die ihn in die Welt der ökonomischen Modelle einführten, Danny irgendwo in einem Club in Prag, wo Gitarrenrock im Hintergrund geschrammelt wurde, sodass man kaum verstehen konnte, mit welcher hübschen Tschechin Danny Darcy nun schon wieder durch welche Kneipen gezogen und was-auch-immer angestellt hatte. Die spärlichen Telefonate waren allesamt kurz und knapp gewesen, und wenngleich Colin auch zu spüren geglaubt hatte, dass sein Bruder gern mit ihm redete, so war doch eine gewisse Distanz und Kälte zwischen den Worten greifbar gewesen, etwas, was sich Colin nicht hatte erklären können.

Zur Beerdigung ihres Vaters waren die beiden Söhne dann nach Portpatrick zurückgekehrt. Colin Darcy mit dem Zug aus Cambridge, Daniel Darcy mit dem Flugzeug aus Prag.

Sie waren zum Hafen gefahren und hatten an den Kais gesessen, dort, wo die Fischer ihren Tagesfang in Kisten stapelten, wo es nach Krabben, Makrelen und Schollen stank, ein Geruch, den sie noch von früher kannten und der sich in der Abendbrise mit dem Geruch nach Moder, Fäulnis und Schlick verband, den die Flut vor sich hertrieb, wenn die Ebbe klein beigab. Danny hatte geraucht, Colin nicht.

Sie hatten geredet, über unwichtige Dinge nur.

Später geschwiegen.

Und am nächsten Tag waren sie dann zum Galloway Graveyard gefahren, zur Beerdigung ihres Vaters.

Danach hatten sich ihre Wege endgültig getrennt.

Danny war von Prestwick aus nach Luton geflogen und zwei Tage später dann von Heathrow über Bangor nach New York, mit einem Greyhound weiter westwärts, wie die Helden in den Filmen, die sich die Brüder als Kinder angeschaut hatten (Filme mit Audie Murphy, Gregory Peck, Randolph Scott, Kirk Douglas, Ernest Borgnine, Dean Martin, James Stewart und – natürlich! – John Wayne).

Vor einem Jahr schließlich hatte Colin Darcy entdeckt, dass Danny eine CD aufgenommen hatte. Mit einer kleinen Band namens »Dylan's Dogs«, deren Leadsänger er war, hatte er Songs von Pete Seeger eingespielt. Eher zufällig war Colin auf das Album gestoßen, als er wahllos in einer Ecke des Virgin Megastores am Piccadilly Circus, wo sich die Independent-Titel befanden, nach Neuigkeiten gestöbert hatte. Dort wurde die CD als »Joshua Walkers Tipp des Tages« angepriesen (wobei Joshua Walker niemand Geringerer war als der zuständige Verkäufer in dieser abgelegenen Ecke des riesigen Virgin Megastores).

Colin Darcy hatte still vor dem Regal gestanden und das Cover der CD betrachtet, das Danny (in Jeans, Flanellhemd und mit Sonnenbrille, bärtig, die uralte Gitarre haltend) mit vier ländlich lässig posierenden Typen (alle in abgewetzten Jeans, Flanellhemden und mit ihren Instrumenten: Bass, Trompete, Akkordeon, Schlagzeug) und einer blonden Frau mit hübschen Augen und mit Geige (Soozie Sutcliffe) zeigte.

Er kaufte die CD und fuhr mit der U-Bahn zurück zum Regent's Park. Im Büro bedurfte es nur eines kurzen Besuchs bei google.com, um die Homepage der Band ausfindig zu machen und zu erfahren, dass Soozie Sutcliffe eigentlich Soozie Darcy war und gemeinsam mit ihrem Mann irgendwo im mittleren Westen in einem kleinen Haus auf dem Land lebte.

»Du hasst große Häuser also noch immer«, hatte Darcy dem Bildschirm zugeflüstert und nach einer Weile hinzugefügt: »Wie ich.«

Es gab ein Kontaktformular auf der Homepage.

Colin Darcy hatte an seinem Kaffee genippt und den Bildschirm ausgeschaltet. Er hatte keine Nachricht hinterlassen. Was hätte er auch schreiben sollen?

»Ich wünsch dir Glück, kleiner Bruder«, hatte er geflüstert.

Das war alles gewesen.

Er hatte nicht einmal Helen Darcy davon in Kenntnis gesetzt, dass ihr jüngster Sohn in Amerika geheiratet hatte.

Warum auch?

Er war zur Tagesordnung übergegangen, das konnte er gut. Sich mit Arbeit abzulenken war schon immer eine seiner Stärken gewesen. Er stürzte sich auf die Fallstudie, die er gerade schrieb, telefonierte mit Kollegen, sah sich die Forschungsergebnisse zum fünften Mal an diesem Nachmittag an, trank Unmengen von Kaffee und schaute viel zu oft und viel zu nachdenklich aus seinem Fenster hinaus auf den Regent's Park, wo sich die Wipfel der Pappeln sanft im Wind wiegten.

Seit sieben Jahren arbeitete er nun in dem riesigen, altehrwürdigen Gebäude, das die London Business School beherbergte. Sein Büro befand sich im ersten Stock des Sainsbury Buildings am Sussex Place, direkt am Regent's Park.

Nach dem Studium war er, nach einem äußerst kurzen Intermezzo am Lehrstuhl seines ehemaligen Professors und Doktorvaters, nach London umgezogen und bekleidete seit jenem Zeitpunkt die Stelle eines Assistenzprofessors am neuen Lehrstuhl für »Dynamik und Makroökonomie« an der London Business School.

Dr. Malcolm H. Simon, der Inhaber des Lehrstuhls, hatte einige der Artikel gelesen, die Colin Darcy in Cambridge geschrieben hatte und die, natürlich, unter dem Namen seines dortigen Professors veröffentlicht worden waren.

»Andrew Cave«, hatte Malcolm Simon in Darcys Vorstellungsgespräch betont, »ist ein Trottel, der noch nie einen sinnvollen eigenen Satz zu Papier gebracht hat. Im Studium haben wir ihn immer nur den Igel genannt.«

Darcy, der vorsichtig war, wenn es um Humor ging, hatte nur bemerkt: »Ach, ja?!«

»Hat sich immer zusammengerollt und tot gestellt, sobald es richtige Arbeit gab.« Malcolm Simon hatte breit gegrinst. »Keine Ahnung, wie er es bis nach Cambridge schaffen konnte, vermutlich Beziehungen.« In seiner für die London Business School höchst unkonventionellen Kleidung (allzeit schwarze Jeans und schwarzes T-Shirt) wirkte er eher wie ein Rockstar als wie die Kapazität auf dem Gebiet der angewandten Chaosforschung. »Sie, Mr. Darcy, kamen als Einziger als Autor der letzten beiden Artikel, die der Igel im *Economist* veröffentlicht hat, in Frage. Deswegen sind Sie hier. Sie sind gut. Und ich würde mich glücklich schätzen, wenn ich Sie in mein Team aufnehmen dürfte.«

Darcy hatte versucht, neutral auszusehen.

»Geben Sie schon zu, der Igel ist ein fauler Sack.«

Zögerlich hatte Colin Darcy genickt.

»Schlagen Sie ein?«

Das Lächeln, das sich auf Colin Darcys Gesicht ausgebreitet hatte, war nicht gespielt gewesen. Dies hier war der Schritt, auf den er gewartet hatte. Dies war seine Eintrittskarte in ein neues Leben fernab seiner schottischen Heimat.

»Willkommen auf der *Pequod*«, hatte ihn Malcolm Simon begrüßt und gegrinst.

Natürlich hatte Colin Darcy eingeschlagen.

Er hatte sein Ziel erreicht. Er war im Zenit der ökonomischen Welt angelangt. Außerdem pflegte der Lehrstuhl die Zusammenarbeit mit einem Institut, das in der Unternehmensberatung tätig war, und der Kontakt von Theorie zu Praxis war genau das, wonach Colin gesucht hatte. Eine Arbeit, die auf Fakten beruhte.

Ja, er hatte eingeschlagen.

Er hätte sogar mit Blut unterschrieben, damals.

Und seit jenem Tag hatte sich sein Leben verändert, eindeutig zum viel, viel Besseren.

Brücken hinter sich abzubrechen hatte Darcy noch niemals Mühe bereitet. Es war das, was ihm passierte, wenn er das Leben, das er führte, von der Leine ließ.

Jetzt lebte er in Hampstead Heath, in einem gemütlichen Apartment mit Blick auf den Park, wo er hin und wieder joggen ging (und weitaus öfter nur herumspazierte). Er liebte die kleinen engen Gassen mit ihren alten, an die Zeiten eines Charles Dickens erinnernden Fassaden, an denen sich Efeu und Blumen emporrankten.

Er besaß einen Flachbildschirm und eine Sammlung von DVDs, die eine ganze Regalreihe vereinnahmte: alle Filme von Alfred Hitchcock, dazu die besten von Howard Hawks, William Wyler, nicht zu vergessen die uralten Streifen mit Cary Grant, Katherine Hepburn, Eva Marie Saint, James Stewart, Sean Connery ... und (natürlich!) Michael Caine.

»Du gehörst in eine andere Zeit, Colin.« Das war Shilas Meinung dazu.

»Ich weiß.«

Shila Friedman aus Milton Keynes war Anwältin in der City und das, was man in den alten schwarz-weißen Filmen womöglich als Colin Darcys Verlobte bezeichnet hätte. Sie war diejenige, mit der er sein Leben teilte. Sie mochte die alten Filme zwar nicht, dafür aber mochte sie Colin Darcy. Sie mochte seine dunklen Locken, seinen Hintern, seinen Humor. Was sie nicht mochte, waren seine Koteletten.

»Sie sind zu buschig«, pflegte sie zu sagen. »Manchmal siehst du aus wie jemand, der in einem Buch von Jane Austen gelebt hat.«

»Ich mag meine Koteletten«, stellte er fest.

»Ich nicht«, beharrte sie auf ihrer Meinung.

»Pech.« Colin Darcy war niemand, der viele Worte verlor. Die braunen Augen konnten kalt sein, wenn es sein musste. Sie waren es nicht oft, aber manchmal.

Wenn es sein musste.

Bei Shila musste es manchmal sein, dass sie kalt waren.

Shila Friedman war Spezialistin für Patentrecht, und das, was es ihr angetan hatte, war die Gentechnologie. »Das unentdeckte Land unserer Zeit«, pflegte sie zu sagen. Sie redete gern über ihre Fälle, sie liebte ihre Arbeit, und sie liebte es noch mehr, die Bedeutung ihrer Tätigkeit für die Kanzlei, für die sie arbeitete, zu beschreiben. Colin Darcy hatte sich schon früh dabei ertappt, dass er, wenn sie ihm von der Kanzlei, den Fällen, dem Lob und der Bewunderung, die ihre Kollegen für sie übrighatten, erzählte, kaum zuhörte und sich stattdessen fragte, ob er es ohne Schirm bis zur nächsten Haltestelle schaffen würde, ohne nass zu werden, ob ihm die Arbeit an dem neuesten Artikel über die Beschaffenheit sich nichtlinear verhaltender Haushalte leichter von der Hand gehen würde, wenn er einige Variablen in der Programmierung aus dem Modell nehmen würde.

»Hörst du mir zu?«

»Nein.« Colin Darcy hasste es zu lügen.

»Das ist nicht nett.«

Darüber hinaus hasste es Colin, wenn Shila »Das ist nicht nett!« sagte.

»Ich mag es nicht, wenn du mir nicht zuhörst.«

»Entschuldige«, sagte er dann immer und fragte sich, warum er mit jemandem zusammen war, der so war wie Shila Friedman. Sie hatten sich auf der Party eines Kollegen kennengelernt (Arthur Sedgwick, den Colin gut und gern als seinen besten Freund in dem Leben, das er jetzt lebte, bezeichnen konnte) und waren seitdem ein Paar, weil manche Menschen, die sich auf Partys kennenlernen, eben ein Paar werden.

Irgendwie.

Das, dachte Colin Darcy oft, ist Systemtheorie. Genau das waren die Muster, die man in zufälligen Ereignissen erkennen konnte, wenn man lange genug danach suchte. Das war es, was er erforschte. Und Arthur Sedgwick, der die wirklich großen Unternehmen betreute und sich einen äußerst guten Namen als Berater im Marketing und in der Verhaltensforschung gemacht hatte, Arthur Sedgwick, der gleichzeitig mit Colin aus Cambridge nach London gekommen war, jener Arthur Sedgwick, der so war, wie Colin gern gewesen wäre, hatte ihn seit Wochen bei einem Projekt um Unterstützung gebeten, das bald schon vor dem Abschluss stand.

»Was gefällt dir an mir am meisten?«, hatte Shila damals, kurz nachdem sie einander kennengelernt hatten, wissen wollen.

»Deine Fragerei«, war seine Antwort gewesen.

»Du bist so ehrlich«, hatte sie entgegnet. »Das mag ich an dir.«

Na immerhin, hatte Colin gedacht.

Und sich gefreut.

Wie gesagt: damals.

Was Shila Friedman sonst noch mochte, das fand Colin in den ersten Monaten ihrer Partnerschaft schnell heraus, war gutes Essen im East End, experimentellen Jazz, ihr eigenes Spiegelbild, bevor sie die Wohnung verließ, Manchester United, wenn sie die Meisterschaft gewannen, schnellen Sex im Stehen an Orten, die Colin Darcy nervös machten, Tony Blair, ihren Namen in den Zeitschriften *Case Closed* und *Copyright Revisited*, Jude Law und moderne Gemälde mit Kreisen, Ecken und Strichen (und das alles nicht unbedingt in dieser Reihenfolge).

Was Shila Friedman nicht mochte, war Fastfood, Menschen, die das Gleiche trugen wie sie selbst, alle Arten von Hunden (ohne Ausnahme), ihr eigenes Spiegelbild kurz nach dem Aufstehen, Menschen, die Spaß hatten, Colin Darcys Koteletten, die M25, den Stadtteil Islington, das Gedränge in der U-Bahn, Emma Thompson und definitiv alle Menschen, die sie nicht beachteten, wenn sie einen Raum betrat, und darüber hinaus noch die Enten im Hyde Park.

Trotzdem ...

Shila Friedman aus Milton Keynes gehörte jetzt seit einiger Zeit schon zu Colin Darcys Leben. Sie gehörte zu ihm, wie die London Business School zu ihm gehörte und Arthur Sedgwick mit seiner Familie; genauso sehr, wie Helen und Archibald Darcy, seine Eltern, Danny und Ravenscraig seit einigen Jahren nicht mehr zu ihm gehörten.

Shila Friedman war der Mensch, der immer da war. Sie war zugegen in Form von Telefonaten, Mails oder SMS, allzeit bereit, sozusagen. Mit der Zeit hatte Colin sich auch daran gewöhnt.

Entweder sie verbrachten die Nächte in seinem kleinen Apartment in Hampstead Heath, oder Colin Darcy übernachtete in ihrer geräumigen und modernen Wohnung drüben in Aldwych.

Eine gemeinsame Wohnung zu beziehen war ihnen aber bisher noch nicht gelungen.

Allein darüber nachzudenken erschien Colin Darcy als unsinnig.

Helen Darcy und Archibald Darcy hatten in einem riesigen Haus gelebt und waren einander so fremd gewesen, wie Eheleute es nur jemals hatten sein können.

Danny und Colin war schon sehr früh aufgefallen, wie schwer es ihren Eltern selbst in Ravenscraig gefallen war, einander aus dem Weg zu gehen.

»Glaubst du, dass sie sich lieb haben?« Danny war keine acht Jahre alt gewesen, als er seinem Bruder die Frage gestellt hatte.

Und Colin, der schon damals ehrlich gewesen war, hatte geantwortet: »Keine Ahnung.«

Wie auch immer, allein der Gedanke, dieses oder ein ähnliches Spiel in einem kleinen Apartment spielen zu müssen, war unerträglich für Colin. Er wusste nicht, was eine Beziehung wirklich ausmachte. Bei seinen Eltern war es die Ruhe zwischen den Stürmen gewesen, die den Kindern das Atmen erlaubt hatte.

Und bei Shila? Sie hatten sich aneinander gewöhnt. Sie kannten einander gut.

Im Übrigen stellte sie die Frage, die Colin weder hören noch beantworten wollte, in durchaus regelmäßigen Abständen wieder und wieder, so auch an jenem Tag, an dem sich alles, aber auch wirklich alles (und darüber hinaus noch etwas mehr) in Colin Darcys Leben ändern sollte.

»Lass uns essen gehen«, hatte Shila vorgeschlagen.

So fing es an.

Dieser Vorschlag, für sich allein genommen, war noch nicht verdächtig gewesen.

Ihre Zutraulichkeit schon.

Sie hakte sich normalerweise auf der Straße nie bei Colin ein, und sie neigte auch nicht dazu, ihren Kopf an seine Schulter zu legen, nicht in der Öffentlichkeit. Sie war jemand, den manche Menschen auf der Straße erkannten, und sie hatte ein Image, das ihr wichtig war. An diesem Abend tat sie es.

»Ein Jurist«, pflegte sie zu sagen, »ist nur so viel wert wie sein Image.« Dass sie gerade an diesem Abend nicht nach ihrem Grundsatz handelte, hätte Colin zu denken geben müssen. Da ihm die Arbeit aber seit zwei Tagen ein wenig über den Kopf wuchs, tat es das nicht.

Die Atmosphäre im urtümlichen »Le Suquet« in der Draycott Avenue war jedenfalls locker und lebendig wie immer, wenn sie dort waren, die französische Stammkneipe wie geschaffen für diesen warmen Abend.

Während draußen ein warmer Sommerregen niederging und das sanfte Rauschen wie eine leise Melodie durch die offenen Fenster in den Raum drang, verspeiste Shila genüsslich ihre Brasse in Folie, während Colin sich für die Jakobsmuscheln mit Knoblauch entschieden hatte.

Der Regen erinnerte Colin an diesem Abend an Portpatrick, und für einen kurzen Augenblick verspürte er das Bedürfnis, dorthin zurückzukehren.

Zu den kleinen Häusern, erbaut aus klobigen Steinen, sodass sie allzeit Wind und Wetter zu trotzen vermochten. Zu den Menschen mit den faltigen und ernsten Gesichtern, deren Hände schwielig und rau waren von den Tauen und dem Salz der See, das wie flüchtige Träume über dem Rauschen der Gischt schwebte. Zu den Straßen, die eng waren und sich an die Klippen schmiegten, wo jeder jeden kannte und die Einwohnerzahl nur in den Sommermonaten anwuchs, wenn sich Touristen in den kleinen Ort verirrten.

Colin Darcy hörte wie von ferne die Stimmen der Menschen, den kehligen Dialekt, der nicht Englisch und nicht Schottisch war, sondern wie die Gezeiten, so ungestüm und ehrlich und direkt wie ein Shanty aus alter Zeit.

Dass er an diesem Abend an den kleinen Hafen denken musste, verwunderte ihn lediglich.

Dass sich an diesem Abend, wie gesagt, sein gesamtes Leben verändern sollte, ahnte er nicht im Geringsten.

Dabei war das Abendessen nur der erste Stein, der langsam ins Rollen kam.

»Wir könnten uns endlich eine gemeinsame Wohnung suchen«, schlug Shila vor. »Was meinst du?« Sie hatte am Mittag die Klage eines Pharmaunternehmens abschmettern können und war bester Laune, weil ihr Mandant seit vier Stunden schon ein glücklicher Mandant war und das Patent an einem neuartigen Mittel gegen Kopfläuse sein Eigen nennen durfte.

Wenn Shila bester Laune war, dann begann sie meistens von einer gemeinsamen Wohnung zu sprechen.

»Könnten wir tun.«

Sie beugte sich zu ihm.

Der Duft ihres Parfums streifte ihn wie ein Versprechen, das leicht gemacht und dann nicht eingehalten wird. »Das ist nicht die Frage. *Sollen* wir es tun?« Ein sanftes und dennoch entschlossenes Rot ließ ihre Lippen glänzen.

»Wir *könnten* es tun.«

Sie pickte in ihrem Essen herum, etwas zu aggressiv, als dass es den Fisch auch nur annähernd gewürdigt hätte. »*Willst* du es tun? Ich meine, wir reden so oft darüber.

Du weichst mir jedes Mal aus, Colin. Ja, das tust du. Immer und immer wieder.«

»Kann sein.«

Sie legte das Besteck beiseite. »Kann sein?«, äffte sie ihn mit leiser Stimme nach. Das Besteck klimperte aufgeschreckt.

Er nickte. »Ja, kann sein.« Colin spürte förmlich, wie er sein mürrisches Gesicht aufsetzte. Es fühlte sich an, als würde die Haut zu einer Maske. Als zöge etwas die Mundwinkel nach unten und schüttete ihm gleichzeitig Eis in die Augen.

»Das ist alles?«

Colin Darcy schaute nach draußen in den Regen und dachte an die Fischerboote, die in dem kleinen Hafen von Portpatrick vertäut lagen und zu denen er so oft mit seinem Bruder gegangen war.

Als Kinder hatten sie den Booten beim Auslaufen zugeschaut und manchmal, an den Abenden, ihre Heimkehr erwartet. Er konnte sich an die Lichtkegel des Leuchtturms draußen an der Mole erinnern. Wie lange hatte er diese Bilder auch im Geiste schon nicht mehr vor sich gesehen?

Er fragte Shila: »Was willst du hören?«

Die blauen Augen funkelten ihn fordernd an. »Wie wäre es mit einem einfachen ... Ja?«

Er zuckte mit den Achseln. »Shila«, begann er, »du weißt ...«

»Ja, natürlich weiß ich, wie du darüber denkst. Es ist noch nicht der rechte Zeitpunkt.« Sie klang ungeduldig.

»Aber wenn es nach dir geht, dann ist nie der rechte Zeitpunkt.« Sie lächelte ihn plötzlich an, weil sie glaubte, dass jemand vom Nebentisch zu ihnen herüberschaute. »Es gibt immer einen Grund, der dagegen spricht.«

Im Grunde seines Herzens wusste Colin Darcy natürlich, dass sie recht hatte.

Trotzdem wollte er das ihr gegenüber nicht zugeben, es wäre zu unfreundlich gewesen. Außerdem irritierte ihn das Lächeln, das so unecht war wie die Schlagzeilen der *Sun*.

»Wir sind jetzt seit zwei Jahren ein Paar.« Sie schaute ihn an, mit diesem Blick, mit dem sie ihn auch damals auf der Party angeschaut hatte. »Ich liebe dich.« Sie beugte sich über den Tisch und ergriff seine Hand. Ihre langen Finger fühlten sich warm an. Wieder einmal fiel Colin auf, wie perfekt Shila doch war. Wie schön, wie gestylt. Selbst aus der Nähe sah sie aus wie die Frau auf der Coverseite eines Modemagazins. Schön, aber irgendwie unecht.

»Was hast du?«

»Was soll ich haben?«

»Du siehst so aus, als würdest du über etwas nachdenken.«

»Tu ich auch.«

»Und?«

»Was, und?«

Sie zog ein Gesicht. »Hey, ich habe dir eben gesagt, dass ich dich liebe.«

Er nickte und drückte ihr sanft die Hand.

Schwieg.

Sie wirkte verärgert. »Du könntest dir wenigstens Mühe geben zu lügen.«

»Nein«, sagte er schnell. »Ich habe dich noch nie belogen.«

Der harte Ausdruck in ihrem Gesicht wurde weicher. Und da war es wieder, ihr einzigartiges Lächeln. »Ach, Colm.«

Colin Darcy schaute auf.

Mit einem Mal war er hellwach, und die Gedanken waren da, wo Shila sie haben wollte, nämlich bei Shila. Sie hielt noch immer seine Hand, oder besser gesagt: Er hielt ihre Hand – je nachdem, wie man es sah.

»Colin«, sagte Colin säuerlich. Das Blut schoss ihm in den Kopf.

»Sagte ich doch.«

»Du hast mich Colm genannt.«

»Warum sollte ich das tun?« Sie betonte seinen Namen: »Colin.«

»Colm.«

»Nein, ich sagte Colin. Du hast dich verhört.«

Colin Darcy ließ ihre Hand los, als habe er sich verbrannt. »Wer ist Colm?«

»Niemand.«

»Du hast mich Colm genannt.«

»Ich sagte es bereits. Du musst dich verhört haben.« Sie umspielte seine Hand mit ihren Fingern. Sie lächelte wieder, weil sie sich beobachtet fühlte.

»Ich habe mich aber nicht verhört.«

»Bist du dir sicher?«

»Ja, bin ich. Du hast mich Colm genannt. Wer ist Colm?« Er entwand sich ihrem Griff.

Eine Kellnerin erschien neben dem Tisch, lächelte ihr freundliches Kellnerinnenlächeln und fragte ihn: »Kann ich noch etwas für Sie tun?«

Colin Darcy sagte: »Ja, weggehen.«

Das Lächeln im Gesicht der Kellnerin fiel in sich zusammen. Ohne ihn eines weiteren Blickes zu würdigen, entsprach sie seinem Wunsch.

Gut so!

»Das war aber nicht nett«, sagte Shila, als die Kellnerin in der Küche verschwunden war.

»Sie hat gefragt.«

»Du hast keinen Grund, sauer zu sein.«

»Du hast mich Colm genannt. Ist das kein Grund, um sauer zu sein?«

Sie seufzte. »Ach, Colin ...«

Er seufzte nicht.

Sah Shila an.

Ohne mit der Wimper zu zucken.

Was für ein Tag!

Er hatte geahnt, dass etwas passieren würde.

Sie lächelte erneut, flüsterte: »*Co-lin*!«

Colin Darcy kramte zwei Scheine aus seiner Geldbörse und legte sie auf den Tisch. Er nahm die Blumenvase mit den Sommerblumen und stellte sie auf die Pfundnoten.

»Was tust du?«

»Ich gehe.«

»Du kannst nicht einfach gehen.«

»Doch, kann ich.« Er erhob sich.

»Colin, das ist nicht nett.«

Archibald Darcy, Colins Vater, hatte all die Jahre mit einer Frau zusammengelebt, die seine ganz persönliche Niederlage gewesen war. Nein, Colin Darcy hatte nicht die Absicht, so wie sein Vater zu enden. »Es ist komisch«, sagte er zu ihr, »aber ich hätte das schon viel früher tun sollen. So schwer ist es gar nicht.«

»Ich liebe dich«, sagte sie.

»Tust du nicht.«

»Tu ich doch.«

»Shila!«

»*Du* liebst *mich*, Colin.«

»Das«, murmelte er, »hättest du nicht sagen sollen.«

Sie schwieg. Lächelte, einmal in Richtung Colin, einmal in Richtung des Paars am Nebentisch, das neugierig dem Gang der Ereignisse folgte. »Du wist mich hier doch nicht sitzen lassen. Colin, das wäre *nicht nett*.« Sie prüfte ihre Frisur, rein instinktiv. Das tat sie immer, wenn sie nervös wurde, das war Shila.

Colin nahm das Weinglas in die Hand.

»Was hast du vor?«

Er trank den Rest des trockenen Weißweins, stellte das Glas auf den Tisch.

»Was wirst du tun?«

Er schaute ihr in die Augen. »Weggehen.«

Und das tat er dann auch, einfach so.

Colin Darcy ging nach draußen, wo ihn ein warmer Sommerregen empfing.

Er ließ die Tropfen sein Gesicht benetzen und begann eine Melodie zu summen, an die er seit Jahren nicht mehr gedacht hatte. Genau genommen seit dem Begräbnis seines Vaters.

Tie a yellow ribbon round the ole oak tree.

Warum musste er gerade jetzt an dieses Lied denken? So deutlich, als spiele es ein Straßenmusikant, so klar hörte er es vor sich.

Langsam ging er durch den Regen und spürte, wie er zu der imaginären Melodie zu wippen begann. Sein Gang wurde beschwingt, nahezu fröhlich. Er ging mitten durch die Pfützen auf dem Gehweg und ließ den Regen auf sich herabregnen, bis ihm das weiße Hemd am Leib klebte. Wie damals, als er Ravenscraig verlassen hatte, so blickte Colin Darcy auch jetzt nicht zurück.

Er wusste, dass Shila noch immer im »Le Suquet« saß und wütend war, weil das, was er getan hatte, »nicht nett« gewesen war. Er wusste, dass sie von ihm erwartete, dass er zu ihr zurückkehren würde. Dass sie ihn betrogen hatte, stand außer Zweifel. Und ebenso stand außer Zweifel, dass es Colin egal war. Er wusste nicht, ob man oft im Leben Momente solcher Klarheit hatte, aber das, was er fühlte, war ein ganz eindeutiges Gefühl. Er war nicht wütend, er war nicht einmal traurig.

Er war erleichtert.

Ja, er war froh darüber, dass er Shila Friedman los war.

Sollte sie im Lokal sitzen bleiben, sollte sie Colm anrufen und sich von ihm trösten lassen, sollte sie tun, was auch immer sie tun wollte. Sollte sie sich eine Unterhausdebatte mit Tony Blair anschauen oder, zum hundertsten Mal, den Film *Shopping*.

Colin Darcy begann ein Lied zu pfeifen, während der Regen ihm ins Gesicht fiel.

Er pfiff die Melodie, die auf der Beerdigung seines Vaters gespielt worden war, und jetzt, da er hörte, wie er selbst sie pfiff, da fühlte er sich beschwingt und frei und fragte sich, ob auch sein Vater sich im Augenblick seines Todes beschwingt und frei gefühlt hatte.

Alexander Archibald Darcy hatte die Vollstreckung seines Testaments an nur eine einzige Bedingung geknüpft.

»Ich verfüge«, so lautete der letzte niedergeschriebene Wille, den der Testamentsvollstrecker, Notar und Steuerberater der Familie, Mr. Peabody aus Stranraer, den wenigen Anwesenden vorlas, ab und zu unterbrochen von einem Hüsteln, »ich verfüge, dass meine sterblichen Überreste auf dem Galloway Graveyard beigesetzt werden. An den Eichen sollen gelbe Bänder befestigt werden, und eine Band soll das Lied *Tie a yellow ribbon round the ole oak tree* spielen.«

Das war alles gewesen.

Archibald Darcy hatte dieses Lied schon immer gemocht. Er hatte es in allen möglichen Versionen besessen, von Männern und Frauen gesungen, von Chören, von allen möglichen Interpreten und in allen möglichen

Formen (Schallplatten, CDs, und es gab sogar, kaum zu glauben, ein Musikvideo).

Helen Darcy hatte, nachdem sich ihre Überraschung gelegt hatte, geschimpft. Was noch recht gelinde ausgedrückt war. Sie war außer sich gewesen, denn sie hasste dieses Lied.

»Das hat er nur verlangt«, pflegte sie auch später noch zu sagen, »um mich zu ärgern.«

Doch am Ende wurde es genauso gemacht, wie es sich Archibald Darcy gewünscht hatte.

Vor der Trauergemeinde, die nicht sehr groß gewesen war, hatte eine einheimische Band *Tie a yellow ribbon round the ole oak tree* gespielt.

Die Anwesenden hatten dem Lied gelauscht, und in den Ästen der Bäume hatten die gelben Bänder im Wind getanzt.

Colin erinnerte sich ungern an diesen Tag.

Still hatten Danny und er die Trauerfeier über sich ergehen lassen.

Helen Darcy hatte nicht eine einzige Träne vergossen, sondern nur hasserfüllt und aus einem Grund, den ihre Söhne beide nicht nachvollziehen konnten, mit den schwarzen Schuhen im Takt des Liedes gewippt, als liege eine Art Bann über ihr.

Danach jedenfalls waren weder Danny noch Colin jemals wieder nach Ravenscraig zurückgekehrt. Die lustige Melodie des Liedes war das, was sie in die Ferne mitgenommen hatten. Und Helen Darcy war die Vergangenheit, die sie dort gelassen hatten.

Wie seltsam, dachte Colin Darcy, gerade jetzt daran denken zu müssen.

Und dann sah er den merkwürdigen Vogel auf der Straßenlaterne sitzen.

Das kleine Tier plusterte das bunte Federkleid und piepste etwas, was sich verdächtig nach dem Lied anhörte, das auch Colin Darcy im Regen pfiff.

Überrascht blieb Colin stehen und sah zu dem Vogel hinauf.

Etwas hielt er im Schnabel, und für einen kurzen Moment kam es Colin Darcy so vor, als zwinkere ihm der Vogel zu. Er hielt etwas in seinem Schnabel, das nur eine Täuschung sein konnte. Ein langes gelbes Band wie jene Bänder, die Danny und er am Tag des Begräbnisses an den Ästen der großen Eichen auf dem Galloway Graveyard befestigt hatten.

Dann erhob sich der Vogel in die Lüfte und verschwand im warmen, rauschenden Regen.

Und Colin Darcy stand nur da und fragte sich, ob er glauben konnte, was er gerade gesehen hatte.

Er wanderte durch die Stadt, bis er völlig durchnässt war. Er überquerte die Blackfriars Bridge, schlenderte am Südufer der Themse westwärts, ging hinüber nach Westminster und hinauf bis zum Piccadilly Circus. Von dort aus nahm der die U-Bahn bis Hampstead Heath.

Als er endlich zu Hause ankam, blinkte der Anrufbeantworter.

Jemand hatte so viele Nachrichten hinterlassen, dass der Speicherplatz voll war.

Colin Darcy hatte nicht das geringste Interesse daran, Shilas Stimme zu hören. Trotzdem drückte er auf Wiedergabe.

»Mr. Darcy«, sagte die erste Stimme, die Rachel, seiner Sekretärin in der London Business School, gehörte. »Sie müssen sich umgehend melden. Es ist etwas passiert. Ich ...« Konnte es sein, dass sie den Tränen nahe war? Colin starrte das Gerät an und spürte, wie ihm schwindelte. »Rufen Sie mich an, so schnell es geht.« Er schaute auf die Uhr. Rachel würde längst nicht mehr im Büro sein.

Dann begann sich die nächste Nachricht abzuspulen: »Hier ist Mary.« Mary war Arthur Sedgwicks Frau. Sie lebten in Kensington und hatten eine fünfjährige Tochter, Selina. »Arthur ist tot.«

Die Worte stürzten wie Felsbrocken in Colins Leben. Er hielt sich zitternd an dem Tisch fest, auf dem der Anrufbeantworter stand.

Die Nachricht war zu Ende. Das war alles.

Mary hatte aufgelegt.

»Colin«, sagte die nächste Stimme, die er kannte, aber seit langer Zeit nicht mehr gehört hatte. »Es ist etwas passiert.«

Er ließ sich in einen Sessel fallen und betrachtete die Pfützen, die er auf den Dielen hinterlassen hatte. Das Licht des Mondes spiegelte sich darin.

»Colin«, sagte die Stimme, die er seit seiner Kindheit kannte, in der nächsten Aufzeichnung erneut. »Es ist etwas passiert. Ruf bitte an!«

Was war hier los?

War dies der Tag der Unglücke?

Die Stimme gehörte Miss Robinson, die noch immer in Ravenscraig lebte. Die gute Seele des Hauses war sie gewesen, schon als Colin noch ein kleiner Junge gewesen war. Außer ihr war nur Mr. Munro geblieben, ein netter Mann, der sich um die weitläufigen Grünanlagen kümmerte und Handwerksarbeiten am Haus verrichtete.

Etwa zwanzigmal wiederholte sich die Nachricht.

Miss Robinson musste alle zehn Minuten angerufen und eine Nachricht hinterlassen haben. Der Wortlaut war immerzu derselbe, und bei jeder Nachricht wurde der Ton dringlicher. Selbst durch das Rauschen des Geräts hörte man die Unruhe und die Angst, die in der Stimme der alten Frau mitschwangen.

»Mist«, fluchte Colin.

Dann rief er seine Sekretärin im Büro an, nachdem er Mary Sedgwick vergeblich zu erreichen versucht hatte.

Rachel, die doch tatsächlich zu dieser Stunde noch arbeitete, informierte ihn darüber, dass Arthur bei einem Autounfall in Southwark ums Leben gekommen sei, und auf die Frage, was sie zu dieser Nachtstunde noch im Büro zu tun habe, antwortete sie, dass das Unternehmen, das Arthur betreut hatte, in argen Schwierigkeiten stecke. Sie erklärte ihm kurz und knapp, was los war, aber Colin hörte ihr gar nicht mehr zu.

Am Ende legte er einfach auf, es ging nicht anders.

Er atmete tief durch und versuchte einen klaren Kopf zu bekommen. Es passierten Dinge, die einfach nicht passieren durften. Und darüber hinaus passierten sie alle auf einmal.

Dann dachte er an Miss Robinson.

Sie ist so nett, ist sie nicht nett?, hörte er seine Mutter sagen. *Und sie kann selbst keine Kinder haben, aber sie liebt Kinder über alles.* Als Kind hatte er sich vor Miss Robinson gefürchtet, aber Helen Darcy und Archibald Darcy hatten sie gemocht. Sie hatten ihr all die Jahre über das Wohl ihrer Kinder anvertraut.

Jetzt ihre Stimme zu hören war nichts, worauf er scharf war.

»Auch das noch«, seufzte er. Denn das Letzte, was er jetzt tun wollte, war, in Ravenscraig anzurufen. Er wollte nicht mit seiner Mutter sprechen, egal worüber. Es wäre unwichtig, belanglos, nervig, was immer sie auch zu sagen hätte. Es wäre nichts, aber auch rein gar nichts, was ihn auch nur annähernd interessieren würde.

Aber, und das ließ ihn schließlich zum Telefon greifen, es würde ihn von dem ablenken, was mit Arthur geschehen war. Denn das war die Art, wie Colin mit Problemen umging. Er lenkte sich ab. Er konnte jetzt nicht daran denken, dass Arthur Sedgwick tot war. Unmöglich. Oh ja, Unfälle passierten, das wusste jeder, der kein Kind mehr war. Das Leben konnte so grausam sein und ...

Nein, er wollte sich nicht damit auseinandersetzen.

Jetzt nicht.

Es war ... zu viel ... irgendwie.

Colin Darcy, dessen Hände zitterten, wie sie es lange nicht mehr getan hatten, nahm mechanisch das Telefon in die Hand und wählte die Nummer, an die er sich noch immer so gut erinnerte, als habe er sie gerade gestern zum letzten Mal gewählt, und es passierte genau das, was nicht einmal Shila Friedman in all den Jahren gelungen war: Helen Darcy zerstörte, obwohl sie gar nicht mehr da war, sein Leben.

Erinnerungen sind lebendige Wesen, die oftmals schweigen und dann, meist aus einer unbändigen Laune heraus, zu reden beginnen, als hätten sie niemals zu schweigen gelernt.

Als Colin Darcy zum Telefon griff und die Nummer wählte, die er so lange Zeit schon nicht mehr gewählt hatte, da kehrten, sobald seine Fingerspitze die Tasten berührte, all die vielen Dinge, die zu vergessen er sich vor langer Zeit geschworen hatte, in seine Gedanken zurück.

»Colin, du meine Güte, endlich rufst du an.« Die Erleichterung, die er in ihrer Stimme erkannte, machte ihm sofort Angst. Miss Robinson war eine kühle Frau, die immer beherrscht war. Als er klein gewesen war, da hatte sie ihn an Miss Danvers aus dem alten Hitchcock-Film erinnert. Doch dann, als er älter geworden war, hatte er erkannt, dass sie die gute Seele des Hauses war, schon immer gewesen war.

»Was ist passiert?«

»Sie ist verschwunden.« Das war alles, was sie sagte.

Zu allem Überfluss fragte Colin: »Wer?« Plötzlich waren ihm die nassen Klamotten unangenehm auf der Haut. Sie schienen ihn förmlich zu erdrücken.

»Deine Mutter, sie ist verschwunden.«

»Wie meinen Sie das?«

»Sie ist fort. Seit einer Woche schon.«

Colin rieb sich müde die Augen. »Aber wo ...?«

»Die Polizei war hier. Sie ist seit heute als vermisst gemeldet.«

Vermutlich war das wieder eines ihrer dämlichen Spielchen. Archibald Darcy hatte ein Lied davon singen können. Sie war früher schon öfter verschwunden und dann doch wieder aufgetaucht.

Colin hatte kein Interesse, sich um die Angelegenheiten seiner Mutter zu kümmern. Er wusste, dass nichts Schlimmes passiert war, also konnte er das Gespräch schnell beenden. Gut so!

Also sagte er: »Danny soll sich darum kümmern.«

Eine Pause trat ein. Unangenehm.

Es herrschte Stille.

»Miss Robinson?«

»Ja?«

Er klang jetzt äußerst entnervt. »Haben Sie versucht, meinen Bruder zu erreichen?«

Wieder Stille.

Dann sagte sie: »Ja, das habe ich.«

Ein ganz ungutes Gefühl, das nach kaltem Espresso

schmeckte, breitete sich in Colin Darcys Magengegend aus und schnürte ihm die Kehle zu.

Etwas war nicht in Ordnung in Ravenscraig.

Nein, etwas war ganz und gar nicht in Ordnung.

»Und?«

»Danny ist auch verschwunden.«

Colin schnappte nach Luft. Hatte er richtig gehört? Hatte sie das, was er verstanden hatte, wirklich gesagt? »Dummes Zeug.« Er wusste nicht, warum er das sagte, aber etwas Besseres fiel ihm nicht ein.

»Dein Bruder kam Anfang der Woche hier an und ist seit zwei Tagen ebenfalls fort.«

»Danny war in Ravenscraig?« Warum, in aller Welt, hatte er das getan?

»Er wollte sie suchen.« Sie zögerte nur kurz. »Glaube ich.«

»Was heißt das, er wollte sie suchen?«

»Einen Tag nachdem eure Mutter verschwunden war, hat Danny ganz zufällig angerufen, weil er mit ihr reden wollte.«

Colin bemerkte, dass er am ganzen Körper zitterte.

Daniel – »Danny« – Darcy hatte mit seiner Mutter reden wollen, einfach so? Danny, der Leadsänger von »Dylan's Dogs«, Danny, der Ehemann von Soozie Sutcliffe-Darcy; Danny, sein kleiner Bruder; Danny war nach Ravenscraig zurückgekehrt?

Colin verstand die Welt nicht mehr.

»Als er erfahren hat, dass sie verschwunden ist, hat er den nächsten Flug genommen.«

»Er ist nach Ravenscraig gekommen?«

Die Stimme, die er hörte, schien von ganz weit her zu ihm durchzudringen. »Ja.«

»Sind Sie sicher?« Was für eine dumme Frage.

»Ich habe mit ihm gesprochen, natürlich bin ich mir sicher.«

Colin Darcy schaute zum Fenster hinaus.

Es regnete noch immer, ein leichter warmer Nieselregen, wie er typisch ist für den englischen Sommer. Es roch, als seien die Hitze und der Staub des Tages nichts weiter als ein Traum gewesen. Colin dachte wieder an den seltsamen Vogel mit dem gelben Band im Schnabel. Das Lied wisperte ihm im Kopf herum wie ein Echo, das er nicht mehr loswerden konnte.

Come tie a yellow ribbon round the ole oak tree.

Just for you and me.

»Colin?«, hörte er Miss Robinsons Stimme.

Doch der Angesprochene schwieg.

Er schaute müde aus dem Fenster und atmete die warme Regenluft ein, während ihm Haare und Kleider am Leib klebten und ihn langsam frieren ließen – trotz der schwülen Wärme der seltsam schicksalsträchtigen Sommernacht.

Erinnerungen kehrten zurück, einfach so.

Ungefragt.

Und ungewollt.

Tie a yellow ribbon round the ole oak tree.

Helen Darcy war verschwunden, Helen Darcy, die alle Wahrheiten des Lebens so kunstvoll ins Gegenteil hatte verdrehen können, dass jedermann ihr bereitwillig Glauben geschenkt hatte.

Womöglich war ihr wirklich etwas zugestoßen. Konnte das sein?

Während Miss Robinson auf ihn einredete und ihm berichtete, was geschehen war, musste er seltsamerweise weder an den Tod seines besten Freundes denken noch an seinen Bruder, sondern an die erste Lüge, die Helen Darcy ihm jemals erzählt hatte, eine Lüge, die nicht weniger als eine wahre Geschichte gewesen war in den Augen seiner Mutter und die, dieser Gedanke kam ihm, wenn auch nur kurz, vielleicht etwas mit all den anderen Dingen zu tun haben mochte, die gerade passierten.

»Du warst die längste Sturzgeburt in der Geschichte des Krankenhauses.« Ja, genau das waren ihre Worte gewesen. Er kannte die Geschichte auswendig, und die Stimme Miss Robinsons ließ ihn an die stillen Tage seiner Kindheit im Süden Schottlands denken.

Ravenscraig.

Dunkel, unheimlich, fast schon vergessen.

Stranraer.

Gewaltige Fährschiffe, die nach Irland übersetzten. Die Burgruine mitten im Ort. Touristen, Pubs mit klingenden Namen, Fish&Chips-Restaurants, Postkarten und fast großstädtisches Gedränge in den Sommermonaten.

Portpatrick.

Melodien wie die Gischt der See. Ein Ort, der immer schon so gewesen sein mochte, wie er heute war.

Colin versuchte sich das Gesicht seiner Mutter vorzustellen, doch was er sah, war ein altmodisch eingerichteter Kreißsaal.

»Sie waren wirklich dort«, hatte Helen Darcy immer betont. »Die Krankenschwester hat sie gesehen.«

»Man hat sie entlassen, weil sie verrückt war«, hatte Colin dann entgegnet. Soweit er informiert war, hatte man die Krankenschwester in eine geschlossene Anstalt eingewiesen.

»Es war so heiß, damals.« Sie liebte es, »damals« zu sagen. »Das waren noch andere Sommer, damals.« Damals war alles anders gewesen. Die Sommer waren heißer und die Winter kälter gewesen. Die Männer waren galanter und die Musik besser gewesen. »Dein Vater ist gefahren wie der Wind. Bis nach Stranraer sind wir gefahren, weil dort die Spezialisten waren.« Sie hatte ihm an dieser Stelle der Geschichte immer über den Kopf gestreichelt. »Wir wollten eben schon immer nur das Beste für dich. Und für deinen Bruder natürlich auch.«

»Danny war eine Hausgeburt.«

»Nun ja, ich war erfahrener.« Sie hatte am Tee genippt, vornehm und gesittet, und immer gelächelt, wie sie es eben tat, wenn sie eine Geschichte zum Besten gab. »Wir sind rechtzeitig angekommen.« Später hatte sich auch Danny die Geschichte anhören müssen. »Das Krankenhaus war das beste in den Rhinns, damals. Man konnte das Meer riechen und die Kutter und die Fähren hören, wenn das Fenster offen war.«

Für Colin Darcy war das Krankenhaus schon immer ein mythischer Ort gewesen.

Die Geschichte, die seine Mutter ihm so oft erzählt hatte, war immer dieselbe gewesen. Sie variierte nie und nahm nie andere Wendungen.

Helen Darcy kannte sich aus im Spinnen von Lügen, so war das nun mal.

Da war der Kreißsaal, in dem Musik spielte.

»Die Carpenters waren es. *Jambalaya*, am Anfang, und später dann *Da doo ron ron* und *The night has a thousand eyes*.«

Colin hatte immer versucht sich vorzustellen, was genau geschehen war.

»Damals«.

Er stellte es sich vor, wie es seine Mutter ihm immer erzählt hatte. Da war ein Bett, um das Ärzte standen. Die Farben waren die Farben alter Fotos, bunt und in Technicolor wie die Filme mit George Peppard, Cary Grant und Audrey Hepburn.

»Es waren mehrere Ärzte anwesend, weil es aussah, als würde es kompliziert.«

Dazu kam noch eine Hebamme, die richtig alt war und ebenso erfahren, und eine Krankenschwester, die ganz jung war und ebenso unerfahren. Ein tolles Team, hatte Colin schon als Kind gedacht und seinem Bruder einen Stups gegeben, nach dem beide ihr Lachen hatten unterdrücken müssen.

»Wir wussten, dass es schnell gehen würde.«

»Wie lange hat es gedauert?«

»Dein Vater fragte die Ärzte, und die Ärzte sagten, es würde schnell vorbei sein.«

Trotzdem dauerte es Stunden.

Die Wehen hatten bereits in Ravenscraig eingesetzt. Im Krankenhaus wurden die Abstände mal kürzer, mal länger. Irgendwo, während die Zeit unendlich langsam verstrich, sangen die Carpenters *One fine day*.

»Die Hebamme mochte die Carpenters.«

Am frühen Abend war Helen Darcy eingeliefert worden.

Die Nacht brach an, ging vorüber, die Sonne ging auf. Das war wichtig, alles andere nicht.

»Wir wussten, dass es eine Sturzgeburt werden würde.«

Das war die Stelle, an der Colin und sein Bruder jedes Mal die Augen rollten.

»Es war nicht einfach für mich. Dein Vater wartete die ganze Zeit über auf dem Gang.«

Die ganze Nacht über lief leise Musik im Radio, einmal sogar Tom Jones.

»Das brachte mich wenigstens auf andere Gedanken.«

Dann ging es los.

Helen Darcy beschimpfte die Schwestern, den Arzt, wünschte ihren Mann zum Teufel, verfluchte die Schmerzen, biss ins Kopfkissen, jammerte, zeterte, stöhnte, schlug um sich.

Die Hebamme redete mit ihr, aber sie hörte ihr nicht zu.

»Sie haben Lachgas benutzt, um mich zu beruhigen.«

Das war ein weiteres Detail der Geschichte, das Helen

Darcy immer bemühte. Danny stupste Colin jedes Mal an und grinste, wenn ihre Mutter das Lachgas erwähnte. Es war ein Mythos, ähnlich wie alles andere auch.

»So war es, damals, so und nicht anders!« Angeblich hatte man ihr Lachgas verabreicht, weswegen sie die letzten Phasen der Geburt kichernd und lachend verbracht hatte.

Colin hatte sich bereits als Kind gefragt, ob man wirklich lachen musste, wenn man Lachgas verabreicht bekam. In den alten Filmen mit Buster Keaton und Harold Lloyd war dies meistens so. Doch hier ging es um die Wirklichkeit. Dies war Stranraer Ende der 60er und keine schwarz-weiße Komödie aus den 30er-Jahren mit Tingeltangelmusik.

Am Ende jedenfalls wurden die Kontraktionen stärker und stärker. Die Hebamme machte sich bereit, die beiden Ärzte ebenso. Von irgendwoher hörte sie *Yesterday once more*. Alle standen sie vor dem Bett, und jeder tat, was er tun musste.

Die junge Krankenschwester war die Einzige, die nicht auf Helen Darcy schaute. Sie stand hinter dem Bett und prüfte den Blutdruck und lauschte dem Puls der Patientin. Und während alle Anwesenden auf das Köpfchen mit den wenigen dunklen Haaren schauten, das sich zögerlich aus der Vagina herausschob, starrte die Krankenschwester auf die kahle Wand am anderen Ende des Raumes, jene Wand, die auch Helen Darcy mit weit aufgerissenen Augen betrachtete.

»Du glaubst wirklich, dass es so passiert ist?«

»Ich bin dabei gewesen«, pflegte Helen Darcy zu sagen.

Damals.

Die weißen Fliesen waren verschwunden. Dort, wo die Kabel des Ultraschallgerätes entlangliefen, war der geflieste Boden plötzlich mit feinem Wüstensand bedeckt gewesen. Schwarze Skorpione tummelten sich an der Wand, und hinter ihnen wuchsen hohe Palmen und tiefgrünes Dickicht, wo eigentlich die Wand und ein Tisch sein sollten. In der Ferne plätscherte Wasser, und bunte Papageien saßen auf den Ästen der Bäume, und in der Dunkelheit des Dschungels, der ebenso gut eine Oase sein konnte, wurde die Krankenschwester zweier geschlitzter Augen gewahr, die neugierig das Ende der langsamsten Sturzgeburt der Welt beobachteten.

»Es war eine Dschinni.«

Colin Darcy hatte diesen Teil der Geschichte noch nie gemocht. Es war schlichtweg unglaubwürdig. Jede Lüge, und wenn es auch eine noch so gute war, konnte in nur einem einzigen Augenblick zu Fall gebracht werden, wenn sie Elemente enthielt, die einen am Wahrheitsgehalt der Geschichte zweifeln ließen.

»Die Krankenschwester hat sie auch gesehen, damals.«

Jedenfalls hatte die Krankenschwester sich vom Ort der Geburt entfernt und mit einem Stab, der eigentlich der Aufhängung von Infusionsflaschen diente, auf die Skorpione eingedroschen, was den Ärzten und den beiden Hebammen ein reichlich seltsames Verhalten zu sein schien.

»Dann habe ich deinen ersten Schrei gehört.«

Colin Darcy stellte sich das winzige Baby vor, das er einmal gewesen war. Eingewickelt in weiße, sterile Tücher, wurde er seiner Mutter in die Arme gelegt, während die Krankenschwester wie wild mit beiden Händen in der Luft herumfuchtelte und einen absonderlichen Tanz aufführte, den niemand so richtig verstand.

»Sie hat die Papageien verscheucht.«

»Kann es sein, dass sie einfach nur irre war?« Colin war schon immer ein überaus vernünftiger Mensch gewesen. Der innige Wunsch, sich mit ökonomischer Modellanalyse zu beschäftigen, kam nicht von ungefähr.

»Sie hat sie alle gesehen!«

»Alle?«

»Die Bäume, die Tiere, alles. Auch die Dschinni, die dir die Stirn geküsst hat.«

»Sie hat mir die Stirn geküsst?«

»Du warst so ein süßes Baby, damals. Ja, Colin, die Dschinni hat dir die Stirn geküsst und dir gegeben, was dir niemand nehmen kann.«

»Was hat sie mir denn gegeben?« Als Kind war Colin noch neugierig gewesen. Später hatte ihn die Geschichte nur noch angeödet.

»Das, mein Junge, kann ich dir nicht sagen. Das wissen nur die Dschinni, und du.«

Die Krankenschwester, die mit einem Kopfkissen versuchte, die Dschinni zu ersticken, um das Baby zu retten, wurde jedenfalls schnellstens aus dem Kreißsaal entfernt.

»Du warst schon damals so ernst, Colin.«

Er hasste es, wenn sie das sagte.

»Du hast ausgesehen wie ein Junge, der einmal Koteletten tragen wird, wenn er groß ist.«

Nach all den Jahren musste er, der jetzt wirklich Koteletten trug, immer noch an diese Geschichte denken, und ihm wurde bewusst, dass er seine Mutter noch immer hasste. Jetzt war sie verschwunden und Danny mit ihr.

Miss Robinson, die ihn sehr gut kannte, fragte nun zögerlich, ob Colin zurückkehren würde nach Ravenscraig.

»Das geht jetzt nicht«, antwortete er.

»Es geht um deine Mutter.«

»Das ist egal.«

»Deine *Mutter*«, betonte sie.

»Ich kann hier nicht fort.« Unmöglich!

»Um deine Mutter *und* deinen Bruder.«

»Fragen Sie Mr. Munro, der kann Ihnen beim Suchen helfen.«

»Colin!«

»Miss Robinson, bitte!«

»Colin, du bist doch früher nicht so hartherzig gewesen.«

»Jetzt schon.« Menschen ändern sich eben.

»Das glaube ich nicht.«

Er verdrehte die Augen, was Miss Robinson natürlich nicht sehen konnte.

»Colin? Bist du noch da?«

»Ja.«
»Du musst nach Hause kommen.«
»Ravenscraig ist nicht mehr mein Zuhause.«
»Colin, du weißt, was ich meine.«
»Nein.«

So ging es weiter, und er fragte sich die ganze Zeit über, warum er nicht einfach auflegte. Es geschahen schlimme Dinge in der Welt, und dass Helen Darcy verschwunden war, gehörte eindeutig nicht dazu.

Trotzdem, Miss Robinson ließ nicht locker, fragte ihn wieder und wieder, bat ihn darum, in die Rhinns zu kommen, bettelte und flehte sogar.

Und Colin Darcy, der nass, müde und nicht minder durcheinander war, der an den seltsamen Vogel mit dem gelben Band denken musste und der am liebsten einfach nur seine Ruhe gehabt hätte und wusste, dass er gleich erneut seine Sekretärin anrufen würde und danach erneut versuchen würde, die Frau seines besten Freundes zu erreichen – dieser Colin Darcy, der schon lange nicht mehr der Junge aus Ravenscraig war, stand regungslos in seinem Apartment vor dem Fenster, schnupperte den Sommerregen, der wie die Gischt an den zackigen Felsen von Portpatrick roch, und war wütend, traurig und zutiefst verzweifelt, weil er die Antwort auf Miss Robinsons Frage bereits kannte und nicht im Geringsten wusste, wie er eine Reise nach Schottland mit all den anderen Dingen verbinden sollte, die sein Leben an diesem Abend aus der Bahn warfen.

Zweites Kapitel

in dem Mr. Darcy nach Antworten sucht,
manche Dinge regelt
und manche nicht
und endlich wieder das Meer riecht
(und ein Kunde in
unsichere Gewässer vordringt)

Er hatte unruhig geschlafen, was zu erwarten gewesen war. Ein bunter Vogel mit einem gelben Stoffband im Schnabel und eine lächelnde Dschinni hatten gemeinsam mit Helen Darcy, die so aussah wie damals, als Colin ein kleiner Junge gewesen war, und Archibald Darcy, der wie der junge Rock Hudson angezogen war, die Szene aus dem Film *Giganten* nachgespielt, in der die Familie an Thanksgiving beisammensitzt und man den Kindern offenbart, dass Pedro, der Truthahn, das Abendessen ist.

Colin Darcy war aufgeschreckt aus diesem unruhigen Traum, der mit der Musik von Mantovani unterlegt war, und hatte festgestellt, dass bereits der Morgen graute.

Er dachte an Hunderte Dinge gleichzeitig.

An Arthur Sedgwick, dessen Frau Mary, an Selina, die kleine Tochter der beiden. Dann an seine Mutter und seinen Bruder, und die erste konkrete Sorge dieses zweifelsohne schrecklich werdenden Tages galt seltsamerweise der banalen Frage, was Danny Darcy wohl nach Ravenscraig zurückgetrieben hatte.

Miss Robinson hatte ihm gesagt, Danny habe sie angerufen.

Angerufen?

Warum, in aller Welt, hätte Danny dort anrufen sollen?

Colins Bruder war schon vor Jahren abgehauen und hatte sich seit der Beerdigung ihres Vaters nicht ein einziges Mal gemeldet.

Müde sprang Colin unter die Dusche, zog sich bequeme Sachen an und packte vorsichtshalber den Koffer für Portpatrick. Er musste dort noch ein Hotel oder eine Pension finden, was um diese Jahreszeit ein Problem sein konnte.

In den Sommermonaten strömten Unmengen von wanderlustigen Touristen und Vogelkundlern in die Rhinns of Galloway. Natürlich hätte Colin auch in Ravenscraig übernachten können, doch eher hätte er in einer stürmischen Nacht an den Klippen von Corsewall Point gezeltet, als nun sein altes Zimmer zu beziehen.

In die etwas abgelegene Gegend im Süden Schottlands zurückzukehren sollte für den Anfang ausreichen, man musste es ja nicht gleich übertreiben und wieder dort einziehen, wo man so bereitwillig ausgezogen war.

Meine Güte, er wollte wirklich dorthin zurückkehren?

Ja.

Er hatte schon einen Flug gebucht.

»Was passiert nur mit mir?«, fragte er in die leere Wohnung hinein und bekam natürlich keine Antwort. Stattdessen pfiff erneut solch ein seltsamer Vogel sein Lied, irgendwo drüben im Park, sogar bei Regen und zu dieser frühen Stunde.

Colin ging ins Wohnzimmer.

Ein Blick auf den Anrufbeantworter zeigte ihm, dass Shila sich nicht gemeldet hatte.

Gut so!

Dafür aber das Büro.

Schlecht, ganz schlecht!

Wie schon am Abend zuvor hatte Colin auch jetzt das Gefühl, dass das Leben, das er sich in London aufgebaut hatte, unter seinen Händen zu Asche zerfiel.

Er rief Rachel im Büro an.

Rachel Duncan war die treue Seele des Lehrstuhls, diejenige, die alles zusammenhielt, und darüber hinaus war sie eine der wenigen Frauen in den Vierzigern, deren Haar schon ergraut war und die es sich dennoch nicht nehmen ließ, ihr Haar auch genau so zu tragen.

»Hier ist die Hölle los«, sagte sie gleich zu Anfang, und dann fragte sie: »Wann können Sie da sein?«

Colin sagte es ihr.

Die Tatsache, dass er nur bis zum Mittag bleiben wollte, begeisterte sie nicht unbedingt.

»Randall hat nach Ihnen gefragt.«

Auch das noch!

»Die Präsentation läuft seit einer halben Stunde, und Randall ist auch anwesend.«

»Verdammt.«

Das hatte noch gefehlt.

Peter Randall war der Amerikaner in der Beratergruppe. Er entstammte einer alten Bostoner Familie und war stolz auf seine knorrigen englischen Wurzeln, die er bis zur Restaurationszeit und Cromwell zurückverfolgen konnte. Er hatte im Frühjahr sein sechzigstes Lebensjahr vollendet, doch mit dem schneeweißen Haar und dem stechenden Blick seiner makellos blauen Augen lehrte er jeden das Fürchten, der seine Pläne durchkreuzte. Er war ein Mann wie Charlton Heston, und man munkelte, dass seine Familie über ausgezeichnete Beziehungen verfüge bis hin zu den Kennedys.

Vor zehn Jahren war er vom MIT nach London gewechselt und war nun mit der Planung und Koordination der Beratertätigkeit betraut. Er war der regierende Chef von *Thames Consulting*, die eng mit den Lehrstühlen der London Business School zusammenarbeitete und zehn Räume im B-Flügel belegte.

Alles in allem war es für niemanden von Vorteil, wenn Peter Randall schlechter Laune war. Und heute schien einer dieser Tage zu sein, an denen er ungehalten reagieren *könnte*.

»Die SigmaCom-Leute sind ganz durcheinander.«

Wer ist das nicht?, dachte Colin.

»Geht es um die Klage?«, fragte er.

»Es geht um alles. Die komplette Strategie wird in Frage gestellt.«

Mist!

Colin spürte, wie Kopfschmerzen in seiner Schläfe geboren wurden. Er nannte sie seine Stressschmerzen. Zum ersten Mal waren sie im Alter von zehn Jahren aufgetreten. Helen Darcy hatte Ärzte zu Rate gezogen, und man hatte Colin alles Mögliche zum Schlucken oder Einreiben verabreicht, aber die eigentliche Ursache der

Schmerzen, da war er sich heute sicher, war Helen Darcy gewesen.

»Ich werde mich beeilen«, versprach er Rachel.

Dann legte er auf.

Er sah sein Apartment vor sich und hatte das Gefühl, dass bald alles zerfließen würde.

Ja, sein ganzes bisheriges Leben wäre nur ein schönes Bild gewesen, ein wertvolles Gemälde, das jemand in den Regen legt und wartet, bis alle Farben verschwommen sind. Ein Kunstwerk wie jene, die in den Gängen von Ravenscraig hingen.

Colin schlug sich die Hände vors Gesicht.

Es passierte einfach zu viel auf einmal.

Binnen vierundzwanzig Stunden.

Alles auf einmal.

Er musste an Arthur und Mary Sedgwick denken, an den Segeltörn im vergangenen Herbst.

»Nur du und ich«, hatte Arthur gesagt.

Vor Plymouth waren sie gesegelt, zwei Tage lang. Damals waren Shila und er seit Wochen getrennt gewesen, doch Arthur und Mary hatten es sich zur Aufgabe gesetzt, sie wieder zusammenzubringen.

»Wo kommt die denn her?«, hatte Colin gefragt, als Shila am Kai aufgetaucht war.

»Überraschung«, hatte Mary gerufen, als sie aus der Kajüte gesprungen kam.

Wie gesagt, Arthur und Mary hatten ein gutes Herz und wollten ihm zu seinem Glück verhelfen.

Rückblickend keine gute Idee.

Sie verbrachten alle ein schönes Wochenende, dort unten an der Küste. Abends, im Hotel in Bristol, kamen Colin und Shila sich wieder so nahe, dass die Beziehung auflebte, um, wie sich gestern erwiesen hatte, nur ein einziges weiteres karges Jahr zu überdauern.

Dennoch, Arthur und Mary, das wusste Colin, hatten es nur gut gemeint.

Sie waren echte Freunde.

Arthur und Mary waren überdies das perfekte Paar gewesen. Sie hatten sich abgöttisch geliebt und für Colin all das verkörpert, was seine eigenen Eltern nicht verkörpert hatten. Mary war ihrer Tochter eine wunderbare Mutter, und Selina war ein glückliches Mädchen, und überhaupt stand Mary für Colin für all das, was Helen Darcy nicht gewesen war.

Doch jetzt war Arthur tot.

Einfach so.

Er sei mit dem Wagen durch die engen Straßen von Southwark gerast, habe eine Reihe von parkenden Autos beschädigt, um dann am Ende von der Battersea Bridge Road in die Themse zu stürzen.

Nein, das passte nicht zu Arthur.

Er war ein umsichtiger Autofahrer gewesen.

Dennoch passierten Unglücke einfach so, ohne Grund, wie damals, als Archibald Darcy von den Klippen stürzte. Niemand rechnet mit einem Unglück, und wenn es passiert, dann ist man fassungslos und gelähmt und macht sich die Gedanken, die Colin bestürmten.

Am Ende blieb immer nur eine einzige Frage.

Warum?

Und Antworten gab es nur selten.

Dafür aber weitere Fragen: Warum war Arthur nach der Arbeit nicht nach Hause gefahren? Warum hatte er Mary angeblich mitgeteilt, dass er noch eine Verabredung habe? Und überhaupt, was hatte er in Southwark gemacht? Arthur musste die Präsentation überwachen, die gerade in vollem Gange war; das war es, was ihn bewegt hatte. Die letzten Vorbereitungen waren gestern am späten Nachmittag getroffen worden. Und es sah ihm einfach nicht ähnlich, dass er den Abend vor einem Tag, der so wichtig war wie der heutige, nicht zu Hause verbrachte. Arthur brauchte die Ruhe vor den Konferenzen.

Colin seufzte.

Er trank ein Glas kaltes Wasser, angereichert mit Aspirin.

Mary Sedgwick ging immer noch nicht ans Telefon. Er wählte ihre Nummer erneut.

Nichts!

Colins Gedanken kehrten zu dem anderen Fall zurück, der sich, welch ein Zufall, den gleichen Tag ausgesucht hatte wie Arthurs Unfall.

Nein, er wusste wirklich nicht, wo ihm der Kopf stand.

Zudem verspürte er nicht das geringste Interesse daran, in der London Business School aufzutauchen. Colin Darcy war ein Forscher, kein Berater. Er liebte die Zahlen, die Modelle, alles, was sicher und logisch und berechenbar war. Er gehörte einem Lehrstuhl an, der nur selten von der Beraterfirma Peter Randalls zu Rate gezogen wurde. Doch in diesem Fall sah die Sache anders aus.

Arthur Sedgwick hatte Colin im vergangenen Herbst, kurz nach dem Segeltörn, gebeten, die von ihm entwickelten Modelle auf die Märkte für Mobiltelefone anzuwenden. Das Ganze hatte sich interessant angehört, und so war Colin ein Gast in Peter Randalls Team geworden.

»Wow«, hatte Shila damals bewundernd geäußert, »das hört sich so an, als würden sich gerade viele, viele Türen für dich öffnen.« Kurz darauf hatte sie Lust auf Sex bekommen, völlig überraschend.

Nun ja.

Colin war im Team, und die Türen blieben vorerst geschlossen. Wenn sie sich jemals geöffnet hätten, dann heute. Doch SigmaCom, der Mandant, um den es ging, durchsegelte unsichere Gewässer und gab sich, so wie es aussah, alle Mühe, nicht zu kentern.

Ursprünglich hatten Arthur und Colin und der Rest des Teams einige neue Strategien entwickelt, die mit Kanonendonner die verlorenen Kunden und Marktanteile zurückerobern sollten. Colins Simulationsmodell für das Verhalten von Kunden bei sich verändernden Preisen (Elasticity-Sim getauft) kam zum Einsatz und ... nun ja, es lief zunächst alles sehr gut. Jeder dachte, er könne sich goldene Lorbeeren verdienen (und Colin hoffte sogar, ja, er musste es zugeben, auf einen Artikel im *Harvard Business Review*, der dafür sorgen würde, dass

Andrew Cave, dem Igel, das Heft vor Schreck aus der feisten Hand fiel).

Stattdessen gab es bald Probleme.

Und zwar jede Menge.

Eine Gruppe, die sich die *Earth'n Eco Watchers* nannte, klagte die Firma an, die Telefone der *TicToc*-Reihe seien krebserregend. Man könne das natürlich beweisen, hieß es, und es würde nicht mehr lange dauern und die Medien würden sich auf das Thema stürzen wie Stechmücken auf Sommergäste. Die kurz und knapp gehaltene Presseerklärung und die Anklageschrift waren SigmaCom gestern zugegangen und prompt an Arthurs Team weitergeleitet worden.

Und Colin Darcy, der erst jetzt davon erfuhr, weil er gestern früher das Büro verlassen hatte, hatte auf einmal noch ein Problem, das zu all den anderen hinzukam.

Trotzdem hatte er, neben all diesen Problemen, noch andere Dinge im Kopf, und der Gedanke an Shila Friedman und ihre gelebte Unzufriedenheit, die nichts mehr mit ihm zu tun hatte, stimmte ihn, was irgendwie seltsam war, fröhlich.

Selbst die Tatsache, dass er dabei war, sich ins Büro zu begeben, und eventuell sogar nach Ravenscraig reisen würde, konnte grundsätzlich nichts daran ändern, dass er seine Freiheit wiedergewonnen hatte.

Dann wurde ihm bewusst, dass Arthur Sedgwick nie wieder im Büro auftauchen würde, und diese Gewissheit nahm ihm sogleich wieder allen Schwung.

Es war ein Wechselbad der Gefühle.

Aber Colin Darcy wäre nicht Colin Darcy gewesen, wenn nicht die Vernunft die Oberhand gewinnen konnte. Das war es, was er während der vergangenen Jahre gelernt hatte. Man musste seine Gefühle kontrollieren. Man musste den Dingen des Lebens mit Vernunft und Verstand begegnen, nicht mit vagen Emotionen und dürftigen Phantasien.

Er gähnte.

Dann verließ er die Wohnung.

Die Melodie spukte ihm noch immer im Kopf herum.

Tie a yellow ribbon round the ole oak tree.

Er seufzte.

Just for you and me.

Noch am Abend hatte er online einen Flug hinauf nach Prestwick gebucht.

Da die Maschine aber erst am Nachmittag in Luton startete, könnte er den Vormittag nutzen, um samt dem Reisegepäck in seinem Büro aufzutauchen und einige Dinge zu erledigen, die es zu erledigen galt. Mit voller Absicht reihte er die SigmaCom-Sache in die Liste der Dinge, die vor seinem Abflug noch zu erledigen waren, ein.

Der SigmaCom-Sache eine zu große Bedeutung zuzusprechen würde nur bedeuten, die Nervosität zu nähren. Es war eine einfache Regel, die Colin allzeit berücksichtigte. Stress war nichts anderes als Kontrollverlust. Wenn man das erst mal wusste, dann konnte man jede Art von Stress vermeiden.

Seit er nichts mehr mit Helen Darcy, seiner Mutter,

zu tun hatte, hielt sich das Problem mit dem Kontrollverlust in Grenzen – und das war gut so.

Er durfte nicht die ganze Zeit über an Arthurs Tod denken. Nein, das würde ihn nur lähmen. Er wäre dann ganz durcheinander, und es würde niemandem helfen, wenn er durcheinander war.

Trotzdem hörte er die Melodie.

Tie a yellow ribbon.

Im Treppenhaus, draußen auf der Straße.

Round the ole oak tree.

Nun denn!

It's for you and me.

Überall.

Müde, weil ihm der Traum noch immer in den Gliedern steckte und er definitiv viel zu früh aufgestanden war, ließ er sich von einem Taxi durch die Stadt fahren.

Unterwegs trank er Kaffee aus einem braunweißen Plastikbecher, den er sich an einem Straßenkiosk gekauft hatte, als das Taxi vor einer roten Ampel warten musste, und überflog schnell die Schlagzeilen der *Times* und der *Sun*, ohne wirklich zu registrieren, was in der Welt vor sich ging. Er fühlte sich leer und hätte gern mit Danny gesprochen.

Auch das war etwas, was er gelernt hatte. Man konnte Probleme besser handhaben, wenn man zwischendurch an andere Probleme dachte.

Also dachte er an Danny.

My rifle, my pony and me.

Er verdrängte das Lied.

Warum bist du nach Ravenscraig gekommen?

Das andere Rätsel, das auf einmal aufgetaucht war wie aus heiterem Himmel.

Auch hier suchte Colin vergeblich nach einer Antwort.

Dass seine Mutter unauffindbar war ... herrje, das konnte vorkommen. Dass aber sein Bruder nach Ravenscraig zurückgekehrt war, verwunderte ihn von allen Dingen am meisten. Das war der Punkt in dieser Geschichte, den er sich nicht erklären konnte.

Seine Mutter war verrückt. Nun ja, nicht direkt verrückt, aber doch sehr exzentrisch. Wer wusste schon, wo sie sich herumtrieb. Einmal, vor Jahren, war sie einfach so verschwunden, genau wie jetzt. Vier Tage später rief sie von einem Münzfernsprecher aus Kairo an. Ja, Kairo! Sie sei noch nie dort gewesen, das war die einzige Begründung, die sie ihrem Mann gab. Und das Versprechen, in einer Woche wieder daheim zu sein.

Ihr kommt schon ohne mich klar.

Helen Darcy, das wusste ihr Sohn, war seltsam.

Und Danny, auch das wusste Colin, hatte seine Mutter noch viel, viel weniger gemocht, als es den Anschein gehabt hatte. Ja, er hatte sogar richtiggehend Angst vor ihr gehabt, damals, als er noch ein kleines Kind und Colin schon ein junger Jugendlicher gewesen war. Er hatte einmal ein Lied komponiert, in dem es um Helen und ihn ging, metaphorisch, versteht sich, und das er nur mit jaulender E-Gitarre hatte spielen können. Und Danny war jemand, der die E-Gitarre nur selten angefasst hatte. Wie eine Mischung aus Bruce Springsteen und The Cure hatte es geklungen, laut und abgrundtief verzweifelt.

Wie lange lag das nun zurück?

Colin wusste nicht einmal das.

Der Taxifahrer war ein schweigsamer Taxifahrer, immerhin.

Colin Darcy betrachtete die Stadt, die langsam erwachte, und all die Menschen, die ihren Zielen entgegenhasteten, und fragte sich, wohin diese Reise ihn wohl führen würde.

Was war in Ravenscraig passiert?

Geradezu erschrocken stellte Colin fest, wie wenig er in den vergangenen Jahren an seine Kindheit gedacht hatte und an wie wenig er sich jetzt erinnern konnte.

War es möglich, dass man ganze Jahre aus seinem Gedächtnis löschte? Dass die Verdrängung, von der die Psychologen so gern sprachen, wirklich funktionierte? Er wusste ja nicht einmal, was genau er verdrängt hatte. Was hatte er denn erlebt, was so *verdrängenswert* gewesen wäre?

Er wusste es nicht. Das war alles, was er wusste.

Er hatte keine Ahnung.

Nicht für einen Penny Ahnung hatte er, so sah es aus.

Dafür erinnerte er sich immer öfter an den Geruch der See und das sanfte Tosen der Brandung an den Klippen nahe des Galloway Graveyard mit seinen schiefen Grabsteinen und den mächtigen Eichen.

Der warme Sommerregen hatte es ihm ins Gedächtnis zurückgerufen, gestern Abend, das alles und noch mehr.

Er betrachtete sein Spiegelbild im Fenster des Taxis und musste an Cary Grant denken. Helen Darcy hatte immer behauptet, dass ihr Mann so ausgesehen habe wie Cary Grant, und damit hatte sie nicht unbedingt unrecht gehabt, keineswegs.

»Du siehst deinem Vater ähnlich«, hatte Colin immer schon zu hören bekommen.

Er tastete nach dem Grübchen am Kinn, das auch sein Vater gehabt hatte: Alexander Archibald Darcy, der starb, als er die Vögel am St. Abb's Head beobachten wollte.

Zufall, Schicksal oder einfach nur Pech – am Ende war es passiert, und keiner wusste so recht, warum. Wie die Sache mit Arthur. Wie alles im Leben.

Sing, little birdy, sing.

Das war auch eines der Lieder, die sein Vater gemocht hatte.

Und Mutter hat es gehasst!

Das, wie so vieles andere auch.

Helen Darcy und ihr Mann hatten niemals richtig zueinander gefunden. Es war eine seltsam förmliche Beziehung gewesen. Archibald Darcy hatte immer öfter die Flucht ergriffen, wenn Helen spitzzüngig ihr Gift verspritzt hatte. Er war zur New England Bay hinter Ardwell gefahren, mit dem alten grünen Rover, in dem es nach Holz und Ledersitzen und kaltem Whisky gerochen hatte.

Früher war er allein dorthin gegangen, um seine geliebten Vögel zu beobachten. Dorthin und zur Isle of Withorn, nach St. Abb's Head, zum Loch Lomond, wo er tagelang in einem Zelt hatte leben können.

»Das ist es, was ein Mann tun muss«, pflegte er zu sagen. »Vögel beobachten. Und zwar allein! Es ist, als würde man meditieren, nur besser, und dazu noch an der frischen Luft.« Er hatte ihnen die Flüsse und Bäche erklärt und die Lebewesen, die sich dort tummelten. Er wusste alle ihre Namen und war mit ihnen umgegangen, als stünden sie ihm näher als Helen, seine Frau.

Er brach meist früh am Morgen auf und kehrte am Abend zurück. Und manchmal übernachtete er in einem der Dörfer oder dem Zelt, das er immer dabeihatte, hinten im Rover. Auf jeden Fall aber (und das war das Allerwichtigste) weit, weit fort von Ravenscraig.

»Du siehst ihm ähnlich.« Wenn Helen Darcy das sagte, dann klang es wie eine Anschuldigung.

Danny, das sagten alle, obwohl er es nicht hören wollte, kam eher nach seiner Mutter. Er hatte ihre Augen, die kühl und warm zugleich sein konnten.

Das Taxi erreichte die Park Road zehn Minuten bevor seine erste Veranstaltung für die Studenten begann. Colin hatte sich überlegt, ob er die Vorlesung abhalten sollte, und sich entschieden, es zu tun, weil es ihn ablenken würde.

Das war *seine* Strategie.

Colin Darcy stieg aus, streckte sich, fasste sich schnell an den Hals, um die Krawatte zu kontrollieren, und stellte fest, dass er gar keine Krawatte trug. Was ihn kurz verwunderte. Normalerweise trug er immer eine Krawatte. Er hatte diesen Ort noch nie ohne Krawatte betreten.

Bis heute.

Kurz spielte er mit dem Gedanken, noch vor der Veranstaltung sein Büro aufzusuchen, um in den Schubladen nach einer Krawatte zu suchen. Er ließ es bleiben.

Und er fühlte sich gut dabei.

Er hielt die Vorlesung im ersten Stock des Sainsbury Buildings wie geplant um acht Uhr dreißig. Die Studenten konnten ihm folgen, immerhin. Er redete und redete und besprach eine Grafik nach der anderen, weil das etwas war, was ihn ablenkte.

Zu Hause im Apartment in Hampstead Heath zu sitzen und Gedanken nachzuhängen wäre unnütz gewesen. Über ökonomische Modelle zu reden, Kurven zu analysieren, Schnittpunkte herzuleiten und die Studenten mit einigen Berechnungen zu konfrontieren schien ihm da angemessener zu sein.

Ja, die Makroökonomie hielt ihn davon ab, über Ravenscraig und Arthurs schrecklichen Unfall nachzudenken. Entsprechendes hatte sie schon getan, als er noch in Cambridge gelebt hatte.

Trotzdem musste er kurz an den bunten Vogel denken, der nicht wie ein einheimischer Vogel ausgesehen hatte. An das gelbe Band in seinem Schnabel und die bunten Federn, die so untypisch für diese Gegend waren, dass es kein einheimischer Vogel hatte sein können.

Was soll's, dachte er und beantwortete die Fragen der

Studenten mit müder, leicht entnervter Stimme, eigentlich so wie immer.

Dann, nach der Veranstaltung, begab er sich hinauf in sein Büro, das im A-Flügel lag.

Einer der jungen Assistenten des Lehrstuhls, Christoph Kneer, kam ihm müde, unrasiert und mit einem halb vollen Pappbecher Kaffee in der Hand auf dem Gang entgegen. »Sie sehen genauso aus, wie ich mich fühle, Doktor Darcy.«

Darcy nickte ihm zu. »Deutscher Humor.« Es war eine Feststellung.

»Englisches Frühstück«, verbesserte ihn Kneer. Dann berichtete er ihm von den Modellen, deren Programmierung er während der letzten Stunden verbessert hatte, und schimpfte auf die Mathematiker, die wieder mal den Baum im Wald nicht zu finden vermochten. »Die Simulation müsste morgen laufen, ohne Fehler.«

»Wir brauchen die Ergebnisse für die SigmaCom-Sache. Bis gestern.«

»Weiß ich doch.«

Colin Darcy teilte dem jungen Mann mit, dass er die Projektreihe allein würde durchführen müssen. »Ich muss in einer Familienangelegenheit nach Schottland«, sagte er.

»Seit wann haben Sie denn eine Familie?«

Darcy zog ein Gesicht. »Werden Sie jetzt etwa unverschämt?«

Kneer schüttelte den Kopf: »Deutscher Humor.«

»Schnappen Sie sich Claudia Wolf, die hat noch den

besten Draht zu den Mathematikern, und versuchen Sie die Simulation zum Laufen zu bringen. In zwei Tagen bin ich spätestens wieder da.«

Colin Darcy war nicht schlecht darin, zu delegieren. Das hatte er von dem Igel gelernt.

Kneer sprach noch kurz mit ihm über die Termine, die Darcy absagen musste, und ging dann seines Weges.

Colin indes begrüßte Rachel, die mit Grabesmiene hinter ihrem Schreibtisch saß.

»Das mit Arthur ist so schrecklich«, sagte sie.

»Ja.« Colin hatte mit einem Mal das Gefühl, laut losheulen zu müssen, wenn er länger darüber zu reden gezwungen würde. Deshalb lenkte er ein und fragte: »Wie läuft die SigmaCom-Präsentation?«

»Hugh Chapman wird Sie gleich aufsuchen.«

»Muss das sein?« Hugh Chapman war einer der PR-Spezialisten, die bei der Präsentation zugegen waren.

»Randall möchte, dass Sie in drei Tagen das nächste Treffen leiten.«

Colin starrte sie an. »Ich?«

Sie nickte.

»Und jemand von der Polizei möchte Sie sprechen.«

»Polizei?«

»Wegen Arthur.«

Er sah sie traurig an.

»Ein Inspektor McGuffin.«

»Toller Name«, grummelte Colin. »Ist das alles?«

»Vorerst.«

Colin Darcy, müde und durcheinander, schloss die

Tür seines Büros hinter sich und tat etwas, was er noch niemals zuvor getan hatte: Er legte die Füße auf den Tisch. Er konnte nicht sagen, warum er das tat. Normalerweise saß er nicht in seinem Sessel, zurückgelehnt und tagträumend, und hatte die Füße samt Schuhen auf der Tischplatte liegen.

Jetzt schon.

Er schloss die Augen und dachte daran, was seine Mutter ihm erzählt hatte, als er einmal sein Mittagsessen nicht aufgegessen hatte. Keine sechs Jahre mochte er alt gewesen sein. Es hatte noch keinen Danny gegeben, nur ihn. Er war allein gewesen in Ravenscraig. *Allein, allein, allein*, hallte es in seinem Kopf.

»Drüben auf der anderen Straßenseite lebte einmal ein Junge, der nie seine Schulbrote aufgegessen hat. Weißt du, was mit ihm passiert ist?« Ganz leise war es im Raum geworden und irgendwie kälter, als Helen Darcy die Geschichte von dem Nachbarsjungen erzählt hatte. »Der Mund ist ihm zugewachsen, genau hier, wo die Lippen aufeinandertreffen. Er konnte nur noch durch die Nase atmen, und wenn er erkältet war, dann hatte er eine panische Angst zu ersticken.«

Es fröstelte ihn, wenn er daran dachte. Er hörte die Stimme seiner Mutter, die leise und sanft war, doch unter der Oberfläche undurchsichtiges Eis.

Die Geschichte war da, wie manche Geschichten eben da sind, wenn es an der Zeit ist aufzutauchen.

»Glaubst du, dass Mama böse ist?«, hatte Danny ihn einmal gefragt.

»Manchmal ist sie das.«

»Sie ist zu dir öfter böse als zu mir.«

»Glaubst du?«

Danny hatte genickt. Colin erinnerte sich an den Herbsttag. Das Laub war vor ihnen hergeweht. Danny war sieben gewesen, Colin fünfzehn. »Sie sieht dich an, wie sie Papa ansieht.«

Colin öffnete die Augen.

Die düsteren Wolken hatten sich ein wenig verzogen, und ein dünner Sonnenstrahl streifte über die grünen Wiesen im Park. Hatte er früher nicht geglaubt, dass sie eine normale, glückliche Familie gewesen waren? Glaubte nicht jedes Kind das von seiner eigenen Familie?

»Wo steckst du nur?«, fragte er in den leeren Raum hinein und meinte Danny.

Dann klopfte es an der Tür.

Hugh Chapman betrat den Raum. Er trug einen dunklen Anzug und sah aus wie einer der Kerle auf den Coverseiten der Modemagazine.

»Fassen Sie sich kurz, ich muss heute Mittag nach Luton.«

»Sie fliegen fort?«

»Schottland.«

Chapman ließ keine Regung erkennen. »Das *Timephone* ist technisch ausgereift, das haben die Sigma-Com-Leute betont, aber die Sache mit den *Earth'n Eco Watchers* tut nicht gut, nein, tut gar nicht gut.«

Das *Timephone* war das Gerät, um das es ging. SigmaComs Vorreiter in der Welt der Smartphones. In den vergangenen Jahren hatten sie eine neue hochauflösende Bildschirmkonfiguration entwickelt, die weit mehr als die bisher üblichen WAP-Browser leistete. Man konnte eine Vergrößerung des Bildschirms auf die Tischplatte, die Wand oder irgendeine andere glatte Fläche projizieren. Anfangs hatten die Bilder noch stark geflackert, aber all das war jetzt behoben.

»Okay, manche Testpersonen klagen noch immer über ein leichtes Schwindelgefühl, aber das ist nicht weiter schlimm.« Hugh Chapman fischte sich seine Elvis-Tolle aus der Stirn.

Colin schaute auf. Hatte er »nicht weiter schlimm« gesagt?

»Wir führen das auf die Instabilität der Projektoren zurück, wissen Sie?«

Nein, hatte er nicht gewusst.

Er nickte trotzdem.

Eigentlich interessierte es ihn gar nicht.

Und aus einem Grund, den er nicht kannte, musste Colin plötzlich an die Melodie einer Trompete denken, die ein Mexikaner in einem Western spielt. Die Töne waren klar und deutlich, und es war definitiv nicht *Tie a yellow ribbon round the ole oak tree*, was er da hörte.

Hugh Chapman, der mit seinem Blondschopf wie ein Sportler aussah, den man in einen Anzug gesteckt hatte, sagte: »Der Sender des *Timephone* ist zugegebenermaßen ein wenig ... stark.«

Sah er gerade so aus, als wollte er etwas verbergen?

»Und das bedeutet?«, hakte Colin nach.

»Es könnten natürlich Nebenwirkungen auftreten. Elektrosmog ist aber überall.« Er fuhr sich mit der Hand durchs dichte Haar, um das Colin ihn beneidete. Putzte *er* sich die Zähne und spuckte aus, dann konnte er eine sich langsam ausweitende kahle Stelle im Spiegel erkennen, die zwar dort lag, wo nicht jeder sie unbedingt sah, aber trotzdem. Colin Darcy wusste, dass sie da war, und an die kahle Stelle auf seinem Kopf zu denken trug ganz und gar nicht dazu bei, seine Laune zu verbessern.

»Was heißt das?«

»Elektrosmog ist überall«, wiederholte Chapman.

Colin dachte an Schottland und konnte auf einmal fast schon die klare Luft riechen.

»Abstrahlung gibt es bei jedem Gerät, das an der Steckdose hängt.« Es folgte eine Abhandlung über elektrische Haushaltsgeräte, automatische Türöffner, Kühlschränke, Radios, Fernseher. »Die Menschen sind daran gewöhnt.«

Colin machte nur: »Hm.«

»Das ist ...«

Colin hob die Hand. »Bringen Sie es doch einfach auf den Punkt!«

Chapman starrte ihn an.

Colin deutete zur Uhr. »Termine«, sagte er genervt.

»SigmaCom hat eine reine Weste. Die Produkttests wurden alle sehr gewissenhaft durchgeführt.«

»Fein.« Colin Darcys Gedanken drifteten ab. Das, was Chapman ihm da berichtete, wurde zu einem dumpfen Klangteppich, der sich anhörte wie langsame Musik für einen Taucher unter Wasser. Und Colin Darcy fragte sich, wenn auch nur für einen ganz, ganz kurzen Augenblick, was er überhaupt in diesem Zimmer machte. Warum hörte er diesem Mann zu, der sich selbst so gefiel, wenn er redete, dass er das doch besser vor einem Spiegel gemacht hätte? Warum saß er zurückgelehnt in seinem Sessel und dachte an das Meer und den kleinen Hafen von Portpatrick?

Und warum hatte er noch immer die Füße mit den Schuhen daran auf dem Schreibtisch liegen?

Colin erstarrte.

Saß er schon lange so hier?

Hugh Chapman jedenfalls schien es nicht weiter zu stören, dass er so dasaß.

Gut so!

Auch dieser Gedanke verwunderte ihn. Colin Darcy war nicht der Typ, der die Füße auf den Tisch legte. Niemand, der in der London Business School arbeitete, war dieser Typ. Solche Typen wurden nicht eingestellt, weil sie nicht zum Bild der altehrwürdigen Schule mit der langen Tradition passten. Außerdem machte es keinen guten Eindruck auf Mandanten.

Colin wusste das, natürlich.

Trotzdem machte er keine Anstalten, die Füße vom Tisch zu nehmen. Es war bequem. Und eingedenk der Probleme, mit denen er gerade zu tun hatte, konnte ein wenig Entspannung nicht verkehrt sein.

»War das alles?«, fragte Colin, nachdem Chapman ihm weitere zehn Minuten die Einzelheiten der Preisstrategiesimulation dargelegt und mit sorgenvollem Blick betont hatte, dass SigmaCom in ernsthafte (und er unterstrich das Wort *ernsthafte*) Schwierigkeiten kommen würde, geriete die Sache erst in die Medien. Er faselte etwas von Elastizitäten und Absturz im Portfolio, und das war es dann auch schon.

»Sie befahren unruhige Gewässer«, sagte Colin.

»Bitte?«

»Vergessen Sie's.«

Chapman verließ das Büro.

Und Colin dachte nur: Was für ein Tag!

Als Hugh Chapman endlich draußen war, griff Colin zum Telefon und versuchte Mary Sedgwick zu erreichen. Noch immer nahm niemand das Gespräch entgegen.

Colin schloss die Augen und versuchte zu weinen, aber er konnte es nicht.

Es tat weh, es nicht zu können. Wenn man genau hinhörte, dann tat es weh.

Helen Darcy, dachte er, hat niemals geweint. Vielleicht habe ich mir das von ihr abgeschaut. Und auch das war kein Gedanke, den er mochte, ganz und gar nicht.

Der nächste Besucher war Inspektor McGuffin von der Metropolitan Police. Er trug einen grauen Anzug, dazu ein hellblaues Hemd, aber ohne Krawatte. Hageres Gesicht, Oberlippenbart, die Haare kurze Stoppeln, nicht der typische Polizist.

»Wie gut kannten Sie Mr. Sedgwick?«, fragte er, nachdem die üblichen Höflichkeiten ausgetauscht worden waren. Es entging Colin nicht, dass er die Vergangenheitsform verwendete.

»Wir sind Kollegen und Freunde.« Colin sagte nicht »gewesen«. Dann erkundigte er sich nach Mary.

»Ist mit ihrer Tochter bei ihren Eltern in Nottingham.«

Colin verkniff sich zu fragen, wie es ihr ging.

»Was ist passiert?«

McGuffin griff nach einem Taschentuch und schnäuzte sich lautstark. »Tut mir leid«, entschuldigte er sich. »Allergie.« Dann kam er zur Sache. »Mr. Sedgwick hat dieses Gebäude, das sagte mir Ihre Sekretärin, gegen neunzehn Uhr verlassen und ist dann, das vermuten wir, auf direktem Weg hinüber nach Southwark gefahren. Er ist durch Battersea gerast, hat eine Menge parkender Autos demoliert, nicht wenige Unfälle verursacht und ist schließlich vor der Brücke auf der Battersea Bridge Road, wie Zeugen aussagten, ins Schleudern gekommen. Er hat die Kontrolle über sein Fahrzeug verloren und ist in die Themse gestürzt.«

Colin starrte den Inspektor an. Das klang alles so banal.

»Hat Mr. Sedgwick getrunken?«, wollte der Inspektor wissen.

»Warum fragen Sie?«

Der Inspektor zog ein Gesicht.

»Nein«, sagte Colin.

Arthur Sedgwick war ein Gesundheitsfanatiker gewesen. Er hatte nicht einmal Wein getrunken, als er die Doktorwürde erlangt hatte. Nie und nimmer hätte Arthur Alkohol getrunken. Erst recht nicht am Abend vor einer wichtigen Präsentation.

»Ich kenne Arthur seit Jahren«, sagte Colin.

»Und?«

»Ich weiß nicht, warum das passiert ist. Ich meine, ich kann es mir nicht erklären.« Arthur Sedgwick war glücklich verheiratet. Er flirtete nicht, er drehte sich nicht nach anderen Frauen um. Er war so, wie die Helden in den alten Filmen immer gewesen waren, jenen Filmen, die Colin und Danny als Kinder gesehen hatten, ja, wie die Helden, die sich ihr Happy End verdient hatten.

»Man hat den Wagen geborgen«, sagte der Inspektor.

Colin fragte sich, was er darauf erwidern sollte. »Ja, und?«

»Man hat etwas gefunden.«

Er machte eine Pause und schnäuzte sich erneut.

»Was haben Sie gefunden?«, fragte Colin schließlich.

Der Inspektor sagte: »Federn.«

Colin glaubte sich verhört zu haben. »Federn?«

»Ja, bunte Federn. Sie wissen schon, von einem Vogel.«

»Ich weiß, was Federn sind.«

»Haben Sie eine Vermutung, wie die Federn in seinen Wagen gekommen sein könnten?«

Colin zuckte die Achseln. »Wie viele Federn waren es denn?« Nicht gerade die beste Frage, aber immerhin.

»Viele«, sagte McGuffin.

»Wie viele?« Er musste an den bunten Vogel denken, den er gestern Abend auf der Laterne hatte hocken sehen. Unsinnig, auch nur anzunehmen, das hätte etwas mit Arthur zu tun gehabt.

»Das Innere das Wagens war voller bunter Federn. Sie waren überall. Sie sahen ungewöhnlich aus.«

»Ungewöhnlich?«

Er nickte. »Exotisch.«

Colin schwieg.

Exotische Federn also.

»Ich habe keine Ahnung, was das zu bedeuten hat«, gab er zu, denn das war immerhin die Wahrheit.

»Sind Sie während der nächsten Tage hier?«, fragte der Inspektor. »Falls ich noch Fragen an Sie habe.«

Nein, ich muss nach Schottland zurück, weil Helen Darcy, die Frau des berühmten Kunsthändlers Archibald Darcy, meine Mutter, nämlich gerade verschwunden ist, und zufälligerweise ist mein Bruder, Danny Darcy, der in einer Rockband namens »Dylan's Dogs« spielt und, glaube ich, recht berühmt ist und nach vielen Jahren gerade erst wieder nach Hause zurückgekehrt war, auch verschwunden, und noch viel zufälliger habe ich gestern einen bunten Vogel gesehen, der so exotisch ausgesehen hat, dass ich mir nicht erklären konnte, was er in London zu suchen hat.

Einen Moment lang fragte sich Colin wirklich, ob er so etwas sagen sollte, aber am Ende entschied er sich dann für ein einfaches »Ich verreise.«

»Wann?«

»In einer Stunde.«

»Für wie lange?«

»Zwei Tage.«

»Wo kann ich Sie erreichen?«

Colin nannte ihm seine Mobilfunknummer und erklärte, dass er noch nicht wisse, in welcher Pension oder in welchem Hotel er wohnen werde, dies aber irgendwo in Portpatrick sein werde.

»Das ist eine seltsame Sache«, grummelte der Inspektor, »seltsam, seltsam. Vor allem das mit den Federn. So was habe ich noch nie gesehen.« Dann verabschiedete sich McGuffin.

Colin seufzte, stand auf und ging zum Fenster.

Er betrachtete den großen Park.

War müde und verwirrt.

Nein, er fühlte sich nicht gut, und er wusste, dass er genauso aussah, wie er sich fühlte. Manchmal, dachte er, kann das Leben gemein und gierig sein. Und dann kam ihm ein Gedanke, der nichts besser machte, denn Colin wurde mit einem Mal bewusst, wie leer das Leben, das er führte, eigentlich doch war. Und wie allein er war, trotz all der Termine, die ihn nur selten zur Ruhe kommen ließen.

Eine Stunde später kam das Taxi, das ihn zum Bahnhof King's Cross brachte, wo er den Zug nach Luton bestieg. Keine sechzig Minuten später hatte er bereits eingecheckt und saß auf seinem Fensterplatz, Nichtraucher. Luton Airport quoll über vor Menschen an diesem Tag, und es sah so aus, als habe er Glück gehabt, noch einen freien Flieger zu finden. Die Alternative zum Fliegen wäre eine lange Zugfahrt gewesen.

Colin schloss die Augen, als der Flieger sich in die Lüfte erhob.

Die blecherne Stimme des Piloten meldete sich zu Wort: »Mein Name ist Martin Blank aus Lochmaddy, und ich bin heute Ihr Pilot. Vertrauen Sie mir, ich bringe Sie nach Hause.«

Colin Darcy öffnete die Augen und starrte genervt den Lautsprecher an. Er war nicht der Einzige, der das tat. Diejenigen, die schmunzelten, waren zweifelsohne ebenfalls Schotten, die nach Hause flogen. Alle anderen waren Engländer oder aber Ausländer, was in den Augen der meisten Schotten das Gleiche war. Colin dachte daran, wie viel Mühe es ihn gekostet hatte, den Dialekt seiner Heimat loszuwerden, um in Cambridge als richtiger Engländer durchzugehen. Das gerollte »r« und das gutturale »ch« loszuwerden war nicht einfach gewesen, aber er hatte es geschafft. Heute schämte er sich ein wenig dafür. Jetzt, da er im Begriff war, wieder nach Portpatrick zu fliegen, kam er sich ein wenig wie ein Verräter vor.

Er schloss erneut die Augen und versuchte sich an die Dinge von einst zu erinnern, die er so erfolgreich vergessen hatte. Wenigstens hatten die Kopfschmerzen nachgelassen.

Kurz bevor der Schlaf ihn übermannte und einige Gedanken konkrete Formen annehmen konnten, dröhnte der knisternde Lautsprecher erneut über seinem Kopf.

»Wir haben soeben den Tweed überflogen«, informierte Martin Blank jeden, den es nicht interessierte, und beendete seine Durchsage mit der überaus patriotischen und von den schottischen Passagieren einstimmig mit Applaus quittierten Feststellung: »Dies ist mein Land, wir sind daheim.« Die Lautsprecher schwiegen mit einem Knacken.

Colin Darcy verdrehte die Augen.

Ich bin daheim, dachte er, na klasse!

Eine Stewardess servierte ihm einen überaus schlechten Kaffee, den er trotzdem trank.

Konnte man das, was gewesen war, wirklich hinter sich lassen? Colin wusste es nicht. Wieder in Schottland zu sein war ein seltsames Gefühl. Er konnte den Geruch des Meeres fast schmecken, selbst hier in dem muffigen Inneren des Fliegers, wo alles nach bitterem Kaffee und abgestandener Luft roch.

Ihm fiel auf, dass er nur sehr wenig in London zurückgelassen hatte. Nur das Leben, das er lebte, nichts weiter.

Er schüttelte den Kopf und rieb sich müde die Augen. Was für ein dummer Gedanke! Es war das Leben, das er gern lebte.

Oder?

Arthur Sedgwick war der einzige Ankerpunkt in diesem London-Leben gewesen. Die London Business School zählte nicht. Arthur und Mary waren so etwas wie eine Familie gewesen, Freunde, die ihn so oft zum Essen eingeladen hatten, nicht selten in der Absicht, ihn zu verkuppeln. Nun ja, am Ende waren sie erfolgreich gewesen, kurzfristig. Aber zählte das nicht auch?

Sagte nicht Adam Smith, dass langfristig alle tot sind?

War es nicht so? Und wenn es so war, was blieb jetzt noch in London?

Mary?

Es brach Colin das Herz, nur an sie zu denken. Was würde aus Selina und ihr werden?

Er schaute nach draußen, wo das Grau des Meeres auftauchte. Und Colin Darcy musste an Abb's Head denken, ganz plötzlich. An die Ausflüge dorthin.

An das, was gewesen war.

Das, was ihn damals nach Portpatrick zum Galloway Graveyard hatte zurückkehren lassen.

Er seufzte.

Trank den letzten Rest des kalten Kaffees.

Und dachte an seinen Vater.

An Archibald Darcy, dessen Ähnlichkeit mit dem Schauspieler Cary Grant man kaum hatte übersehen können.

Der die Kunst, seine Kinder und die Vögel Schottlands geliebt hatte. Sowie er die Zeit dazu hatte erübrigen können, hatte er den grünen Anorak vom Haken genommen, war in die abgewetzten Gummistiefel gestiegen, hatte sich sein Fernglas gegriffen und war mit dem alten Rover irgendwohin gefahren, wo es viele Vögel gab und möglichst keine Menschen und am allerwenigsten Helen Darcy.

Hätte Colin die Ehe seiner Eltern beschreiben müssen, dann wäre ihm vermutlich spontan der Begriff »Waffenstillstand« in den Sinn gekommen, mehr nicht.

Archibald Darcy hatte Helen Darcy in Edinburgh zur Frau genommen. Sie hatten sich auf einem Maskenball kennengelernt, irgendwann Anfang der 60er.

Auf den Hochzeitsbildern sahen die beiden aus wie Berühmtheiten: sie so freudig wie Elisabeth II. bei offiziellen Anlässen, bevor sie eine lange Rede zu halten beginnt, er wie Cary Grant in *Leoparden küsst man nicht*, wenn Katherine Hepburn in der Nähe ist.

Archibald Darcy war Kunsthändler gewesen, und ein äußerst bekannter und erfolgreicher obendrein. Dass er den Tod finden würde, weil er einen waghalsigen Klettervorsuch unternehmen würde, um das Nistverhalten einer Dreizehenmöwe besser beobachten zu können, hätte wohl niemand jemals vermutet.

Trotzdem war es genau so passiert.

Colin Darcy fragte sich später oft, wo er damals wohl gewesen war in jenem Moment, als sein Vater gestorben war. Es war am späten Nachmittag geschehen, und da hatte er sich meistens in der Bibliothek aufgehalten. Der Anruf hatte ihn abends erreicht. Die gute Miss Robinson hatte ihm mitgeteilt, dass sein Vater bei einer seiner Wanderungen abgestürzt sei, das war alles. Colin solle doch bitte nach Hause kommen.

Archibald Darcy war an jenem Tag nach St. Abb's Head gefahren, wo er auf einem schmalen Klippenweg zu den Nistplätzen gegangen war. Colin kannte die Gegend. Danny und er hatten ihren Vater einige Male dorthin begleiten dürfen. Ein rauer Wind blies vom Meer her, und man musste den Blick wachsam auf den Boden gerichtet halten, weil die Pfade glitschig waren von Gischt und Regen. Schwärme von Vögeln gab es dort zu beobachten, und das war auch der Grund, weshalb es Archibald Darcy immer und immer wieder dorthin verschlug. Es gab Eissturmvögel, Dreizehenmöwen, Silbermöwen, Tordalke und Trottellummen, darüber hinaus Krähenscharben und eine ganze Reihe von See- und Papageientauchern.

Colin und Danny hatten immer ganz leise sein müssen, wenn sie ihren Vater dorthin begleiten durften. Sie hatten sich Jägersitze mitgebracht, die man in den matschigen Boden rammen und auf denen man dann sitzen konnte. Das machte es einfacher, die Vögel zu beobachten.

Der Rest war Schweigen und Flüstern. Der Meereswind blies kalt und salzig in ihre Gesichter, und Archibald Darcy klärte seine Söhne über das lautstarke Paarungsverhalten der Silbermöwen auf, zeigte ihnen geduldig, wie Eissturmvögel jagten und Papageientaucher tauchten. In jenen seltenen Momenten waren sie einander nahe gewesen, Danny, Papa und er. Es gab nichts, was zwischen ihnen stand.

»Glaubst du«, hatte Danny ihn auf der Beerdigung gefragt, »dass er freiwillig gesprungen ist?« Sie hatten unter einem der Bäume gestanden, an deren Ästen sie gelbe Bänder befestigt hatten, einer Eiche.

»Ich weiß es nicht«, hatte Colin geantwortet, die anderen Trauergäste beobachtet und leise, ganz leise, hinzugefügt: »Möglich.«

Jetzt dachte er, dass er seinen Vater immer so sehen würde. Mit der Pfeife im Mundwinkel, die dunklen Augen ernst und voller Lebensfreude, das Fernglas in der Hand, hoch oben an den Klippen von St. Abb's Head, wo die Möwen laut kreischend ihre Runden zogen, als wären sie entsetzt über die Voyeure, die sich an ihre Nester heranschlichen und lauernd im hohen Gras hockten.

Das Grübchen am Kinn hatte Colin von seinem Vater geerbt. Vieles andere auch.

Er hatte seinen Vater geliebt.

Und Danny hatte es auch getan, wenn er es auch niemals zugegeben hätte. Getan hatte er es, das wusste Colin. Und Danny, der wie sein Bruder bei der Beerdigung keine einzige Träne um den alten Herrn vergossen hatte, sondern erst nachher, als er allein gewesen war, wusste, dass der Unfall sie beide bis ins Mark getroffen hatte, weil ihr Vater sie, die Söhne, mit Helen Darcy allein zurückgelassen hatte.

Wie Sargnägel, die in morsches Holz geschlagen werden, so klang das Wort für sie.

Allein.

Allein.

Allein.

Als der Sarg in die Erde gesenkt worden war, da war ihnen beiden klar geworden, dass sie niemals mehr nach Ravenscraig zurückkehren würden. Nie, nie mehr.

Colin fragte sich, ob auch Mary nie wieder nach London zurückkehren würde.

Wie Danny und er selbst nie wieder in die Rhinns zurückgekehrt waren.

Ja, damals hatten sie es schon gewusst.

Jetzt saß Colin Darcy im engen Sitz des Fliegers, der im Landeanflug auf Prestwick war, und fragte sich, ob er das Richtige tat. Alles, was bisher sein Leben ausgemacht hatte, hatte er in London zurückgelassen. Sogar SigmaCom.

Auch Arthur. Der nun tot war.

Die bunten Federn.

Das Geheimnis, das vielleicht alles miteinander verband.

Archibald Darcy jedenfalls war zu Tode gestürzt, an den Klippen von St. Abb's Head, vor sieben Jahren.

Die tosende Brandung musste seinen Körper gegen die Klippen geschmettert haben, und als das Flugzeug zur Landung ansetzte und einige Luftlöcher passierte, da fragte sich Colin, ob sein Vater, als er in die Tiefe stürzte, ähnlich empfunden hatte.

Den Leichnam hatte man, wie in einem Hitchcock-Film, nie gefunden. Die Strömung sei zu stark gewesen.

Von Eyemouth im Süden bis hinauf nach Cockburnspath hatte man die Küste abgesucht, ohne Erfolg. Dass er tot war, stand außer Frage.

Helen Darcy hatte getrauert.

Ihre Söhne auch.

Der Windhund namens Bonnie Prince Charlie, den Archibald Darcy so geliebt hatte, ebenso.

Helen Darcy hatte den Trauergästen die uralte Geschichte eines Hundes erzählt, dessen Herr während der blutigen Schlacht um den Khyberpass in Indien gefallen war. Bonnie Prince Charlie hatte unter dem Tisch gelegen und der Geschichte gelauscht. »Er ist fortgelaufen, mitten hinein in den Dschungel, wo ihn niemand finden konnte und er mit seiner Trauer allein war. Als man ihn fand, da war er ganz abgemagert.« Sie hatte sich vergewissert, dass alle ihr zuhörten. »Bis zum Khyberpass ist er gelaufen, den ganzen langen Weg von Bombay aus, wo das Regiment seines Herrn stationiert gewesen war. Er ist dort gestorben, wo auch sein Herr gestorben ist, an genau der gleichen Stelle.«

Colin bemerkte, wie seine Hände zitterten, als der Flieger aufsetzte und die Landebahn entlangrollte.

»Willkommen in Schottland«, dröhnte Martin Blank aus der Anlage, »willkommen daheim.«

Der Flieger stand.

Colin hielt sich an den Armlehen fest, völlig verkrampft.

»Sie fliegen wohl nicht gern«, stellte die lächelnde Stewardess fest, die neben seinem Sitz auftauchte.

Colin Darcy sah sie nur an und sagte: »Doch!«

Das war alles.

Er versuchte das Zittern seiner Hände unter Kontrolle zu bekommen.

Willkommen daheim!

Auch Bonnie Prince Charlie hatte damals gezittert, damals, als Helen Darcy die Geschichte erzählt hatte. Kurz darauf war er verschwunden. Man fand ihn sechs Wochen später. Ein Mann meldete sich, weil er die Adresse auf dem Halsband des Hundes entdeckt hatte. Bonnie Prince Charlie war bis nach St. Abb's Head gelaufen und die Klippen hinabgestürzt. Ein Wanderer, der Vögel genauso mochte, wie Archibald Darcy es getan hatte, fand ihn dort, bei Ebbe. Das Halsband, nicht den Hund, schickte er nach Ravenscraig zurück.

»Du und deine beschissenen Geschichten«, flüsterte Colin Darcy und spürte die Tränen in seinen Augen. Er hatte den Hund gemocht, alle hatten das getan, nur Helen Darcy nicht.

Er atmete tief durch.

Wieder und wieder.

Dann war es vorbei.

Er ging durch den nicht sehr vollen Terminal, und es kam ihm so vor, als hätten die letzten Jahre gar nicht stattgefunden. Als er den Koffer vom Band geholt hatte, ging er zum Büro von National Car Rental, legte Ausweis und Führerschein vor und stand kurz darauf vor einem Land Rover Defender, wie ihn sein Vater immer gefahren hatte und der kantig wie ein Ziegelstein war. Colin Darcy mochte die Würfelform des grünen Wagens, er mochte die leichten Buckel in der Motorhaube, die bulligen Kotflügel, die außen liegenden Türscharniere und die gut erkennbaren Nieten der Aluminiumbeplankung. Es war das Auto, das zu haben er sich als

Kind immer gewünscht hatte, und jetzt, da er sich einen Wagen wie den Rover hätte leisten können, fuhr er einen BMW, wenn auch selten (denn wie fast jeder in London, so bevorzugte auch er die U-Bahn, die ihn schneller überall hinbrachte, als es ein Auto jemals hätte tun können im Dschungel des Stadtverkehrs).

Bevor er auf dem Parkplatz des Verleihers die Tür des Wagens öffnete, ging er zweimal um ihn herum. Langsam, als müsse er erst ein Geheimnis entdecken, bevor er einstieg. Die Scheinwerfer und Leuchten, die das einzig Runde an dem Fahrzeug waren, gaben ihm fast ein Gesicht. Vielen Leuten war der Wagen zu unbequem, zu eckig, viel zu altmodisch.

Irgendwie ist der Wagen so wie ich, dachte Colin.

Dem Wagen war der Gedanke egal.

Colin Darcy jedenfalls war froh, genau diesen Wagen bekommen zu haben, und es schien ihm nur angemessen zu sein, dass er ausgerechnet in diesem Auto hinunter nach Stranraer und weiter nach Portpatrick fahren würde.

Sein Vater hatte dieses Modell gefahren, immerhin.

Er ließ den Motor an und lauschte dem knatternden Grummeln, dann fuhr er los.

Damals, als er den Führerschein erworben hatte, waren seine Kumpels und er oft nach Prestwick gefahren, weil das Nachtleben in Prestwick mehr bot als das in Stranraer, jedenfalls für Achtzehnjährige. Er kannte sich hier aus, und es kostete ihn keine Mühe, den Weg zur A77 zu finden.

Colin drehte das Radio auf und hörte Runrig: *Siol Ghoraidh.*

Es hatte sich nicht viel geändert, nicht hier, nicht wirklich. Er kannte die Melodien, weil sie schon immer da gewesen waren. Sie erinnerten ihn ans Frühstück zu viert, an Dannys Anfänge auf der alten Gitarre, die später dann so viele Kratzer gehabt hatte.

In Cairnyan hielt er kurz an, um sich einen Kaffee zu besorgen und die Beine zu vertreten. Er kannte diese Gegend und das, was jenseits davon lag, auch wenn er das meiste davon vergessen hatte. Es war kaum mehr als ein Gefühl, das auf einmal wieder da war. Das da war, seit er den Flieger verlassen hatte und seinen Fuß auf schottische Erde gesetzt hatte. Es war ein Gefühl, das ihn an dunkle Ecken, lange Kellertreppen und leere Zimmer denken ließ, an all die Dinge, vor denen er sich als Kind gefürchtet hatte. Er war wieder hier, so einfach war das. Er war wieder hier, unterwegs nach Portpatrick, unterwegs nach Ravenscraig, und er ahnte, dass nichts von dem, was ihm bevorstand, auch nur annähernd dazu beitragen würde, seine Laune zu verbessern.

Portpatrick ist ein kleiner Küstenort, überschaubar und mit einem Hafen, der alten Kuttern und Segelbooten ein Heim ist, mit kaum mehr als achthundert Einwohnern, Touristen nicht mitgezählt.

Es gibt an der Hafenbucht einen alten Leuchtturm und, weiter nördlich die Küste hinauf, noch einen, namens Black Head, der schon lange nicht mehr genutzt wird. Nicht weit von Black Head entfernt gibt es einen alten Seefahrerfriedhof, der den Namen der Gegend angenommen hat, schon vor vielen Jahren: Galloway Graveyard.

Portpatrick ist ein kleiner Ort, und die Menschen kennen sich. Fremde, die hier Urlaub machen, werden als Fremde bezeichnet. Und Fremde, die nicht hier geboren wurden und nach Portpatrick ziehen, bleiben Fremde, bis sie sterben. Ihre Kinder bleiben die Kinder von Fremden. Erst nach Generationen sagt man, dass jemand »einer von hier« ist. So ist das in kleinen Orten. In Portpatrick ist es nicht anders.

Es ist wärmer hier als an anderen Orten, was am Golfstrom liegt, der den Geschmack des Sommers allzeit im Regen verbirgt. Die Wellen erzählen Geschichten von der offenen See, sind an Herbsttagen und im tiefen Winter so ungestüm wie Kinder, die nicht wissen, was sie mit all ihrer Kraft anfangen sollen.

Archibald Darcy hatte diese Gegend geliebt, schon immer, und war, sooft es ging, mit seinen Kindern die Klippenpfade entlanggewandert, hatte ihnen die Gezeiten und den Mond erklärt und die Tiere gezeigt, die überall dort lebten.

Die Natur war Archibald Darcys geheimer und guter Freund gewesen, und allzeit hatte sie ihm die Stille und die Ruhe gegeben, die er daheim in Ravenscraig nie zu finden vermocht hatte.

»Wenn es euch schlecht geht«, hatte er seinen Jungs

erklärt, »dann müsst ihr dorthin gehen, wo euch der Wind in die Gesichter bläst und die Möwen kreischen. Schließt die Augen, ganz fest, und atmet den Wind ein, der von der See kommt.« Archibald Darcys irgendwie weise Augen waren von einem Jungen zum anderen gewandert. »Das ist das wahre Leben, das ist es, was ihr spüren müsst, von Zeit zu Zeit. Dann werdet ihr glücklich sein, lasst euch das gesagt sein.«

Colin hörte die Worte, als sei es gestern gewesen.

»Woran denkt ihr, wenn ihr den Wind im Gesicht spürt und die Möwen hört?«, hatte Archibald Darcy seine Söhne gefragt.

»An Robert Stevenson«, hatte Colin geantwortet.

»An U2«, war Dannys Antwort gewesen.

»An Rod Stewart«, hatten beide im Chor gerufen und sich gekrümmt vor Lachen.

Zufrieden hatte Archibald Darcy genickt. »Seht ihr, es stimmt.«

Jeder dachte an irgendetwas, an ein Lied, eine Geschichte, an ein gutes Gefühl, aber keiner von ihnen dachte an Helen Darcy.

Colin seufzte, als würde das helfen.

Die Küstenstraße entlangzufahren brachte Erinnerungen zurück, wie alles während der vergangenen Stunden.

Dies war die Welt, in der Colin aufgewachsen war und sich gefragt hatte, was ihn erwarten würde, wenn er einmal groß wäre. Damals hätte er wohl nie vermutet, dass er einmal etwas so Seltsames tun würde, wie ökonomische Modelle zu entwerfen. SigmaCom hätte sich angehört wie der Name eines Raumschiffs, und Imagery wäre ein Zauberwort gewesen.

Damals hatte er ...

Was?

Er stutzte bei dem Gedanken an die Vorstellungen und Wünsche von einst.

Was hatte er werden wollen?

Pirat?

Cowboy?

Archäologe?

Sternenflottenkapitän?

Ein Buch kam ihm in den Sinn, etwas, was er als Kind gelesen und sehr gemocht hatte. Robert Stevenson: *Kidnapped* und *The Master of Ballantrae.* Ja, am Ende waren es diese Momente, die er still und ganz für sich allein in seinem Zimmer oben unter dem Dach verbracht hatte, an die er sich gern erinnerte und die mehr als alles andere Kindheit für ihn waren.

Du hast Geschichten erzählen wollen, wisperte eine Stimme, irgendwo von weit, weit her, eine Stimme, die es nicht mehr gab. Der ruhige Junge, der damals noch keine Koteletten getragen und das lockige Haar kurz geschnitten gehabt hatte, rief ihm dies aus der allertiefsten Kindheit und Jugendzeit zu, jetzt, da Colin den Rover nach Portpatrick lenkte, Koteletten trug, unruhig war und sich vereinzelt die ersten grauen Strähnen in den widerspenstigen Locken zeigten.

Ja, er hatte gern gelesen, und, ja, er hatte gern Geschichten erfunden.

Es fiel ihm ein, kaum dass er Stranraer hinter sich gelassen hatte, und er fragte sich, wie er es jemals hatte vergessen können. Damals, als er ein Kind gewesen war und Danny ganz klein, da hatte er ihm immer selbst erfundene Geschichten erzählt. Sie hatten auf der Bettkante gesessen oder waren durch den Garten geschlendert, und irgendwie war die Welt zu einem magischen Ort geworden, wenn Colins Worte durch die Luft geschwebt waren. Und später dann, als Danny größer und Colin noch größer gewesen war, da hatte Danny zu singen begonnen. Stundenlang hatte er auf seiner Gitarre Melodien von Bono Vox und The Edge, den Chieftains, Bruce Springsteen und, wieder und wieder, Bob Dylan und Joan Baez geklampft und später dann immer öfter eigene Lieder komponiert.

Dann kehrte ein anderes Bild zu Colin zurück.

Er musste anhalten, weil es ihm schwindelte und er sich fragte, was wirklich geschehen war an jenem Tag.

Er schloss die Augen.

Atmete tief durch.

Die Erinnerung sprang ihn an wie ein Tier, das nur auf diesen Moment gelauert hatte.

Er sah es vor sich, so klar, als sei es gestern gewesen.

Danny hatte keinen Mund mehr gehabt. Er war fünf Jahre alt gewesen, Colin sah seinem dreizehnten Geburtstag im kommenden Monat entgegen, und in seiner Klasse war ein Mädchen, das er mochte. Es war ein Sommertag, und ein sanfter Nieselregen hing wie ein Vorhang über Ravenscraig. Colin saß an seinem

Schreibtisch und machte die Hausaufgaben, als Danny stumm weinend in sein Zimmer gerannt kam. Die Tränen rannen ihm dick übers Gesicht, und er gestikulierte wild wie ein Verrückter mit den Armen, weil sein Mund verschwunden war. Die dunklen Augen, die wie Colins waren, hatte er weit aufgerissen. Tiefdunkle Panik schrie darin wie am Spieß. Er fasste sich andauernd mit den kleinen Händen ins Gesicht, doch da, wo der Mund hätte sein müssen, waren die Lippen zusammengewachsen.

»Danny, meine Güte, was ist passiert?« Mathematik war vergessen, ebenso alles andere. Colin nahm seinen Bruder in die Arme und spürte die Furcht, die den kleinen Körper zittern ließ. Die dicken Tränen seines kleinen Bruders benetzten ihm das T-Shirt, und er konnte nichts anderes tun, als ihm über den Kopf zu streichen, wie er es immer tat, wenn der Kleine aufgeregt war. Bloß war er jetzt nicht aufgeregt, nein, er war verzweifelt. »War Mama das?« Die Frage zerschnitt die schwüle Luft im Raum wie ein scharfes Messer das Glück.

Danny sah ihn nur an und nickte.

»Oh, Danny.«

Der kleine Danny machte eine Handbewegung.

»Das Telefon?«

Ein schnelles Nicken.

»Hat jemand angerufen?«

Danny nickte und heulte weiter.

Dann gestikulierte er wie wild, und es sah aus, als würde er etwas essen, als hielte er einen unsichtbaren

Löffel in der rechten Hand, den er schließlich wegwarf, und dann stampfte er mit den Füßen auf den Boden und spielte seinem großen Bruder vor, wie wütend er gewesen war. Abschließend machte er wieder die Telefon-Bewegung.

»Du hast es nicht gegessen.«

Danny nickte, senkte den Blick, weinte weiter.

»Der Kindergarten hat angerufen, und sie haben sich beschwert, weil du wieder nichts zu Mittag gegessen hast.«

Erneutes Nicken. Normalerweise steckte sich Danny, wenn er an das Mittagessen im Kindergarten dachte, den Finger in den geöffneten Mund, als wolle er sich übergeben. Colin musste immer lachen. Ihre Mutter tat das nicht. Helen Darcy fand es nicht witzig, wenn einer ihrer Söhne in ihrer Gegenwart Kotzgesten machte.

Miss O'Meany, die Erzieherin in Dannys Gruppe, die es als sportliche Betätigung ansah, bei den Kindern nach versteckten Essstörungen, frisch geschlüpften Läusen und neu gelegten Nissen zu suchen, rief gern bei den Eltern an, um sich dann ausführlich über ihre Einschätzung der Situation auszulassen.

»Mama war sauer.«

Danny nickte.

Helen Darcy mochte es nicht, unfolgsame Kinder zu haben.

»Sie hat dir die Geschichte erzählt.«

Danny schluchzte nahezu tonlos. Seine kleinen Finger betasteten die Lippen, die zusammengewachsen waren. Mit aufgerissenen Augen flehte er Colin an, etwas zu tun.

»Komm her!« Colin zog ihn zur Bettkante. Sie setzten sich, und er nahm Danny in die Arme. Colin wusste, dass die Bestrafungen ihrer Mutter sehr ungewöhnlich ausfallen konnten, je nach Missetat. Und er wusste von der alten Geschichte um den Nachbarsjungen, der sein leckeres Mittagessen so oft nicht gegessen hatte und dem deswegen der Mund zugewachsen war. Es war eine Geschichte, die nur ein Lüge sein konnte, und doch war sie wahr. Ja, in Momenten wie diesen, das wusste Colin, konnten Geschichten, auch wenn sie Lügen waren, wahr werden. Und wenn es so weit war, dann musste man zusammenhalten. Dann musste man einander in den Arm nehmen und nach einer neuen Geschichte suchen, einer, die weniger schlimm war als jene, die zur Strafe gedacht worden war.

»Bruderherz«, flüsterte Colin leise.

Und begann zu erzählen.

Es verwunderte ihn immer wieder aufs Neue, wie schnell die Worte fließen konnten, wenn es sein musste. Als habe er einen Brunnen angezapft, so flossen sie ihm über die Lippen und formten sich zur Geschichte eines stummen Jungen, der auszieht, um seine Sprache zu finden. Er besteht viele Abenteuer in fernen Ländern, und am Ende findet er eine Prinzessin, die ihn küsst, und dann kann er plötzlich wieder den Mund öffnen und sprechen. Am Ende gingen die Geschichten, die Colin erzählte, immer gut aus.

»Ich habe Angst vor ihr«, flüsterte Danny, als er wieder reden konnte. Er fasste seine Lippen an und konnte kaum glauben, dass es vorbei war. Die Furcht lebte immer noch in seinen Augen, und Colin fragte sich in dem Moment, ob sie jemals verschwinden würde.

»Du hast mich«, sagte er. »Und ich hab dich.«

Danny sah ihn an. »Warum macht sie das?«

Und Colin, der nicht lügen konnte, antwortete: »Ich weiß es nicht.«

Ich weiß es nicht ...

Nein, er wusste es nicht.

Er wusste nicht einmal, ob das, woran er sich erinnerte, auch wirklich geschehen war. Es war absurd, musste der Einbildung eines Kindes zugeschrieben werden.

Jetzt saß Colin in dem grünen Rover, und die Hände zitterten ihm, er war Ende dreißig und fragte sich, ob das, woran er sich erinnerte, so oder anders geschehen war.

Er wusste es nicht.

So einfach war das.

Helen Darcy hatte ihren beiden Söhnen immer Geschichten erzählt, und manchmal, ja manchmal, war das, was ihre Worte heraufbeschworen hatten, sehr greifbar geworden.

Stimmte das?

Oder bildete er sich nur ein, dass es einmal so gewesen war?

Er schüttelte den Kopf und betrachtete die Regentropfen, die dünne und ziellose Rinnsale auf der Windschutzscheibe wurden. Die Welt dahinter war unscharf; erst wenn die Scheibenwischer die Regentropfen beiseitefegten, wurde die Welt wieder so, wie sie wirklich war.

»Meine Güte, Danny, was ist nur mit mir los?« Colin wusste natürlich, dass er keine Antwort auf diese Frage erhalten würde. »Warum bist du nach Ravenscraig zurückgekehrt?«

Das war die Frage, die wirklich wichtig war. Die einzige Frage, die es sich zu stellen lohnte.

»Er hat angerufen, weil er sich nach seiner Mutter erkundigen wollte.« Das hatte Miss Robinson am Telefon gesagt. »Er hatte keine Ahnung, dass Helen verschwunden war. Und ich hätte ihn auch nicht kontaktieren können, weil ich nicht wusste, wo er lebt.«

Konnte es solche Zufälle geben?

Danny war den langen Weg aus Amerika gekommen, um nach seiner Mutter zu suchen?

Warum?

Das war Blödsinn!

Er hätte mich anrufen können, dachte Colin. *Warum hat er es nicht getan? Ich hätte der Sache nachgehen können. Nun ja, ich hätte es nicht gern getan, aber getan hätte ich es.*

Helen Darcy war nach Stranraer gefahren, um Tee zu kaufen. Sie liebte es, Tee zu kaufen. Das war alles. Ihren Wagen hatte man auf dem Parkplatz vor *McGrady's Teeladen* gefunden.

Von Helen Darcy indes hatte es nicht die geringste Spur gegeben. Michael McGrady konnte nur sagen, dass sie ihre Bestellung (Birkenblätter und Kombucha) später am Nachmittag hatte abholen wollen, dann aber nicht mehr erschienen war. Helen Darcy war sprichwörtlich vom Erdboden verschwunden.

Zwei Tage vergingen, und dann informierte Miss Robinson die Polizei, die den Vorfall erst einmal aufnahm, Mrs. Darcy aber noch nicht als vermisst klassifizierte. Man müsse abwarten, sagte man ihr. Vielleicht werde Mrs. Darcy wieder auftauchen. Ja, so etwas komme vor, öfter als man denke.

Dann hatte sich Danny gemeldet.

Nach all den Jahren hatte er sich nach dem Wohlbefinden seiner Mutter erkundigen wollen, einfach so. Er hatte sich seit Jahren nicht einmal an ihrem Geburtstag gemeldet, warum also hätte er es jetzt tun sollen?

Colin schnaubte und kurbelte das Fenster herunter.

Warme, fern nach dem Salz des Meeres riechende Luft schwappte ihm entgegen wie eine Welle, die ihn gern hätte fortspülen dürfen.

Im Radio lief *Further on up the road* von Bruce Springsteen.

»Was hast du von ihr gewollt?« Weshalb hatte er sie angerufen? Was sollte das alles?

Colin startete den Motor und steuerte den Rover auf die Straße. Heute Abend würde er in Portpatrick bleiben und erst morgen nach Ravenscraig fahren.

Am späten Abend wollte er nicht dorthin.

Nicht heute, nicht jetzt.

Eigentlich nie ...

Er fuhr weiter und weiter, und irgendwann kam eine

Weggabelung, die er nur zu gut kannte. Er kannte den Weg, der nach Ravenscraig führte, doch statt ihn einzuschlagen, folgte er weiter der A77 und bemerkte erst, als ihm zwei entgegenkommende Autofahrer wütend und wild gestikulierend zu verstehen gaben, gefälligst langsamer zu fahren, dass sein Fuß ganz fest am Gaspedal klebte.

Nur wenige Autos verkehrten auf dieser Strecke, und doch war es keine ungefährliche Straße.

Colin reduzierte die Geschwindigkeit. Er drehte das Radio lauter und folgte der Straße, die ihn tiefer und immer nur tiefer in das vergessene Land seiner Kindheit hineinführte.

Die Zeit flog nur so dahin, und er musste an das Aquarell von Eugène Delacroix denken, jenes berühmte romantische Bild, auf dem der Reiter von den Hexen durch die Nacht gejagt wird: *Tom o'Shanter, von Hexen verfolgt*, so hieß es.

Wolken wie dunkle Watte trieben am Himmel entlang.

Schottisches Wetter, dachte er, manches ändert sich eben nie.

Dann sah er Port Phàdraig, wie die Gälen den Ort getauft hatten. Er war angekommen.

Es war der Ort, der Ravenscraig am nächsten war.

Meine Güte!

Er konnte es nicht fassen! Wieder hier zu sein, die Dinge zu wissen, die man ihm gesagt hatte ...

Danny war nach Ravenscraig zurückgekehrt. Er war

den ganzen Weg aus Amerika nach Prestwick gekommen, weil seine Mutter verschwunden war, und dann hatte er für eine einzige Nacht Quartier in seinem alten Zimmer bezogen. Darauf, so Miss Robinson, habe er bestanden. Allein das machte Colin schon stutzig. Dann, am nächsten Morgen, sei er nach Stranraer gefahren, doch habe ihn dort niemand gesehen. Müde habe er gewirkt, ausgezehrt und irgendwie traurig. Ja, genau das waren die Worte, die Miss Robinson benutzt hatte: *irgendwie traurig*.

Colin seufzte.

Vor ihm erstreckten sich die Häuser von Portpatrick.

Einst war dies der Ort gewesen, an dem die Waren aus Irland auf ihrem Weg nach Dumfries umgeschlagen wurden. Schiffe mit Vieh (Kühen, Schafen, Hühnern, Schweinen) kamen hierher, Schiffe mit Kisten und Getreide und vielen, vielen anderen Dingen, doch dann etablierten sich viele neue Schifffahrtslinien, die viele neue Hafenstädte wachsen ließen. Die rauen Westwinde erschwerten es zudem den großen Schiffen, den Hafen anzulaufen.

Stranraer, gelegen am kleinen Loch Ryan, ein Stück weiter nördlich am Eingang zu den Rhinns of Galloway, wurde schnell der größte Hafen in der Gegend. Die Eisenbahnstrecke von Portpatrick nach Stranraer wurde erst in den 50er-Jahren komplett stillgelegt, der Fährverkehr schließlich vollständig eingestellt, und der kleine Ort wurde wieder das, was er einmal gewesen war: eine abgelegene Ansammlung von Häusern, die sich, alt und noch immer voller Würde, an die Hänge schmiegten, die jene Bucht bildeten, die einst so bedeutsam gewesen war.

Das Meer zu sehen tat gut.

So gut.

Fast hätte Colin Darcy erneut angehalten, um wenigstens einmal tief durchzuatmen, doch dann entschied er sich anders.

Er lenkte den Rover durch die enger werdenden Straßen bis hinunter zum Hafen. Aus den Augenwinkeln heraus nahm er die Skyline auf den Klippen wahr, all die kleinen Häuser, die schon vor mehr als hundert Jahren dort gestanden und in all den Jahrzehnten trotzig den eisig kalten Winden und der salzig warmen Luft standgehalten hatten.

Time is an ocean but it ends at the shore.

Bob Dylan hatte es erkannt.

Am Hafen angekommen stieg Colin aus und ging zur Kaimauer, sah lange aufs Meer hinaus. Die Flut füllte das Hafenbecken, und die Kutter, die bisher noch schief auf dem Schlick gelegen hatten, erhoben sich nun und streckten wie erwachende Schläfer ihre Masten in den dunkler werdenden Himmel. Die schmutzigen Segel flatterten im Wind, der warm und schwer von Nieselregen war.

Es roch nach Salz und Schlamm, nach frisch gefangenem Fisch in geflochtenen Körben, nach Bildern, so voller Meer und voller Sehnsucht, dass es Colin schier den Atem raubte, hier zu stehen.

»Warum bin ich hier?«, fragte er sich selbst.

Eine Antwort erhielt er keine.

Doch das war nicht wichtig.

Wichtig war nur, dass er endlich wieder das Meer riechen konnte. In London war er oft hinunter zur Themse spaziert, doch das war nie dasselbe gewesen. Die Themse roch wie Wasser, das sich nach der offenen See sehnt, aber in Schlamm und Schmutz gefangen ist. Das richtige Meer zu riechen war mit nichts zu vergleichen.

Er lauschte den fernen Wellen und beobachtete einen Fischkutter, der tuckernd in Richtung Hafen zurückkehrte.

Hier bin ich daheim gewesen, dachte Colin. Irgendwann einmal ...

Und jetzt?

Bin ich in London daheim?

Er schüttelte den Kopf und fuhr sich mit der Hand durchs Haar, das nass war vom Nieselregen.

Ja, auch das hatte er vergessen. Den salzigen Regen, der immer in der Luft schwebte.

Time is an ocean.

Colin ging zum Wagen zurück und fuhr den Hang hinauf.

Er hatte ein Zimmer in einer Pension namens *The Ancient Mariner's Lodge* reserviert. Der Name hatte ihm gefallen. Die Pension befand sich auf den Klippen hoch über dem Hafen.

Irgendwo hier in der Nähe musste der Southern Upland Way beginnen, ein Wanderweg, dem man zu Fuß bis nach Cockburnspath an der Ostküste folgen konnte. Einmal, erinnerte sich Colin unscharf, war er diesen Weg mit seinem Vater gegangen, zumindest ein Stück. Dann hatten sie ein Zelt in einer Senke aufgeschlagen und Tee gemacht, mit Wasser, das sie über einem offenen Feuer zum Kochen gebracht hatten. Sie hatten den Tee getrunken und geschwiegen, das war nie ein Problem gewesen.

Mit Archibald Darcy hatte man gut schweigen können.

Damals war Helen Darcy mit Danny schwanger gewesen.

»Diesmal wird es ein Mädchen«, hatte sie immer gesagt. »Ich weiß es, ganz sicher, eine Mutter spürt so was.«

Daran erinnerte sich Colin. An die Überzeugung in den Augen seiner Mutter, dass sie nun endlich eine Tochter bekommen würde. Daran und an den Ausdruck in ihrem Gesicht, als es ein Baby mit Penis war, das an einem Tag im September das Licht der Welt erblickte.

»Du wärst so eine hübsche Deirdre gewesen«, pflegte Helen Darcy später zu Danny zu sagen.

Colin musste schmunzeln. Danny hatte es gehasst, wenn sein großer Bruder ihn »Deirdre« genannt hatte.

»Verarsch dich doch selbst«, hatte er ihm zur Antwort gegeben, aber er war ihm nie richtig böse gewesen.

Hinter einer Kurve erschien die Pension *The Ancient Mariner's Lodge*.

Colin parkte den Rover auf dem Stellplatz vor der Pension, einem kleinen Haus mit niedrigem Dach. Es sah aus, als kauere sich das Haus auf den Klippen an den Boden, um nicht fortgeweht zu werden, wenn im Herbst die Stürme von Irland her wehten. Nur sechs Zimmer gab es in der Pension, die typische Unterkunft, die man hier in dieser Gegend antraf.

Colin betrat die Pension und befand sich in einem Raum, der klein war und in dem es nach getrockneten Blumen und Holz roch. Ein Collie saß auf dem Boden und musterte ihn neugierig.

Die junge Frau an der Rezeption hob den Blick. Das dunkle Haar hatte sie mit einem bunten Tuch nach hinten gebunden. Sie sah so aus, wie sie damals ausgesehen hatte.

»Colin Darcy«, sagte sie und starrte ihn an.

Colin tat sein Bestes und starrte zurück.

»Livia.« Mehr brachte er erst einmal nicht heraus. Es war nur ihr Name, doch ihn zu sagen bedeutete kaum weniger, als angekommen zu sein. Colin Darcy wusste das, doch wie es weitergehen würde, das wusste er nicht.

Drittes Kapitel

in dem Colin Darcy sich an Lassie erinnert,
ganz und gar ankommt
und jemand, der gar nicht will, mit nach
Ravenscraig geht

Sie war das Friedhofskind gewesen, so hatten sie die anderen Kinder früher in der Schule immer genannt. Liviana Lassandri, deren Vater eines der beiden Bestattungsunternehmen von Stranraer geführt und sich außerdem auch noch um die Grünanlagen des Galloway Graveyard gekümmert hatte, wusste genau, wie es sich anfühlte, wenn man von den anderen Teenagern »Lassie« gerufen wurde. Irgendwann hatte sie es mit einem arroganten Blick abgetan.

»Lassie heißt einfach nur junges Mädchen«, pflegte sie sachlich jedem zu antworten, der sie nach dem Namen fragte. »Kann sein, dass es etwas mit meinem italienischen Namen zu tun hat, aber ich glaube nicht, dass sich die Dorfziegen und Torfstecherhühner, die mich so rufen, ihre kleinen Gehirne zerbrochen haben, um hinter die Bedeutung dieses Namens zu kommen.« Sie konnte richtig bissig sein, daran erinnerte sich Colin Darcy noch gut. Und was immer sie auch behauptete, sie hasste es, wenn sich jemand über sie lustig machte und den Namen ihrer Familie verunglimpfte.

»Lassandri ist ein schöner Name«, hatte sie einmal gesagt, »er erinnert mich an die Melodien, die meine Mutter gesungen hat, als ich klein war.«

»Du hast sie also doch gekannt?« Colin war überrascht gewesen, als sie ihm das gesagt hatte.

»Nein, aber ich erinnere mich an die Lieder.« Mit ihren braunen Augen hatte sie ihn angeschaut und jeden Zweifel, es könne anders sein, im Keim erstickt.

»Also hat dein Vater dir doch etwas über deine Mutter erzählt?« Colin und Livia waren noch kein Paar gewesen, als er ihr die Frage gestellt hatte. Alles, was er wusste, war, dass der Bestatter mit italienischer Abstammung, der immer dunkle Anzüge, weiße Hemden mit steifen Kragen und schwarze Krawatten trug, das Mädchen ganz allein großgezogen hatte. Das war es, was sich die Leute erzählten. Das war es, was Livia ihm erzählt hatte. Es hatte nie eine Mutter gegeben, nie war eine Mrs. Lassandri in den Straßen von Stranraer gesichtet worden.

»Nein, hat er nicht. Er hat nie von ihr gesprochen.«

»Aber woher …?«

Sie hatte den Kopf geschüttelt und dann gelächelt. »Du weißt doch, was die anderen sagen. Ich bin das Totenmädchen vom Galloway Graveyard, die Göre, die schon zwischen den alten Grabsteinen gespielt hat, als sie noch ganz klein war.« Sie hatte sich zu ihm gebeugt, ganz verschwörerisch, damals in dem muffigen Pub in Stranraer, wo es nach Guinness, Rauch und angetrunkenen Schotten gerochen hatte. »Ich kann so was, Colin, glaub's mir einfach. Ich kann Dinge spüren, die sonst niemand spürt.« Und Colin, der nie richtig wusste, ob sie es ernst meinte, hatte genickt und die Sache auf sich beruhen lassen. Wenn Livia Lassandri behauptete, Melodien zu hören, dann war das eben so.

Wie lange war das jetzt her?

Zwanzig Jahre?

Mehr?

Colin war fünfzehn gewesen, als er ihr zum ersten Mal begegnet war. Und Livia war ein Jahr älter. Es war in einer anderen Zeit und in einer anderen Welt gewesen.

Dann hatten sich ihre Wege getrennt.

Jetzt stand sie vor ihm, einfach so, hinter der Rezeption in dieser kleinen Pension auf den Hügeln von Portpatrick, und sie sah ihn an, wie sie ihn damals angesehen hatte.

»Wo hast du gesteckt?«, fragte sie in einem Tonfall, als sei er vor einer Stunde zum Einkaufen aufgebrochen. Als habe er sich nur verspätet und sei niemals richtig fort gewesen.

»London«, sagte Colin nur. Er spürte, wie seine Stimme krächzte.

Sie murmelte: »London, aha.«

»Ich wusste nicht, dass du hier arbeitest.«

»Tu ich auch nicht, ich helfe nur aus.«

»Ach so.«

Der Collie stand auf und kam auf Colin zu, stupste ihn mit der Nase an und schnüffelte an seinen Schuhen.

»Das ist Lassie«, sagte Livia.

»Dachte ich mir, irgendwie.«

»Er gehört George.«

»Wer ist George?«

»George ist Georgina, und Georgina arbeitet normalerweise hier. Sie ist die Tochter des Hauses, sozusagen. Es ist ihr Collie.«

Sie sahen einander an.

Der Hund bellte fröhlich.

Livia musste lachen, und Colin stimmte ein.

»Im Ernst, warum bist du hier, Colin Darcy?«

Noch immer durchfuhr ihn ein angenehmer Schauder, wenn sie seinen Namen aussprach. Es war ein Gefühl, das er fast schon vergessen hatte. Die braunen Augen ruhten auf ihm und schienen dorthin sehen zu können, wohin nicht einmal Colin selbst zu blicken wagte.

»Meine Mutter ist verschwunden«, sagte er.

»Gut so.«

»Ich meine, deswegen bin ich hier.«

»Du bist zum Feiern gekommen?«

Er zog ein Gesicht. »Ähm, nein, nicht wirklich.«

»Du willst nach ihr suchen?«

Er nickte.

»Dann wünsche ich dir, dass du sie niemals mehr findest.«

»Du hast sie schon damals nicht gemocht«, sagte Colin.

Livia sah ihn an. »Du auch nicht, Colin Darcy. Du auch nicht.«

Er schwieg und streichelte Lassie. Das Fell war weich, und Colin dachte daran, dass er den Film mit Elizabeth Taylor immer gemocht hatte und den mit dem kleinen

Timmy und dem Ranger gar nicht (wenngleich er das Auto, das der Ranger gefahren hatte, faszinierend gefunden hatte).

»Ich weiß«, sagte er schließlich.

Ja, sein Verhältnis zu Helen Darcy war schon immer ein sehr *spezielles* Verhältnis gewesen.

»Bist du schon dort gewesen?«

»In Ravenscraig?«

Sie nickte.

»Nein, ich gehe morgen hin.«

»Und heute Nacht bleibst du hier?«

Erneutes Nicken seinerseits.

»Wir können reden, heute Abend. Ich habe um acht Uhr frei.«

Sie konnte einem schon immer Wünsche von den Augen ablesen, dachte Colin.

Dann wurde sie konkreter: »Wir *müssen* reden, nach all der Zeit. Nach allem, was passiert ist. Du erinnerst dich bestimmt nicht mehr an alles.«

»Was meinst du?«

Sie schnippte mit den Fingern. »Genau *das*«, sagte sie. »Genau *das* meine ich. Du erinnerst dich nicht.« Sie schluckte. »Ich schon. Na ja, nicht an alles, aber an genug.« Sie senkte den Blick und suchte nach dem Gästebuch. »An zu viel.«

»Du bist einfach fortgegangen«, sagte Colin. »Ich hatte keine Ahnung, wo du steckst.«

»Ich hatte Angst.«

»Vor mir?« Was für eine dumme Frage!

»Vor deiner Mutter.«

Colin musste an den Tag denken, an dem sie sich das erste Mal begegnet waren. An die düsteren Wolken und den leichten Regen und den Geruch ihres Haars im Herbstwind. Man konnte kaum ausmachen, wo das Meer endete und der Horizont begann. Es war alles grau an diesem grauen Tag.

»Wie lange ist er her?«, fragte er.

»Tausendundein Jahr«, antwortete Livia, und Colin wusste genau, wie sie es meinte. »Vielleicht auch mehr.«

Alles war noch da, noch immer.

Und Colin war, als sei kein einziger Tag vergangen seitdem. Seit er sie auf dem Friedhof getroffen hatte, an jenem seltsamen Tag, an dem Danny so geweint hatte.

Galloway Graveyard.

Dort war es gewesen, dorthin war er geflüchtet.

Damals.

Und er fragte sich, ob es diesen Ort noch immer gab, und, wenn ja, ob er noch genauso aussah wie damals.

Galloway Graveyard.

Fast wie ein magisches Wort kam es ihm in den Sinn und zauberte die Bilder von einst ans Tageslicht.

Der Galloway Graveyard nahe Black Head war ein unwirtlicher Ort, an dem man Raben und Möwen treffen konnte, selbst an sonnigen Tagen. Die Stille dort war wie Balsam, und das Rauschen der Wellen, das zu hören man sich schnell einbildete, wurde vom Wind verflochten mit dem Rascheln der Zweige, die an den großen Grabsteinen und kleinen Grabmalen entlangschabten, als wollte die Natur selbst ein Konzert geben für das Stelldichein der grauen, stummen Erinnerungen, die jemand mit Hammer und Meißel im Stein verewigt hatte.

Von Ravenscraig aus konnte man einem gewundenen Fußweg durch die Hügel und entlang der Klippen folgen.

Keine halbe Stunde dauerte es, die Mauer zu erreichen, die mit Moos und Gras bewachsen war.

Hier hatte Colin Darcy das Friedhofsmädchen kennengelernt. An einem grauen Tag, dessen Grau so grau gewesen war, wie ein Grau nur jemals hatte sein können. Auf dem alten Friedhof war er ihr über den Weg gelaufen, und kein Ort hätte passender sein können.

»Du bist neu hier.«

Er hatte auf einem Grabstein gesessen, weil er allein sein wollte. Und sich erschrocken, weil er sie nicht bemerkt hatte. Er hatte einfach nur ruhig dagesessen und versucht, die Tränen zurückzuhalten, die schon auf dem Weg hierher höchst unangenehme Gefährten gewesen waren.

Schnell wischte er sich den Anflug seiner Schwäche aus dem Gesicht, holte tief Luft und nahm allen Mut zusammen.

»Ich bin Colin«, stellte er sich dem Mädchen vor, das im Geäst einer alten Eiche hockte und ihn beobachtete. »Colin Darcy. Aus Ravenscraig.«

Sie trug einen übergroßen Schlapphut, abgewetzte Jeans, einen grünen Parka und schwere Schnürstiefel, die einmal braun gewesen sein mochten. »Hallo, *Colin, Colin-Darcy-aus-Ravenscraig-›Du-bist-neu-hier‹*.«

»Ja, und?«

Sie sprang vom Ast und landete auf beiden Füßen, wie eine Katze. »Ich bin Liviana Lassandri.«

»Hallo Livia.«

Sie hielt ein Einmachglas in der rechten Hand, das hatte er vorher nicht bemerkt. »Das sind Oliven«, sagte sie. Dann öffnete sie das Glas, nahm eine einzige heraus und legte sich die Olive auf den Handrücken. »Kannst du das?« Sie schlug sich mit der anderen Hand auf den Unterarm, sodass ihr Arm wie ein Katapult war und die Olive in die Luft geschleudert wurde. Sie verfehlte den Mund des Mädchens, prallte ihm stattdessen gegen die Stirn und kullerte dann beleidigt zwischen den Grabsteinen hindurch ins Gebüsch und war fort. »Gar nicht so einfach, wirklich.« Sie lachte, zwinkerte ihm zu. »Na ja, sieht ja niemand.«

Colin musste lachen. »Ich hab's gesehen.«

»Macht nichts, du siehst nett aus.«

Er wusste nicht, was er darauf erwidern sollte. *Ob* er etwas erwidern sollte. Also ließ er es bleiben.

»Ich mag deine Koteletten, sie sehen lustig aus, so *unfertig*. Nein, eigentlich eher nur ... ernst.« Sie war hübsch und beobachtete ihn neugierig. Ihre Nase war schief und spitz, und wenn sie lächelte, dann erstrahlte ihr Gesicht in einem Glanz, der einen glücklich machen konnte, wenn man ihn bemerkte.

»Was machst du hier?«

»Ich sitze auf einem Baum und ernähre mich von Oliven«, antwortete sie und wartete ab, wie er reagierte. »Es gelingt mir nicht sonderlich gut, wie du gesehen hast.«

»Du hast Angst zu verhungern?«

Sie kicherte.

»Wenn es so weitergeht«, sagte sie und feuerte eine weitere Olive an ihrem Kopf vorbei in die nächste Gräberreihe, »dann sieht es wohl schlecht aus um mich.«

»Jemand könnte dich füttern.«

»Du?«

»Vielleicht.«

»Na, das will ich sehen.«

Er machte ein Gesicht, das sie lustig fand, denn sie musste laut lachen, als er sie ansah.

»Na ja, du dürftest mich sogar füttern. Du bist hierhergekommen, von ganz allein, das tun nicht viele. Du magst diesen Ort? Ich mag ihn auch. Ich bin oft hier.«

»Ich zum ersten Mal.«

»Ich weiß.«

»Du bist öfter hier?«

»Sagte ich doch.«

Ein Windstoß wehte ihr den Hut vom Kopf, und langes braunes Haar kam darunter zum Vorschein. »Ja, ich liebe diesen Ort.« Sie sprang dem Hut hinterher und drückte ihn sich wieder auf den Kopf. »Es ist so ruhig hier. Keine Idioten, wie in der Schule.« Dann erzählte sie von ihrer Mutter, die sie nie gekannt hatte, und von ihrem Vater, der sie immer zwischen den Gräbern hatte spielen lassen, wenn er sich an den Nachmittagen, an denen sie nicht mehr in der Schule gewesen war, um die Gräber und die Grünanlagen des Galloway Graveyard gekümmert hatte. »Als sie sich kennengelernt haben, da waren sie richtig verliebt. Ich weiß es, obwohl er mir nie davon erzählt hat.«

»Du bist das Friedhofsmädchen«, sagte Colin. »Die anderen haben von dir gesprochen.«

»Kann ich mir denken. Was haben sie denn gesagt?«

»Nur hässliche Dinge.« Er sah ihr mitten in die Augen. »Dinge, die nicht stimmen.«

Sie schlug den Blick nieder. »Haben sie mich Lassie genannt?«

»Lassie?«

»Ja, wegen meines italienischen Namens: Lassandri ... Lassie.« Sie verdrehte die Augen. »Witzig, was?«

Er zuckte die Achseln.

»Die anderen gehen mir auf die Nerven, deswegen bin ich oft hier. Ich höre dem Meer zu.« Sie senkte die Stimme zu einem Flüstern. »Und den Toten. Sie wispern. Und singen Lieder. Hast du schon mal gehört, wie die Toten singen? Es ist nicht einmal traurig. Die meisten Menschen denken, dass die Toten traurig sind, aber das stimmt nicht. Sie sind nur tot. Das ist kein Grund, den Kopf hängen zu lassen.«

»Jetzt bist du nicht mehr allein. Ich hoffe, das stört dich nicht.«

Sie schüttelte den Kopf und probierte den Oliventrick erneut.

»Mist«, fluchte sie. Die Olive kullerte an einer Grablampe vorbei und blieb dann im Geäst eines Wacholderbuschs stecken. »Du siehst aus wie jemand, der reden will und nicht weiß, dass er es will.«

»Ach, sehe ich so aus?«

»Sagte ich doch.« Die letzte Olive flog durch die Gegend.

»Und worüber sollte ich reden wollen?«

»Weiß nicht. Sagst du es mir?«

»Dafür, dass wir uns gar nicht kennen, stellst du sehr direkte Fragen.«

»Ja, so bin ich. Weißt du was? Du siehst aus wie der Lemming, der den anderen in der Reihe verkündet, dass er nicht daran glaubt, dass der Typ da vorne den Weg kennt. Du siehst wirklich nett aus, *Colin, Colin Darcy aus Ravenscraig,* und damit meine ich nicht einfach nur nett, wie man sagt, dass jemand nett aussieht, wenn man eigentlich denkt, dass er ein Arschloch ist, und einem keine bessere Beschreibung einfällt. Nein, du siehst nett aus wie jemand, dem man gern begegnet ist, weil man manchmal netten Menschen begegnet, auch wenn man gar nicht damit gerechnet hat.« Sie starrte ihn an. »Verstehst du, was ich meine?«

Ein kalter Wind war über den Galloway Graveyard gestreift wie ein Schakal auf der Suche nach einem Unterschlupf. »Ich bin mir nicht sicher, ob ich dich verstehe.«

Sie stellte das Olivenglas, das nunmehr leer war, auf den Boden. »Wir sind hier, weil wir beide unsere Ruhe haben wollen, und doch sind wir uns begegnet, und jetzt reden wir sogar miteinander. Hey, das hat doch was zu bedeuten, oder nicht? Das *muss* doch einfach etwas zu bedeuten haben.«

»Sehe ich auch so.«

»Und?«

»Was meinst du?«

»Erzähl mir schon, weshalb du hier bist.«

Colin nahm auf einem anderen Grabstein Platz, und dann begann er zu reden, und während er redete, fiel ihm auf, dass er womöglich nur zum Reden an diesen Ort gekommen war. Er wusste, wie seltsam dieser Gedanke war, aber er wurde ihn nicht wieder los.

»Ich weiß nicht, wo ich beginnen soll«, gestand er seiner neuen Bekanntschaft.

»Am besten ganz von vorn.«

Das war der Moment, in dem Livia Lassandri, das Friedhofsmädchen, zum ersten Mal von Helen Darcy erfuhr.

Hätte sie damals geahnt, dass sie wegen Helen Darcy ihre Heimat verlassen und erst nach Jahren dorthin zurückkehren würde, dann wäre sie wohl schnellstmöglich fortgelaufen, um nicht ein einziges Wort zu hören. Doch, wie so oft im Leben, wusste sie nichts dergleichen, sie ahnte es nicht einmal, und so blieb sie dort sitzen und lauschte der langen Geschichte, die der Junge mit den zerzausten Locken ihr erzählte.

»Ich hatte einen Traum«, so begann die Geschichte, die Colin an jenem Nachmittag loswurde, »und in dem Traum war Ravenscraig ein Ort, an dem man sich verlaufen konnte.«

Rückblickend dachte Colin, dass es sich nur um einen Traum gehandelt haben konnte, und eingedenk der Tatsache, dass er Livia das, was er erlebt zu haben glaubte, schon damals als einen Traum geschildert hatte, musste es doch auch so gewesen sein. Ja, es konnte sich nur um einen bösen Traum gehandelt haben, denn alles andere wäre eine Wahrheit gewesen, die man gegen jede noch so beliebige Lüge eingetauscht hätte.

Als Colin Darcy zu reden begann, wehte ein kalter Wind.

»Sie hat Danny in einem Zimmer eingesperrt«, sagte Colin und erklärte dem Friedhofsmädchen, dass er einen jüngeren Bruder hatte. »Es gab einige Probleme in der Schule, nichts Ernstes eigentlich.«

Danny fiel es schwer, im Unterricht den Mund zu halten, das war alles. Er war unkonzentriert, vergaß seine Bücher und dachte während der Schulstunden an Dinge, die nichts mit den Schulstunden zu tun hatten. Das Ergebnis waren regelmäßige Anrufe der Schule, besorgte Beschwerden, pädagogische Ratschläge, gut gemeinte Appelle.

»Mutter hasst es, wenn Danny so ist.«

»Deswegen hat sie ihn in ein Zimmer eingesperrt?«

Colin schwieg und ließ den Blick über die steil abfallenden Klippen zur See hinauswandern. »Das war vor zwei Tagen«, erklärte Colin ihr und fragte sich, ob das, was er erlebt hatte, wirklich passiert war. »Sie hat die Tür hinter ihm abgeschlossen, und dann hat sie ihn allein gelassen. Doch vorher hat sie ihm eine Geschichte erzählt.«

»Welche?«

»Ich weiß es nicht.«

»War die Geschichte schlimm?«

»Ja.«

»Was ist passiert?«

Colin rieb sich die Augen, und in diesem Moment wurde all die Erschöpfung sichtbar, nachdem die Angst ihn zwei Nächte lang nicht hatte schlafen lassen. Livia setzte sich auf dem Grabstein neben ihn und ergriff seine Hand. Colin ließ es geschehen, denn es tat gut, ihre weiche Haut zu spüren. »Danny war in dem Zimmer eingesperrt, und niemand durfte zu ihm gehen. Er sollte dort allein sein.«

»Was hat dein Vater dazu gesagt?«

Colin seufzte. »Nichts.«

»Er heißt so was gut?«

»Zumindest hat er nichts unternommen.« Die folgenden Worte musste Colin mühsam hervorpressen, eins um das andere. »Das tut er nie, weißt du?!« Archibald Darcy hatte seine Sachen gepackt und war gegangen, um die Vögel zu beobachten.

Livia sagte nichts, war nur bei ihm.

»Nach der letzten Nacht habe ich es nicht mehr ausgehalten. Bei Sonnenaufgang habe ich die Tür aufgebrochen und habe Danny gesucht.« Er sah den Raum vor sich, weit wie eine Wüste. Heißer Sand hatte seine Füße, die in Hausschuhen steckten, umweht. Die Dünen, die sich dort auftürmten, wo sich sonst ein großer Kleiderschrank befand, warfen lange Schatten, die mehr als nur kühl und unangenehm waren. Drüben, hinter den Dünen, erstreckte sich ein dichter Dschungel. Seltsam lebendig aussehende Lianen rankten sich um die dicken Baumstämme, dornenreiches Gestrüpp versperrte einem den Weg, und von tief, tief drinnen aus der Finsternis, die das Blätterwerk erschuf, hörte man die Geräusche von Tieren, denen man nicht begegnen wollte. Die Sonne, die hier schien, war dunkelrot und heiß wie kalt. Im Sand fand Colin Hinweise, Dinge, die sein Bruder dort hinterlassen hatte. Einen abgewetzten Schuh, einen abgerissenen Knopf, ein zerfleddertes Ray-Bradbury-Taschenbuch (das er wohl irgendwie mit ins Zimmer hatte schmuggeln können: »*S is for Space*«), einen zweiten Schuh. Manches davon war fast schon vom Sand begraben. Darüber hinaus Dinge, die ein fast Achtjähriger in der Hosentasche so mit sich herumträgt.

»Ich bin der Spur dieser Sachen gefolgt«, erzählte Colin dem Mädchen, das aufmerksam lauschte.

Missgestaltete Wesen hatten im Wüstensand gelebt. Die Bewegungen ihrer Körper waren schlängelnd unter der Oberfläche erkennbar gewesen; manchmal sah man eines, dafür konnte man andere nur spüren. Manche versuchten einen zu packen, mit ihren spitzen Zähnen und rauen Zungen.

»Danny musste sich dort verirrt haben.«

Livia hörte ihm einfach nur zu, und Colin konnte nicht sagen, ob sie ihm Glauben schenkte oder nicht. Ihre Hand aber ließ sie auf seiner liegen, das war etwas, woran er sich auch Jahre später noch erinnern würde.

»Ich bin also der Spur aus Sachen und Krimskrams gefolgt.« Seine Stimme krächzte, als wollte sie das alles eigentlich gar nicht erzählen. Und doch redete er; unaufhörlich sprudelten die Worte.

»Es war, als käme man nie an, wo man hinwollte.«

Genau so war es gewesen.

Die Wüste zu durchqueren dauerte lange. Wie lange, vermochte Colin nicht zu sagen. Fast war es, als rücke der Dschungel mit jedem Schritt, den Colin tat, ein wenig weiter in die Ferne. Es war wie in einem schlimmen bösen Traum, in dem die Geschwindigkeit keinen Gesetzmäßigkeiten mehr unterliegt, sondern tut, was sie will. Schließlich, nach einer Wanderung, die Tage gedauert zu haben schien, erreichte Colin das Dickicht. Sein Gesicht war verbrannt und seine Kehle ausgedörrt, und er fragte sich, was Helen Darcy ihrem jüngsten Sohn wohl erzählt hatte.

Colin wusste, dass es ein Fehler sein würde, zu trinken. In Zimmern wie diesem hier durfte man weder essen noch trinken, denn sonst konnten einem seltsame Dinge passieren. Colin kannte das, er selbst war früher auch hin und wieder eingesperrt worden.

Trotzdem konnte er dem frischen Wasser nicht widerstehen, als er zu einer Quelle kam, die leise auf einer Lichtung sprudelte. Er kniete sich hin und trank aus den Händen und fühlte, wie das kühle Nass ihm die Kehle benetzte. Er rieb sich das Gesicht mit dem Wasser ein und spürte, wie sein Bewusstsein klarer wurde.

Normalerweise war das Zimmer, in dem er sich jetzt

befand, kein unendlicher Dschungel, und normalerweise war es auch keine unendliche Wüste. Es war ein gewöhnliches Zimmer, das als Abstellraum für dies und jenes genutzt wurde, gelegen in einem Seitenflügel von Ravenscraig.

Kaum jemand verirrte sich dorthin, allenfalls Miss Robinson oder Mr. Munro, die sich beide um das Haus kümmerten, seit Colin zurückdenken konnte.

Doch jetzt war alles anders.

Ganz anders.

»Ich hätte nicht von der Quelle trinken dürfen.«

In manchen Märchen war es gar nicht gut, wenn man aus fremden Bechern trank oder von fremden Tellern aß. Jedes Kind wusste das. Tat man es doch, dann passierten einem hässliche Dinge, und es war nicht einfach und meistens sogar unmöglich, diese Dinge rückgängig zu machen.

Das war es, was einen die Geschichten lehrten.

Sei auf der Hut. Immer!

Sei standhaft.

Werde nicht schwach!

Colin Darcy, der die Warnungen aller Märchen der Welt in den Wind geschlagen hatte und weder standhaft noch auf der Hut gewesen, dafür aber zumindest nicht mehr durstig war, als er sich weiter in den Dschungel hineinwagte, verwandelte sich langsam, mit jedem Schritt, den er tat, in ein Spinnentier mit haarigen, schwarzen Beinen, mit denen zu laufen er keine Probleme hatte.

Er spürte, wie er sich veränderte.

War dies die Lösung?

Der Verstand arbeitete jetzt anders, Gerüche überströmten ihn, und der Wind, der die feinen Haare auf seinen Spinnenbeinen berührte, ließ ihn die Welt sehen, wie Tiere sie sehen. Er roch Menschenfleisch und erkannte es als das seines Bruders. Ja, genau festmachen konnte er dessen Position in dieser grünen Hölle. Es war, als hätte der kleine Danny eine Leuchtpistole abgefeuert.

Flimmernder Instinkt trieb Colin Darcy voran.

Flink rannte er auf seinen acht Beinen durchs Unterholz auf jene Stelle zu, wo er seinen Bruder witterte. Die Blätter rauschten nur so an ihm vorbei, und die Hitze im Dschungel war ihm willkommen. Er war ein Bewohner dieses Dschungels geworden. Er spürte förmlich, wie die anderen Tiere ihn mieden.

Er war ein Raubtier.

Das Spinnentier.

»Dann endlich habe ich ihn gefunden.«

Danny kauerte weinend inmitten der knorrigen Wurzeln eines riesigen Baums. Er hatte die Beine angewinkelt und mit den Armen umschlungen, so fand ihn Colin.

»Als er mich sah, begann er zu schreien«, erinnerte sich Colin. »Er hat Angst vor mir gehabt.«

Danny schrie wie am Spieß und versuchte zu entkommen, doch sein Bruder, das Spinnentier, war schneller.

»Ich lief auf ihn zu und wollte ihn in die Arme nehmen, wie ich es immer tue, wenn es ihm nicht gut geht.«

Doch Danny sah nur jenes grässliche Spinnentier, das viel zu groß war, um eine gewöhnliche Spinne zu sein, auf sich zustürmen. Es war über ihm, bevor er noch einmal richtig schreien konnte.

»Ich redete auf ihn ein, wollte ihn beruhigen, berührte sein Gesicht.«

Und Danny verlor fast den Verstand vor Angst, als das Spinnentier ihn ansprang.

Die klickenden und klackenden Kiefer waren seinem Gesicht so nah, und die harten schwarzen Spinnentierbeine mit den Haaren hielten ihn fest umklammert.

Er jammerte, verzweifelte, schrie sich die Seele aus dem Leib.

Der Atem aus dem Mund der Spinne benetzte ihm die Sinne. Er hielt inne.

Nur ein einziges Wort vermochte er zu stöhnen: »Colin?«

Die pechschwarzen Facettenaugen des Spinnentiers färbten sich braun, und Tränen glitzerten feucht darin. Die Kiefer wurden zu Lippen, und eine Nase wölbte sich aus der Spinnentierfratze, die immer mehr zum Gesicht eines Jungen zerfloss.

»Danny hatte meinen Geruch erkannt«, flüsterte Colin leise und unsicher und hatte eine ungefähre Ahnung, wie verrückt sich diese Geschichte in den Ohren des Mädchens anhören musste. »Ich weiß nicht, was passiert wäre, wenn er mich nicht erkannt hätte.« Er sprach nicht aus, was, seiner Meinung nach, hätte passieren können. Nein, er konnte nicht daran denken, was hätte passieren können, wenn Danny ihn nicht am Geruch erkannt hätte. Er hatte Hunger verspürt, tief in sich drinnen, wenn auch nur für einen ganz, ganz kurzen Augenblick.

»Mama hat mich eingesperrt«, wimmerte Danny.

Colin, der schnell wie ein Fingerschnippen wieder Colin geworden war, hielt seinen Bruder ganz fest in den Armen.

Papageien, Affen und andere Tiere kreischten hoch oben in den Baumwipfeln.

»Sie haben mich durch die Wüste gejagt«, wimmerte Danny, »so viele waren es, Spinnen und Skorpione, und da war sogar eine Gottesanbeterin. In jeder Ecke haben sie mir aufgelauert, überall. Sie sind mir in die Hosenbeine gekrabbelt und haben zugebissen, kleine Bisse, wirklich überall.« Er schluchzte und zitterte am ganzen Leib, während die Bäume in sich zusammenschrumpften und die Laute des Urwalds verstummten. Die Lianen hörten auf sich zu schlängeln, und hinter dem Dickicht wurden die Konturen des Schranks sichtbar und dahinter das Muster der Tapete und schließlich das Fenster, durch das helles Tageslicht in den Raum fiel, der jetzt weder Wüste noch Dschungel, sondern nur ein normales Zimmer in einem großen Haus voller Geschichten war.

Danny indes schluchzte ohne Unterlass.

Und Colin, der kein Spinnentier mehr war, hielt ihn ganz fest in seinen Armen – mehr konnte er nicht tun.

Die Tür öffnete sich leise, kaum merklich, und da stand ihrer beider Mutter.

Sie sah nur Danny an.

Mit ihrer energischen, keinen Widerspruch duldenden Stimme sagte sie: »Ich weiß, was dir Angst macht.« Die hellen Augen waren kalt und berechnend. »Und du weißt, was du zu tun hast.« Sie hob das Kinn und wartete. Als Danny nichts erwiderte, verzogen sich die dünnen Lippen zu einem schneidenden: »Nun?«

Danny schaute auf. »Ich ... ich ...« Er musste mehrmals ansetzen, um den Satz beenden zu können. »Ich passe jetzt besser auf in der Schule. Versprochen.«

Helen Darcy nickte.

Dann drehte sie sich um und verließ wortlos den Raum. Mit einem leisen Klicken fiel die Tür hinter ihr ins Schloss, und für einen kurzen Moment fürchteten beide Kinder, die Geschichte könne sich wiederholen und Wüste und Dschungel würden zurückkehren.

Glücklicherweise passierte nichts davon.

»Sie hat mir die Geschichte von den vielen Spinnen erzählt«, schluchzte Danny, »du weißt schon, die, vor der ich immer so eine Angst habe. Sie hat sie mir ganz ausführlich erzählt, und dann hat sie mich in dieses Zimmer gesperrt und allein gelassen.«

Colin kannte die Geschichte von den schwarzen Spinnen und den roten Skorpionen. Es war ein orientalisches Märchen von einem Wüstenwanderer, der die verwobene Stadt der schwarzen Spinnen entdeckt und nie mehr von dort entkommt. Die Spinnenkönigin küsst ihm klebrige Fäden in den Mund, und er bleibt an ihrer Seite auf dem Thron und regiert über Skorpione und anderes Getier.

Helen Darcy hatte diese Geschichte immer nur Danny erzählt.

»Weil sie wusste, dass er sich vor Spinnen fürchtet.« Colin fragte sich noch einmal, ob das alles wirklich passiert war.

Am Ende versucht der Wüstenwanderer zu fliehen, aber die Königin der Spinnen findet ihn und frisst ihn auf.

»Deswegen bin ich hier.«

Livia starrte Colin nur aus großen, wunderschönen Augen an. »Wie geht es Danny jetzt?«

»Er schläft. Ich habe ihn in sein Zimmer gebracht, ins Bett gelegt und zugedeckt, ich habe ihm eine Geschichte erzählt, die ein schönes Ende hatte, bis er eingeschlafen ist.«

»Und dann bist du hergekommen.«

»Ich wollte allein sein.«

»Aber du hast mich gefunden.«

»Das ist nicht schlimm.«

»Ich kenne nicht so viele Leute, die gern herkommen.«

Er nickte. »Dies ist ein Ort, an dem mich meine Eltern nie und nimmer vermuten würden. Außerdem liegt er am Meer. Ich liebe das Meer, es riecht so gut.«

»Ich weiß, was du meinst.«

»Magst du Efeu?«, fragte er.

»Wieso?«

»Die wenigsten Menschen mögen Efeu. Aber hier auf dem Friedhof gibt es viel davon.«

»Die meisten Menschen wissen nicht, was Schönheit ist.«

Er lächelte zögerlich.

»Bist du fortgelaufen?«

»Ja.«

»Wann musst du wieder zurück sein?«

»Solange Danny schläft, ist alles in Ordnung. Außerdem hat er seine Strafe erhalten. Mama wird ihn erst mal in Ruhe lassen. Das ist meistens so, wenn es ... passiert ist.«

»Das ist eine seltsame Geschichte«, gestand sie.

»Danke, dass du sie dir angehört hast.«

»Es ist wichtig, sich Geschichten bis zum Ende anzuhören.«

»Ja.«

»Kommst du morgen wieder her?«

»Vielleicht.«

»Wir könnten uns in Stranraer treffen.«

»Und reden?«

Sie lächelte. »Ja, und reden. Ganz lange, bis wir alles voneinander wissen.«

»Hört sich gut an.«

Sie schaute über die Klippen, mitten in den grauen Horizont. Ein Stück weiter nördlich war Black Head, der alte Leuchtturm, und irgendwo weiter westlich erhob sich die irische Küste aus den grauen Fluten.

Die Welt schien kalt zu sein an diesem Tag, und sie schmeckte nach dem Salz der See, nach den leisen Worten, die gerade gewechselt worden waren, und dann, ganz unverhofft, schmeckte sie auf einmal nach weichen Lippen und warmem, sanftem Atem, der leicht nach Pfefferminze roch.

Als Livia den Kuss löste, hielt sie noch immer Colins Hand fest in der ihren, und ihre Augen waren seinen jetzt so nah, dass er glaubte, in einer weiteren Geschichte gefangen zu sein.

»Du hast mich geküsst.« Er klang verwundert, überrumpelt.

Sie musste lachen, und ihr Haar flatterte im Wind. »Ich dachte, *du* hast *mich* geküsst.«

Die Grabsteine beobachteten die beiden, und was immer sie dachten, es würde ihr Geheimnis bleiben.

»Ich ...«

»Manchmal passiert einem so was eben, einfach so.« Sie rückte dicht neben ihn. »Colin Darcy«, flüsterte sie. »Dann muss man die Gelegenheit beim Schopf packen, sonst ist sie weg.«

»Ja«, gab er zur Antwort, und dann küssten sie sich noch einmal. Es war ein langer Kuss, der zögerlich begann und umso vertrauter wurde, je länger er anhielt. Als sich ihre Lippen voneinander lösten, da hatten sie zueinander gefunden. Zufall oder nicht, das war, da hatte Livia ganz recht, am Ende völlig egal.

Der Galloway Graveyard jedenfalls war mit einem Mal ein schöner Ort, denn auch ein Friedhof erkennt

Glück, wenn er es sieht, und es war lange her, dass der Galloway Graveyard junges Glück einst erblickt hatte.

Zwei Wochen später sagte Livia: »Ich liebe dich.«

Sie meinte, was sie sagte, und Colin, der spürte, was *zu Hause* wirklich bedeutete, wenn Livia in seiner Nähe war, wusste, dass er nie ohne sie sein wollte, so viel war sicher.

Sie küsste ihn unter einem Mistelzweig, der in einem Hauseingang hing, irgendwo im Ortskern von Stranraer, und dann sagte sie es ihm erneut, ganz leise und verschwörerisch: »Ich liebe dich.« Sie hatte ihn einfach in den Hauseingang hineingezogen, als sie auf dem Weg ins Kino gewesen waren. »Da ist ein Mistelzweig, das hat was zu bedeuten.« Und dann hatte sie ihn geküsst und ihm ein Versprechen gegeben. »Weißt du, dass diese Worte nicht gern benutzt werden?« Sie wartete keine Antwort ab. »Sie werden so oft gesagt, viel zu oft. Jeder nimmt sie in den Mund, und die meisten Menschen meinen es gar nicht so. Sie sagen *Ich liebe dich* und wollen nur ihre Ruhe. Sie haben Sex und sagen die Worte leichten Herzens. Sie *wollen* Sex, und die Worte sind der Schlüssel dazu. Dabei sollte es doch eigentlich ein Versprechen sein. Man sollte sie nicht zu jemandem sagen, den man nur mag, weil er ein netter Kerl ist. Sie sind *magisch*. Sie sind der einzige Zauber, der uns geblieben ist. Wenn man sie wirklich meint und einmal freilässt, dann sind diese Worte ein Leben lang bei dir.«

Colin brauchte nur ein einziges Wort, um alles zu sagen, was in ihm vorging: »Livia.«

Sie trafen sich fast jeden Tag, nach der Schule und spätnachmittags oder abends in den Pubs von Stranraer. Sie redeten und redeten, und zwei Leben, die unterschiedlicher nicht hätten verlaufen können, wurden in nur wenigen Tagen zu einem einzigen Leben, das im selben Takt schlug wie die Herzen, die es antrieben.

Livia war das einzige Kind von Giovanni Lassandri, der noch vor der Geburt des Mädchens nach Schottland gekommen war. Eine Mutter hatte Giovanni niemals erwähnt, nicht seiner Tochter gegenüber und auch nicht anderen Menschen gegenüber. Das Einzige, was er jemals erwähnte, war, dass er Livias Mutter bei der Arbeit kennen und lieben gelernt hatte.

»Jeder hat doch ein Geheimnis«, pflegte Livia zu sagen, »und Mama ist seines.«

Colin gab sich mit dieser Antwort zufrieden. Was hätte er auch anderes tun sollen? Livia war das Mädchen, in das er sich verliebt hatte, und dann, eines Tages, war sie einfach verschwunden.

Ihr Vater gab nicht nur keine Auskunft über den Aufenthaltsort seiner Tochter, nein, er drohte Colin sogar mit Schlägen, sollte er sich nicht schleunigst von seinem Land entfernen.

Es war an einem Spätsommertag gewesen, daran erinnerte Colin sich noch genau. Er hatte Livia seit zwei Tagen nicht gesehen und wollte sie sprechen. Als er bei ihr zu Hause ankam, da empfing ihn ein übellauniger Vater, der ihm alle Plagen der Welt an den Hals wünschte und ihn, gelinde formuliert, vor die Tür setzte.

Colin ging zum Friedhof, doch auch dort fand er sein Mädchen nicht vor.

Livia Lassandri blieb verschollen, all die Jahre lang, und jetzt stand sie in Portpatrick hinter der Rezeption der *Ancient Mariner's Lodge* und sah ihn an, als sei die Zeit kein Ozean, den man nur einmal überqueren konnte.

»Du hast keine Ahnung, warum ich damals gegangen bin.« Ihre Stimme zitterte ein wenig, als sie das sagte.

Colin schüttelte den Kopf.

Sie schlug das Gästebuch auf und schrieb etwas hinein. »Zimmer fünf ist deins.« Sie drehte sich um, nahm einen Schlüssel von der Wand. »Die Treppe hinauf, es ist das dritte Zimmer auf der linken Seite des Korridors. Du findest es schon.« Sie reichte ihm den Schlüssel, ließ ihn in seine Hand fallen. »Wir reden später«, sagte sie, »nicht jetzt.« Sie sah ihn lange an, ohne ein Wort zu verlieren.

Colin Darcy starrte zurück, den Schlüssel in der Hand. Dann nickte er, so langsam, als koste es ihn alle Kraft, die er aufbringen konnte. Dann ging er die Treppe hinauf, hörte die Dielen unter seinen Schritten knarren und roch den Teppichboden auf den Stufen und sah die Bilder an den Wänden. Alles war intensiv und gleichsam unwirklich.

Er betrat sein Zimmer, das klein und sauber und aufgeräumt war und von dem aus man bis zum Hafen hinunterschauen konnte, schloss die Tür hinter sich, ließ sich aufs Bett fallen und schloss die Augen.

Atmete durch.

Er hatte soeben Livia wiedergesehen. Meine Güte, wie konnte das sein? Sie war da, nach all den Jahren, einfach so, ohne Ankündigung. Sie war wieder hier.

Und das bedeutete ... was?

Sie war kein Mädchen, und er war kein Junge mehr. Livia Lassandri würde ein Leben haben, wie er eines hatte. Sie waren jetzt beide erwachsen, so einfach war das. Die Liebe, die sie empfunden hatten, war die Liebe zweier Kinder gewesen.

Trotzdem!

Er musste lächeln. Es tat gut, es zu tun, und er konnte es auch gar nicht verhindern. Colin Darcy fühlte sich mit einem Mal so gut wie eine Polka von Mantovani.

Er schaute auf die Uhr.

Acht Uhr war bereits in einer Stunde.

Er konnte es gar nicht erwarten, sie wiederzusehen. Doch dann gesellte sich zu dem Glücksgefühl ein nagendes Unwohlsein, das (hätte es anders sein können?) mit Ravenscraig zu tun hatte.

Was genau war damals geschehen?

Er dachte an den Tag, an dem sie fort gewesen war, an das hasserfüllte Gesicht ihres Vaters.

So saß er auf der Bettkante, starrte zur See hinaus und ließ die Bilder von einst an sich vorbeiziehen, während die Zeiger der Wanduhr ihren Kreis drehten. Colin wusste, dass er sich bei Miss Robinson hätte melden sollen, doch er tat es nicht. Er *wollte* es einfach nicht. Morgen würde er hinüber nach Ravenscraig fahren, das wäre früh genug. Jetzt dachte er nur an all die Gespräche, die er damals mit Livia geführt hatte, an all die Stunden, die sie zusammen verbracht hatten.

Und als er sie, pünktlich um acht Uhr abends, unten im Wohnzimmer der Pension traf, da war Colin Darcy so aufgeregt wie damals, als sie ihn unter den Mistelzweig gezogen hatte.

Er wusste nicht, wohin dieses Gespräch führen würde.

Das Wohnzimmer war ein gemütlicher Raum, klein und behaglich. Ein leichter Nieselregen rauschte draußen vor dem geöffneten Fenster herab. Es roch selbst hier nach der See.

Livia hatte in einem Sessel Platz genommen.

»Wir sind ungestört«, sagte sie. »Du bist der einzige Gast heute.«

»Ich weiß nicht, wo ich beginnen soll«, bekannte er. Es gab so vieles zu sagen.

»Fang von vorne an«, schlug sie vor.

Und da sie den Eindruck erweckte, vorerst nicht reden zu wollen, begann Colin zu erzählen: von dem Leben, das er die letzten Jahre gelebt hatte, von Cambridge und London und den Dingen, die einen erwachsen werden lassen.

Er erzählte von Arthur Sedgwick und den gemeinsamen Jahren in Cambridge; davon, wie Arthur auf einer der vielen Studentenpartys in der Weihnachtszeit seine Frau kennengelernt hatte. Er erzählte von der Heirat und dem Umzug nach London. Arthur stammte aus einfachen Verhältnissen, und nur dank eines Stipendiums hatte er sich in Cambridge einschreiben können. Er war fleißig und klug und ein guter Freund. Als Selina geboren wurde, war Arthur der glücklichste Mensch auf der Welt gewesen, und an dem Tag, an dem Colin die junge Mutter und den jungen Vater mit dem winzigen Baby im North Healing besucht hatte, da war ihm zum ersten Mal bewusst geworden, was echtes Glück sein konnte. Er hatte die Gesichter der Eltern gesehen und das schrumplige Gesicht der Kleinen und sich gefragt, ob Helen und Archibald Darcy damals auch vor Glück und Stolz strotzend in einem Zimmer im Krankenhaus von Stranraer gesessen hatten. Nein, das konnte sich Colin eigentlich nicht vorstellen.

Er hatte Arthur schon so lange gekannt, doch das war der Moment gewesen, in dem er in sein Herz hatte blicken können.

»Er ist tot«, sagte er Livia.

»Du sprichst von ihnen, als wären sie deine Familie.«

Er war unfähig zu reden.

Und die Tränen, die all die Stunden seit London so verhuscht gewesen waren, kamen aus ihren Verstecken hervor und liefen ihm übers Gesicht, sodass er beschämt zum Fenster schaute.

»Schreckliche Dinge passieren manchmal ohne Grund«, sagte sie.

»Ich weiß. Aber es hätte nicht sein dürfen. Sie haben ein Kind.«

Er sah sie an und rieb sich die Augen wie ein Kind, das sich das Knie gestoßen hat und trotzig zu verstecken versucht, dass es geweint hat.

»Reden hilft«, sagte sie.

»Ich weiß.«

Es war wieder wie damals auf dem Galloway Graveyard, wie damals, als sie sich in den Pubs getroffen hatten. Geredet hatten sie, so viel, und die Leben, die sie gelebt hatten, waren eins geworden.

Livia lauschte aufmerksam den Worten, die ihm über die Lippen flossen, als hätten sie all die Jahre nur auf diesen Moment gewartet. All die Personen, die einmal da gewesen und nach einiger Zeit wieder weitergezogen waren, tauchten auf und nahmen Gestalt an. Livia lernte sie alle kennen. Colin wollte, dass sie sie alle kennenlernte. Es war wichtig für ihn, dass er das alles loswurde. Denn am Ende, das war ihm klar, war dies alles für ihre Ohren bestimmt gewesen, schon immer.

Dann, endlich, fragte Colin: »Wo hast du gesteckt?«

Livia sah ihn traurig an.

Sie war so schön, wie sie es damals schon gewesen war.

Als sich ihre Wege getrennt hatten, da war sie ein Mädchen gewesen, und jetzt war sie eine Frau. Jemand, der sich den Glanz von einst bewahrt hatte. Er lebte noch immer in ihren Augen, in ihrem Lächeln, und Colin fragte sich in jedem Moment, in dem er sie betrachtete, wohin dieser Weg ihn wohl führen würde.

»Du bist einfach fortgelaufen«, sagte er.

»Du hättest auf mich warten können.«

»Das ist nicht fair. Ich habe gewartet. Ich habe dich sogar gesucht.«

»Ich wollte nicht, dass du mich findest.«

»Aber warum?«

Sie senkte den Blick, suchte nach Worten. »Ich war feige, Colin.« Wie damals brachte sie Dinge gern auf den Punkt. »Ich habe Angst gehabt. Nie zuvor in meinem Leben hatte ich solche Angst gehabt wie damals, und nie wieder danach habe ich mich so gefürchtet.«

»Was war geschehen?«

»Du erinnerst dich an gar nichts mehr, stimmt's?!«

»Was meinst du?«

Sie seufzte. »Du bist hier, weil deine Mutter verschwunden ist.«

»Ja.«

»Such nicht nach ihr.«

»Danny ist auch verschwunden.«

Sie zuckte die Achseln. »Wenn Helen Darcy fort ist, dann solltest du das feiern.«

»Was ist passiert?«, wollte Colin wissen.

»Zu viel«, antwortete sie, »viel zu viel.«

Und dann begann sie zu erzählen.

Ihre Stimme füllte den Raum mit der Melodie, die Colin nie richtig vergessen hatte. Er konnte den Blick gar nicht von ihr lösen, nicht wirklich. Sie war da, hier in diesem Raum, Livia, das Friedhofsmädchen.

»Ich bin mir nicht einmal sicher«, begann sie, »ob das, woran ich mich erinnere, auch wirklich so geschehen ist.« Sie schaute zum Fenster hinaus in den Regen, der sich schimmernd in ihren Augen spiegelte. »Seit acht Jahren lebe ich wieder hier, in Portpatrick.« Sie schaute ihn an und sagte leise, als bringe es die alten Zeiten zurück: »*Colin, Colin Darcy aus Ravenscraig.*« Dann lächelte sie, traurig. »Drüben in Black Head gibt es eine Kate, von der aus man den Leuchtturm sehen kann. Da lebe ich.« Die Worte malten ihr Leben in die Stille des Raums hinein, hell wie eine schöne Farbe und warm wie ein Geheimnis, das leise Lieder flüstert. Livia, die Bilder malt und Zeichnungen mit Kohle anfertigt; Livia, die in der Pension aushilft, wenn man sie darum bittet; Livia, die ihrem Vater hilft, wenn sein Angestellter einen freien Tag nimmt; Livia, die still und leise ihr Leben lebt, die nach Portpatrick zurückgekehrt ist nach all den Jahren, die sie in Edinburgh und anderswo verbracht hat.

»Anderswo?«, fragte Colin.

»Ich bin sogar in Sizilien gewesen, für kurze Zeit, und habe dort dies und das gemacht.«

»Dies und das?«, fragte Colin.

Sie nickte und antwortete: »Dies und das.«

»Jetzt bist du wieder hier.«

»Ja.«

Schweigend sahen sie einander an. Nur das Regenrauschen füllte den Raum.

»Deine Mutter hat mir einen Besuch abgestattet.« Schatten krochen ihr in die Stimme. »Damals, bevor ich gegangen bin.«

Colin starrte sie an. »Wo?«

»Bei mir zu Hause, in dem Haus in Stranraer. Papa wohnt noch immer dort.«

»Davon hast du nie etwas gesagt.«

Sie schluckte. »Ich weiß. Danach bin ich abgehauen. Fortgelaufen. Das war das Einzige, was ich tun konnte. Zuerst nach Edinburgh zu einer Tante, dann immer weiter. Wie gesagt, einmal sogar bis nach Sizilien.«

Colin wirkte verwirrt.

Ein Teil von ihm wollte gar nicht wissen, was passiert war. Das war der Teil, welcher der schlimmen Neuigkeiten überdrüssig war. Jener Teil, der zögerlich und feige war.

»Es war im Frühherbst. Zwei Tage nachdem wir zum Black Head hinausgefahren waren, mit den Rädern, erinnerst du dich noch? Sie sei gerade in der Nähe gewesen, habe Tee gekauft«, erinnerte sich Livia, die damals in Stranraer gelebt hatte, in einem Haus am Rande des Ortes, das Colin nur ein einziges Mal betreten hatte. »Und da habe sie sich gedacht, dass sie mich kennenlernen könnte.«

»Sie hat gewusst, dass wir zusammen sind?«

Livia nickte. »Das hat sie.«

»Ich habe nichts gesagt.«

»Ich weiß, sie hat es trotzdem gewusst.«

Colin und Livia hatten damals beschlossen, sich nichts anmerken zu lassen.

»Sie wollte mir eine Geschichte erzählen«, erinnerte Livia sich, und ihre Hände waren wie unruhige Tiere, die sich schnell vor irgendetwas irgendwo verstecken wollten. »Aus diesem Grund ist sie vorbeigekommen.«

Giovanni Lassandri war nicht zu Hause gewesen, als Helen Darcy das Haus der beiden aufgesucht hatte. Livia hatte das Gartentor, das zu ölen ihr Vater sich schon seit Wochen vorgenommen und vergessen hatte, quietschen hören.

»Sie stand da wie die alte Hexe in Schneewittchen.«

»Was hast du gemacht?«

»Ich habe ihr einen Tee angeboten, weil ich höflich sein wollte. Sie war deine Mutter.«

Und langsam, wie so oft, hatte das Schicksal seinen Lauf genommen.

Colin Darcy rutschte in seinem Sessel unruhig hin und her.

»Sie hat mir eine lange Geschichte erzählt, während sie ihren Tee in aller Ruhe schlürfte. Ich kann mich daran erinnern, als sei es gestern gewesen. Ich kann mich an ihren Blick erinnern, diesen abschätzigen Blick, der mich taxiert hat.«

Helen Darcy hatte das getan, was sie besonders gut konnte.

Sie hatte Livia eine Geschichte erzählt.

Genau genommen war es, jedenfalls hatte sie das Livia gegenüber behauptet, ein uraltes Märchen aus den Chevoit Hills, das von einem Mädchen handelte, das in einem Dorf namens Old Hawick am Rande der Hügel und der Wälder lebte und sich eines Nachts mit einem Jungen einließ.

»Genau dieses Wort hat sie benutzt«, erinnerte sich Livia. »*Einlassen.*«

Jenes Mädchen mochte den Jungen sehr, doch der Junge war sich nicht sicher, ob er sein ganzes Leben mit diesem Mädchen verbringen wollte. Und das Mädchen, das, so Helen Darcy, geschickt und heimtückisch war, wie die meisten Mädchen es sind, die einen Jungen mögen, der sich nicht sicher ist, was er tun soll; jenes Mädchen also, berichtete Helen Darcy, griff zu einer List, wie es Mädchen eben tun, wenn sie ihrem Herzen folgen und nicht dem Verstand. Als sie das nächste Mal mit dem Jungen allein war, da reichte sie ihm einen Tee aus frischen Kräutern, die sie nahe der Weiden von Jedburgh gepflückt hatte, einen Tee, der ihn gefügig und liebestoll machen sollte.

»*Gefügig machen* und *liebestoll*«, sagte Livia, »genau das waren ihre Worte.«

Colin Darcy hatte keine Mühe, sich das strenge Gesicht seiner Mutter vorzustellen.

»Ich wusste gar nicht, was sie von mir wollte«, gestand Livia. »Sie war einfach so vorbeigekommen und wirkte weder freundlich noch unfreundlich und erzählte mir diese seltsame Geschichte.«

Diese Geschichte von dem Mädchen aus Old Hawick, die eine richtige Lüge gewesen war und mit aller Macht zum Leben erweckt wurde. Colin ahnte es.

»Sie war nichts als ein leichtes Mädchen.« So hatte Helen Darcy die Kleine aus dem Dorf am Waldrand und nahe der Hügel umschrieben und abfällig die Mundwinkel verzogen. Der Junge, der dumm war, wie es die meisten Jungen sind, wenn sie einem hübschen Mädchen begegnen, trank den Tee. Er schaute das Mädchen mit noch viel verliebteren Augen an, als er es ohnehin schon getan hatte. Dann küssten sie sich, und die Wollust ergriff Besitz von ihnen.

»Sie hat *Wollust* gesagt«, erinnerte sich Livia, »und aus ihrem Mund klang es wie eine ansteckende Krankheit.«

Das Mädchen und der Junge gaben sich also der Wollust hin. Doch der Junge meinte es nicht ehrlich mit dem Mädchen. Er dachte noch an andere Mädchen, die er kannte. Er dachte an diese Mädchen, selbst während er mit dem Mädchen schlief. Er stellte sich fremde Körper vor, ihre Bewegungen, ihre Gesichter, ihr Stöhnen.

»Wie lange kennt ihr euch schon, Colin und du?« Helen Darcy hatte Livia an eben dieser Stelle ihrer Geschichte genau diese Frage gestellt.

Und Livia, die jung und verunsichert war, hatte verdutzt geschwiegen.

»Colin ist auch immer mit den Gedanken woanders«, sagte Helen Darcy und kehrte zu ihrem Märchen zurück.

Das Mädchen aus Old Hawick ahnte nichts von alledem. Sie glaubte an die Liebe, eine Liebe, die alle Hindernisse zu überwinden vermochte. Sie glaubte an blühende Verse, wie Shakespeare sie einst zu Papier gebracht hatte, an Romantik, Küsse im Mondschein und Versprechen, die Ewigkeiten überdauern. Sie war dumm und wollte nicht sehen, dass der Junge allein ihren Körper betrachtete und unzüchtige Gedanken hatte. Sie ahnte nicht, dass der heiße Samen, der jetzt in ihrem Körper lebte, ein triefendes Wesen voll unlauterer Gefühle war und zu etwas heranwuchs, das ebenso hässlich war wie die niederen Instinkte des Jungen, den sie zu lieben glaubte.

An dieser Stelle hatte Helen Darcy an ihrem Tee genippt und beiläufig bemerkt: »Colin ist noch zu jung, um sich zu binden. Glaub mir, ich kenne meinen Jungen. Er sieht die Mädchen auf der Straße an und denkt dabei nicht unbedingt an dich.« Sie hatte in die Hände geklatscht und gespielt gönnerhaft gelächelt. »Aber so sind die Jungs nun mal, *Liviana*, so sind sie. Sie sehen all die Körper, Schenkel, Brüste, Hintern ... Du weißt schon, was ich meine. Vergiss das besser nicht. Colin ist ein ganz gewöhnlicher junger Mann.«

Livia war verwirrt gewesen.

Am liebsten hätte sie diese grässliche Frau des Hauses verwiesen, doch dazu fehlte ihr der Mut. Sie war noch jung, und Helen Darcy hatte sie überrumpelt. Niemals hätte Livia gedacht, dass eine Erwachsene so mit ihr reden würde. Eine fremde Erwachsene, noch dazu die Mutter des Jungen, in den sie sich verliebt hatte.

»Weißt du, wie das Märchen endet?« Helen Darcy hatte Livia sanft am Handgelenk angefasst, und noch heute erschauderte die inzwischen Erwachsene bei der Erinnerung an diese Berührung.

»Ich will es nicht wissen«, sagte Livia schnell.

»Der Samen in ihrem Körper wuchs und wuchs«, fuhr Helen Darcy fort und lächelte dabei unentwegt.

Er wuchs und wuchs, und das, was sich in des Mädchens dickem Bauch bewegte, tat ihr weh. Wie Nadeln, so fühlte es sich an. Als würde jemand versuchen, sich den Weg aus ihrem Bauch allein mit spitzen Fingernägeln zu bahnen.

»In Märchen passiert so was schnell«, bemerkte Helen Darcy, »und manchmal, ja, manchmal, passiert das auch im richtigen Leben.« Sie machte eine wegwerfende Handbewegung, nippte am Tee. »Oh, Sachen könnte ich dir erzählen, wenn ich wollte.« Doch dann kehrte sie zu der Geschichte zurück und sagte: »Es kam, wie es immer kommt.«

Das Mädchen bekam es mit der Angst zu tun. Sie sprach mit dem Jungen, den sie so liebte, über das, wovor sie sich zu fürchten begann, doch der Junge lachte nur schallend, streichelte ihr übers Haar und beruhigte sie mit Worten, dass bald alles besser werden würde. Er küsste sie auf die Stirn, und eines Tages dann, als er später als sonst aus den Wäldern nach Hause kam, da roch er nach einer anderen Frau.

Das Mädchen verzehrte sich vor bitterstem Kummer, doch verlor sie kein einziges Wort darüber. Sie wusste, dass der Junge alles abgestritten hätte. In den Wochen, die folgten, kam er immer später von der Arbeit. Sie kannte die Gründe, die er ihr nannte. Viel Holz gebe es zu schlagen in den Wäldern, viel abzuernten auf den Feldern.

»So sind die Jungs«, sagte Helen Darcy.

»Colin nicht.« Irgendwie fand Livia die Kraft, dies zu sagen. Es kostete sie Mühe, und sie hasste sich dafür in ebendiesem Augenblick.

Helen Darcy lachte nur. »Woher willst du das wissen? Ich kenne Colin schon so lange, und ich weiß genau, welche niederen Gedanken die Männer haben.« Wieder fasste sie Livia ans Handgelenk. »Männer, Jungs, sie sind alle gleich. Du darfst ihnen nicht trauen. Wenn sie erst einmal dein Herz gewonnen haben, dann machen sie sich über deinen Körper her. Und wenn sie erst einmal auf den Geschmack gekommen sind, dann sind sie kaum mehr als hechelnde Hunde.« Die hellen Augen der fein gekleideten Frau kamen ihr ganz nah. »Habt ihr beide schon miteinander geschlafen? Du kannst es mir sagen, wir sind unter uns.«

Livia wusste nicht, wie ihr geschah. »Nein, ich ... Das geht Sie gar nichts an, was ...« Die Stimme versagte ihr. Dann sagte sie, so energisch es ging: »Ich möchte, dass Sie jetzt gehen.«

»Du kennst das Ende der Geschichte aber noch nicht.«

»Das Ende ist mir egal, gehen Sie!«

Helen Darcy ließ sich nicht beirren, nippte seelenruhig am Tee.

»Als der Junge eines Nachts gar nicht mehr zu dem Mädchen kam, da spürte sie, wie das Wesen, zu dem der Samen herangewachsen war, seine Nägel in ihr Fleisch grub.« Helen Darcy beobachtete Livia, wie ein Raubtier seine Beute fixiert.

»Die Schmerzen ließen sie in die Knie gehen.«

Das Mädchen schrie und weinte.

»Das Wesen, das ihr Kind war, kam ihr kreischend aus dem Körper gekrochen, und dann ...« Helen Darcy blinzelte ihrer Zuhörerin zu. »Dann, ja, dann ...«

Livia konnte den Atem der Frau riechen und musste wieder an die böse Hexe denken, die Schneewittchen aufgesucht und mit Gürtel, Kamm und Apfel nach dem Leben getrachtet hatte.

»Dann begann es zu fressen. Ja, wie alle Kinder ernährte es sich vom Fleisch seiner Mutter.« Helen Darcy lehnte sich in dem Sessel zurück und faltete zufrieden die Hände. »Man fand das Mädchen in einer Lache seines eigenen Blutes.« Sie warf Livia einen eindringlichen Blick zu. »Du siehst also, nicht alle Märchen haben ein schönes Ende.«

Livia saß nur da und schwieg.

Helen Darcy erhob sich. »Sei auf der Hut, Mädchen«, riet sie ihr. »Es gab schon andere Mädchen in Colins Leben. Deine Vorgängerin ist auch nicht besonders hübsch gewesen, dafür aber ein wenig seltsam, so *skurril.* Auf diesen Typ steht er nun einmal. Sei auf der Hut, denn mein Junge hat unruhige Augen, die immerzu wandern, von einem Mädchen zum anderen.« Sie lächelte, und zum Abschied tätschelte sie Livia erneut die Hand. Dann ging sie, wie sie gekommen war, schnell und unverhofft wie ein schlechter Traum, und als sie fort war, da fragte sich Livia, ob sie das ganze Gespräch nicht doch nur geträumt hatte.

»Natürlich wollte ich mit dir darüber reden«, sagte Livia jetzt zu Colin, »so schnell es nur ging.« Sie schluckte. »Doch dann ...« Sie holte tief Luft. »Dann ist es passiert.«

»Was ist passiert?«

»Ich war in der Küche und wollte das Abendessen herrichten, für Papa und mich.«

Colin starrte sie an.

Er wusste, wie seine Mutter hatte sein können. Er wusste, wie sich ihre Stimme anhörte, wenn sie Geschichten zum Besten gab. Ja, er wusste es noch immer, und er wusste auch, dass er es hatte vergessen *müssen*, um sein Leben leben zu können. Er ahnte, dass es nicht nur bei der Geschichte geblieben war, das war es nie.

Livia stand auf und ging zum Fenster, stützte sich dort ab.

Sie atmete tief ein.

Dann fuhr sie fort: »Die Schmerzen waren auf einmal da, ohne Vorwarnung. Es fühlte sich an, als würde etwas meinen Unterleib zerreißen. Als wäre etwas in mir drin. Ja, etwas, das *lebt*. Sieh mich nicht so an, du weißt genau, was deine Mutter tun konnte. Sie hat es auch mit deinem Bruder gemacht, du hast mir davon erzählt.« Sie stockte. »Colin, ich weiß, was Verdrängung ist. Ich habe es so oft versucht, aber ich hatte solche Angst.« Sie rieb sich die Augen, und Colin sah die Tränen darin schimmern. »Ich bin in der Küche zusammengebrochen, nicht einmal schreien konnte ich, so stark waren die Schmerzen. Etwas hat sich in mir *bewegt*, ich habe es ganz deutlich gespürt. Ich sah, wie sich der Schritt meiner Jeans dunkel färbte. Es war Blut, Colin. Unglaublich viel Blut. Ich lag auf dem Boden in der Küche, und es fühlte sich an, als wollte sich etwas mit scharfen Krallen aus meinem Körper befreien. Es war genau wie in dieser verdammten Geschichte, die mir deine Scheißmutter erzählt hat.« Sie hielt sich die Hände vors Gesicht, und es dauerte einige Augenblicke, bis sie weitersprechen konnte. »Das war keine gewöhnliche Monatsblutung, Colin. Es war das gottverdammte rote Meer. Ich dachte, ich müsste sterben. Das Blut floss wie Wasser über die Kacheln in der Küche. Ich saß mittendrin. Ich *lag* mittendrin. Und ich wusste, dass *sie* das gemacht hatte. Ich wusste nicht, *wie* sie es gemacht hatte, aber ich wusste, dass deine Mutter die Schuld an all dem trug.«

Gürtel, Kamm und Apfel.

Ja, Helen Darcy war dazu in der Lage gewesen.

»Als mein Vater nach Hause kam, da lag ich zusammengekrümmt und bewusstlos auf dem Boden. Natürlich war da kein Blut zu sehen, rein gar nichts. Nicht für normale Menschen. Aber Papa hat es gesehen, weil ich es sehen konnte. Papa konnte solche Sachen sehen, weißt du?! Er war immerhin der Vater eines Friedhofsmädchens.«

Das leuchtete Colin ein.

»Deswegen bist du verschwunden.«

Sie nickte. »Da war noch etwas.«

»Was?«

»Als ich auf dem Boden lag, da formte sich in der

Blutlache ein Gesicht, und die Augen in diesem Gesicht sahen mich an, und der Mund in diesem Gesicht, das so tiefrot und fast schon schwarz war, sprach zu mir: *Du wirst meinen Jungen verlassen, du kleine Friedhofsschlampe mit der schmutzigen Phantasie, du wirst ihn verlassen, denn sonst wird das, was du erntest, dir so wehtun, dass dir das, was du gerade erlebst, wie der Himmel auf Erden vorkommen wird.* Ich wusste, dass ich mir das nicht einbildete. *Jungs sind so, wie sie sind*, sagte die Stimme, *und ich kenne meinen Jungen viel besser, als du es je tun wirst. Sei auf der Hut.* Ich schrie und trat mit den Füßen nach dem Gesicht.« Livia wurde ganz bleich, als sie die Erlebnisse von damals schilderte. »Es war das Gesicht deiner Mutter, Colin. Du weißt, dass sie so was tun kann. Du hast es selbst erlebt. Du hast mir von deinem Bruder erzählt, von dem Zimmer und all den anderen Dingen, die sie euch angetan hat.«

Colin saß stocksteif da. »Ich ...«

»Die ganze Nacht über saß ich nur zitternd in meinem Bett. Papa hat kein Wort aus mir herausgebracht. Als ich wieder zu mir kam, schrie ich mir die Seele aus dem Leib und heulte und stammelte lauter wirres Zeug.« Sie hielt kurz inne. »Dann habe ich Papa gesagt, dass ich von hier weg will. Er schickte mich zuerst nach Edinburgh zu seiner Schwester, und später ging ich nach Sizilien, wo die Familie herkommt.«

Colin wusste nicht, was er sagen sollte.

»Deine Mutter«, sagte Livia, »ist eine böse Frau.«

»Ja, ich weiß.« Colins Stimme war nur ein Flüstern.

»Das, was ich an jenem Abend erlebt habe«, sagte Livia, »war nichts anderes als eine Warnung gewesen. Ich hatte eine solche Angst, Colin. Ich musste gehen, sonst wäre noch viel Schlimmeres passiert.« Tränen traten ihr in die Augen. »Ich habe keine Ahnung, wer deine Mutter ist oder *was* sie ist, aber sie ist ein böser Mensch, das weiß ich, und wenn sie verschwunden ist, dann sollte das auch so bleiben.«

Colin stand auf und ging schweigend zu ihr. Er berührte ihre Schulter, ganz sachte. »Ich ahnte ja, dass etwas passiert war. Dein Vater war so wütend, als ich mich nach dir erkundigt habe. Warum hat er denn nichts gesagt?«

Livia steckte den Kopf aus dem Fenster, sodass ihr der Regen in die langen Haare fiel. »Er wusste nicht, was passiert war. Er ahnte bloß, dass es etwas mit dir zu tun haben musste.«

»Warum hast du dich nie gemeldet?«

Sie zuckte die Achseln. »Ich weiß es nicht. Du warst in Cambridge und dann in London, du hast dein Leben gelebt. Es war alles so verdammt lange her. Ich ...« Sie berührte seine Koteletten. »Die sind jetzt richtig buschig«, sagte sie und lächelte mit ihrer Stimme, wie sie es während des ganzen Gesprächs noch nicht getan hatte, »buschig und ein wenig grau.« Sie sah ihn eindringlich an. »Ich habe dich auf der Beerdigung gesehen.«

Da war es wieder: *Tie a yellow ribbon.*

»Du warst dort?«

Sie nickte. »Danny und du, ihr habt überall die gelben Bänder an die Äste der Bäume gebunden, das war schön. Und dann hat auch noch diese schreckliche Kapelle gespielt. Selbst das war schön. Nur eure Gesichter, die waren nicht schön. Ihr saht aus, als hätte er euch alleingelassen, allein mit *ihr*.«

»Das hat er auch.«

»Aber das Lied, Colin, das Lied war klasse.«

»*Tie a yellow ribbon round the ole oak tree.*«

Sie musste lachen, jetzt lauter. »Ja, es war sehr schräg. Aber schön.«

»Ja«, antwortete er nachdenklich, »das war es, irgendwie. Mutter hat es gehasst.« Er suchte nach den richtigen Worten. »Es war ... es war, was unser Vater sich gewünscht hatte. Meine Mutter war stinksauer wegen dieses Lieds und dieser Kapelle.« Colin rief sich die Bilder ins Gedächtnis zurück. »Dein Vater war damals dort, ihn habe ich gesehen.«

»Er ist noch immer für den Friedhof zuständig. Manche Dinge ändern sich eben nie.«

»Ja«, sagte Colin nur. »Und deine Mutter?«

»Was ist mit ihr?«

»Hat er dir jemals von ihr erzählt?«

»Er hat Andeutungen gemacht, wie früher.« Sie wirkte nachdenklich und zupfte an ihren Haaren. »Ich weiß, wie sich ihre Stimme anhört«, sagte sie, »aus meinen Träumen.« Sie lächelte versonnen. »Und früher, wenn ich auf dem Friedhof war, habe ich sie singen hören.«

»Das sind schöne Erinnerungen.«

»Ja, und ich habe meine Mutter nicht mal gekannt.«

»Besser solche Erinnerungen als andere.«

»Ich weiß.«

In der Ferne dröhnte das Signalhorn eines Kutters über die See.

Livia drehte sich zu Colin um.

Sie stand jetzt vor dem Fenster, und hinter ihr fiel ein leichter Regen auf die Welt.

»Livia«, sagte Colin schließlich, und mehr brachte er nicht heraus. Mit einem Mal fühlte er sich ganz genau wie damals, als sie unter dem Mistelzweig gestanden hatten.

»Manche Dinge ändern sich nie«, flüsterte sie. Und dann, als sei sie aus einem Jahre andauernden Schlaf erwacht, ging sie auf ihn zu, und Colin legte instinktiv die Arme um sie und drückte sie fest an sich und roch ihr Haar, in dem sich warmer Nieselregen verborgen hatte, und beide spürten, dass man nicht unbedingt einen Mistelzweig braucht, um sich ein Versprechen zu geben. »Ich geh mit dir sogar bis nach Ravenscraig«, flüsterte Livia, das Friedhofsmädchen von einst, in Colin Darcys Ohr, »so viel ist sicher.« Und während draußen an den Klippen die Nacht hereinbrach, standen die beiden vor dem Fenster und spürten den Mistelzweig von einst über ihren Köpfen, so grün und duftend, als sei er niemals fort gewesen.

Viertes Kapitel

in dem Miss Robinson ein Haus erklärt,
ein Constable seine Fragen stellt
und vieles komplizierter, dafür aber
nichts einfacher wird

Manche Häuser sind durchaus lebendig, und man kann sie atmen hören, wenn man dem steinernen Wispern zuhört. Meist sind es große Häuser, die vor langer Zeit erbaut worden sind. Häuser, die Schicksale wie Jahrhunderte erblickt haben, mächtige Bauwerke mit schwarzen Dächern, hohen Türmen, verwinkelten Erkern und hohen Mauern, die, von wildem Efeu umrankt und von Moos befallen, nicht weniger als die Geheimnisse alter Tage behüten. Manche Häuser sind böse, andere nur eigenwillig. Alle jedoch atmen etwas wie Kälte aus. Man spürt es, wenn man sich den Häusern nähert. Es ist eine Kälte, die in den hallenden Treppenhäusern mit ihren Stufen und Geländern aus Stein schlummert und durch die Korridore fließt und einen erschaudern lässt, wenn irgendwo eine Standuhr dröhnend die volle Stunde schlägt. Es ist eine Kälte, in der die Stimmen und Gedanken der ehemaligen Bewohner leben, ja, dort sind sie daheim.

Ravenscraig war solch ein Haus.

Colin Darcy war hier aufgewachsen.

Er wusste das.

Und nun, da er wieder hier war, fühlte er sich ganz und gar nicht gut.

Jeden Winkel kannte er, jede Kerbe im Stein. Hier hatte er den Großteil seines Lebens verbracht, dies war einmal sein Zuhause gewesen.

Hier gab es unzählige Zimmer, und jeder Raum konnte, wenn man es genau nahm, eine besondere Geschichte sein Eigen nennen.

»Warum willst du mich begleiten?«, hatte Colin gefragt, als Livia und er sich das enge Bett in der Pension geteilt hatten.

»Ich will bei dir sein«, war ihre Antwort gewesen.

Das war alles.

Vorher, unter dem unsichtbaren Mistelzweig ihrer gemeinsamen und fast schon in Vergessenheit geratenen Vergangenheit, hatte sie in der für sie typischen und recht direkten Art gesagt: »Ich möchte heute Nacht mit dir schlafen.« Und sich augenblicklich verbessert: »Ich meine das nicht so, wie es sich anhört. Ich meine natürlich nur schlafen.«

Er wusste, wie sie es meinte. Und es tat gut, dass sie es so meinte, wie sie es tat.

Colin Darcy war am Morgen erwacht und hatte ihren Körper an seiner Seite gespürt, seine Hand hatte ruhig auf ihrem Bauch gelegen, und dort hatte er den Atem gespürt, und dann hatte er sich einfach nur gut gefühlt, und er glaubte, dass ihn dieses Gefühl über den Tag retten konnte.

Darüber hinaus hatte er feststellen müssen, dass er sich schon seit Jahren nicht mehr so gut gefühlt hatte wie an diesem Morgen. Etwas war jetzt anders, etwas war zu ihm zurückgekommen, etwas war jetzt *richtig*, ja, etwas war jetzt endlich richtig in seinem Leben!

»Du bist ja noch da«, sagte er und küsste sie auf die Stirn, als sie die Augen aufschlug, diese wunderbaren Augen, die Livia waren, noch immer, so sehr, dass es ihm fast die Luft nahm.

»Hast du gedacht, ich hätte es mir heute anders überlegt?«

Das Leben, dachte Colin, kann verrückt und verdreht sein.

»Ja, vielleicht hab ich das gedacht.«

Jetzt küsste sie ihn, auf den Mund. »Du bist noch immer der *Colin, Colin Darcy aus Ravenscraig*, der nicht richtig erwachsen werden will, der, dem ich damals den Oliventrick gezeigt habe. Und bevor du zu lange darüber nachdenkst: Das war ein Kompliment.«

»Danke.«

Als sie aufstand, blieb er noch liegen, und als sie aus dem Bad kam, sah er ihr beim Anziehen zu.

»Du bist neugierig«, stellte sie fest.

»Manchmal.«

Sie zog sich an und dann setzte sie sich auf den einzigen Stuhl im Raum.

»Jetzt du«, forderte sie ihn auf.

Colin zog sich an.

Und Livia grinste.

»Warum grinst du?«, fragte er, ein wenig verunsichert.

»Nur so.«

»Nur so?«

Sie grinste noch breiter und sagte: »Nur so!«

Dann, nach dem Frühstück, waren sie losgefahren, beide schweigsam, während im Radio *Further on (up the road)* lief. Das Akkordeon, die Geige und all die anderen Instrumente füllten den Rover bis zum Dach mit alten, uralten Erinnerungen. Eine helle, klare Frauenstimme, die nach der Flöte im Intro einsetzte, unterstützte die raue Stimme des Leadsängers.

»Das ist Danny«, sagte Colin.

Livia wirkte erstaunt. »Der Kleine singt?«

»Sie nennen sich *Dylan's Dogs*.« Dann erzählte er, was ihm von seinem Bruder geblieben war. »Die Frauenstimme ist Soozie Sutcliffe.« Er erwähnte Dannys Heirat. »Keiner von uns hat etwas davon gewusst.« Livia erfuhr von der CD im Virgin Megastore, von Dannys Besuch in Ravenscraig, der dem Anruf gefolgt war.

»Was geht hier vor?« Eigentlich hatte Colin nur laut gedacht.

Livia legte eine Hand auf sein Bein und schaute nach vorn.

»Gibt es Neuigkeiten aus London?«

Nach dem Frühstück hatte Colin kurz mit Christoph Kneer telefoniert.

»Der Polizist ist noch mal da gewesen«, hatte der junge Deutsche, der immer mehr wie ein unrasierter Ewan McGregor aussah, ihm mitgeteilt.

»McGuffin?«

»Ja.«

»Hat er neue Fragen gestellt?«

»Er war mit einem Kollegen da, einem jungen Typen, der irgendwie dumm aussah. Wie auch immer, die beiden haben sich alle Computer in den Büros vorgenommen.«

»Das heißt?«

»Dr. Sedgwick hat wohl eine Mail erhalten, vorgestern Abend, kurz bevor er losgefahren ist. Sie kennen das Gerede hier im Haus, man munkelt, dass er aufgrund dieser Mail nach Southwark gefahren ist. Und die Mail, heißt es weiter, sei hier aus dem Haus losgeschickt worden.«

»Von einem unserer Rechner?«

»Ja.«

»Haben Sie eine Ahnung, von welchem?«

»Nein. Aber sie haben alle Rechner kontrolliert, Ihren auch.«

»Da bin ich ja beruhigt.«

»Ach ja, und Randall hat nach Ihnen gefragt.«

»Mist.«

»Haben Sie ihn verärgert?«

»Wie kommen Sie denn darauf?«

»Er ist nicht gut auf Sie zu sprechen, Dr. Darcy. Keine Ahnung, was los ist. Der Inspektor ist jedenfalls auch bei Randall gewesen. Mehr weiß ich nicht.«

»Gibt es was Neues in der SigmaCom-Sache?«

»Das Übliche.«

»Und was ist das Übliche?«

»Haben Sie keine Zeitung oben in Schottland?«

»Bin noch nicht dazu gekommen.«

»In Kurzform? Die Sigma-Jungs haben schon gestern Abend eine Pressekonferenz gegeben.«

»Das heißt, die Sache ist in den Medien.«

»Sie sagen es.«

»Mist!«

»Sie sagen es.«

Es entstand eine Pause.

»Möchten Sie Randall sprechen?«

Colin war aus der Pension in die frische Luft getreten, hatte den Hafen vor sich gesehen und die Möwen kreischen hören. »Nein«, hatte er gesagt, »ich melde mich später wieder.« SigmaCom wurde vom Wind hinfortgeweht.

Denn er war hier, in Portpatrick, mit Livia an seiner Seite.

Sie waren in den Wagen gestiegen und losgefahren, und London war weiter weg als je zuvor.

»Das klingt alles sehr beunruhigend«, meinte Livia, nachdem er ihr von dem Telefonat erzählt hatte.

»Es ist beunruhigend«, stellte er fest.

Schweigsam fuhren sie weiter. Die A77 hatten sie schon seit einigen Minuten verlassen. Der Rover folgte jetzt einer Straße, die mehr ein Weg war und sich schlangenhaft durch die grünen Hügel der Rhinns wand. Irgendwo dort vorn, wusste Colin, war das Meer.

Und irgendwo vor dem Meer war Ravenscraig.

Wie passend es doch war, dass dieses Lied gerade jetzt im Radio lief.

Further on up the road.

Ja, Livia hatte Danny gekannt.

Einmal nur waren die beiden einander begegnet, damals, als Colin seinen kleinen Bruder zum Galloway Graveyard mitgenommen hatte. Livia hatte dort auf sie gewartet.

Zwei Tage zuvor war Colin Darcy für wenige Minuten ein Spinnentier gewesen und hatte seinen Bruder aus dem tiefsten Dschungel und der trockensten Wüste gerettet. Danny war fast acht Jahre alt gewesen, und keiner der Jungs wusste so recht, wie sie das, was ihre Mutter manchmal mit ihnen machte, einzuordnen hatten. Die meisten Bestrafungen, die Helen Darcy sich für sie ausdachte, waren wirklich sehr *speziell*. Immer erzählte sie ihnen eine Geschichte, und das, was sie erzählte, wurde auf eine Art und Weise greifbar, die man anderen Menschen einfach nicht erklären konnte.

»Das, was sie sagt, passiert auch.« So brachte es Danny auf den Punkt.

Damals spielte er noch nicht Gitarre.

»Du bist also Danny«, begrüßte ihn Livia, die wieder auf ihrem Baum gesessen hatte bei ihrer Ankunft. Sie zeigte Danny den Trick mit den Oliven, und mittlerweile gelang er ihr. »Ist das nicht komisch«, pflegte sie zu sagen, »immer sind mir die Oliven davongeflogen, doch seit ich dich kenne, Colin, landen sie mir im Mund.«

»Schicksal«, antwortete Colin.

Die beiden küssten sich unter einer der Eichen.

»Ihr habt euch geküsst«, stellte Danny fest und verzog das Gesicht ein wenig.

»Das tut man, wenn man sich gern hat«, erklärte ihm sein Bruder.

»Mama küsst Papa anders«, stellte Danny fest. Dann überdachte er, was er gesagt hatte, und stellte richtig: »Na ja, eigentlich küssen Mama und Papa sich gar nicht.«

»Du darfst nichts verraten, Danny, das musst du uns versprechen.« Colin stand vor Danny, der auf einem Grabstein saß und die Füße baumeln ließ. »Mama fände das alles gar nicht gut, glaube ich.«

Danny nickte still, und dann sagte er etwas, was Livia später, nachdem Helen Darcy sie besucht hatte und sie schon im Zug nach Edinburgh saß, wieder einfiel und was sie niemals mehr vergessen sollte: »Mama ist böse.«

Es war eine Feststellung, so kühl und so sachlich und so schrecklich, weil Danny es nicht sagte, wie ein Kind Dinge sagt. Danny sagte es wie jemand, der bereits in jungen Jahren erkannt hat, wie das Leben sein kann, wenn es nicht nett zu einem ist. Er sagte es wie etwas, was sich nie und nimmer mehr ändern lässt und einen begleiten wird bis ans Lebensende.

»Keine Mama ist böse«, hatte Livia damals entgegnet.

Und Danny hatte sie angesehen, mit diesen traurigen, ernsten Augen, die sie an Colin Darcys Augen erinnerten, und ihr mit ruhiger Stimme geantwortet: »Du kennst sie nicht.«

Dann spielten sie Verstecken zwischen den verwitterten Grabsteinen, mächtigen Eichen und den zerfallenen Grüften. Sie machten ein Picknick neben dem überdachten Brunnen, aus dem man, wie vor hundert Jahren schon, das Wasser mit einem Eimer nach oben ziehen musste und aus dessen Tiefe es nach modriger Schattennacht roch. Sie wanderten an den Klippen entlang, und Livia lernte Danny kennen, und Danny lernte Livia kennen. Livia erzählte die Geschichte eines Mannes, der sich in ein hübsches Gespenst verliebt und versucht, es zu heiraten, und Colin und Danny hörten nur zu und waren froh, dass nichts von dem, was in der Geschichte passierte, Wirklichkeit wurde (wenngleich, das solle man anmerken, es nicht schlimm gewesen wäre, wenn gerade diese Geschichte zum Leben erwacht wäre).

Am Schluss erlernte Danny den Oliven-Trick, und keiner der drei dachte an Helen Darcy und das, was passiert war.

Jetzt, im Rover, auf dem Weg nach Ravenscraig, fragte Colin: »Hast du sie noch einmal gesehen?«

»Deine Mutter?«

Er nickte.

»Nur aus der Ferne. Man kann sich aus dem Weg gehen, wenn man will.« Sie betrachtete die grünen Hügel, die draußen im Nieselregenschleier an ihnen vorbeizogen. »Vermutlich habe ich sie während der letzten Jahre öfter gesehen als du.«

»Könnte sein«, grummelte Colin und konzentrierte sich auf die Straße, die holprig wurde.

»Ich habe sie gehasst«, gab Livia zu.

»Das kenne ich.«

Helen Darcy hatte das Band zwischen Livia und ihm in einem einzigen Augenblick, mit einer einzigen Geschichte, zerschnitten. Als Ravenscraig wie ein drohender Schatten am Horizont erschien, da fragte sich Colin, wie sein Leben wohl verlaufen wäre, wenn sie es nicht getan hätte. Wenn Livia und er zusammengeblieben und glücklich gewesen wären.

»Alles okay?«

Er schaute zur Seite. Livia betrachtete ihn besorgt.

»Ja, ich denke, schon.«

»Du bist kreidebleich geworden.«

»Da ist Ravenscraig«, sagte er nur.

Mehr brauchte man nicht zu sagen.

Die schattenhafte Silhouette des Hauses war wie eine finstere Gestalt in der grünen Landschaft, ein uraltes Wesen, dessen Haupt den grauen Himmel berührte. Mehr noch als früher erinnerte es Colin an etwas, was man in den schwarz-weißen Filmen Alfred Hitchcocks oder den düsteren Büchern einer Daphne du Maurier findet. Das Haus versteckte sich nicht schüchtern in den Hügeln, wie andere Häuser es tun. Hoch aufgerichtet stand Ravenscraig da und zeigte der Welt, dass es da war. Nichts, aber auch gar nichts hatte sich verändert, seitdem Colin das letzte Mal hier gewesen war. Noch immer führte der wie vor Schmerzen gekrümmte Weg durch das große eiserne Tor mit den geschmiedeten Gesichtern, noch immer flankierten die mächtigen Eichen und vom Wind misshandelten Ulmen die Einfahrt, noch immer rankte sich wild wuchernder Efeu an den Wänden empor, und noch immer spähten die Schatten aus den vielen Fenstern.

»Ich habe mich oft gefragt, wie es sein muss, dort zu leben. Allein mit Miss Robinson und Mr. Munro.«

Livia antwortete ihm nicht.

Stattdessen wurde sie eines bunten Vogels gewahr, der auf einer der Eichen saß und den Rover beobachtete. »Kann es sein, dass hier exotische Vögel leben?« Sie wusste, dass ihre Frage ziemlich bescheuert klang, aber sie hatte noch nie zuvor einen Vogel wie diesen gesehen. Er war bunter als ein Papagei, und er trug ein gelbes Stoffband im Schnabel.

»Hier kann alles sein«, sagte Colin nur. Er spürte, dass seine Hände das Lenkrad wie im Krampf festhielten. McGuffin hatte die seltsamen exotischen Federn erwähnt, und hier saß schon wieder ein Vogel, der aussah, als gehöre er nicht nach Schottland. Konnte es sein, dass es einen Zusammenhang gab zwischen Ravenscraig und Arthur Sedgwicks Unfall?

Colin teilte Livia seine Überlegungen mit.

»Du siehst Gespenster«, antwortete sie, »ehrlich.«

»Ja, vermutlich hast du recht.« Hier eine Verbindung zu suchen war in der Tat ein wenig übertrieben.

Blieb also nur Ravenscraig.

Colin fuhr langsamer, je näher sie dem Haus kamen. Die Schultern taten ihm bereits weh.

Es stand außer Frage, dass ihm Ravenscraig noch immer nicht gut tat. Erneut wunderte er sich, dass Danny hierher zurückgekehrt war und, darüber hinaus, in seinem alten Zimmer übernachtet hatte.

Welches Geheimnis schlummerte dort drüben?

Further on up the road.

Warum war er hier?

Der Rover näherte sich dem Haus, und Colin parkte auf dem riesigen Kiesplatz davor.

Ehe er ausstieg, atmete er tief durch.

Solange die Tür des Wagens noch geschlossen war, fühlte er sich sicher und geborgen, irgendwie. So, als könne er noch umkehren. Umkehren ... ja, das wäre nicht die schlechteste Alternative. Er würde den Gang einlegen, zurücksetzen, die lange gewundene Einfahrt zurückfahren, das eiserne Tor hinter sich lassen. In Portpatrick würde er ein Leben mit Livia Lassandri leben und nie mehr, nie, nie, nie an Helen Darcy und Ravenscraig und alles andere denken. Kein London-Leben mehr, sondern ein neuer Anfang. Ganz leicht wurde ihm ums Herz, als er dieser Möglichkeit folgte.

Dann stieg er aus.

Something wicked this way comes.

Die Zeilen stammten nicht aus einem Lied. Nur Danny und Colin hatten das immer geglaubt.

Miss Robinson hatte sie aufgeklärt, dass sie von Shakespeare stammten.

Macbeth und die bösen Hexen.

Further on up.

Er spürte den feinen Kies unter seinen Schuhen, hörte das Knirschen, das schon früher ein Vorbote des

Hauses gewesen war. Auf die Stufen, die zum Eingang hinaufführten, ging er langsam, fast schon abwartend, zu. Es war, als sei er in einem Traum gefangen, als könne er jeden Augenblick mit einem rauen Schrecken in der Kehle erwachen und feststellen, dass die Sonne noch immer nicht über Hampstead Heath aufgegangen war. Er würde sich umdrehen und weiterschlafen, und alles wäre gut, gut, gut.

Außer dem Rover standen zwei weitere Autos vor dem Haus, und Colin beschlich schon die Angst, seine Mutter könnte zurückgekehrt sein.

Was, wenn dies alles nur ein Trick gewesen war, um ihn nach Ravenscraig zu locken?

Warum, in aller Welt, war ihm dieser Gedanke nicht schon vorher gekommen?

Er blickte mit einem leichten Unbehagen auf die beiden Autos, von denen, das immerhin wusste er, keines der Wagen seiner Mutter war. Helen Darcy fuhr einen Mercedes, sie mochte den Namen.

»Ich wollte doch immer nur ein Mädchen haben«, war sie nicht müde geworden jedem zu erzählen, der es nicht hatte hören wollen. »Du, Colin, hättest unsere Mercedes werden sollen. Und Danny, du wärst unsere Deirdre gewesen.«

Colin seufzte.

Bescheuerte Kuh, dachte er und wunderte sich, wie sehr er sich noch immer über diese Äußerungen ärgern konnte.

Wie auch immer, jedenfalls war keines der Autos der

weiße Mercedes, dessen Anblick ihm so verhasst war. Das eine war der grüne Rover seines Vaters, den dieser Miss Robinson vermacht hatte, das andere war ein neuer schwarzer Vauxhall, den er noch nie gesehen hatte (und Mr. Munro fuhr ein Motorrad, das hatte er schon immer getan – und, nebenbei bemerkt, den Jungs damit nicht wenig imponiert).

»Colin!« Die Stimme riss ihn in den Augenblick zurück.

»Miss Robinson!«

Mit ernstem Gesicht stand sie im Türrahmen, die Hände gefaltet, als sei sie in der Kirche. Sie war elegant gekleidet und sah aus wie eine ältere Damc aus Cornwall, die ihre freie Zeit damit verbringt, die Rosenstöcke an der Gartenmauer zu pflegen.

»Ich dachte, du kommst früher.«

Something wicked this way comes.

Juhuu!

»Es ging nicht schneller.«

»Du siehst müde aus.«

»Ich weiß.«

Sie rührte sich nicht von der Stelle. Stattdessen schritten Colin und Livia die Stufen zu ihr empor.

»Du hättest hier übernachten können.«

Colin reichte ihr förmlich die Hand. »Ich konnte mich gerade noch so beherrschen«, sagte er nur und stellte seine Begleiterin vor: »Das ist Liviana Lassandri.«

Miss Robinson musterte die junge Frau eingehend und lange, und Colin fragte sich, ob ihr Blick so abschätzig gemeint war, wie er aussah. »Ihren Namen kenne ich von irgendwoher.«

»Giovanni Lassandri«, antwortete Livia, nur äußerst kurz angebunden und in Fragmenten: »Mein Vater macht die Bestattungen, in Stranraer.«

Miss Robinson erwiderte: »Ah.« Sonst nichts.

»Wir müssen wohl reden«, sagte Colin und schaute an der hohen Mauer empor. »Oder ist meine Mutter etwa wieder aufgetaucht?« Er konnte es sich nicht verkneifen.

»Nein, ist sie nicht.« Miss Robinson warf ihm einen strengen Blick zu, wie sie es früher schon hatte tun können, wenn er etwas angestellt hatte oder auch nur vorlaut gewesen war.

»Das alles ist eine sehr merkwürdige Situation«, bemerkte Colin.

Miss Robinson nickte.

Und Colin fiel auf, wie sehr er die alte Dame doch mit seinem Zuhause verband. Es hatte keine Zeit gegeben, zumindest keine, an die er sich bewusst erinnern konnte, in der Miss Robinson nicht in Ravenscraig gewesen war. Schon immer hatte sie sich um alles gekümmert und damals sogar die Kinder erzogen, damals, wenn Helen Darcy anderes zu tun gehabt hatte. Sie war Haushälterin und Kindermädchen in einem gewesen, eine Gouvernante, eine Vertraute Helen Darcys, die gute Seele des Hauses und die durch und durch energische Stimme, die sagte, was zu tun war, wenn Helen Darcy nicht zugegen war. Für Colin Darcy war Miss Robinson mehr Ravenscraig, als es seine Mutter gewesen war. Sie war zeitweise die Sekretärin seines Vaters gewesen, hatte für ihn Kunstgegenstände katalogisiert und war mit ihm ins Museum nach Glasgow oder Edinburgh gefahren. Archibald Darcy hatte sie sehr geschätzt, das hatte man gemerkt.

Außerdem erinnerte sie Colin an Leckereien.

Er dachte an Herbstnachmittage und den Geruch von frischem Gebäck, der aus der Küche im Erdgeschoss nach oben drang. An die leise klassische Musik, der sie immer gelauscht hatte, wenn sie die Post erledigte. An das Geräusch ihrer Schuhe auf den Dielen, das Klappern des Geschirrs auf dem Tablett.

Something wicked.

»Es ist jemand hier, der mit dir reden möchte«, sagte Miss Robinson.

Colins Blick wanderte erneut zu dem Vauxhall. Er hatte es geahnt! «Jemand, den ich kenne?«

Bevor Miss Robinson die Frage beantworten konnte, erschien ein älterer Herr hinter ihr. Er trug eine beigefarbene Jacke und eine Tweedhose, was ihm die Aura eines Sportlers im Ruhestand gab. Das Erste aber, was Colin an ihm auffiel, waren seine kalten, stechend blauen Augen, die kleine Schlitze waren, in denen wie wild die Neugierde aufflackerte. »Ich bin Constable Plummer«, sagte der Mann, der, wenn er lächelte, wie ein Hai aussah. Seine Stimme war fest und bestimmt und alt und gewitzt und so krächzend, als habe ein Rabe, der sich auf der Jagd befindet, zu viel Whisky getrunken. »Ich untersuche das Verschwinden Ihrer Mutter.« Er sah

Colin prüfend an, sodass dieser sich gleich schuldig fühlte, obwohl er gar nicht wusste, weswegen er dies hätte tun sollen. »Ihr Bruder, Daniel Darcy, ist seit vier Tagen ebenfalls unauffindbar. Miss Robinson hier hat Anzeige erstattet.«

»Deswegen bin ich hergekommen«, antwortete Colin.

Constable Plummer wendete sich Livia zu. »Wir kennen uns, nicht wahr?«

»Ja.«

»Wie geht es Ihnen?«

»Ich bekomme meinen Führerschein in einer Woche zurück.«

Colin schaute sie verwundert an.

»Rote Ampeln«, erklärte Livia, »ich habe ein kleines Problem mit roten Ampeln.«

»Und mit Geschwindigkeit«, fügte der Constable hinzu.

Sie lächelte charmant. »Und mit Geschwindigkeit«, bestätigte sie Colin.

»Aha«, machte der.

»Aber deswegen«, fuhr Constable Plummer fort, »bin ich nicht hier. Die Kollegen von der Streife sind jedenfalls nicht unglücklich darüber, Ihren Mini derzeit nicht zweimal am Tag anhalten zu müssen.«

Livia zeigte erneut ein überaus charmantes Lächeln, das »wie nett«, aber auch einfach nur »Arschloch!« hätte bedeuten können, oder aber beides gleichzeitig, auch das schien Colin durchaus möglich zu sein.

»Ich bin hier, weil Miss Robinson Ihre Mutter als vermisst gemeldet hat und es meine Aufgabe ist, herauszufinden, wo sie denn stecken könnte.« Er ließ sich Zeit mit dem, was er sagte. »Wie mir Miss Robinson mitteilte, ist Ihre Mutter bereits früher hin und wieder verschwunden, um dann kurze Zeit später wieder aufzutauchen.«

Die Namen exotischer Städte kamen Colin spontan in den Sinn: Kairo, Bombay, Kigali, Basra, Ipswitch. »Ja, das kam zuweilen vor. Sie war sehr ... *unberechenbar*.«

Constable Plummer nickte und sah so aus, als mache er sich Notizen im Geiste.

»Wir sollten hineingehen«, schlug Miss Robinson vor. »Beim Tee lässt es sich besser reden.«

Keiner hatte etwas dagegen einzuwenden, nicht wirklich.

Zwar spürte Colin die übliche Abneigung gegen das alte Haus, aber er war jetzt ein erwachsener Mensch, und erwachsene Menschen fürchteten sich nicht vor alten Häusern.

Punktum!

So folgte er also Livia, die dem Constable folgte, der Miss Robinson folgte.

Colin musste an den Witz denken, in dem der Lemming den Polizisten nach dem Weg fragt. Er fand ihn noch immer nicht komisch, aber vielleicht hatte er ihn auch nicht verstanden.

»Es hat sich nicht viel verändert, seit du das letzte Mal hier warst«, hörte Colin Miss Robinson erklären. »Wir haben einige der Gemälde aus dem ersten Stock hier unten aufgehängt, und die Pflanzen, bei denen hier unten immer so schnell die Blätter gelb wurden, stehen im zweiten Stock, im Treppenhaus, wo mehr Licht hinkommt, selbst im Herbst und im Winter.«

Sag mir etwas, was mich interessiert, dachte Colin.

Livia drehte sich zu ihm um und grinste. Er war also nicht der Einzige, dem Miss Robinson komisch vorkam.

»Die Teppiche auf den Treppenstufen haben wir auch entfernt. Deiner Mutter gefielen die Muster nicht mehr. Und die Vase mit den Szenen aus der Sage von Gawain und dem grünen Ritter ist kaputtgegangen. Eine Katze hat sich ins Haus gestohlen und ...« So ging es weiter und weiter und weiter und weiter. Miss Robinson wusste zu fast jedem Gegenstand, den sie passierten, etwas zu erzählen. Colin latschte ihr hinterher und fragte sich, wie lange er sich das Gequatsche noch anhören musste, doch dann wurde ihm bewusst, dass Miss Robinson eigentlich nur versuchte, sein ehemaliges Zuhause zu erklären. Sie wusste, dass er sieben lange Jahre nicht hier gewesen war, und dieses Gequatsche war ihre Art zu sagen, dass das Haus sich freute, ihn zu sehen.

Irgendwie rührte ihn dieser Gedanke ...

Nein!

Colin Darcy mochte Ravenscraig noch immer nicht.

Er spürte, dass er eine Gänsehaut bekam, je tiefer ins Innere er vordrang. Nicht einmal der Geruch hatte sich verändert, nein, kaum zu glauben war das, auch nach all den Jahren nicht. Es roch noch immer nach einer Mischung aus Holz und Teppich und Ölgemälden, ein Geruch, so schwer wie die Bilderrahmen, die wie Mauern einfassten, was Archibald Darcy als atmende Szenen der Natur bezeichnet hatte.

Die meisten Bilder, die jetzt hier unten hingen, zeigten dichte Wälder mit Lichtungen und weite Seen mit tiefdunkel glänzenden Oberflächen, gewundene Bäche, die das Plätschern des Wassers über Steine erahnen ließen und grüne Wiesen voller Blumen, schroffe Klippen, ein tosendes Meer und dazu uralte Leuchttürme von dem Typ, wie Stevenson sie einst entworfen hatte.

Plötzlich blieb Colin stehen.

»Was hast du?« Livia fasste ihn an der Hand.

Doch Colin stand nur da und starrte das Bild an, das vorher nicht hier unten, sondern im zweiten Stock gehangen hatte, eben dort, wo früher sein Zimmer gewesen war.

»Was ist los?«, wiederholte Livia ihre Frage.

Auch Miss Robinson und Constable Plummer waren stehen geblieben.

»Ist alles in Ordnung mit Ihnen?«, fragte der Constable.

»Du siehst ganz bleich aus«, stellte Miss Robinson fest.

Und Colin Darcy, der das Bildnis anstarrte, dachte, dass *das* genau den Punkt traf. Er fühlte sich ganz blass. Er fühlte sich durch und durch bleich und schwach und war mit einem Mal wieder fünfzehn Jahre alt. Livia war verschwunden, und er hatte sich die Beschimpfungen anhören müssen, die ihr wütender Vater sich für ihn aufgehoben hatte. Dann hatte er sich betrunken, von dem Geld, das er noch in der Tasche gehabt hatte.

Es war das erste Mal gewesen, dass er so viel Alkohol getrunken hatte, daher hatte es nur einer geringen Menge Alkohols bedurft, um ihn betrunken zu machen. Er hatte sich einfach nur elend gefühlt, und dann war er durch die Straßen nach Hause getorkelt, hatte geflucht und gegen Gegenstände auf der Straße getreten. Doch er hatte nach Ravenscraig zurückgefunden, selbst in seinem Zustand und selbst in tiefster Nacht.

Heimlich hatte er sich ins Haus hineinstehlen wollen.

Mit Müh und Not hatte er den Schlüssel ins Schloss stecken können, war leise, leise, ach, so leise, eingetreten und auf Samtpfoten nach oben in Richtung seines Zimmers geschlichen.

Andauernd hatte er sich mit beiden Händen an den Wänden abstützen müssen, so betrunken war er gewesen. Er hatte ein Guinness nach dem anderen getrunken, um sein Mädchen zu vergessen. Wie die Helden in den alten Hollywood-Filmen, die er so oft mit Danny gesehen hatte, war er in den nächstbesten Pub gegangen. Dort hatte er zu trinken begonnen und sich ziemlich schnell wie Robert Mitchum oder Dean Martin gefühlt, Spucknapf inklusive.

»Colin Darcy!« Nicht einmal die schneidende Stimme seiner Mutter war ein Grund gewesen, nüchtern zu werden.

»Ich bin spät dran«, lallte er, »ist einfach passiert.«

Helen Darcy, die ihm zweifelsohne aufgelauert hatte,

sagte: »Du weißt, dass Trunkenbolde ein böses Ende finden.« Sie deutete zu der Wand, an welcher der Junge lehnte. »Und du kennst dieses Bild.« Eine Frage war das nicht, eher schon eine Drohung.

Colin drehte den Kopf und war mit einem Schlag nüchtern. Er ahnte, was passieren würde.

»Du kennst die Geschichte, die zu diesem Bild gehört, ich habe sie dir schon einmal erzählt.«

Colin ließ die Wand los, als habe er sich verbrannt.

»Lass das!«, herrschte er seine Mutter an.

»Ich bin nur besorgt«, sagte Helen Darcy.

»Ich weiß, was du vorhast.«

»Colin, es geht dir nicht gut.«

»Wage es bloß nicht!«

»Du bist ja ganz von Sinnen.«

»Bin ich nicht.« Er holte tief Luft und spürte den Alkohol in jeder Bewegung.

»Man verliert den Boden unter den Füßen«, hörte er seine Mutter sagen, »wenn man zu viel getrunken hat, dann dreht sich alles, und man versinkt in seinem Elend und seinem Schmutz.«

Colin stöhnte.

Er spürte es bereits.

Das Bild vor ihm an der Wand zeigte einen Reiter, der neben seinem Pferd stand. Er hielt die Zügel des stolzen Tieres, das bis zur Brust im Moor steckte. Die Augen des Pferdes waren weit geöffnet. Colin kannte das Schicksal der beiden. Helen Darcy hatte ihm die Geschichte erzählt, als er noch ganz klein gewesen war. In allen grausamen Einzelheiten hatte sie ausgeschmückt, wie der junge Soldat, der eine wichtige Nachricht an Lord Wellington überbringen sollte, sich in den Mooren von Yorkshire verirrte, weil er in einer der Gaststätten vom Weg abgekommen war und Wein getrunken hatte.

»Verlasse niemals den Weg, der dir bestimmt ist«, so lautete die Moral der Geschichte, »denn sonst gehst du unter.«

Der junge Soldat verirrte sich und geriet ins Moor, wo zuerst sein Pferd versank und dann er selbst.

Colin war sechs Jahre alt gewesen, als er die Geschichte zum ersten Mal gehört hatte.

Und in jener Nacht, als er sturzbetrunken durch Ravenscraig getorkelt war, spürte er zum ersten Mal, wie der eisige Schlamm und der Morast an ihm zerrten und sich das kalte Wasser an ihm satt fressen wollte. Er wusste, dass er kläglich ersticken würde, wenn ihm der dicke Moorboden übers Gesicht fließen und seinen Mund bedecken würde.

Er *fühlte* es.

Colin Darcy begann im Schmutz zu versinken, weil Trunkenbolde nun einmal dazu neigen, den Boden unter den Füßen zu verlieren. Er begann zu schreien, als das Moor ihm über die Schultern floss, als der stinkende Dreck ihm den Mund füllte.

Helen Darcy war nirgends mehr zu sehen. Der Korridor selbst war nirgends mehr zu sehen.

Colin Darcy war allein in einem abgelegenen Moor, es war mitten in der Nacht, und er würde sterben wie der böse Ritter in Ivanhoe. Er würde nicht heldenhaft wie Robert Taylor sein, nein, er wäre derjenige, der unterging und an den sich niemand mehr erinnern würde.

»Colin!«

Er blinzelte.

»Colin, wo bist du?«

Livia war bei ihm.

Sie war nicht fort. Und er war nicht betrunken. Er war auch nicht im Moor.

»Was hast du?«, wiederholte Livia besorgt.

»Ich ...« Er hielt kurz inne, trat einen Schritt von dem Bild zurück. »Das ist ein Soldat Lord Wellingtons«, sagte er nur. »Er sollte eine Botschaft nach London bringen.« Er ahnte, wie das für den Constable aussehen mochte, aber daran konnte er jetzt nichts mehr ändern. »Das Bild hing früher oben, gleich neben meinem Zimmer.« Er deutete mit ausgestrecktem Arm auf den Reiter. »Er ist nur deswegen im Moor versunken, weil er vom rechten Weg abkam.« Colin sah in die Gesichter der anderen, und es war unschwer zu erkennen, dass keiner so richtig verstand, wovon er redete. »Ich hatte diese Geschichte einfach nur vergessen«, sagte er, und irgendwie stimmte das ja auch. »Das ist alles. Ich habe mich erinnert, nichts weiter.«

Livia rollte mit den Augen.

Und Constable Plummer, den das alles nicht wirklich zu interessieren schien, der aber dennoch alles und jeden aufmerksam beobachtet hatte, fragte ungeduldig: »Dann können wir ja jetzt weitergehen?«

Die Augen des hungrigen Hais waren überwachsam, und Colin wusste, dass sein Verhalten alles andere als vernünftig wirkte.

Dieses verfluchte Haus!

Wie hatte er das alles nur vergessen können?

Warum war es so schwer, sich einzugestehen, was Helen Darcy zu tun vermocht hatte, und sich damit abzufinden? Colin wollte noch immer nicht glauben, dass all die Dinge hier wirklich passiert waren. Es konnte sich doch nur um die Einbildungen eines Kindes gehandelt haben.

Oder?

»Lass dir das eine Lehre sein«, hörte er die Stimme seiner Mutter. Das hatte sie immer gesagt, wenn sie Danny oder ihn gemaßregelt hatte, immer, immer, immer.

»Colin, was war denn das eben?«, flüsterte Livia. Ganz dicht ging sie neben ihm.

»Später«, grummelte er zurück, »später.«

»Du musst dich nicht fürchten«, sagte Livia leise. »Sie ist fort.«

»Das ist noch nicht sicher«, gab er zur Antwort, »sie ist gewitzt.«

Dann verließen sie den langen Korridor mit den unheilvollen Bildern und betraten den großen Salon, wo der alte Constable viele Fragen zu stellen gedachte und vieles komplizierter, dafür aber nichts, aber auch wirklich gar nichts, einfacher werden sollte.

Der Salon befand sich im Westflügel. Durch die großen Fenster konnte man über die Klippen hinaus auf die See blicken, an klaren Tagen sogar bis hinüber zur irischen Küste. Überaus elegante Möbel und Teppiche, die dem Salon ein angenehmes Gesicht gaben, luden zum Verweilen ein.

Miss Robinson servierte Tee, Earl Grey, schwarz, und der Constable begann zu reden.

»Sie entstammen einer wohlhabenden Familie, Mr. Darcy.« Er machte eine Pause und sagte dann: »In wohlhabenden Familien gibt es nicht wenige Abgründe.«

Miss Robinson saß mit gefalteten Händen da und blickte von einem zum anderen.

»Wenn Sie es sagen«, erwiderte Colin. Gab es die nicht überall?

»Ja, das sage ich.« Er seufzte lang gezogen, was etwas bezwecken sollte. »Wissen Sie, dass ich auch damals schon bei der Polizei in Stranraer war, als sich der Unfall ereignete?«

Colin schaute auf. »Sie sprechen von meinem Vater?«

»Ja. Von keinem anderen. Ich war, wie gesagt, bereits damals bei der Polizei in Stranraer. Natürlich weiß ich, dass Ihr Vater, Archibald Darcy, ein berühmter Kunsthändler war, das weiß jeder hier in der Gegend. Aber ich weiß auch, dass die Umstände seines Todes in hohem Maße ungewöhnlich waren.« Er machte eine Pause und nippte an seinem Tee. »Der ist gut«, lobte er Miss Robinson, »richtig gut.«

»Oh, danke«, sagte die nur.

Constable Plummer trank noch etwas Tee und fuhr dann fort: »Wenn ich mich recht entsinne, dann war es ein Unfall, irgendwo an der Küste. St. Abb's Head?«

Colin nickte, überflüssigerweise.

»Aber man hat den Leichnam nie gefunden? Tja«, gab er sich selbst die Antwort, »so war das.«

Colin wurde ungeduldig.

Was sollte dieses Spiel bezwecken? »Was wollen Sie damit sagen?«

Constable Plummer seufzte, lang gezogen und gönnerhaft. »Wissen Sie, Mr. Darcy – ist es Ihnen recht, wenn ich Sie Mr. Darcy nenne, oder ist Ihnen Professor Darcy lieber?«

»Egal«, murmelte Colin verwirrt. »Mr. Darcy ist okay.« Er spürte, wie gereizt seine Stimme klang.

»Mr. Darcy«, betonte Constable Plummer, «ich bin, das sagte ich ja schon, aus Stranraer, ja, ich bin dort sogar geboren. Wie Sie, möchte ich meinen.« Er lachte, was freundschaftlich aussehen sollte, es aber nicht tat. Der Constable wollte bloß zeigen, dass er sich bestens über Colin Darcy informiert hatte, nichts weiter. Colin hatte genug Krimis gesehen, um diese Taktik zu durchschauen. »Wissen Sie, ich gehöre nicht diesem komplizierten Menschenschlag an, der unnötig viele Worte verliert. Ich spreche die Dinge aus, wie sie sind.«

»Nun?«

»Sie entstammen einer recht vermögenden Familie.«

»Das sagten Sie bereits.«

»Kennen Sie einen Mr. Peabody?«

Colin musste überlegen. »James Peabody?«

»Genau der.«

»Wer ist das?«, fragte Livia.

»Peabody ist der Anwalt meiner Mutter.«

»Anwalt und Notar, manchmal Steuerberater, er selbst mag es, wenn man ihn als Rechtsbeistand bezeichnet. Wissen Sie, ich kenne ihn noch von früher. Er hat damals, als er noch kein Rechtsbeistand war, schon Cricket gespielt. Heute spielt er nur noch Golf.«

»Können Sie endlich zur Sache kommen?«, bat Colin.

»Wussten Sie, dass das Golfspiel in Schottland erfunden wurde? Ja, auf dem Sandstrand von St. Andrews. James II., mein Namensvetter, hat es sogar verboten, weil es seine Bogenschützen behinderte.« Er zwinkerte Colin zu. »Und Mary Stuart soll nach dem Mord an ihrem Mann sofort eine Partie Golf gespielt haben, wussten Sie das?!«

»Nein, wusste ich nicht.«

»Sehen Sie«, sagte der Constable, »jetzt wissen Sie es.« Die Augen des Haifischs waren unergründlich.

»War das eine Anspielung?«

»Worauf sollte es denn eine sein?«, entgegnete der Constable.

»Das, was Sie, glaube ich, sagen wollen, ist geradezu infam.«

»Colin!«, rügte ihn Miss Robinson instinktiv.

Er zuckte zusammen.

Schaute die alte Dame entnervt an.

»Entschuldigen Sie«, sagte die schnell, dem Constable zugewandt.

»Ähm, um auf den Anwalt und Notar zurückzukommen. Ich wollte von Mr. Peabody nur eines wissen.«

Colin starrte ihn an.

Er schwieg.

»Was?«

Constable Plummer schien äußerst zufrieden zu sein mit seiner Dramaturgie. »Wenn Helen Darcy verschwunden bleiben sollte«, mutmaßte er so ruhig, dass es Colin nervös machte, »dann sind doch sicherlich Ihr Bruder und Sie die Erben dieses Hauses.« Er hüstelte laut. »Mr. Peabodys Sekretärin erwähnte etwas in der Richtung. Na ja, Peabody macht gerade Urlaub in Cornwall, und die junge Dame war so nett, in den Ordner hineinzuschauen.«

»Ja, wir sind wohl die Erben von Ravenscraig, dem Haus und dem Garten und aller Kunstobjekte, die sich hier befinden. Und?«

»Ich bin ein einfacher Polizist, Mr. Darcy. Verzeihen Sie mir also meine direkte Denkweise.«

Colin stutzte, als er verstand, worauf der Constable hinauswollte. »Das ist nicht Ihr Ernst?!«

»Was ist nicht mein Ernst?«

»Sie unterstellen mir, dass ...« Er stockte. »Das ist doch absurd.«

»Ist es das?«

»Ja, ist es.«

»Es gibt immer ein Motiv. Nichts passiert ohne Grund.«

Tolle Erkenntnis, Sherlock, dachte Colin, schwieg aber.

»Ihr Bruder kam aus Amerika hierher, obwohl er seit Jahren keinen Kontakt mehr zu seiner Mutter gepflegt hatte. Keiner wusste, wo er wohnte, aber zufälligerweise rief er zwei Tage nach Helen Darcys Verschwinden an, um sich nach ihrem Wohlbefinden zu erkundigen.« Er faltete die Hände. »Und dann verschwindet er ebenfalls, einfach so.« Er kratzte sich an der Stirn. »Wenn ich mich recht entsinne, Mr. Darcy, sind auch Sie während der vergangenen Jahre nicht oft hier gewesen.«

»Ist das ein Verbrechen?«

Er schüttelte den Kopf. »Aber nein, wo denken Sie hin.«

»Das Verhältnis zwischen meiner Mutter und mir war nicht das beste.«

»Das ist mir bekannt.«

»Gut.«

Miss Robinson sah für einen Sekundenbruchteil schuldbewusst aus.

»Wissen Sie, ich bin ein einfacher Polizist«, sagte er schon wieder.

»Ja, das weiß ich jetzt«, unterbrach Colin ihn.

»Und es ist das Motiv«, fuhr er unbeirrt fort, »das immer die Antwort liefert. Die meisten Antworten sind einfach, die wirklich komplizierten Fälle gibt es nur in den Serien bei der BBC.« Er lehnte sich zurück, lachte.

»Und bei den Amerikanern, natürlich. *Columbo, Maverick, Die Straßen von San Franzisco*, Sie kennen das.«

Colin nickte.

Der Constable und Inspektor McGuffin waren sich nicht unähnlich, Polizisten eben. Sollte McGuffin irgendetwas von ihm wollen, dann würde der Constable die schönen Grüße ausrichten.

Colin war alles andere als begeistert.

»Aber lassen wir doch einmal die letzten sieben Jahre Revue passieren, nur ganz kurz.« Der Constable starrte Colin an. »Archibald Darcy stürzt von den Klippen in der Nähe von St. Abb's Head. Mrs. Helen Darcys Söhne verschwinden, nachdem ihr Vater beigesetzt wurde, und melden sich die ganze Zeit über nicht bei ihrer Mutter. Dann verschwindet Helen Darcy, und ihr Sohn Daniel meldet sich *zufällig*. Und *zufällig* kommt er sogar den langen Weg aus Amerika nach Schottland zurück. Und dann verschwindet auch er, *zufällig*, und kurz darauf tauchen Sie wieder auf.« Er lachte, und es klang wie ein Knurren. »Für mich sind das wirklich sehr, sehr viele Dinge, die *zufällig* passieren. Und es gibt nur ein einziges Motiv, das allem einen Sinn geben kann.«

»Ach ja?«

»Haben Sie schon einmal daran gedacht, Mr. Darcy, dass Sie der alleinige Erbe des ganzen Familienvermögens sind, sollten Ihre Mutter und Ihr Bruder verschwunden bleiben?«

Colin saß nur da und starrte ihn an.

Die Wanduhr tickte.

Unbehaglich.

Something wicked this way comes.

Als er seine Worte wiederfand, sagte Colin: »Sie unterstellen mir wirklich, dass *ich* etwas mit dem Verschwinden meiner Mutter und mit dem Verschwinden meines Bruders zu tun habe?«

Der Constable schüttelte den Kopf. »Nein, Mr. Darcy, das tue ich nicht. Ich sagte nur, dass dies ein schlüssiges Motiv sein könnte. Es ist nur Logik, Sie verstehen?! Nichts passiert ohne Grund.«

Colin erhob sich und begann im Raum umherzulaufen. Das pflegte er während seiner Vorlesungen auch zu tun. Es lenkte ihn ab, es half ihm beim Denken.

»Aber Danny ging es gut«, sagte Colin nach einigen Augenblicken. Er hatte das Gefühl, seinen Bruder verteidigen zu müssen. Eher noch ihn als sich selbst. »Kennen Sie die Band ›Dylan's Dogs‹?« Nicht ohne Stolz sagte er: »Das ist Danny.«

»Seine letzte CD war kein Hit«, bemerkte der Constable lapidar, und das war eine Bemerkung, die Colin zutiefst traf. »Die Musikbranche wirft weniger Geld ab, als man denkt.«

Danny wurde erst seit vier Tagen vermisst, und Constable Plummer wusste bereits, wie gut oder auch schlecht Dannys letzte CD gelaufen war? Hatte der Mann nichts anderes zu tun? Gab es keine dringenderen Fälle in den Rhinns of Galloway?

»Ihr Bruder hatte die Seeger-Songs selbst produziert, und, um auf Ihre Feststellung von eben zurückzukommen: Nein, Mr. Darcy, es ging ihm nicht besonders gut. Er brauchte das Geld, um das nächste Projekt zu finanzieren.«

Colin schluckte, schaute Livia an, die genauso ratlos wirkte wie er auch.

Dass der Constable mehr über Danny zu wissen schien als er selbst, traf Colin sehr.

»Dannys Frau wollte sich von ihm trennen«, sagte Miss Robinson auf einmal.

Colin starrte sie an.

Was ging hier nur vor?

»Er hat es mir gesagt.«

»Wann?«

»Vor vier Tagen. Es gab Differenzen zwischen seiner Frau und ihm.«

Die Neuigkeiten zischten nur so an Colin Darcy vorbei.

»Er war sehr nervös«, berichtete Miss Robinson. »Dann wollte er rüber nach Stranraer fahren. Das ist alles.«

»Das ist alles?«

Sie nickte. »Seitdem habe ich nichts mehr von ihm gehört.«

Constable Plummer stellte fest: »Das meine ich mit *seltsam*.« Er stand auf und kam auf Colin zu. »Etwas stimmt hier ganz und gar nicht. Nun ja, erst einmal gelten Ihre Mutter und Ihr Bruder natürlich als vermisst. Und es kann natürlich sein, dass beide wieder auftauchen. Natürlich kann das sein.« Sein Gesicht wurde schattenhaft und ernst. »Aber wenn sie das nicht tun, dann haben wir ein Problem.«

»Natürlich«, grummelte Colin.

So viel also der Neuigkeiten.

»Ich bitte Sie, Mr. Darcy, sich erst einmal zu unserer Verfügung zu halten.«

Das wurde ja immer besser. »Sie verdächtigen mich also allen Ernstes, etwas mit dem Verschwinden der beiden zu tun zu haben?«

Die Haifischaugen blieben ruhig. »Ich sagte Ihnen bereits, was ich von Motiven halte. Es gibt immer eins. Auch in diesem Fall. Entweder tauchen die beiden wieder auf oder nicht. Wenn sie es nicht tun, dann erben Sie, Mr. Darcy, all das hier.« Er ließ den Blick genüsslich durch den riesigen Raum wandern. »Es ist nicht das schwächste Motiv, da werden Sie mir zustimmen.«

Miss Robinson blieb stumm.

Livia wirkte bedrückt.

Und Colin Darcy musste sich eingestehen, dass die Annahme nicht von so weit hergeholt war, wie er es gern gehabt hätte. Er würde tatsächlich das Haus und alle Besitztümer erben, und das wäre nicht gerade wenig.

Andererseits aber war sich Colin auch im Klaren darüber, dass er selbst nichts mit dem Verschwinden der beiden zu tun hatte. Das Problem blieb also ein Problem, trotz des einleuchtenden Motivs, an dem sich der Constable immer mehr festzubeißen schien.

»Wo kann ich Sie erreichen?«, wollte der Constable wissen.

»Ich habe in der Pension *Ancient Mariner's Lodge*, drüben in Portpatrick, Quartier bezogen.«

»Nicht hier?«

»Nein.«

»Darf ich fragen, warum?«

»Dürfen Sie.«

Schweigen.

»Und? Geben Sie mir auch eine Antwort?«

Colin zog ein Gesicht, dann sagte er: »Ich hasse dieses Haus.«

»Aha«, machte der Constable.

»Gibt es sonst noch etwas, was Sie mich fragen wollen?«

Plummer schüttelte den Kopf. »Vorerst nicht. Sollte mir noch etwas einfallen, werde ich mich melden.«

»Dürfte ich Sie dann jetzt bitten zu gehen?« Colin wusste, dass es nicht gerade freundlich klang, aber er verspürte nicht das geringste Interesse, sich noch länger mit diesem Herrn auseinandersetzen zu müssen. Er wollte mit Miss Robinson reden und endlich erfahren, was genau hier geschehen war. Das Ganze war immer mehr immer weniger lustig.

»Ich lasse wieder von mir hören«, verabschiedete sich der Constable, nicht ohne Colin noch mit einem durchdringenden Blick zu bedenken, einem Blick, der alles Mögliche hätte bedeuten können.

»Davon«, antwortete Colin, »bin ich überzeugt.«

Und dann, endlich, verließ Constable Plummer mit den Haifischaugen den Salon.

Miss Robinson geleitete ihn nach draußen, obwohl er, wie er mehrmals und überschwänglich lächelnd bekundet hatte, den Weg hinaus auch allein gefunden hätte.

Sobald die beiden den Salon verlassen hatten, war Livia bei Colin.

»Was, in aller Welt, ist hier nur los?« Sie klang besorgt.

»Wenn ich das nur wüsste«, murmelte Colin. Dann erklärte er ihr kurz und knapp, warum er das Bildnis mit dem Reiter im Moor nicht mochte. »Es ist so seltsam, ich habe an all diese Dinge seit Jahren nicht mehr gedacht. Sie waren fort gewesen, begraben, irgendwo. Und jetzt kommen all diese bösen Erinnerungen zurück.«

Sie ergriff seine Hand, und es tat gut. »Wir haben damals darüber gesprochen, weißt du noch?«

Colin musste nachdenken. Schließlich sagte er: »Am Grab.«

Sie beugte sich vor und küsste ihn. »Einfach so.« Ihr Flüstern war wie ein Atemzug.

Er sah überrascht aus.

Seine Hand hielt sie noch immer. »Ich dachte, das brauchst du jetzt.«

Colin Darcy stand unbeweglich da und starrte sie nur an.

»Wenn dies ein Film wäre, dann würdest du jetzt etwas sagen«, stellte sie fest.

Und wartete.

»Und?« Sie zog an seiner Hand.

Doch Colin Darcy hatte die Worte verloren, nach denen er suchte.

»Du hast schöne Augen, Colin, aber ich weiß, dass du auch eine schöne Stimme hast.« Sie verzog den Mund ein wenig. »Na ja, du quakst etwas, hat dir das schon mal jemand gesagt?«

»Ich kann es nicht fassen, dass du so lange fort gewesen bist.« Am Ende waren ihm die Worte doch noch eingefallen.

»Wir sind beide fort gewesen«, entgegnete sie.

»Hm.«

»Aber jetzt bleibe ich.«

»London ist hundert Leben und tausend Jahre entfernt.« Er wusste selbst nicht recht, wie er das meinte.

Dann dachte er an das Grab.

An das Grab auf dem Galloway Graveyard.

Graham Witherspoon, Doktor, stand in den grauen Basaltstein gemeißelt. Dazu noch die Jahreszahlen *1811 bis 1864*. Wer immer es gewesen sein mochte, sein Grabstein war riesig und irgendwann wohl auch einmal sehr prachtvoll gewesen. Doch damals, als Colin und das Friedhofsmädchen sich im Schatten des Steines trafen, da griff schon grünes Moos nach den Schriftzeichen, die verschnörkelt waren wie einstmals lebendige Wesen, und Efeu rankte sich dicht um den Stein, als wolle er ihn daran hindern, sich von diesem Platz wegzubewegen.

Colin kannte Livia erst seit einem Tag.

Nachdem er ihr zufällig über den Weg gelaufen war, hatte er ihr von Danny erzählt – und schweigsam hatte ihr Blick auf ihm geruht, während die Geschichte weiter und weiter fortschritt. Nicht ein einziges Mal hatte sie ihn unterbrochen, auch dann nicht, als Colin von der Sache mit dem Spinnentier berichtet hatte.

»Deine Mutter ist wirklich seltsam«, war alles gewesen, was sie dazu gesagt hatte.

Galloway Graveyard war unbemerkt zu dem Ort geworden, der ihnen beiden gehörte.

Sie saßen auf dem flachen grauen Stein, der sich aus dem wuchernden Grünzeug erhob, welches das gesamte Grab bedeckte. Tief, tief unter ihnen ruhte Graham Witherspoon, Doktor, und einmal an diesem Tag dachte Colin kurz an den Toten und daran, dass niemand mehr wusste, wer er war, und Livia und er selbst vielleicht die Einzigen sein würden, in deren Gedächtnis der Mann die Jahre, die noch kämen, überdauern würde. Nun ja, sein Name jedenfalls.

»Kannst du es mir erklären?«, fragte Livia. Sie trug einen Schlapphut, als sie Colin zum zweiten Mal traf.

»Ich weiß nicht.«

Sie nickte. Mit ihren schweren Stiefeln bohrte sie gedankenverloren eine flache Mulde in die Graberde. »Wie geht es Danny?« Der Hut ließ ihr Gesicht zur Hälfte im Schatten verschwinden.

»Er ist sehr ruhig. Das ist er immer, wenn sie ihn bestraft hat.«

»Und du?«

»Was meinst du?«

»Wie kommst du damit klar?«

Colin seufzte, drehte sich um und betrachtete den

Grabstein von Doktor Witherspoon, der ihm keinen Rat gab, sondern einfach nur kalt und grau dastand.

»Ich denke einfach nicht daran«, antwortete er leise. »Das ist es, was Danny und ich tun, wenn es vorbei ist. Wir denken einfach nicht mehr daran.« Er schaute Livia in die Augen, die nur ein bisschen im Schatten lagen, und dachte heimlich, dass sie wunderschön waren, wie tiefe dunkle Seen, in denen Träume schlummerten, die einen im Schlaf glücklich lächeln lassen. »Wir reden nicht. Ich meine, wir führen keine Gespräche. Mutter redet, und wir hören zu.«

»Und dein Vater? Weiß dein Vater, dass sie diese Dinge mit euch tut?«

Colin nickte. »Na klar, er weiß es. Aber er lässt es geschehen.«

»Einfach so?«

»Ja, einfach so.«

»Und die anderen?«

»Welche anderen?«

»Miss Robinson und Mr. Munro, wissen die es auch?«

»Ja, ich denke schon.«

»Und auch sie tun nichts, um euch zu helfen?«

»Nein.«

»Das ist seltsam.«

»Miss Robinson redet oft mit Vater über die Sache, das habe ich schon gehört. Aber Mr. Munro kümmert sich gar nicht darum. Er ist auch selten im Haus. Er hat eine eigene Kate, draußen im Park.«

»Hm.«

Ein lauer Wind fegte Blätter zwischen den Gräbern umher, und es roch nach Meer.

»Sieh her«, sagte Livia mit einem Mal.

Colin erkannte, dass sie ein Olivenglas mitgebracht hatte. Sie öffnete es, legte sich eine kleine grüne Olive auf den Handrücken und wiederholte das Kunststück vom Vortag. Flink schnappte sie nach der fliegenden Olive und verspeiste sie.

»Ich kann's jetzt.« Sie schien außer sich zu sein vor Freude. »Ich kann es, weil du da bist.«

Colin wusste nicht, was er darauf erwidern sollte. Er entschied sich für ein trockenes: »Das ist toll.«

Sie gab ihm einen leichten Stups. »Das ist mehr als toll, das hat was zu bedeuten.«

Colin lächelte, schüchtern und traurig zugleich. Er dachte an seinen kleinen Bruder und an Ravenscraig und daran, dass er, so schön es auf dem Friedhof auch war, dorthin zurückkehren musste. Er war nur ein Junge, und Ravenscraig war seine Welt. Er ahnte, dass es nicht auf immer und ewig so sein würde. Nein, sobald er von dort fortgehen könnte, würde er es tun. In dunklen Nächten hatte er schon früher Fluchtpläne geschmiedet, aber keinen von ihnen in die Tat umgesetzt.

»Livia?«

Sie rückte näher, ganz nah. Er konnte ihren Atem spüren.

»Kann ich dir ein Geheimnis anvertrauen?«

»Würdest du es nicht tun, wenn ich Nein sage?« Sie ergriff seine Hand, was Antwort genug war.

»Schaust du dir hin und wieder Western an?«, fragte Colin.

Livia blinzelte verwundert. Was auch immer sie erwartet hatte, das hier wohl nicht. »Western?«

»Ja, alte Western. Fred Zinnemann, Howard Hawks.«

»Nun ja, ähm, manchmal.«

»Kennst du *Rio Bravo*?«

»Den Film mit John Wayne und Dean Martin, in dem der Mexikaner die ganze Zeit über Trompete spielt und der Typ, der Colorado heißt, mit der Schrotflinte das Schild trifft, das den Bösen trifft?«

Colin Darcy, der sich nicht sicher war, ob sie den richtigen Film meinte, musste grinsen. »Du kennst dich wirklich gut aus für ein Mädchen.« Und dann erzählte er ihr von *Rio Bravo*, denn das war das Geheimnis, das Danny und er teilten. Der Ort, den sie kannten, seit sie an einem schwülen Sommertag den Film gesehen hatten.

»Ich weiß noch genau, wie du mir damals davon erzählt hast«, sagte Livia jetzt.

Colin Darcy stand noch immer völlig regungslos vor ihr, das konnte er wirklich gut, und wusste nicht, was sie meinte.

»Was immer deine Mutter auch tun kann, Colin«, half sie ihm auf die Sprünge, »du kannst es ebenso. Und Danny hatte es auch gekonnt.« Und dann sagte sie: »Du hast mir von *Rio Bravo* erzählt.«

Colin machte den Mund auf, weil er etwas sagen wollte.

Und sagte es nicht.

Denn genau das war der Moment, in dem Miss Robinson in den Salon zurückkehrte.

»Der Constable ist endlich fort«, sagte sie.

Colin brauchte einen Moment, um sich zu fassen. Livia löste den Griff, und beide gingen sie zum Tisch zurück.

»Was ist mit Danny?«, wollte Colin wissen. »Warum, zur Hölle, haben Sie am Telefon nichts gesagt?« Er war wütend, ja, jetzt war er wütend. Der Constable hatte mehr über seinen kleinen Bruder gewusst als er selbst.

Miss Robinson zögerte, wenngleich auch nur kurz. »Er wollte nicht, dass du in die Sache hineingezogen wirst.«

»In welche Sache?«

»Das hat er nicht gesagt.«

Colin wurde ungeduldig. »Geht das auch etwas konkreter?«

»Ich fürchte, nein.«

»Was soll das denn wieder heißen?«

Miss Robinson nahm auf dem Sofa Platz und schenkte sich neuen Tee ein. »Wir sollten in Ruhe darüber reden, Colin. Du weißt, dass Danny schon immer seinen eigenen Kopf hatte.« Sie seufzte. »Aber als er hier ankam, da ging es ihm wirklich nicht gut. Nur eine Nacht hat er oben in seinem alten Zimmer geschlafen. Er kam spätabends an, direkt aus Prestwick, mit einem Leihwagen, übrigens auch ein grüner Rover, und er war müde und schlecht gelaunt. Du weißt, wie er dann ist. Er wollte gar nicht reden, sagte nur, dass er aus Wyoming kam, dass er verheiratet sei und bald Vater eines Sohnes sein würde.«

Colin riss die Augen auf. Danny – dieser Stinker! »Ich werde Onkel?«

Livia saß neben ihm und schwieg, schien den Gedanken mit dem Onkel aber komisch zu finden.

»Schlimmer noch«, sagte Miss Robinson, »deine Mutter wird jetzt Großmutter.«

Colin konnte sich ein Grinsen nicht verkneifen. »Das wird sie aber freuen.«

»Sie weiß noch nichts davon. Danny hat angerufen, weil er es ihr sagen wollte.«

Misstrauen begann sich zu regen wie ein Wiesel, das im tiefsten Winter die Schnauze in den Wind hält. Danny wollte ihr sagen, dass sie Großmutter wird?

»Er wollte wissen, wie es Helen geht, und ihr sagen, dass sie schon bald eine richtige Großmutter sein wird.«

Colin warf Livia einen belustigten Blick zu. »DAS hätte ihr auf jeden Fall den Abend verdorben.« Zum ersten Mal an diesem Tag musste Colin laut lachen.

»Das ist nicht lustig«, kommentierte Miss Robinson sein Benehmen.

Colin hielt sich die Hand vor den Mund. »Doch, ist es.«

Helen Darcy, eine Großmutter!

Sie würde ausrasten, wenn sie es erführe. Ein Enkelkind – und dann nicht einmal ein Mädchen!

»Hoffentlich taucht sie bald hier auf, dann werde ich

es ihr sagen. Das Gesicht lasse ich mir ungern entgehen.«

»Sei nicht so gemein, Colin«, schalt ihn Miss Robinson. »Deine Mutter hat dich vermisst. Und deinen Bruder hat sie auch vermisst. Sie hat es nicht verdient, so von ihren einzigen Söhnen behandelt zu werden.«

»Doch, hat sie.« Seine Stimme war fest und ohne Bedauern. Mit einem Schlag wurde er wieder ernst. »Was hat er sonst noch gesagt?«

»Nicht viel. Er wirkte irgendwie besorgt. Er sagte, dass seine Frau im achten Monat schwanger sei, und dann fragte ich ihn, ob es ihm denn nichts ausmache, seine Frau jetzt noch allein zu lassen. Darauf ging er nicht ein. Stattdessen wollte er nur wissen, was Helen in den letzten Tagen vor ihrem Verschwinden gemacht hatte. Er fragte, wohin sie gefahren sei, und nannte einige Orte: Stranraer, Prestwick, Edinburgh, Culzean Castle.«

Colin horchte auf. »Culzean Castle?« Stimmte es nicht, dass die Burg jüngst verkauft worden war? Davon hatte er doch gelesen. Ja, die Attraktion für Touristen war aufgekauft worden und jetzt nicht mehr für Besucher zugänglich.

Miss Robinson zuckte die Achseln. »Er hat noch andere Orte genannt, einfach so. Er hat überhaupt viele Fragen gestellt.«

»Welche anderen Fragen?«

»Ob sie Besuch bekommen hätte. Ob sie sich seltsam verhalten hätte.«

»Sie hat sich immer seltsam verhalten.«

»Colin!« Es war die Stimme der Gouvernante, die er seit Jahren schon nicht mehr gehört hatte.

»Und dann?«

Miss Robinson fasste sich. »Dann sagte ich ihm, dass deine Mutter nach Stranraer gefahren war, um Tee zu kaufen, bei McGrady, da kauft sie ihn immer, und dass man ihren Wagen vor dem Teeladen gefunden hat. Das war alles, was ich wusste. Am Morgen nach seiner Ankunft in Ravenscraig ist Danny dann losgefahren, und seitdem habe ich nichts mehr von ihm gehört.«

»Sie haben es sofort der Polizei gemeldet?«

»Na ja, was hätte ich denn tun sollen?«

Colin nickte. Da hatte sie auch wieder recht.

»Hat man seinen Wagen gefunden?«

»Nein, keine Spur.«

»Hat man danach gesucht?«

»Der Constable sagte, sie halten die Augen offen.«

»Warum ist Danny überhaupt hergekommen?« Das war die einzige Frage, die Colin bewegte und auf die er keine Antwort wusste. »Er hätte in London anrufen können, dann hätte ich mich um alles gekümmert.« Warum hatte er seine schwangere Frau in Amerika zurückgelassen? Das sah ihm gar nicht ähnlich.

Miss Robinson schwieg.

»Ist das alles?«, fragte Colin schließlich.

Die alte Dame nickte. »Was wirst du jetzt tun?«

Colin fiel auf, dass sie Livia ignorierte. Kein einziges Mal hatte sie ihr einen Blick zugeworfen.

»Ich fahre nach Stranraer«, sagte er und erhob sich von seinem Platz.

Livia tat es ihm gleich.

»Kommst du wieder her?«

»Nicht, wenn es sich vermeiden lässt.«

Miss Robinson nahm das zur Kenntnis. »Du bist schon immer viel zu ehrlich gewesen.«

»Das habe ich nicht von ihr«, sagte Colin.

Sofern Miss Robinson etwas darauf erwidern wollte, verkniff sie es sich.

Gut so!, dachte Colin.

Er ging zu dem Sekretär aus dem achtzehnten Jahrhundert. Zwei Photos standen dort, gerahmt. Das eine zeigte Helen Darcy, das andere Archibald Darcy. Irgendwie passte es, dass es kein Photo war, das sie gemeinsam zeigte.

Helen Darcy lächelte auf dem Bild. Ihre schmalen Lippen waren derart grimassenhaft zu einem Lächeln verzogen, dass Colin sich unweigerlich fragte, ob es ihr Schmerzen bereitet hatte, so auszusehen. Archibald Darcy hingegen sah aus wie Cary Grant mit schlohweißem Haar.

»Ich zeig dir mein Zimmer«, sagte Colin zu Livia. Miss Robinson machte den Mund auf, weil sie etwas sagen wollte, aber Colin hob die Hand und gebot ihr zu schweigen. »Ich kenne den Weg noch, Miss Robinson. Sie können hier unten auf uns warten.«

Er fasste Livia bei der Hand.

Dann führte er sie aus dem Salon, durch das riesige

Treppenhaus, hinauf in den ersten Stock, durch weit verzweigte Korridore, die düster waren und in denen es staubig roch.

»Hier aufzuwachsen«, flüsterte Livia, »muss toll sein.«

»Unvergleichlich«, antwortete er.

Sie folgten so vielen Korridoren und passierten so viele Winkel, dass Livia irgendwann fragte: »Wie schafft man es hier, sich nicht zu verlaufen?«

»Man gewöhnt sich daran.«

Colin spürte, wie er schneller zu atmen begann. Er schwitzte.

»Du willst mir doch nicht etwa die Hand zerquetschen, oder?«

Beschämt ließ er Livia los. »Tut mir leid.«

Sie berührte seine Schulter. »Wie schlimm ist es für dich, wieder hier zu sein?«

»Ziemlich schlimm.«

»Warum gehen wir dann nicht einfach wieder?«

Er blieb vor einer Tür stehen. »Deswegen«, sagte er. Dann öffnete er sie. »Das war mein Zimmer.« Drinnen war es noch dunkel, weil die Fensterläden geschlossen waren.

Colin ging zum Fenster und öffnete es, und ein Anblick, der einem den Atem raubte, bot sich den Besuchern.

»Das ist wunderschön«, stellte Livia fest.

»Ja, das ist es, nicht wahr?«

Man konnte bis zum Meer sehen.

Der Blick streifte die Wipfel der hohen Bäume, und

weit dahinter wurde man des schmalen Streifens Sand gewahr, welcher der Strand nahe Black Head sein musste. Drüben, vor Black Head, lag der Galloway Graveyard, und südlich davon die Kate, in der Livia jetzt wohnte. Ein kühler Wind blies zu ihnen herein, und die frische Luft, die lange nicht mehr durch diesen Raum geweht war, tat gut.

»Das Zimmer sieht noch bewohnt aus«, stellte Livia fest. »Na ja, sieht man einmal davon ab, dass alles total verstaubt ist.«

Es war das typische Zimmer eines Jugendlichen. Es gab Regale voller Bücher und voller Schallplatten, einen Schreibtisch, der voll mit Utensilien, ein Bett, das noch bezogen war.

»Es sieht so aus, als hättest du das Zimmer erst heute Morgen verlassen.«

»Ja.«

Sie ging zum Kleiderschrank und öffnete ihn. »Das alles hast du früher getragen?« Sie grinste, doch dann wurde ihr bewusst, dass all die Sachen noch immer da waren. Auch der Kleiderschrank sah aus, als wäre dieses Zimmer noch immer bewohnt. Sie zog die Schubladen auf und sah hinein: alles noch da.

»Was hat das zu bedeuten?«

»Als ich damals nach Cambridge ging«, sagte Colin mit einer Stimme, die so leise war, dass man sie kaum verstehen konnte, »als ich dieses Haus verlassen habe, da habe ich wirklich all das, was noch hier war, hinter mir gelassen.«

»Du hast deine Bücher, deine Schallplatten, deine Sachen ... du hast nichts davon mitgenommen?«

Er schüttelte den Kopf. »Ravenscraig sollte Vergangenheit sein.«

»Oh, Colin«, flüsterte sie betroffen.

»Ich wollte nicht, dass mich etwas von hier begleitet. Verstehst du, ich hatte Angst, dass das, was mein altes Leben gewesen war, mir mein neues Leben genauso zur Hölle machen könnte, wie ... Nun ja, du siehst ja, wie Ravenscraig ist.«

»Groß«, sagte sie.

»Riesig«, sagte er. »Und voller Geschichten.«

Sie wusste, was er meinte.

»Niemand kam gern hierher«, erinnerte sich Colin. »Die anderen Jungs, Dannys Freunde und auch meine, wollten nie zu uns kommen. Das Haus war ihnen unheimlich.«

»Kann ich verstehen.«

»Wir waren oft allein, früher.«

»Und deswegen hast du dich um Danny gekümmert.«

»Ja.«

»Weil er nicht so allein sein sollte, wie du es warst.«

»Ja, irgendwie war es wohl so.« Colin ging zu dem Regal und zog ein staubiges Buch heraus: *Alice im Wunderland*. Er betrachtete es, und er sah aus, als sei ihm mehr als unwohl dabei. »Daraus hat Mutter uns so oft vorgelesen, als wir noch ganz klein waren.« Er seufzte. »Das sei das wahre Leben, pflegte sie zu sagen.«

»Hat sie euch das gezeigt?«

»Sie ist mit uns dort gewesen.«

»Im Wunderland?«

Colin fuhr sich mit der Hand durch die Haare. »Ja, klingt aber verrückt, oder?! Wir haben sie alle kennengelernt. Die Grinsekatze, Bill und Unbill, das Raupentier, Humpty und Dumpty, den Schildkrötensupperich. Ich weiß noch, wie böse der Märzhase sein konnte. Und die Herzkönigin war nicht mal das Schlimmste, was einem dort widerfahren konnte.« Er hielt das alte Buch in der Hand, und alles, aber wirklich alles, kehrte zurück. Das Haus der Spiegel und die wuselnden Spiegelweltinsekten, auf deren flink zuckenden Körpern man noch seine eigenen Schreie hatte erkennen können, wenn sie einen angefallen hatten. Dideldum und Dideldei mit den scharfen Zähnen und das Einhorn, das vom Löwen zerfleischt worden war und flehend um Hilfe ersucht hatte, die die beiden Jungs ihm nicht hatten zuteil werden lassen können, weil sie selbst um ihr Leben hatten fürchten müssen. »Wenn man einmal die Geschichte kannte«, erinnerte sich Colin, »dann konnte sie jederzeit und überall lebendig werden.«

»Das war deine Kindheit?«

»Ja.«

»Das ist ...«

Er griff ein anderes Buch heraus. *Geschichten aus Tausendundeiner Nacht*. Es war ganz zerlesen.

»Erinnerst du dich an den Film *The Belstone Fox*?«

»Wer tut das nicht?«

Der Naturfilm erzählte die dramatische Geschichte

eines Fuchsjungen, dessen Mutter erschossen und der von einem Jäger aufgezogen wird. Nach Jahren, er lebt mittlerweile in der Wildnis, irgendwo in Yorkshire, wird er von dem Jäger, der ihn einst großgezogen hat, und dessen Gutsherrn gejagt. Der Film war traurig und brutal. Tiere starben, wurden gefressen, eine Hundemeute geriet auf den Bahngleisen vor einen Zug. Man konnte die in Fetzen gerissenen Überreste der Tiere erkennen. Colin hatte wochenlang Albträume gehabt deswegen.

»Mutter hat es mich erleben lassen. Ich war der Fuchs.« Er wusste, wie verrückt das klang, aber es war das, was ihn an Erinnerungen bestürmte. Es war das, was noch immer da war und nicht fortgehen würde, nein, das würde es nie wirklich tun. »Wenn ich nicht artig war, dann hat sie mir gezeigt, wie es sich anfühlt, der *Belstone Fox* zu sein.« Er stellte das Buch, das er noch immer in der Hand hielt, ins Regal zurück.

Livia sah ganz bleich aus.

»Deswegen habe ich dir das Zimmer gezeigt«, sagte Colin. »Es war ein Gefängnis.«

Herrje, was redete er da? Das ganze Haus war ein einziges Gefängnis gewesen.

Für Colin.

Danny.

Und für Archibald Darcy wohl genauso.

»Lass uns gehen«, schlug er vor.

Livia hatte nichts dagegen einzuwenden. Und so verließ Colin Darcy an diesem Tag zum allerletzten Mal sein Zimmer in Ravenscraig. Er lugte nur kurz in Dannys Zimmer, das sich gleich neben seinem befand, doch auch da hatte sich nichts verändert. Einzig das Bett sah frisch benutzt aus, aber das war auch schon alles. Ansonsten sprach die Staubschicht auf den Möbeln und den dort gelassenen Gegenständen eine eindeutige Sprache.

»Danny hat nur seine Gitarre mitgenommen, als er ging«, sagte Colin, »das war alles. Die Gitarre und die Kleider, die er am Leib trug. Alles andere hätte nur Unglück gebracht.«

Livia nahm ihn bei der Hand. »Lass uns jetzt wirklich gehen«, sagte sie und zog ihn fort von diesem Hort der unliebsamen Erinnerungen. Mit großen Schritten gingen sie den Weg durch all die langen, schattig dunklen und verwinkelten Korridore zurück, bis sie bei der Treppe waren, an deren Fuß Miss Robinson mit gefalteten Händen geduldig wartete.

»Hat er Ihnen sein Zimmer gezeigt?«, fragte sie Livia, und so, wie sie es sagte, klang es mehr als nur seltsam.

»Und seine Schallplatten«, antwortete Livia schnippisch.

»Wie schön.«

Schweigsam folgten Livia und Colin der alten Dame durch weitere Korridore voller wertvoller Bilder nach draußen, wo es noch immer nieselte.

Die frische Luft zu atmen tat gut, so unendlich gut, und Colin genoss es, den Regenschleier im Gesicht und im Haar zu spüren. Ein Blick zu Livia zeigte ihm, dass es ihr genauso ging.

»Auf Wiedersehen«, sagte Miss Robinson zum Abschied, »seid auf der Hut.«

Weder Colin noch Livia fragten nach, wie sie das meinte.

Beide wollten sie nur von hier verschwinden.

So verließen sie Ravenscraig, das hinter den Nieselregenschleiern verschwand und ganz unscharf wurde, und als Colin den Rover die Einfahrt hinunterlenkte, da erzählte Livia ihm von *Rio Bravo*, und die Erinnerungen kehrten, wie die Melodie der Trompete, ganz langsam zurück.

Fünftes Kapitel

in dem Colin Darcy nach Black Head geht,
ein Mexikaner irrtümlicherweise
Trompete spielt
und Erinnerungen wie Melodien
an den Strand gespült werden

Im Auto schaltete Colin das Radio ein, und die BBC brachte einen Bericht über die *Earth'n Eco Watchers*, SigmaCom und die Gefahr, die von einem neuartigen Telefon namens *Timephone* ausging.

Colin rief im Büro an und ließ sich mit Kneer verbinden; genau das war die Ablenkung, die er jetzt brauchte.

»SigmaCom hat die letzte Pressekonferenz vor einer Stunde begonnen. Die haben zwei hübsche Referentinnen an die Front geschickt, die werden die Zuschauer wohl beeindrucken.«

»Was sagt Randall zu der Sache?«

»Er will Sie sprechen.«

Auch das noch!

»Er will, dass Sie aus Schottland zurückkommen.«

»Das geht nicht.«

»Soll ich ihm das so sagen?«

Colin betrachtete die Landschaft, durch die er den Rover lenkte. Von diesem Ort aus mit dem London-Leben zu telefonieren war so unwirklich wie die Geschichten, die Helen Darcy ihn hatte erleben lassen. »Ja, sagen Sie ihm das.«

»Ich soll sagen, dass Sie herkommen, wenn Sie Ihre Angelegenheiten in Schottland erledigt haben?«

»Nein«, verbesserte sich Colin, »sagen Sie am besten gar nichts. Noch nicht.«

Livia legte ganz ruhig ihre Hand auf sein Bein.

»Erzählen Sie mir was über die Konferenz.«

Der Rover schaukelte über den steinigen Weg, den sie nahmen.

»Na ja, einige Äußerungen der Referenten waren ziemlich vage. Unter Umständen könnte es in der Öffentlichkeit zu Missverständnissen kommen, höflich formuliert.«

»Mist!«

Auch das noch.

»Wenn Sie mich fragen, dann hat SigmaCom keine so reine Weste, wie sie zu haben vorgeben. Na ja, es war nur so ein Gefühl, das ich hatte, aber wenn es anderen Zuschauern ähnlich geht, dann könnte es bald ganz neue Schwierigkeiten geben.«

Colin stellte sich die typische Presseerklärung vor: Bilder, Musik und aufgeblasene Grafiken über die Geschichte des Unternehmens, die edlen Ziele, eine kurze Dokumentation über die Produktion von Mobiltelefonen. Ganz wichtig: die Erwähnung von Umweltschutzprojekten, die SigmaCom großzügig unterstützt hat.

»Erinnern Sie sich an die Exxon-Sache?«

Colin seufzte und murmelte: »Wer nicht?«

Das Standardbeispiel dafür, wie man es nicht machen sollte. Aufgrund eines Navigationsfehlers war der Öltanker *Exxon Valdez* im kanadischen Sund auf Grund gelaufen. Aber es war nicht das eigentliche Unglück, das die Krise hervorgerufen hatte, nein, es war das Verhalten der Presseleute in den Stunden danach gewesen. Keiner wusste so recht, was er sagen sollte. Man präsentierte in den Medien Fakten, aber die wollte niemand sehen. Was die Menschen sehen wollten, waren Bilder von schmierigen Ölfilmen auf dem Wasser und sterbenden Tieren.

»Das hier wird so ähnlich laufen«, meinte Kneer. »Die SigmaCom-Leute präsentieren die Fakten, und die *Earth'n Eco Watchers* präsentieren die Emotionen.«

»Mist«, fluchte Colin erneut. Emotionen waren schlecht.

Kneer berichtete ihm noch von einigen anderen Neuigkeiten, die Colin aber nur zur Hälfte mitbekam, weil die Landschaft ihm den Atem raubte. Meine Güte, er hatte tatsächlich vergessen, wie schön es hier war. Die Rhinns of Galloway waren ein Paradies, und auf einmal kam es ihm so vor, als habe er gleich alle Erinnerungen aufgeben müssen, um Ravenscraig und seine Mutter zu verdrängen.

»Wissen Sie was?«, fragte er Kneer.

»Was?«

»Es ist schön hier.«

Eine kurze Pause entstand.

Dann sagte Kneer: »Geht es Ihnen gut?«

Colin musste grinsen. »Ja, irgendwie schon.«

»Das ist schön für Sie«, kam es aus dem Telefon.

Dann erkundigte sich Colin nach Arthur.

Aber es gab nichts Neues.

Zum Abschluss bat Colin seinen Assistenten, so schnell wie möglich den Musikagenten seines Bruders ausfindig zu machen, um den Kontakt zu Soozie Sutcliffe herzustellen. Er musste mit der Frau seines Bruders reden, vielleicht wusste sie etwas, was Licht in die Sache bringen konnte. Die SigmaCom-Sache, das spürte Colin stärker und stärker, konnte ihm jeden Augenblick ein wenig mehr gestohlen bleiben.

»Das ist also dein London-Leben«, stellte Livia fest, nachdem er die Verbindung beendet hatte.

»Ja.«

»Klingt schrecklich.«

»Bisher dachte ich immer, es sei ein gutes Leben.«

»Das hat sich gestern aber nicht so angehört.«

»Nein?«

»Nein.«

Der Rover rumpelte über eine Anhöhe.

»Schau, da ist es«, sagte Livia, »kannst du dich erinnern?«

Colin folgte ihrem Fingerzeig, und dann sah er es: das alte Gemäuer, zu dem der Strand hinführt. Und der Anblick war atemberaubend schön und ließ ihn vergessen, was immer er eben am Telefon gehört hatte.

Der Leuchtturm von Black Head steht hoch oben auf den Klippen zwischen Portpatrick und Portslogan. Die Wellen berühren sanft den Strand, der ein schmaler Streifen zwischen dem schroffen Stein und dem Wasser ist, das allerlei Treibgut anspült, wie schon seit jeher. Weiter oben, in den Hügeln, steht einsam und verlassen eine Kate, deren Dach beinah den Boden berührt, mit kleinen Fenstern und einer Tür, die, so Livia, aus echtem Treibholz gefertig ist.

»Lass uns nach Black Head fahren.«

So hatte es begonnen.

Das Friedhofsmädchen hatte ihm das vorgeschlagen, nachdem sie den Teeladen in Stranraer aufgesucht und mit dem Besitzer gesprochen hatten. McGrady konnte sich an Helen Darcy, nicht aber an Danny Darcy erinnern. Es war, alles in allem, kein besonders gutes Gefühl gewesen, wieder durch die Straßen von Stranraer zu gehen. Zu vieles erinnerte an früher.

»Du siehst betrübt aus.«

»Ich weiß.«

Livia hatte ihn zu sich gezogen und geküsst. »Es gibt auch noch schöne Erinnerungen, Colin Darcy. Denk an den Mistelzweig.« Sie war neben ihm hergegangen, mit diesem beschwingten Gang, der fast wie Tanzen war, und dann hatte sie ihm spontan den Vorschlag unterbreitet: »Lass uns doch nach Black Head fahren.«

»Ist gut.« Colin hatte eingewilligt. Ohne Gegenwehr.

Und jetzt waren sie hier.

Colin hatte den Rover in den Hügeln geparkt.

Sie hatten ihre Schuhe ausgezogen und gingen jetzt am Strand spazieren.

Ein leichter Wind fegte ihnen den Sand um die Füße, und Colin genoss es, an der Wasserlinie entlangzuschlendern und das kühle Meer zu spüren.

»Miss Robinson ist seltsam.«

»Hm.«

»Hast du gesehen, wie sie mich beobachtet hat?«

»So ist sie eben.«

»Ich mag sie nicht.«

»Ganz früher haben wir Angst vor ihr gehabt. Sie war sehr streng. Später haben wir uns an sie gewöhnt.« Mit Helen Darcy als Alternative war sie den Brüdern nach einiger Zeit wirklich nicht mehr allzu schlimm vorgekommen. »Papa hat sie gemocht.«

»Was wirst du jetzt tun?«

»Ich weiß nicht.« Irgendwie schienen sich alle Spuren im Nichts zu verlaufen. Wie die Fußspuren, die er im weichen Sand hinterließ. Nichts blieb übrig.

Plötzlich fragte er sich, was von seinem Leben übrig bleiben würde. Da waren die London Business School und einige Artikel darüber, wie man mit Informationstechnologie ökonomische Modelle bauen konnte. Arthur natürlich und dieser unglückliche Unfall. SigmaCom? Mit Sicherheit nicht. Mary und die Kleine? Shila? War das sein Leben? Ja, das war es. Okay, das war das London-Leben. Aber was war es sonst, was sein Leben ausmachte? Waren es die wenigen kümmerlichen Erinnerungen von Fremden, in denen er nachklingen würde wie ein leiser Ton, den man an manchen Tagen noch zu hören glaubt?

Was, fragte sich Colin, *ist mein Leben?*

Es überraschte ihn nicht sonderlich, dass Livia ihm die gleiche Frage stellte, nur laut ausgesprochen.

»Die Frage habe ich gerade gedacht«, sagte er.

»Ich weiß.«

»Du hast es gewusst?«

»Na ja, du hast so ausgesehen, als würdest du genau das denken.« Sie zog sich das Tuch vom Kopf, und ihr langes Haar wehte im Wind. »Ich habe die Frage nur ausgesprochen. Manchmal braucht man jemanden, der so was macht.«

Er blieb stehen und sah zum Meer hinaus. Das Rauschen war überall, und es tat gut, es zu hören. Die Luft roch salzig und nach dem Treibgut, das in stürmischen Nächten überall angespült wurde.

»Was genau tust du?«, wollte Livia wissen.

»Was meinst du?«

»Ich meine deinen Job«, sagte sie, »das, was du tust, wenn du in London bist.«

»Ich entwerfe mit dem Computer Modelle, die uns zeigen sollen, wie das Leben funktioniert.« Colin wunderte sich selbst ein wenig über die Wahl der Worte. »Nun ja, wir wollen aufzeigen, wie eine Volkswirtschaft sich in verschiedenen Situationen verhält.«

»Klingt nicht gerade spannend«, meinte Livia.

»Es ist wie in diesen Filmen«, versuchte er es zu erklären, »in denen haufenweise Spezialeffekte vorkommen. Du kennst diese Szenen, in denen riesige Heere von Kreaturen aufeinander einstürmen. Das, was wir tun, ist so ähnlich. Wir unterteilen alles, was lebt und Dinge tut, in Unternehmen und Haushalte und so weiter. Wir überlegen uns, was die Menschen so tun. Was sie kaufen, wie viel sie kaufen, wo sie es kaufen. Wir überlegen uns, ob sie ihr Geld lieber ausgeben oder sparen. Gibt es Unternehmen, die sich anders verhalten als andere? So ein Zeug eben. Wir programmieren all diese kleinen Feinheiten, und dann lassen wir all die Haushalte und all die Unternehmen aufeinander los.« Er hörte sich an, als sei er gerade in einer Vorlesung.

»Und dann schaut ihr, was passiert.«

Er nickte.

»Das soll das Leben sein?«

»Es ist eine Volkswirtschaft.«

»Klingt noch immer nicht spannend.«

»Das ist wissenschaftliches Arbeiten«, sagte er und klang fast schon ein wenig beleidigt.

»Und diese Telefon-Geschichte?«

Er erklärte ihr, um was es ging, und stellte fest, wie schnell er redete.

»Das ist dein London-Leben?«

»Ja.«

»Es ist Blödsinn«, sagte sie.

Er sah sie an. »Ist es das?«

»Ja, Colin, das ist es.« Sie verdrehte die Augen. »Hör dich doch nur reden!« Auf einmal wirkte sie aufgebracht. »Das ist nicht der Colin Darcy, dem ich damals auf dem Friedhof über den Weg gelaufen bin. Du versteckst dich. Du ziehst den Kopf ein und versteckst dich in dieser künstlichen Welt, die für dich so wichtig geworden ist, dass du schon glaubst, dies sei das wahre Leben.«

»Wie bin ich denn damals gewesen?«, wollte er wissen.

»Ganz anders«, sagte sie, »ganz, ganz anders.« Sie musste lächeln. »Na ja, irgendwie auch so, wie du jetzt bist. Bloß anders. Du warst nicht so …« Sie suchte nach dem passenden Wort und fand es: »Vernünftig.«

»Ich war nicht vernünftig?«

Eine Welle schwappte über seine Füße.

Das Telefon ertönte.

Colin zog ein Gesicht und meldete sich. Es war Peter Randall höchstselbst.

»Colin«, begann er in seinem väterlichen Tonfall, der keineswegs so gemeint war, »Sie wissen, wie wichtig dies für uns ist. Wenn wir SigmaCom als Kunden verlieren, dann schlagen die Jungs in der Finanzabteilung ihre Purzelbäume. Wir müssen die *Earth'n-Eco-Watchers*-Sache schnell in den Griff bekommen.«

»Ich weiß.«

»Ist das alles, was Sie dazu sagen?«

»Ja.« Eigentlich war das alles, was er dazu zu sagen hatte.

»Ich möchte«, bellte Randall auf einmal ins Telefon, »dass Sie morgen wieder in London sind, haben Sie verstanden? Das Team muss vollzählig sein, gerade jetzt.«

»Ja«, war alles, was Colin erwiderte.

Dann legte Randall auf.

»Idiot«, sagte Colin.

»Dein Chef?«

Er nickte.

Livia blieb stehen und funkelte ihn an. »Genau das meine ich, Colin.«

»Was? Das hier?« Er hielt das Telefon in die Höhe, als sei es eine gute Antwort.

»Du bist nach Cambridge und London gegangen und versteckst dich vor dir selbst. Du hast eine Scheißangst vor dem, was damals passiert ist. Es hat dir eine solche Angst gemacht, dass du dir von allen möglichen lausigen Jobs, denen vernünftige Menschen nachgehen, ausgerechnet diesen einen lausigen Job ausgesucht hast.«

»Es ist kein lausiger Job.«

»Aber es ist ein *phantasieloser* Job!«

Er sagte nichts.

»Du hast mir von *Rio Bravo* erzählt, erinnerst du dich?«

Er schüttelte den Kopf.

»DAS ist dein Problem, Colin. Du hast mir von einer Dschinni erzählt, die dir die Stirn geküsst hat. Du hast mir erzählt, wie du Danny geholfen hast, du hast mir gesagt, was du getan hast, wenn eure Mutter sich die nächste Strafe ausdenken wollte.«

»Du kannst dich daran erinnern?«

»Ja, das kann ich. All die Jahre habe ich nichts von dem vergessen. Deine Mutter, Colin, ist ein böser Mensch. Aber du bist es nicht. Und Danny ist es auch nicht. Ihr beiden habt einfach nur Pech gehabt. Niemand kann sich die Eltern aussuchen. Niemand kann sich aussuchen, welche Fähigkeiten er hat und welche nicht. Aber du, Colin, kannst die gleichen Dinge tun, die deine Mutter tun kann. Ich habe es erlebt. Es war nur ein kurzer Moment, damals unter dem Mistelzweig, aber da war so viel mehr als nur der Kuss.«

Colin war durcheinander.

Er fasste sich an den Kopf und schloss die Augen. Das Meer rauschte jetzt irgendwo in der Finsternis. Etwas schlummerte unter der Oberfläche. Es war wie die See, dieses große graue Meer, das an den Strand wogte, das es ihm langsam, schleppend langsam nahebrachte. Denn etwas lag unter all dem Grau verborgen, etwas, was noch immer lebendig war. Aber man konnte es nicht sehen, wenn man nicht die Hände danach ausstreckte. Man musste es packen und an Land ziehen, wenn man es betrachten wollte. Und Colin Darcy war nach Cambridge und nach London gezogen, um das Meer nicht länger betrachten zu müssen. Er war so weit fortgegangen, weil er geflohen war.

Er war davongelaufen.

Mitten hinein ins hektische London-Leben.

Ja, er war davongelaufen.

Vor seiner Familie, vor Ravenscraig, vor sich selbst.

»Du hast mir eine kurze Geschichte erzählt, Colin, damals, unter dem Mistelzweig. Na ja, eigentlich war es nicht einmal eine richtige Geschichte.«

Colin öffnete die Augen, und jetzt wirkte er verzweifelt. »Ich kann mich nicht mehr daran erinnern, Livia. Wirklich, ich ...« Er ging vom Wasser weg und setzte sich in den Sand. »Ich spüre, dass da etwas sein muss, dass da etwas ist, aber ich ...«

Sie achtete nicht auf ihn, sondern redete einfach weiter. »Du hast mir erklärt, wie Peter Pan fliegen gelernt hat. Es war nur ein einziger glücklicher Gedanke, der ihn in die Luft erhob. Ein einziger Gedanke nur, so steht es in dem Buch.«

Colin starrte sie an. Seine Hände zitterten. Langsam spürte er, was dort unter der Oberfläche trieb. Er musste es nur fest packen und an Land ziehen, das war alles.

Livia kniete sich neben ihn in den Sand. »Wir sind geflogen, Colin, du weißt, dass es so war.«

»Ich weiß«, stammelte er, und die Stimme hörte sich in seinen Ohren an wie die eines Fremden.

»Keine Ahnung, wie du das gemacht hast. Es war so schnell vorbei, und ich dachte, ich hätte mir das alles nur eingebildet. Du hast mir erzählt, wie schön das Fliegen sei, und dann sind wir über den Wolken geschwebt. Deine Hand hat meine gehalten, und so sind wir geflogen. Unter uns haben wir die Küste gesehen und Stranraer und die Leuchtfeuer von Corsewall Point.«

»Und dann?«

»Dann haben wir wieder unter dem Mistelzweig gestanden, einfach so, als sei nichts gewesen. Das war alles. Eigentlich habe ich all die Jahre nicht wirklich gewusst, ob ich es mir nicht doch nur eingebildet habe.«

»Vielleicht hast du es dir nur eingebildet?«

»Nein, habe ich nicht.« Jetzt wurde sie wütend. »Hör dich doch nur an. Genau das ist dein Problem. Du willst es nicht glauben. Du willst dich nicht erinnern. Aber du wirst diese Sache hier nur heil überstehen, *wenn* du dich erinnerst.« Sie packte ihn an den Schultern. »Du kannst genau das tun, was deine Mutter mit deinem Bruder und dir getan hat. Ich habe keine Ahnung, *warum* du das kannst. Aber darum geht es auch gar nicht. Du hast Angst davor, dass du sein könntest wie sie, wie Helen Darcy. Deswegen bist du nach London abgehauen, und deswegen machst du jetzt diesen Blödsinn mit diesen Modellen.«

Colin atmete tief durch.

Konnte das die Wahrheit sein?

Er suchte in seinen Erinnerungen nach dem, was er gerade gehört hatte, aber er fand nichts. Nur ein leichtes Aufblitzen, das kaum ein Stern war, den man zur Linken liegen lassen musste auf seiner beschwerlichen langen Reise bis zum Morgengrauen.

»Es ist so, wie ich es dir gesagt habe, Colin.«

Ein Geruch wehte von weither.

Regen, Kälte.

Ein Mistelzweig.

Wind, hoch oben am Himmel.

»Wir sind geflogen, du und ich«, flüsterte er, und seine Stimme war nur ein Krächzen.

Livia rückte dicht neben ihn. »Wir können es wieder tun«, sagte sie mit einem Lächeln in der Stimme.

»Wir sind jetzt älter«, gab Colin zu bedenken.

»Ende dreißig ist nicht alt«, sagte sie.

»Als wir uns auf dem Friedhof getroffen haben, da war Ende dreißig für uns uralt.«

Livia malte mit dem Finger runde Formen in den Sand. »Als wir uns damals begegnet sind, war deine Mutter ungefähr so alt, wie ich es jetzt bin, na ja, vielleicht ein wenig älter.« Sie betrachtete die Formen im Sand.

»Wenn man es so sieht, dann kann man es schon mit der Angst zu tun bekommen.«

Das Rauschen der See wurde lauter, doch vielleicht kam es Colin auch nur so vor. Livia saß ruhig neben ihm. Er betrachtete ihre nackten Füße, die sich in den Sand gegraben hatten.

Dann klingelte das Mobiltelefon.

Colin starrte es an. Ein klingelndes Mobiltelefon schien gar nicht an diesen Ort zu gehören.

»Es klingelt.«

»Ja«, grummelte er. »Schon wieder.«

»Für gewöhnlich bedeutet das, dass jemand dich anruft«, sagte Livia.

Erst da stellte Colin fest, dass er das Telefon zwar schon in der Hand hielt, aus reinem Instinkt, aber noch immer nicht die geringsten Anstalten machte, das Gespräch auch entgegenzunehmen.

Er schüttelte das, was ihm an Gedanken zusetzte, ab und sagte: »Hallo.«

Livia betrachtete ihn, während er schweigend demjenigen zuhörte, der ihn da anrief. Hin und wieder öffnete er kurz den Mund, weil er etwas sagen wollte, was er dann aber doch nicht sagte. Nach zwei Minuten war es vorbei, und Colin Darcy starrte das Telefon an, als besitze es die Antworten auf all die Fragen, die er sich stellte.

»Wer war es? Dein London-Leben?«

Colin schaltete das Telefon aus, hielt es fest in der Hand.

»Alles okay?«

»Das war Soozie Sutcliffe.« Er schien die Neuigkeiten erst verdauen zu müssen. »Sie hat besonderen Wert darauf gelegt, dass ihr Name Sutcliffe sei.«

»Du hast nicht gerade viel gesagt.«

»Sie hat geredet und geredet.« Und sie hat manchmal seltsame Wörter benutzt, dachte er, aber das tun Amerikaner eben. »Sie hat *geschimpft*, das trifft es besser. Dies sei, hat sie betont, unser erstes und gleichzeitig letztes Gespräch.« Er seufzte. »Um es auf den Punkt zu bringen: Danny hat wohl etwas mit einer anderen Frau gehabt. Das jedenfalls hat Soozie Sutcliffe gesagt. *Scheißgroupies*, so hat sie es formuliert, und das ist ein Zitat. Sie hat ihn andauernd zur Hölle gewünscht. Sie sei schwanger, und es sei ihr scheißegal, wo Danny jetzt stecke, und, nein, sie habe keine Ahnung, warum er nach Schottland geflogen sei, der Mistkerl, und wenn ich ihn finden sollte, dann könnte ich ihm ausrichten, dass er sich bei ihr nie wieder blicken lassen soll.«

»Das war alles?«

»Ja. Sie hat einfach aufgelegt.«

»Mist«, murmelte Livia und hörte sich schon an wie Colin.

»Sie klang, als müsste sie gleich weinen.«

»Ach, Mist«, wiederholte Livia, und dann fragte sie zögerlich: »Glaubst du, dein Bruder hat das getan?«

»Sie betrogen?«

»Was sonst?«

»Ich weiß es nicht.« Noch immer hielt er das Mobiltelefon in der Hand, als sei es ein magischer Gegenstand. »Wir haben uns schon vor einiger Zeit aus den Augen verloren.«

Was wusste er denn schon über Danny?

Über dessen Leben in Amerika.

»Danny war nie jemand, der unehrlich war.« Das immerhin wusste er, und daran glaubte er, auch jetzt noch.

»Darf ich?« Sachte, fast zärtlich, nahm ihm Livia das Mobiltelefon aus der Hand. Es war silbern und ganz flach, man konnte damit fotografieren und Filme aufnehmen. Es war sozusagen die Mutter des *Timephone*, an das jetzt alle dachten.

»Es sieht schön aus«, stellte sie fest.

Colin wusste nicht so recht, was sie meinte. Aber so war Livia, schon damals. Man wusste nie so recht, wie sie das, was sie sagte, meinte, bevor sie etwas tat, was es einen verstehen ließ.

In diesem Fall stand sie einfach nur auf, und ehe Colin sich's versah, war sein neues, schönes und äußerst flaches Telefon ein spontan fliegender Blitz aus Silber, in dem sich die Sonne, die nur kurz zwischen den Wolken hervorlugte, ein allerletztes Mal brach, bevor es schließlich mit einem entfernten und winzig leisen Platsch irgendwo da draußen von den Wellen verschluckt wurde.

»Das war mein Telefon«, protestierte Colin, zugegebenermaßen ein wenig hilflos, weil er das, was Livia Lassandri da gerade getan hatte, weder verstand noch irgendwie zuordnen konnte. Und erst recht nicht guthieß. Und schon gar nicht rückgängig machen konnte.

»Es war einfach zu schön«, stellte sie fest.

»Was?«

»Wie der Apfel in dem Märchen. Schneewittchen.«

Er sprang wütend auf die Beine. »Das da war mein Telefon!« Der Zorn stieg ihm in den Kopf, ein wenig zeitverzögert, aber immerhin. »Meine Güte, alle wichtigen Nummern waren dort programmiert.« Er zeigte zum Meer hinaus, mit ausgestrecktem Arm.

»Das war dein London-Leben.«

»Ich brauche es.«

»Tust du nicht.«

»Doch.«

»Deswegen«, sagte Livia mit ruhiger Stimme, »sagt es jetzt den Fischen Hallo.«

Sie kam auf ihn zu, stellte sich auf die Zehenspitzen, gab ihm einen Kuss auf die Nase. »Und jetzt«, sagte sie, »lass uns gehen. Ich wohne gleich da oben.« Sie schnappte sich ihre Schuhe und ging vor.

Colin stand noch einen Augenblick lang regungslos am Wasser und sah dorthin, wo sein London-Leben gerade versunken war.

Dann schnappte er sich seine Schuhe und schüttete den feinen Sand aus und folgte Livia, wohin auch immer.

»Hier bin ich daheim«, sagte sie.

Colin trat ein.

Die kleine Kate mit dem Dach, das tatsächlich die

Grashalme berührte, war ein einziges hohes Studio voller Bilder und bunt durcheinander aufgestellter Möbelstücke.

Noch volle und halb ausgedrückte Farbtuben lagen verstreut auf dem Boden und den Regalen und einige auch auf den Tischen. Bücher und Zeitschriften stapelten sich daneben. Kaffeetassen und Geschirr bildeten kleine Inseln in dieser Wildnis aus Gegenständen, in die Livia Lassandri ihn hineinführte.

Hoch oben, an den nackten Dachbalken, hingen Blumentöpfe und bunte Lampen. Wie Lianen baumelten sie herab. Es gab eine Kochecke, ein uraltes Bett mit gusseisernem Gestell, das schon vor hundert Jahren hier an diesem Ort gestanden haben mochte, dazu einen Zeichentisch, auf dem sich ein unglaublich hoher Berg Papier türmte.

»Das ist mein Leben«, stellte sie Colin den Raum vor. »Ich male. Und ich gebe Kurse für Anfänger, drüben in Portpatrick und manchmal auch in Stranraer.«

Colin trat vor eines der Bilder. Wilde runde Farbkleckse wurden von einem Geflecht aus feinen Strichen durchzogen.

»Das ist alles sehr bunt«, sagte er.

»So bin ich eben.« Niemand hatte jemals irgendwo behauptet, dass man als ein Friedhofsmädchen nicht bunt sein durfte.

Sie warf ihre Jacke über einen Stuhl und ging in die Ecke, die ihr eine Küche war. An einem uralten Herd drehte sie das Gas auf und stellte einen noch älteren

Blechkessel mit Wasser darauf. »Tee?« Es war keine Frage, nur eine Aufforderung.

»Earl Grey, bitte.«

Colin sah sich um. Jemandes Wohnung so zu betreten, wie er es gerade tat, war etwas Geheimnisvolles. Zu sehen, wie jemand lebte, war mit nichts zu vergleichen.

In Livias Kate roch es nach Tee und Farbe und etwas, was ein leichtes Parfum sein mochte. Es roch nach Räucherstäbchen, die abgebrannt waren, und Orangen, in die jemand Nelken gesteckt hatte. Von außen hatte die Kate klein gewirkt, doch drinnen sah sie größer aus, was daran lag, dass es keinen Dachboden gab. Es war nur ein einziger großer Raum, ein künstlerisches Durcheinander von Krimskrams.

»Und?« Sie zwinkerte ihm erwartungsvoll zu.

»Was meinst du?«

»Vermisst du dein Telefon?«

Er zögerte kurz, sagte dann aber: »Nein, eigentlich nicht.«

»Ich habe gar keins.«

»Du hast kein Telefon?«

Sie schüttelte den Kopf, und ihre Haare flogen unruhig hin und her. »So ruft auch niemand an.«

Colin fragte sich, ob dies ein erstrebenswertes Ziel war, dachte an all die Nachrichten, die normalerweise seine Mailbox bevölkerten, an die durch und durch lästigen und immerzu äußerst dringenden SMS vom Lehrstuhl. In dem Leben, das er bis gestern Mittag noch gelebt hatte, war er niemals vom Kommunikationsnetz getrennt gewesen. Das Internet und sein Mobiltelefon waren ständige treue Begleiter gewesen. Das hatte alles zu seinem London-Leben gehört, bis Livia sein Telefon ins Meer geworfen hatte. Jetzt würde ihn während der nächsten Tage niemand mehr erreichen, kein Randall, kein Kneer, keine Rachel, einfach niemand.

Er war woanders, in einer anderen Welt, die so verschieden war vom London-Leben, wie irgendetwas nur sein konnte.

Er war wieder in den Rhinns.

Ja, jetzt war er hier, in einer Kate dicht bei den Klippen von Black Head, und es gab nicht einmal ein Telefon, wie wunderbar.

»Du hast damals gezeichnet«, sagte er.

Livia, die ihre Haare mit einem bunten Band bändigte, räumte ein paar Klamotten aus dem Weg, indem sie wie beiläufig die Tür des riesigen Kleiderschranks mit dem Fuß aufstieß und einfach alles hineinwarf. »Ja, und damit habe ich nicht aufgehört. In der *Ancient Mariner's Lodge* helfe ich nur aus. Eine Freundin arbeitet dort. Sie hat ein Kind, ein Mädchen, und der Vater, diese Pfeife, ist vor einem Jahr abgehauen. Wenn sie also einen freien Abend braucht oder die Kleine krank ist, springe ich ein. Das kommt manchmal oft vor und manchmal lange Zeit nicht.«

»Du kannst von der Malerei leben?«

Sie musste laut lachen. »Du siehst, in welchem Luxus ich schwelge. Ja, ich kann davon leben. Davon und von den vielen anderen kleinen Jobs, die ich nicht ausschlage, wenn sie mir jemand anbietet.« Sie erzählte ihm von ihrem Vater, dem sie auf den Friedhöfen der Umgebung half, wenn er sie darum bat, von den Fischerbooten in Stranraer und Portpatrick, die oftmals eine Aushilfe gebrauchen konnten. »Daneben gebe ich Kurse für Touristen, drüben in Portpatrick. Naturfreunde mit Geld in der Tasche. Ich fahre mit ihnen bis runter nach Cairngaan oder rauf zum Corsewall Point. Wir setzten uns mit der Staffelei in die Landschaft und malen die Klippen, das Meer, die Schiffe, den Himmel, die Leuchttürme. Den Leuten jedenfalls macht es Spaß. Und wenn es den Leuten Spaß macht, dann macht es mir auch Spaß. Ich tue das gern, so einfach ist das. Ich brauche keine Reichtümer, um glücklich zu sein.«

»Wo ist die Toilette?«, fragte er, weil ihm gerade diese Frage jetzt in den Sinn kam.

»Draußen«, antwortete sie. »Musst du jetzt gleich dorthin?«

Er schüttelte den Kopf.

»Hinter dem Haus ist ein Schuppen, das ist die Toilette.« Sie bemerkte, dass Colin die Badewanne betrachtete, die fast mitten im Raum stand. Daneben hing ein großes Porzellanwaschbecken mit gewundenen Hähnen an der Wand, fleckig und mit abgebröseltem Lack. »Es ist ja niemand da, den es stört«, sagte sie. Der Kessel pfiff, und sie schüttete den Tee auf.

Colin stieg vorsichtig über den am Boden liegenden Krempel, um seine Tasse in Empfang zu nehmen.

»Er ist heiß«, warnte Livia.

Colin suchte sich einen Platz auf dem Sofa, das unter einem der runden Fenster stand.

»Sind das Bullaugen?«, fragte er erstaunt.

»Ein Strandpirat hat die Kate gebaut, so erzählt man sich. Das muss im letzten Jahrhundert gewesen sein. Du kennst die Geschichten: Sie haben die Schiffe mit falschen Leuchtfeuern auf die Klippen gelockt, und wenn sie gesunken sind, dann haben sie sich die Ladung geschnappt und alles andere, was sie brauchen konnten, auch. Diese Bullaugen haben wohl zu einem Schiff gehört, dessen Überreste jetzt irgendwo da draußen auf dem Meeresgrund liegen.«

Das passte zur ihr.

Irgendwie war Livia Lassandri noch immer das Friedhofsmädchen, dem er auf dem Galloway Graveyard begegnet war. Das zwischen den Grabsteinen gespielt hatte, als es ein Kind gewesen war.

Als würde sie seine Gedanken erraten, ging sie zum Küchenschrank und holte ein Glas heraus. »Schau mal, ich kann's noch immer.« Die Olive sprang ihr in den Mund, als sei sie vorher darauf dressiert worden. »Seit ich dich kenne, gelingt es mir.«

Colin lachte. »Du bist verrückt.«

»Deswegen magst du mich doch so«, lautete ihre Antwort. Sie stellte das Glas zurück an den Platz, an den es gehörte, denn Ordnung musste, hin und wieder zumindest, sein.

Dann balancierte sie ihren Tee über den Krimskrams am Boden und tänzelte auf das Sofa zu, wo sie dicht neben Colin Platz nahm. »Du weißt, warum du hier bist?«, fragte sie und schaute ihm in die Augen. Eine Antwort wollte sie gar keine hören. »Du bist hier, weil dies ein sicherer Ort ist. Die Welt da draußen kann auch draußen bleiben.«

»Danke«, sagte er.

»Wofür?«

»Die Sache mit dem Telefon.«

Sie grinste. »Es wird den Fischen gefallen. Es hat so schön geglitzert.«

»Du wolltest mir von *Rio Bravo* erzählen.« Darauf, das wusste Colin, seit er über die Schwelle getreten war, lief es doch hinaus. Livia wollte ihm helfen, das Treibholz an Land zu ziehen.

»Damals hast *du mir* davon erzählt. Damals auf dem Galloway Graveyard.«

Damals, damals.

So lange her war das wie tausendundein Jahr.

Livia begann zu reden, und es war, als gebe sie Colin einen Stups, der ihn wieder zu dem fünfzehnjährigen Jungen werden ließ, mit einem einzigen Wimpernschlag.

Die Zeit lief rückwärts, als sei es eine ihrer leichtesten Übungen.

Wie schon viele Male zuvor, so trafen sie sich auch an diesem Tag bei den Grabsteinen.

»Manchmal«, so begann er ihr zu erklären, »gehen Danny und ich fort.«

»Wie meinst du das?«

»Es gibt da einen Ort, den nur wir beide kennen.«

»Ein Versteck?«

»So ähnlich.«

Sie saßen am Fuße eines Grabsteins, der über und über mit dichtem Efeu bewachsen war. Neben dem Grab wuchs eine mächtige Eiche, deren Äste sich schützend über all die Gräber in der näheren Umgebung spannten und zwischen deren Wurzeln die Toten sich womöglich trafen, um nicht allein sein zu müssen. Der Efeu griff vom Grabstein aus nach den Ästen, und so bildete sich an dieser Stelle ein Dach aus grünen Blättern, unter das Livia und Colin gekrochen waren. Es war ein weitaus besserer Platz als der drüben bei Doktor Witherspoon. Hier konnte man unbemerkt sitzen, und wenn es leicht regnete, dann erfüllte ein sanftes Rauschen die Blätter, aber kein einziger Tropfen drang durch das Dickicht hindurch.

»Wir sind vor zwei Jahren zum ersten Mal dort gewesen.«

Sie hörte ihm aufmerksam zu, sogar mit den Augen, diesen wunderschönen Augen.

Und Colin spürte, wie gut es tat, über das alles zu reden.

»*Rio Bravo*«, begann er, »ist ein Ort, der irgendwo in den Rhinns existiert.«

»Den aber nur ihr beiden kennt.«

Er nickte.

Rio Bravo war ein Ort, ein durch und durch geheimer Platz, der irgendwo zwischen Portslogan und Ervie liegen mochte. Es gab einen See, ganz in der Nähe, und dieser See sah aus wie Lochnaw, nur irgendwie anders. Es gab einen langen Canyon, den sie nie betreten hatten, weil dort der Mond in den Mooren schimmerte. Es gab Rancher und Weiden, und alles war ihre geheime Welt.

»Eigentlich hat es damit begonnen«, erklärte Colin, »dass wir den Film von Howard Hawks gesehen haben.«

»Den Film mit John Wayne und Dean Martin.«

»Du kennst ihn?«

»Mein Vater mag Western. Aber er mag keine Filme, in denen Frauen eine größere Rolle spielen. Ich nehme an, das hat etwas mit meiner Mutter zu tun und damit, dass sie fort ist.« Sie zuckte die Achseln. »Frauen, sagt er, fallen in den meisten Filmen immer auf die Nase, schreien und stolpern in den unmöglichsten Situationen. Er findet, dass das nervt.«

»Hm.«

»Aber diesen Film mit John Wayne kenne ich. Papa mag John Wayne. Er sagt immer, das sei einer der allerletzten richtigen Männer gewesen. Sean Connery natürlich nicht mitgezählt.«

»Wir haben den Film gesehen, als wir allein in Ravenscraig waren. Miss Robinson war da. Unsere Eltern waren fort, im Theater oder sonst wo. Danny und ich haben uns heimlich vor den Fernseher gesetzt und *Rio Bravo* angeschaut.«

Nicht lange danach hatte Colin Geschichten erfunden, die in *Rio Bravo* spielten.

»Als wir den Film angeschaut haben, da hat Danny gesagt, dass Mama uns dort, in diesem kleinen Kaff am Ende der Welt, niemals finden würde und dass wir vielleicht nach *Rio Bravo* gehen sollten, wenn sie wieder mal sauer war.«

So hatte es begonnen.

Das war der Ursprung der seltsamen Geschichten gewesen, die Colin seinem Bruder erzählte. Und in den Geschichten waren Danny und er die Helden. Mutig und entschlossen wie John Wayne und Dean Martin schritten sie die Hauptstraße auf und ab, denn dies war *ihr* Ort.

Es war der Ort, den sie aufsuchten, wenn sie verzweifelt waren und aus Ravenscraig flüchteten. Er sah nicht so aus wie der Ort aus dem Film, nicht wirklich. *Rio Bravo* sah so aus, wie schottische Jungs sich an einen Western erinnern, den sie nur einmal spätabends gesehen haben. *Rio Bravo* war eine Erinnerung, eine Welt, gezeichnet in unechtem Technicolor, fremd und abenteuerlich, und doch mit der Heimat der beiden verwachsen. Die Wälder, die *Rio Bravo* umgaben, sahen aus wie gezeichnet und erinnerten Colin an die Wälder um Loch Heron. Es gab ein kleines Haus, das die Jungs bewohnten, wenn sie dort waren, außerhalb der Stadt gelegen. Sie hassten große Häuser, deswegen war es ein kleines. Pferde gab es, anders als im Film, gar keine. Es gab Vögel, recht viele sogar, und andere Tiere, die man in den Rhinns antraf und die Colin von seinen Wanderungen mit Archibald Darcy kannte. Einmal hatten sie einen Marder gesehen, der dem Marder, den Danny in der Grundschule mit unsicherer Hand gezeichnet hatte, zum Verwechseln ähnlich sah.

»Es ist ein seltsamer Ort«, sagte Colin. »Wir sind froh, dort zu sein, aber dann, nach einiger Zeit, wollen wir auch wieder nach Hause. Ich weiß nicht, ob es gut ist, länger dort zu bleiben.«

Dann erzählte er ihr von dem Tag, an dem die Banditen nach *Rio Bravo* kamen.

»Vorher war es ein Versteck gewesen, das niemand kannte. Doch dann kam diese Bande in die Stadt.«

Colin rief sich diesen Tag ins Gedächtnis zurück. Er saß neben Livia unter dem Efeudach und redete und redete, und alles, was er wusste, war, dass es gut tat, dies alles mit ihr teilen zu können. Nicht mit irgendwem, nein, nur mit ihr.

»Ich kam gerade aus der Schule«, erzählte er.

Livia sagte nichts.

Lauschte.

»Es war später Nachmittag.«

Der Bus, der ihn von der Schule nach Hause brachte, hatte ihn an der A77 aussteigen lassen, genau dort, wo die Straßen nach Dunskey Castle und Ravenscraig abzweigen und von wo aus Colin den restlichen Weg bis zum Anwesen zu Fuß zurücklegen musste.

Normalerweise ließ er sich alle Zeit der Welt und schlenderte mit schlurfenden, langsamen Schritten die Einfahrt hinauf, und manchmal, wenn es nicht regnete, legte er sich in den Schatten eines der großen Bäume und döste noch ein wenig vor sich hin, bevor er Ravenscraig betrat.

An besagtem Tag jedoch hatte Colin das ungute Gefühl beschlichen, dass etwas passiert war, und er wusste einfach, dass er sich nicht verspäten dürfte.

»Es war so eine Ahnung gewesen.«

Eine Ahnung, die ihn schneller und schneller gehen ließ.

Je näher er dem Anwesen kam, umso stärker wurde das Gefühl, dass Unheil im Anmarsch war. Also ging er noch schneller, bis er am Ende ganz außer Atem war.

So erreichte er Ravenscraig, und Danny fing ihn ab, noch bevor er das Haus betreten konnte.

Ganz aufgeregt kam er auf ihn zugerannt. »Wir sollten abhauen«, sagte er, ganz außer sich. Er war sechs geworden, eine Woche zuvor, und Colin war vierzehn. Erst in einem Jahr würde er Livia Lassandri auf dem Friedhof kennenlernen. Erst in einem Jahr würde er über all dies mit jemandem reden können.

»Was ist passiert?«

»Sie streiten sich.«

Beide schauten gleichzeitig zu dem großen Haus. Die leeren Fenster erwiderten den Blick, ohne ein Wort zu sagen.

»Weißt du, was los ist?«

»Papa schreit Mama an, und dann schreit sie zurück. Das geht schon seit fast einer Stunde so. Es hat etwas mit dem Aquarium zu tun, glaube ich.«

»Dem Aquarium?«

Danny nickte.

Das Aquarium war ein großer, nein, ein *gigantischer* Glaskasten, der in Archibald Darcys privatem Arbeitszimmer stand und fast eine ganze Seite des Raumes einnahm.

Vor zwei Jahren hatte er sich den riesigen Glaskasten liefern und sämtliche Regale auf dieser Seite des Raums entfernen lassen.

Dann hatte er ihn mit allerlei seltsamen Tieren gefüllt. Denn nicht ein einziger exotischer Fisch schwamm in dem Behältnis herum, nein, es gab keinen einzigen bunten Fisch, keine Seeanemonen, keine Clownfische und auch keine Seepferdchen, nichts dergleichen, denn Archibald Darcy hatte es sich stattdessen zum Ziel gesetzt, dort drinnen ein Abbild der schottischen Gewässer zu erschaffen.

»Wie besessen war er von diesem Gedanken gewesen«, erinnerte sich Colin.

Das neue Aquarium, das eine Länge von fünf Metern sein Eigen nennen durfte und breiter als ein Meter war, war zweigeteilt. Aus dem Wasser erhob sich ein Uferbereich, der so bepflanzt war wie die Ufer an den Gewässern, an denen Archibald Darcy normalerweise mit seinen Söhnen zu wandern pflegte. Dort lebten zwei Seefrösche, zwei Streifenmolche, ein schüchterner Fadenmolch und eine dicke fette Kreuzkröte, die sich kaum regte und immer nur dämlich an der Glasscheibe hockte. Im Wasser tummelten sich Äschen, Plötzen, eine Horde Saiblinge und ein Schelly. Auf einen Hecht hatte Archibald Darcy verzichten müssen. Wenn die Fische gewachsen waren, dann nahm er sie aus dem Becken heraus und setzte sie irgendwo, meist nahe Lochnaw, aus.

Ja, Archibald Darcy liebte sein Aquarium, und Helen Darcy hasste es. Wenn Archibald Darcy auf Geschäftsreise war, dann kümmerte sich Miss Robinson um die Fische und das andere Getier, fütterte es, kontrollierte die Pumpe und den Wasserfilter, schaltete die Wärmelampen morgens ein und mittags aus.

Aber Helen Darcy, und nur darauf kam es an, *hasste* das Aquarium.

Keine gute Ausgangssituation, das merkten die Kinder schon ziemlich früh.

Colins und Dannys Vater konnte wirklich stundenlang vor dem Aquarium sitzen und den Fischen und Amphibien darin zuschauen. Und es sah nicht einmal schön aus, dafür aber wirklich *echt*. Das Wasser war manchmal klar, doch meistens so trüb wie das Wasser in den richtigen Bächen. Trotzdem schien es Archibald Darcy zu genießen, die Lebewesen in seiner kleinen Welt im Arbeitszimmer zu beobachten.

»Manchmal«, so Colin, »sah es sogar so aus, als würde er mit ihnen reden.«

Nun denn, um eben jenes Aquarium war, und das nicht zum ersten Mal, ein Streit entflammt, dessen Ursprung Danny nicht kannte. Er hatte nur die lauten Worte seiner Eltern vernommen und folgerichtig daraus geschlossen, dass dicke Luft herrschte.

»Sie will es ihm wegnehmen«, sagte Danny. »Ich glaube, darum geht es.«

»Er ist ein erwachsener Mann«, meinte Colin. »Sie kann es ihm nicht einfach wegnehmen.«

Die beiden sahen einander an.

Archibald Darcy, das hatten seine Söhne erkannt, widersetzte sich seiner Frau nur selten. Beide Jungen wussten, dass ihre Mutter es ihm wegnehmen *konnte*, wenn sie *wollte*. Doch manchmal, so wie heute, leistete Archibald Darcy Gegenwehr. Was nichts Gutes bedeutete, da irgendjemand die üble Laune Helens Darcys ernten würde.

»Papa ist wütend. Er schreit sie die ganze Zeit an, es ist furchtbar.«

Dabei war Archibald Darcy ein gutmütiger und ruhiger Mann, der den ganzen Tag über seinen Geschäften nachging, mit Kunden telefonierte oder in seinem Laden in Stranraer war.

»Weißt du noch, als ich den Fisch beerdigt habe?«

»Wie könnte ich das vergessen?«

Vor knapp einem Jahr hatte Danny einen Butterfisch mit dem Handnetz gefangen. Er hatte das seinem Vater abgeschaut, der manchmal etwas sehr Ähnliches tat und die gefangenen Fische dann über die Toilette entsorgte. Der Butterfisch hatte die ganze Zeit über unruhig gezappelt und war schließlich aus dem Netz auf den Boden gehüpft, wo er, sich krümmend, gelegen hatte. Danny, der es nicht übers Herz brachte, den glitschigen Butterfisch mit den Händen anzufassen, hatte eine Wäscheklammer zu Hilfe genommen. Nach einigem Hin und Her landete der Butterfisch jedenfalls in der Toilette und wurde rauschend ins nächste Butterfischleben gespült.

Archibald Darcy war entsetzt, als er den Butterfisch vermisste. Er war ein sorgfältiger Aquariumsbesitzer, und er bemerkte sofort, wenn einer der Fische fehlte.

Trotzdem war er nicht böse gewesen, nur traurig. Und erst recht hatte er Danny nicht bestraft. Er hatte mit seinem Sohn geredet und ihm erklärt, dass es keine besonders gute Idee sei, noch lebende Fische die Toilette hinunterzuspülen. So etwas tue man nur mit toten Fischen.

Danny hatte es zur Kenntnis genommen. Seitdem war kein Fisch mehr diesen Weg gegangen.

Helen Darcy hingegen, das wussten beide, hätte ihn bestraft. Sie hätte ihn schlimme Dinge erleben lassen, auf dass er auf ewig bereut hätte, den Butterfisch getötet zu haben.

»Wenn sie aufhören zu streiten, ist es besser, wenn wir nicht mehr hier sind.«

Colin wusste, wie das normalerweise endete.

Helen Darcy schrie so lange auf ihren Mann ein, bis dieser entnervt von dannen zog. Archibald Darcy fuhr dann irgendwohin, zeltete zwei Tage in der Wildnis und beobachtete seine Vögel. Helen Darcy blieb in Ravenscraig zurück und ließ ihren Frust und die Wut an denen aus, die das Pech hatten, sich in ihrer Nähe aufzuhalten.

Und das waren in der Regel ihre beiden Söhne.

Vergriff sich dann einer der beiden noch im Ton, so hatten sie ein ernsthaftes Problem.

»Ist gut«, war Colin schnell überzeugt. »Lass uns abhauen.« Er nahm Danny bei der Hand und erzählte ihm unterwegs eine lange Geschichte, die das sorgenvolle Gesicht des Kleinen aufhellte und den Streit der Eltern vergessen ließ. Es war die Geschichte zweier Revolverhelden, die für Recht und Ordnung sorgten in einer kleinen Stadt, hoch oben in den Highlands. Charles war der eine Revolverheld, Gordon der andere. Mutig kämpften sie gegen Banditen und wurden schon bald zur Legende.

So erreichten Colin und Danny *Rio Bravo*.

»*Du* hast euch beide dahin gebracht«, sagte Livia unter dem Efeu. »*Du* hast es getan, Colin.«

»Ja, ich weiß. Aber ich weiß nicht, warum ich es tun kann.«

Livia erinnerte ihn an die Dschinni.

»Meine Mutter erzählt viele Lügen«, meinte Colin nur. Und fuhr mit der Geschichte fort: »*Rio Bravo* war ruhig an diesem Tag, alles war so wie immer.«

Danny und Colin waren da, wo Helen Darcy sie nicht finden würde.

»Trotzdem hatten wir Angst, sie könnte es doch tun.«

In der Ferne spielte ein alter Mexikaner auf seiner Trompete. Es war eine langsame Melodie, traurig und schleppend. Würde er aufhören mit dem Spiel, dann müssten sich die Jungs in Acht nehmen. Denn dann würde ihre Mutter mit der Suche nach ihnen beginnen, und dann würden Banditen in den Ort kommen, mit denen nicht zu spaßen wäre, und sie würden mit allen Mitteln versuchen, die Jungs gefangen zu nehmen und zu ihrem Boss zu bringen.

Ja, so sah es aus, wenn die Angst Gestalt annahm. Colin und Danny wussten sehr gut, wer der Boss war.

»Als die Banditen kamen, waren wir vorbereitet.«

»Wie in dem Film.«

»Ja, genau wie in dem Film.«

»Aber in *Rio Bravo* hat kein Mexikaner Trompete gespielt«, sagte Livia. »Das war ein anderer Film mit John Wayne.«

»Ist egal«, grummelte Colin. »In unserem *Rio Bravo* hat ein Mexikaner Trompete gespielt. Und als er aufgehört hat zu spielen, da sind sie gekommen.«

Colin und Danny hatten sich im Büro des Sheriffs verschanzt und den wütenden Banditen geantwortet, indem sie ihren Winchester-Gewehren das Reden überließen. Zwischendurch hatte Danny ein Lied gesungen, weil es ihn beruhigte, und Colin hatte durch die Schlitze in den Fensterläden gelugt und die Banditen nicht aus den Augen gelassen.

Beide wussten sie, dass die Banditen nur tumbe Handlanger waren, die im Auftrag eines noch viel böseren Bösewichts handelten. Dieser noch viel bösere Bösewicht ließ sich aber nie in *Rio Bravo* blicken. Er schickte immer nur seine Regulatoren in die Stadt, konnte jedoch aus einem Grund, den keiner der beiden kannte, nie selbst dorthin kommen.

»Es war uns klar«, erklärte Colin, »dass die Handlanger nicht wirklich da waren. Sie waren nur das, wovor wir solche Angst hatten. Wenn wir keine Angst mehr hatten, dann waren sie besiegt. Sie lösten sich in Luft auf, ich habe es gesehen.«

»Und ihr Auftraggeber?«

»Wir glauben, dass es unsere Mutter ist. Wenn wir nicht in Ravenscraig sind, dann sucht sie nach uns. Aus irgendeinem Grund kann sie *Rio Bravo* nicht betreten.«

»Wie oft seid ihr dort gewesen?«

»In *Rio Bravo*? Ich weiß es nicht.«

Manchmal waren sie nur kurz dort gewesen, manchmal mehrere Tage.

»Sie wusste, dass da etwas ist, was nur uns beiden gehört.«

Helen Darcy ahnte, dass etwas von ihrer Gabe, oder wie immer man es nennen mochte, auf ihren Nachwuchs übergegangen sein musste. Die Geschichte mit der Dschinni war der Beweis dafür, dass sie das glaubte.

»Wenn wir länger fort waren, dann hat sie uns bestraft. Nur manchmal war sie einfach bloß gleichgültig.«

Livia starrte in den Regen hinaus. »Das Leben kann schon seltsam sein, was?!«

Colin nickte.

Der Galloway Graveyard gehörte nur ihnen. Fast war ihm, als wäre dem immer so.

Er hörte den Regen rauschen und war nicht mehr fünfzehn, sondern mit einem Schlag siebenunddreißig. Er saß neben Livia Lassandri auf dem Sofa in deren Kate nahe Black Head.

Wenn man durch das Bullaugenfenster sah, dann konnte man den Leuchtturm erkennen.

Regen setzte ein, und als er auf das Dach trommelte, da war es fast wie damals, als sie sich in der Efeuhöhle getroffen hatten.

Livia sah ihn an, wie sie ihn damals schon angesehen hatte.

»Erinnerst du dich jetzt?«, fragte sie.

Er nickte nur. »Wie kann es sein, dass ich nicht mehr daran gedacht habe?«

»Du hast dir alle nur erdenkliche Mühe gegeben, es nicht mehr zu tun.«

Er nippte an dem Tee und merkte, dass er kalt geworden war.

»*Du* hast es nicht vergessen«, sagte er leise.

»Keine Sekunde, Colin Darcy.«

Livia nahm ihm die Tasse aus der Hand und stellte sie neben das Sofa.

»Nicht eine einzige Sekunde«, wiederholte sie.

Dann küssten sie sich, weil es das war, was beide wollten.

Er konnte ihren Duft riechen, ihre Haut, ganz nah. Sie hatten beide so lange gewartet. Livia drückte ihren Körper gegen seinen, und ihre Hand war genau da, wo sie sein sollte. Colin schmeckte ihre weichen Lippen und ertrank in ihren Augen.

»Geh bloß nicht wieder weg«, flüsterte er ihr ins Ohr. Dann küssten sie sich, wie sie es sich immer vorgestellt hatten, und der Augenblick, der jetzt endlich da war, gehörte nur ihnen beiden. Livia zog ihn zu Boden, und das war der Moment, in dem die Kamera in den alten schwarz-weißen Filmen dezent aufs Fenster, die eilig fallen gelassenen Kleidungsstücke oder den Plattenspieler schwenkt, weil dies genau der Moment ist, der nur denen gehört, die ihn leben, so tief und verrückt und wild, als gebe es kein Morgen mehr, nie wieder.

Sechstes Kapitel

in dem Colin Darcy viele Seifen
kennenlernt,
in einen Leuchtturm einbricht,
ein Radio zum Orakel wird,
Klarheit in einige Angelegenheiten
gebracht wird und sich
eine gewisse Madame Redgrave vorstellt

Livia hatte eine besondere Art zu orakeln, das erfuhr Colin, als sie nach Portpatrick fuhren. Doch vorher zeigte sie ihm noch den alten Leuchtturm draußen auf den Klippen.

Es war später Nachmittag, als sie von der Kate nach Black Head zum Leuchtturm gingen, wo sie erst einmal still dastanden und aufs Meer hinausblickten. Die Wellen schlugen rau gegen die Klippen, und ein kühler Wind wehte. Colin stand hinter Livia und hatte seine Hände auf ihren Bauch gelegt. Er roch ihr Haar und den Duft, der Livia war. Die ganze Zeit über hatten sie kaum gesprochen. Sie waren nebeneinander hergegangen, und das war alles gewesen, was zählte.

Als sie am Meer standen, da fragte Livia: »Bist du glücklich?«

Colin küsste ihr Haar.

Das war ihr Antwort genug.

»Da drüben ist er, lass uns hingehen.«

Sie folgten einem schmalen Klippenpfad bis hinunter zum Leuchtturm.

Nichts von dem, was passiert war, hatte Colin so geplant gehabt. Aber er fühlte sich gut, einfach nur gut.

Sie waren einander so nah gewesen, Livia und er, zwei

Körper, die die Welt um sich herum völlig vergessen hatten, zwei Herzen, die im rasenden Takt des gleichen Liedes gesungen hatten.

Dann, in der Badewanne, hatte Livia ihm alle möglichen Seifen erklärt, die sich in Dosen und Schachteln neben und unter der Wanne stapelten. Zu jedem auch noch so ausgefallenen Duft wusste sie eine Geschichte zu erzählen. Es gab Seifen als kleine Kugeln und andere, die täuschend echt wie leckere Speisen aussahen, und sie rochen nach Zitrone, Orange, Zimt, nach warmer Milch und Kokos und Honig und Lavendel. In manchen der Kugeln versteckten sich Papierschnitzel, die bunt im Badewasser schwammen, in anderen wiederum fanden sich getrocknete Blütenblätter. Livia wusch ihre und auch Colins Haare mit etwas, was wie ein Stück roter Käse mit weißen Streifen darin aussah und sehr stark nach Lakritze, Mimose, Jasmin und Meeressalz duftete.

»Das ist auch gut gegen Haarausfall«, sagte sie.

Colin warf ihr einen beleidigten Blick zu. »Müsste ich das wissen?«

Sie küsste ihn und lachte.

Später, viel später, als das Wasser kalt geworden war und die bunten Blütenblätter und die kleinen Papierschnitzel ihnen wie Farbtupfer auf der Haut klebten, verließen sie die Wanne.

»Du kannst ja richtig wild sein, wenn man dich lässt«, hatte sie gesagt, als sie sich anzogen.

Colin hatte ihr einen etwas verlegenen Blick zugeworfen und gegrinst, was, wie er hoffte, verwegen aussah.

Dann waren sie nach draußen gegangen.

Das schottische Wetter hatte sich während der vergangenen Stunden nicht geändert. Noch immer hing ein Nieselregen in der Luft. Dafür war die Luft frisch und ein wenig kühl.

Livia führte ihn also hinunter zum Leuchtturm, der ein uraltes Gemäuer war, erbaut aus massigen Quadern und mit kleinen Fenstern versehen, die kaum mehr als Gucklöcher waren.

»Er ist verlassen«, sagte sie und deutete zur morschen Tür.

»Sie sieht noch immer massiv aus.«

»Du kannst sie aber leicht öffnen.« Sie zog Colin hinter sich her. Als sie beim Leuchtturm ankamen, drehte Livia einen der Steine, die sich aus der Mauer gelöst hatten und im hohen Gras lagen, um und hielt einen Draht in den Händen. »Für alle Fälle«, sagte sie. Sie ging auf die Tür zu, und dann fuchtelte sie mit dem Draht in dem rostigen Schloss herum. Irgendwo gab es knackende, klickende und klackende Geräusche, Livia drückte die Klinke, schob die Tür auf und sagte: »Willkommen, Colin Darcy, willkommen im alten Turm von Black Head.«

Colin folgte ihr.

Drinnen war es ziemlich kalt. Es roch nach Stein und Staub und vielen Stufen, die nach oben führten. Livia kannte sich hier aus. »Ich komme oft hierher, obwohl es verboten ist«, sagte sie und zog Colin hinter sich her, die Treppe hinauf.

»Wie alt ist der Turm?«

»Uralt.«

Colin fragte sich zum ersten Mal in seinem Leben, ob dies einer der Leuchttürme war, die Robert Louis Stevenson einst entworfen hatte.

Dann kehrten seine Gedanken in die Gegenwart zurück. »Was würde dein Freund, der Constable, dazu sagen, wenn er dich hier erwischen würde?«

»Er wäre bestimmt nicht sehr angetan«, lachte sie laut und schallend. »Davon abgesehen würde er *uns beide* erwischen. Und außerdem ist er jetzt *dein* Freund.«

Colin zog ein Gesicht.

Er stieg folgsam Stufe um Stufe hinter ihr hinauf.

Es war eine enge Wendeltreppe, und er musste andauernd den Kopf einziehen, um ihn sich nicht an der niedrigen Decke zu stoßen.

Dann, endlich, waren sie oben.

Der Raum war nicht sehr groß, und das alte Leuchtfeuer war nur noch ein großes und rostiges Gebilde mit allerlei Gewinden und Zahnrädern und Schrauben, die seit langer, langer Zeit kein Mensch mehr bewegt hatte. Da, wo früher einmal Lichtzeichen in die Nacht geschickt worden waren, war jetzt nur kaltes Schweigen und dämmernde Finsternis. Nur ein paar äußerst kümmerliche Strahlen des kühlen Sonnenlichts drangen noch durch die Fensterschlitze in der Mauer nach drinnen.

»Früher waren hier richtig große Fenster«, erklärte Livia, »doch dann haben sie alles zugemauert oder zumindest verkleinert.« Sie ging zu einem der winzigen Fenster. »Du kannst das Meer trotzdem sehen.«

Colin trat neben sie.

»Schau, da drüben ist Portpatrick, und irgendwo da hinten liegt …«

Ravenscraig!

»Ja, ich weiß«, sagte Colin schnell. »Lass es dort drüben liegen. Es soll uns nicht kümmern, nicht jetzt.«

»Ist gut.«

Sie lehnte sich gegen ihn, und gemeinsam schauten sie zur See hinaus.

Die Brandung schlug tosend gegen die steilen Klippen. Zu ihrer Linken breitete sich der Strand aus, wie ein Teppich aus Sand, der die See berührt und dem man bis nach Portpatrick folgen konnte, wenn man wollte. Doch hier, vor dem Leuchtturm, waren die Klippen steil und der Boden felsig.

»Es muss einsam gewesen sein für die, die hier gearbeitet haben«, sagte Colin nach einer Weile.

»Ist es an der London Business School etwa nicht einsam?«

»Doch.« Er wunderte sich darüber, wie schnell ihm die Antwort darauf über die Lippen gekommen war. »Doch, da ist es auch einsam. Und wie.«

»Willst du wieder zurück?«

»Zum London-Leben?«

Sie nickte.

Er wollte gerade etwas sagen, als sie sich schnell zu ihm umdrehte und ihm den Finger auf die Lippen legte.

»Es gibt nur eine einzige Antwort, die richtig ist, das weißt du. All die anderen Antworten, wie immer sie auch aussehen mögen, will ich gar nicht hören.«

Jetzt nickte er, ganz stumm.

»Und?«

»Manche Veränderungen ereilen einen einfach«, sagte Colin nur. »Ich habe mein Leben immer sorgfältig geplant. Ich wollte nichts dem Zufall überlassen.« Er sah seine Augen in ihren schwimmen. »Kennst du die Geschichte vom Leuchtturmwärter und der Meerjungfrau?«

»Nein, kennst du sie?«

»Ja, ich kenne sie.« Er wusste selbst nicht, wie ihm geschah. Er kannte die Geschichte wirklich, obwohl er sie nie zuvor gehört hatte. Sie war da, als habe sie nur darauf gewartet, erzählt zu werden.

»Seit wann kennst du sie?«

»Sie ist mir gerade eben eingefallen.«

Sie dachte darüber nach, und es schien ihr zu gefallen, dass er das gesagt hatte. »Ist die Geschichte die Antwort auf meine Frage?«

»Ich weiß nicht, vielleicht.«

»Erzähl sie mir, bitte.«

Ihr Haar roch noch immer nach der roten Seife mit den weißen Streifen.

»Es war einmal ein Leuchtturmwärter«, begann Colin, »ein junger Leuchtturmwärter, der verliebte sich in eine hübsche Meerjungfrau, die jeden Abend, wenn die Dämmerung nahte, zu den großen, spitzen Felsen vor dem Leuchtturm geschwommen kam. Der Leuchtturmwärter sah ihr zu, wenn sie in den Lichtkegeln, die das Leuchtfeuer über der See ausbreitete, wie ein Delphin ihre Tänze aufführte. Wenn er dies tat, dann fühlte er sich glücklich wie sonst nie, denn er hörte eine Melodie, die sonst niemand hören konnte. Es waren die Lieder, zu denen die Meerjungfrau ihre Wassertänze tanzte.«

Livia lauschte seinen Worten und hatte die Augen jetzt geschlossen.

»Geht es gut aus?«, wollte sie wissen.

»Eines Tages beschloss der Leuchtturmwärter, ins Dorf zu gehen. Dort lebte eine alte Frau, die seltsame Dinge wusste. Manche behaupteten, sie sei eine Hexe.«

»War sie eine?«

Er zuckte die Achseln. »Sie wusste die geheimnisvollen Dinge, die der Leuchtturmwärter in Erfahrung bringen wollte, das sollte genügen. Sie sagte ihm, dass er durchaus mit der hübschen Meerjungfrau schwimmen könne. Dafür müsse er aber sein Leben im Leuchtturm aufgeben, das sei der Preis, und er werde niemals mehr dorthin zurückkehren können.« Colin Darcy fragte sich staunend, woher er all das nur wusste, und erzählte weiter. »Der Leuchtturmwärter, der verliebt und trotzdem ein pflichtbewusster Leuchtturmwärter war, überlegte tagein und tagaus, was er tun könnte, um sein Ziel zu erreichen. Er überlegte sich, wie er die Gerätschaften im Leuchtturm umbauen könnte, damit sie auch ohne ihn ihren Zweck erfüllen würden. Er fragte sich, ob es nicht doch eine zu große Gefahr für die Schiffe sei, wenn er seinen Posten, den er schon seit Jahren besetzte, verlassen und den Leuchtturm sich selbst überlassen würde. All diese Fragen und noch viele andere stellte er sich.« Colin wunderte sich, wie schnell ihm die Worte über die Lippen kamen. »Dann, eines Abends, als der Leuchtturmwärter mit dem Boot zum Leuchtturm fuhr, kam ein Sturm auf, und eine Welle brachte das Boot zum Kentern. Der Leuchtturmwärter versuchte zu schwimmen, doch seine schweren Stiefel und die Kleidung, die sich vollgesogen hatte, zogen ihn in die Tiefe hinunter. Er spürte, wie ihm die Luft wegblieb. Und dann sah er sie. Sie war wunderschön, und er wusste sofort, dass alles andere unwichtig geworden war. Die Meerjungfrau kam zu ihm und nahm ihn bei der Hand. Sie küsste ihn, und als sie das getan hatte, da verstand er ihre Sprache. Sie küsste ihn erneut, und da konnte er unter Wasser atmen. Sie küsste ihn ein drittes Mal, und mit diesem Kuss schenkte sie ihm ihr Herz.«

Livia lauschte nur, mit großen Augen.

»Der Leuchtturmwärter war glücklich wie nie zuvor in seinem Leben.«

»Ist er bei ihr geblieben?«

»Fortan tanzten sie jede Nacht im Licht, das der Leuchtturm auf die See hinausschickte. Kein einziges Schiff zerschellte an den Klippen, denn es gab schon bald einen neuen Leuchtturmwärter, der alles regelte, was es zu regeln galt. Der verliebte Leuchtturmwärter aber, der ein Wesen wie die Meerjungfrau geworden war, sah, dass er sich all die Gedanken, die ihn schier hatten verzweifeln lassen, umsonst gemacht hatte. Es wurde alles gut, so einfach war das. Und der neue Leuchtturmwärter sah jedes Mal, wenn er in der Dämmerung die Lichter einschaltete, wie die zwei Wesen, die nicht Mensch und nicht Fisch waren, dafür aber so glücklich, dass man es ihnen ansehen konnte, im Schein des Leuchtturms in den Wellen tanzten.«

Livia starrte ihn an. »Das ist deine Antwort?«

Colin schüttelte den Kopf. »Da, schau!«

Draußen, in den Wellen, sprangen zwei Meerwesen, eine hübsche Frau und ein Mann, im Sonnenlicht, das in eben diesem Moment durch die Wolken brach, aus den Fluten und tanzten ihren glücklichen Tanz, wie all die Jahre schon.

»Sie bewegen sich wie Delphine«, flüsterte Livia, »aber es sind keine.«

»Und weil sie nicht gestorben sind ...«

Wenn sie hoch in die Lüfte sprangen und ihren Salto vollführten, dann konnte man ihre Fischschwänze erkennen.

»... tun sie es noch immer«, beendete Livia den Satz.

Dann schloss sich die Lücke in der Wolkendecke so schnell, wie sie sich geöffnet hatte. Die Sonnenstrahlen verschwanden und mit ihnen die tanzenden Meerwesen.

»Haben wir das wirklich gesehen?«, fragte Livia. Ungläubig starrte sie auf die Stelle im Meer.

»Ich denke schon.«

Sie drehte sich zu ihm um. »Wie hast du das gemacht?«

»Ich weiß es nicht«, sagte Colin.

Sie schaute erneut aus dem Fenster. »Ich habe das nicht geträumt, oder?!«

»Nein.«

»War *das* deine Antwort?«

Er nickte. »Ja, ich denke, das war sie. Irgendwie schon.«

Sie fiel ihm um den Hals, und Colin hielt Livia einfach nur fest. Er wusste, dass er das vor Jahren schon hätte tun sollen. Aber er wusste jetzt auch, dass sich Gelegenheiten, die man einst verpasst hatte, neu ergeben konnten, um einen nachholen zu lassen, was nachgeholt werden wollte.

Dann verließen sie den Leuchtturm mit all dem Zauber, der dort lebte, und gingen am Strand entlang zurück zu der Stelle, an der Colin den grünen Rover geparkt hatte.

»Wie kommst du normalerweise hierher?«, fragte Colin. Der Mini, der schwarz war, stand, das hatte er gesehen, neben der Kate.

»Mit dem Fahrrad«, sagte sie. »Dann habe ich auch kein Problem mit der Geschwindigkeit.« Sie schaute erneut nach hinten zum Meer, doch jetzt konnte man dort keine delphinartigen Wesen mehr erkennen. Sie waren mit Colins Worten verschwunden.

Den Rest der Strecke legten sie schweigend zurück. Beide hingen sie ihren Gedanken nach, und beider Gedanken kreisten um die gleiche Sache. Colin konnte nicht erklären, weder Livia noch sich selbst, wie es dazu hatte kommen können. Er war sich sicher, die beiden Meerwesen dort draußen gesehen zu haben. Da gab es keinen Zweifel, sie waren zwischen den Felsen getaucht und waren wie Delphine aus dem Wasser gesprungen. Und die beiden waren dort gewesen, weil Colin ihre Geschichte erzählt hatte, eine Geschichte, die er bis zu dem Augenblick, in dem er sie erzählt hatte, noch gar nicht gekannt hatte.

Ja, er erinnerte sich jetzt auch an *Rio Bravo*. Er wusste, dass er Danny viele Geschichten von diesem Ort erzählt hatte und dass diese Geschichten, die nicht mehr als äußerst kunstvoll gesponnene Lügen gewesen waren, ihnen beiden geholfen hatten, sich aus der Umklammerung Helen Darcys zu befreien.

Colin erinnerte sich jetzt wieder an so viele Dinge, und an ebenso viele Dinge erinnerte er sich noch immer nicht.

Er dachte an seine Mutter und an den Tag, als er Livias wütenden Vater aufgesucht hatte. Die beiden hatten in einem einfachen kleinen Haus am Ortsrand von Stranraer gelebt, einem Haus mit einem spitzem Dach, einem Vorgarten voller Blumen und viel, ganz viel, Efeu an den Wänden. Colin war vorher noch nie dort gewesen, jedenfalls hatte er das Haus nie betreten. Er hatte Livia einige Male nach Hause gebracht, wenn es später geworden war. Sie hatte sich dann meistens mit einem Kuss dafür bedankt, dass er sie begleitet hatte, und dann war sie im Haus verschwunden.

Colin kannte auch ihren Vater, allerdings nur aus der Ferne.

»Du hast ihr etwas Unsägliches angetan!« Das war es, was Giovanni Lassandri ihm zum Vorwurf machte. »Ich habe mein Kind noch niemals so gesehen, und du bist schuld daran.«

»Was ist denn passiert?« Colin konnte nicht verstehen, wovon er sprach.

Livia hatte sich seit Tagen nicht mehr gemeldet. In der Schule war sie auch nicht mehr gesehen worden, und die Orte, die sie normalerweise aufsuchte, waren verwaist.

»Es geht ihr ganz furchtbar elend.«

»Was ist denn los?«

»Das geht dich gar nichts mehr an!«

»Ich ...«

»Sie ist fort, und du wirst sie nie wiedersehen.«

Colin spürte, wie seine Welt kippte.

»Aber ...« Er hatte doch nichts getan.

»Verschwinde!« Giovanni Lassandi starrte ihn hasserfüllt an, und Colin erschauderte, weil er von einem fremden Menschen noch nie zuvor auf diese Weise angestarrt worden war. »Verschwinde und lass dich hier nie wieder blicken.«

Colin, der selten mutig war, nahm all seinen Mut zusammen. »Ich muss sie aber sehen.« *Wir lieben uns*, wollte er sagen, murmelte dann aber nur ein unsicheres: »Ich denke, dass auch sie das will.«

Giovanni Lassandri warf ihm nur einen bösen Blick

zu, ging kurz ins Haus zurück, und Colin fragte sich einen Augenblick lang, ob er vielleicht doch mit Livia zurückkehren würde. Stattdessen hielt er plötzlich einen Schürhaken in der Hand, den er drohend hin und her schwang.

»Verschwinde!« Er zischte dieses eine Wort, nur: »Verschwinde!«, und das wiederholte er andauernd, während er mit dem Schürhaken auf den Jungen zuging. Nur dieses Wort, das schlimmer als nur eine Drohung und grausamer als ein Befehl war. Dieses eine Wort. Und es lag so viel Furcht und so viel Abscheu in diesem Wort, dass Colin sich ängstlich zu fragen begann, was Livia wohl zugestoßen sein könnte. »Verschwinde!« Der Schürhaken schlug nach ihm, und Colin blieb keine Wahl, als das Grundstück der Lassandris zu verlassen.

Völlig betrunken war er nach Ravenscraig zurückgekehrt, wo Helen Darcy ihn vor dem Bildnis des Soldaten im Moor abgefangen und mit der ihr eigenen Perfidie in diese entsetzliche Geschichte hineingezogen hatte, die ihn beinah um Leben und Verstand gebracht hätte.

Später, im Morgengrauen dann, hatte er in seinem Zimmer am Fenster gesessen und den Wipfeln der Bäume dabei zugesehen, wie sie sich im Wind wiegten. Dabei hatte sich ihm quälend die Frage aufgedrängt, die er sich als kleines Kind oft gestellt hatte, nämlich die, wie weh es wohl täte, einfach aus dem Fenster zu springen. Ravenscraig war ein großes Haus, und obwohl sich die Zimmer der beiden Jungs im ersten Stock befanden, würde er tief fallen. Wie oft schon hatte er diesen Gedanken gehabt? Und wie oft schon hatten ihn die Zweifel das Fenster wieder schließen lassen. Es war tief, ja. Aber wäre es tief genug? Und selbst wenn es ihm gelänge, nein, er könnte Danny hier nicht allein zurücklassen. Danny brauchte ihn.

Colin sprang nicht.

Er war noch nie gesprungen. In seinen Gedanken, ja, da hatte er es oft getan. Er hatte sich vorgestellt, wie er tot sein würde und seine Eltern voller Bedauern der Beerdigung beiwohnen würden. Ja, dann würde es ihnen leid tun, alles.

Er schüttelte den Kopf.

Nein, er konnte es nicht tun. Und vielleicht würde er Livia ja auch eines Tages wiedersehen. Etwas in ihm hielt an diesem Gedanken fest, denn es war ein Gedanke von der Sorte, die einen fliegen lassen, wenn man sie lange genug denkt.

Colin fragte sich, ob seine Mutter etwas mit Livias Verschwinden zu tun hatte.

Er wusste es nicht. Er würde es vermutlich niemals erfahren, obgleich sein Gefühl ihm sagte, dass sie etwas im Schilde geführt hatte. Aber Helen war geschickt, ließ sich derlei Dinge nicht schnell anmerken.

»Sie hat so verdammt oft gelogen«, sagte Colin zu Livia, als sie nun zum Wagen spazierten. »Und es hat sich so verdammt ehrlich angehört.« Für ein Kind jedenfalls hatte es das getan.

»Du erinnerst dich wieder daran.«

»Ja, wahrhaftig.«

Die Erinnerung war wie Treibgut an Land gespült worden. Er musste nur noch umherlaufen und es einsammeln, das war alles. Er musste seine Erinnerungen einsammeln und sich selbst fragen, ob er sie auch wirklich betrachten wollte.

Das war alles, eigentlich war es ganz einfach.

Und trotzdem blieben am Ende doch nur Fragen übrig, man konnte es drehen und wenden, wie man wollte.

Aber es gab einen Unterschied zu seinem früheren Leben.

Livia war da.

»Komm zu mir nach Black Head«, hatte sie ihn gebeten. »Lass uns dein Zeug holen, und dann komm her.«

Als sie endlich den Parkplatz mit dem Rover erreichten und losfuhren, um die wenigen Habseligkeiten, die er mitgebracht hatte, aus der Pension zu holen, da fragte sich Colin erneut, was die Zukunft ihm wohl noch bringen würde.

»Du grübelst wieder zu viel.« Livia saß auf dem Beifahrersitz und band sich ein Kopftuch um. »Ich weiß, was du jetzt brauchst«, stellte sie fest. »Es ist ganz einfach.«

Er lenkte den Wagen ein Stück an den Klippen entlang. »Was brauche ich denn?«

»Du brauchst ein Orakel.«

Er musste sie nicht anschauen, um zu wissen, dass sie *nicht* scherzte.

»Ein Orakel?«

»Ja, so ein Ding, das dir sagt, was Sache ist.«

»Ich weiß, was ein Orakel ist«, erwiderte er.

»Dann ist es ja gut.«

Jetzt warf er ihr doch einen gespielt entnervten Blick zu. »Hast du eine Ahnung, wo ich eins finde?«

Sie lachte. »Ja, hier.« Sie klopfte dreimal auf das Radio, das ein altes Radio war, eines von der Sorte, die nicht einmal ein Kassettendeck haben.

»Das ist ein Radio«, sagte Colin. »Ich erkenne ein Radio, wenn ich eins sehe.«

»Und ich erkenne ein Orakel, wenn ich eins sehe.«

»Du willst doch nicht behaupten, dass dieses alte Autoradio meine Zukunft kennt?«

»Doch, genau das behaupte ich. Denn genau das tut's.« Sie schaltete es ein.

Es machte Klick.

Der Rover verließ den holprigen Küstenweg und bog auf die A77 ein in Richtung Portpatrick.

»Hast du schon mal orakelt?«

Er sah sie von der Seite an. »Allein oder mit einem Radio?«

»Du glaubst mir nicht.«

»Hm.«

Sie starrte ihn an. »Was war denn das?« Sie machte ihn nach: »Hm?«

Er nickte. »Hm«, wiederholte er.

Sie musste lachen.

Geduldig erklärte es Colin ihr: »Das ist ein leiser Ton, der Zustimmung bedeutet.«

»Hm bedeutet also, dass du mir nicht glaubst?«

»Hm.«

»Du solltest das nicht sagen, Colin, wirklich. Ich finde deine Stimme einfach wunderschön, aber du quakst ein wenig. Und wenn du Hm sagst, dann quakst du noch mehr.«

Colin erwiderte nichts, nicht mal Hm.

Ein Knirschen und Knacken erklang aus dem Radio, als sie mittels langsamen Drehens des dicken runden Knopfes einen Sender suchte. »Was willst du wissen?«, fragte sie.

»Wie meinst du das?«

»Es ist ganz einfach«, erklärte sie ihm so geduldig, wie es nur frisch Verliebte tun können. »Du stellst eine Frage, die dich wirklich interessiert, und der nächstbeste Sender, der sich einstellt, wird dir die Antwort geben.«

»Das funktioniert?«

»Probier's aus.«

»Okay, das ist ein Test.« Colin überlegte nicht lange und fragte: »Wie geht es Miss Robinson?«

Livia nickte. Sie drehte am Knopf.

Das Knirschen und Knacken verschwand, und eine Melodie schälte sich aus dem Äther.

»Simon and Garfunkel?« Jetzt konnte er sich ein Grinsen wirklich nicht verkneifen. »Das ist doch ein Trick.«

»Ist es nicht.«

»Ganz sicher?«

Siegessicher lachte sie: »Es funktioniert, das sagte ich doch.«

»Jetzt du!«

»Radio«, sprach sie das alte Gerät höflich und ein wenig theatralisch an und schielte zu Colin hinüber, »wie sieht die Zukunft des einzigartigen Mr. Colin Darcy aus?« Sie zwinkerte ihm zu.

Dann drehte sie am Knopf, bis sie den nächsten Sender erwischte.

Raindrops keep falling on my head.

»B. J. Thomas«, stellte Livia fest.

»Du findest, das passt zu mir?«

»Ja, das tut's.«

Colin konzentrierte sich auf die Straße, da gerade ein Laster mit Schafen an seinem Rover vorbeifuhr.

»Jetzt überholen uns schon die Schafe«, murrte er.

Livia beachtete den Laster gar nicht. »Das ist dein Lied, Colin. Ich habe es seit Jahren nicht mehr gehört. Als ich ein Kind war, hatte mein Vater die Platte. Diese Melodie, so bist du.«

»Blöde Schafe«, sagte Colin, dann musste er lachen. »Findest du?«

»Ja, finde ich. Du nicht?«

»Hm.«

»Komm, wir machen weiter.«

»Weiter?«

»Stell deine Frage.«

Der Rover fuhr über einen Hügel, und vor ihnen tauchte die Küste mit Portpatrick auf. Dunkle Wolken zogen sich am Himmel zusammen, aber zu mehr als dem andauernden Nieselregen reichte es wohl noch immer nicht.

»Hallo, altes Radio«, sagte Colin Darcy beschwingt und beschloss, aufs Ganze zu gehen. »Wie geht es meiner Mutter?«

Livia pfiff durch die Zähne. »Das willst du wirklich wissen?«

Er nickte. »Sonst hätte ich nicht gefragt.«

»Okay.«

Er konkretisierte die Frage: »Wie geht es Helen Darcy?«

Livia drehte am Knopf. Keine zwei Sekunden später ertönten Mike and the Mechanics mit *Say it loud.*

Livia warf Colin einen vielsagenden Blick von der Seite zu.

»Jetzt wird es unheimlich«, kommentierte er den Song.

»Du hast gefragt.«

Colin schwieg.

Er lauschte dem Lied, sonst nichts.

Längst vergessene Bilder überfluteten ihn, völlig überraschend. Helen Darcy, wie sie ihren beiden Söhnen vor dem Einschlafen lange Geschichten vorlas und es ihnen erlaubte, die wunderbarsten Welten zu besuchen und die haarsträubendsten Abenteuer zu erleben. Sie machte ihre Jungs zu Helden, zu Cowboys und Indianern, zu Astronauten, Wüstenwanderern und Piloten, keine Mühe war ihr zu groß. Sie zauberte tonnenweise zuckersüßes Glück in die Kindergesichter, so viel Glück, wie eine gute Mutter nur zu zaubern vermochte. Doch dann, als sei es tückisch, machte das Leben die Jungs älter. Alles veränderte sich. Das Glück machte der Furcht Platz, und von den Zauberlippen der Mutter tropften Albträume und Trugbilder.

»Colin?« Er spürte Livias Hand an seinem Arm.

Er blinzelte.

»Alles in Ordnung.«

Mike and the Mechanics sangen jetzt nicht mehr.

Jede Generation, dachte Colin, trägt die Last der Eltern mit sich herum.

»Woran hast du gedacht?«

Er sagte es ihr. »Sie hat nie mit uns geredet, nicht wirklich. Doch ganz früher war sie anders.«

»Bist du dir sicher?«

»Nein.«

»Aber?«

»Die Erinnerungen an die Dinge, die früher waren, sind doch kaum mehr als die Welt, so wie sie ein Kind gesehen hat. Ich weiß nicht, ob es wirklich so war.« Er musste schlucken und spürte eine seltsame Verwirrung, die ihm in den Augen brannte. »Es gab auch schöne Momente, nur die sind jetzt fort.« Er versuchte sie zu packen, aber sie entschlüpften ihm durch die Finger. Helen Darcy hatte ihren Söhnen immer Geschichten erzählt, und nicht alle Geschichten waren eine Strafe gewesen. Manchmal, ja manchmal, da hatte sie die Jungs aufregende Abenteuer bestehen lassen. Sie hatte das Haus in einen magischen Ort verwandeln können, wo Geheimnisse, die in den Zimmern schlummerten, entdeckt werden wollten. Sie hatte sie nach Faerie entführen können, wenn sie nur gewollt hatte. Doch all diese Augenblicke, die ihre Kindheit auch schön gemacht hatten, waren immer mehr verblasst im Vergleich zu den anderen Bildern, die weh taten und scharf umrissen waren wie Photos, die erst vor kurzer Zeit abgezogen worden waren.

»Stell lieber noch eine Frage«, schlug Livia vor, die bitterste Besorgnis erkannte, wenn sie welche sah.

»Wie geht es Liviana Lassandri?«

Er wartete.

Nichts.

»Du musst am Knopf drehen«, sagte sie, »sonst funktioniert es nicht.«

»Nein?«

»Nein!«

Er drehte so lange an dem klobigen Knopf, bis das Rauschen und Knacken verschwand.

»Doris Day!«, freute sich Livia.

Whatever will be, will be.

»Das bist dann wohl du«, stellte Colin fest. Er schüttelte den Kopf, ließ Doris Day zu Ende singen und fragte sich selbst und laut: »Was sind das nur für seltsame Sender ...«

»Und das hier«, fiel ihm Livia ins Wort, als sie die gewundene Straße nach Portpatrick hinunterfuhren, »ist das, was jetzt ist.« Flink drehte sie den Knopf.

Summer Vine.

The Corrs und Bono.

Perfekt!

Livia lehnte sich zufrieden zurück, ließ den Arm aus dem geöffneten Fenster zu ihrer Linken baumeln und fasste die Luft an, die kühl und voller Melodien war wie der Wind, den die See ihnen schenkte.

Schweigend fuhren sie so durch die Straßen von Portpatrick, vorbei am Hafen und hinauf zum Hügel, wo sie den Rover abstellten und die *Ancient Mariner's Lodge* betraten.

Keiner der beiden bemerkte die Biene, die sich unauffällig auf der Windschutzscheibe des Rovers niedergelassen hatte und dort still verharrte.

Denn Colin Darcy und Livia Lassandri, das Friedhofsmädchen, hatten noch immer *Summer Vine* in Kopf und Blut, als sie die Tür hinter sich schlossen, und keiner von beiden ahnte auch nur im Geringsten, wie schnell sich die wirklich guten Dinge zum Schlechteren wenden können, wenn man am wenigsten damit rechnet.

Die Sachen, die Colin ausgepackt hatte, waren schnell in die Tasche zurückgestopft. Livia saß auf dem Bett und sah ihm bei dem, was er tat, zu, das war alles. Sie summte leise die Melodie aus dem Autoradio und wiegte ihren Oberkörper dabei unentwegt hin und her.

Dann bemerkte sie die Bienen.

Zuerst war es nur ein leises Summen, das vom Fenster herkam, und sie dachte sich wohl nichts dabei. Dann sprang sie mit einem Mal auf und wich einen Schritt ins Zimmer zurück.

»Was hast du?« Colin sah an ihr vorbei zum Fenster und verstand ihre Reaktion augenblicklich.

»Wo kommen die denn her?«

Colin fielen nicht gerade viele Antworten ein, und keine davon war besonders einleuchtend.

Das gesamte Fenster war mit Bienen bedeckt.

Die winzigen schwarz-gelben Leiber wuselten über die Glasscheibe, und Colin war dankbar, dass er es vorhin versäumt hatte, das Fenster zu öffnen.

Livia war dicht neben ihm.

Colin hatte Bilder von Bienenstöcken gesehen. Die Waben sahen, wenn Bienen über sie krabbelten, hinter einer Glasplatte genauso aus wie das hier.

»Es ist unheimlich.«

»Ja.« Was sollte er anderes sagen?

Es *war* unheimlich.

Es war sogar *verdammt* unheimlich.

Die emsig wuselnden Bienen versperrten die Sicht auf die Bucht und den Hafen und den Teil von Portpatrick, durch den sie eben noch gefahren waren. Herrje, es musste ein ganzes Bienenvolk sein, das da draußen an der Scheibe klebte!

Instinktiv überprüfte Colin die Verriegelung des Fensters und trat dann wieder in gebührenden Abstand zurück.

»Alles okay«, murmelte er.

Die Bienen saßen nur da, das war alles. Sie wirkten nicht aggressiv. Sie waren einfach nur da.

Trotzdem!

Normalerweise tauchten hier in dieser Gegend und um diese Jahreszeit keine Bienenschwärme auf.

»Sehen sie aus wie Killerbienen?«

Colin zog ein Gesicht.

»War nicht ernst gemeint«, sagte Livia. Dann trat sie näher ans Fenster heran.

»Was hast du vor?«

Sie legte die Hand flach auf das Glas. »Man kann sie fühlen«, flüsterte sie, als habe sie Angst, die Bienen aufzuschrecken.

»Glaubst du, wir können die Pension verlassen?«, fragte Colin.

»Es sind nicht die Vögel«, antwortete sie.

»Jetzt«, grummelte er, »bin ich aber beruhigt.«

Livia zuckte die Achseln. Wenn sie die Hand bewegte, dann reagierten die Bienen auf der anderen Seite der Fensterscheibe. »Es kribbelt ein wenig, irgendwie. Selbst durch das Glas hindurch.« Sie war mit dem Gesicht ganz nah am Fenster. »Sie sehen wunderschön aus.«

»Komm besser wieder her.«

»Gleich.«

Colin wollte gerade etwas Geistreiches erwidern, als die Scheibe mit einem lauten Krachen implodierte. Zumindest sah es so aus, als würde sie in Scherben zerfallen. In Wirklichkeit aber war etwas vollkommen anderes geschehen, etwas, was gar nicht hätte geschehen dürfen.

Die Fensterscheibe war verschwunden.

Colin hatte keine Ahnung, *wie* das passieren konnte.

Aber das änderte nichts an der Tatsache, *dass* es passiert war. Das Glas war fort, von einem Augenblick auf den anderen.

Der auf einmal wild tosende Bienenschwarm ergoss sich in den Raum, so aufbrausend schnell und überraschend, dass Livia nicht einmal die Zeit fand zu schreien.

Noch immer stand sie vor dem Fenster, noch immer hielt sie die Hand ausgestreckt.

Die Bienen spülten sie einfach hinfort, genauso sah es aus.

Es war eine Flutwelle aus Bienenleibern, die surrend, summend und brummend über Livia herfielen, ihren Körper in Windeseile bedeckten, sodass man binnen eines Blinzelns nur noch erahnen konnte, wo sie war. Immer wieder neue Bienen drangen in den Raum ein und stürzten sich auf Livia, die sich, nachdem sie am Boden lag, gar nicht mehr bewegte.

Colin spürte, wie ihn tatenlose Verzweiflung überkam. Sie durften ihm Livia nicht wegnehmen, das war der Gedanke, der ihn anschrie. Sie duften ihr nichts tun.

Aber es waren so viele.

Er sah sich um, spürte, wie ihn das Adrenalin und die plötzliche Furcht unter Strom setzten.

Er könnte eine Decke vom Bett herunterziehen und damit die Bienen verscheuchen. Nun ja, es wäre einen Versuch wert. Er hielt inne, nein, das war keine gute Idee. Die Bienen würden sich dadurch nicht verscheuchen lassen, allenfalls würden sie Livia stechen.

Was aber sollte er sonst tun?

Wie viele Bienenstiche konnte ein Mensch verkraften, bevor er starb?

Er musste sich entscheiden, so oder so, viel Zeit blieb ihm nicht mehr, er musste etwas tun!

Panik begann an seinen Eingeweiden zu fressen. Nein, er würde Livia nicht ein zweites Mal verlieren, nicht hier, nicht jetzt. Das durfte einfach nicht sein.

Die Bienen waren überall. Jedes einzelne Tier, das durch das Fenster kam, stürzte sich auf Livia, aber kein einziges kümmerte sich um Colin. Sie würden Livia stechen, ja, mit Sicherheit würden sie das tun, und Colin hatte keine Ahnung, wie sie auf Bienenstiche reagieren würde. Sie war niemals gestochen worden, damals, als sie zusammen gewesen waren. Meldungen von Bienenopfern kamen Colin in den Sinn, und die Panik wuchs heran zu einem großen Tier, das langsam sein Bewusstsein auffraß.

Denk nach, verdammt noch mal, denk einfach nach!

Er kniete sich verzweifelt neben Livia und versuchte, ihr mit bloßen Händen die Bienen vom Leib zu halten. Natürlich wusste er, dass dies nicht die beste Lösung war, aber er wusste auch, dass es reiner Instinkt war, der ihn handeln ließ.

Die Bienen summten verärgert, stachen aber nicht zu.

Colin konnte die Bienenleiber mit den Händen beiseitewischen, doch die Lücken, die er auftat, schlossen sich sogleich wieder, wenn neue Bienen sie füllten.

Nein, so ging es nicht.

Ein Teil von ihm fragte sich, warum die vielen Bienen nicht auf ihn reagierten. Normalerweise taten sie das doch. Wenn sie jemand bedrängte, dann zeigten sie eine Reaktion. Jeder wusste, dass man nicht nach ihnen schlagen sollte, und Colin schlug jetzt schon seit fast einer Minute ununterbrochen nach ihnen.

Denk nach!

Ruhe!

Logik!

Er dachte daran, wie er normalerweise an Fallstudien heranging, die viele Kollegen vor ein unlösbares Problem stellten. Ja, er blieb ruhig, das war die Lösung. Er betrachtete die Situation und das anstehende Problem einfach nur und suchte gar nicht erst nach einer Lösung des Problems. Die stellte sich meist von ganz allein ein, wenn man nur ruhig blieb.

Es war immer so.

Denk nach!

Es würde auch jetzt so sein.

Mehr und mehr Bienen strömten durch das Fenster, dessen Glasscheibe nicht mehr da war. Colin fragte sich, ob es überhaupt so viele Bienen in den Rhinns of Galloway gab …

Und dann fiel es ihm ein: *der Feuerlöscher*!

Ja, das könnte funktionieren.

Wenn er die kleinen Mistviecher in Schaum einhüllte, dann würden sie ersticken und, mit ein wenig Glück, niemanden stechen, bevor sie gestorben waren.

Gemäß den offiziellen Brandschutzbestimmungen

musste sich draußen auf dem Korridor ein Feuerlöscher befinden. Jetzt konnte er nur hoffen, dass die *Ancient Mariner's Lodge* eine in dieser Hinsicht vorbildlich geführte Pension war.

Ja, das könnte die Lösung sein, die einzige, letzte, verzweifelte Lösung.

Seine Furcht wurde im Zaum gehalten, auf einmal.

Und jetzt, da er einen Plan hatte, setzte sich Colin Darcy in Bewegung und stürmte schnell zur Tür. Der Schaum, das sagte er sich vor, als sei es ein Mantra, sollte diese Bienen vorerst außer Gefecht setzen, ja, so würde es funktionieren.

Genau so!

Colin Darcy riss die Tür mit einem Ruck auf und sah sich einer Wand aus Bienen gegenüber.

Er taumelte zurück, und sein Verstand versuchte zu fassen, was er da sah.

Nein, das war unmöglich!

Unmöglich!

Der gesamte Korridor vor dem Zimmer war voll von ihnen. Ihr lautes Summen war ein tosendes Geräusch, vergleichbar mit einem Wasserfall, der über einen hereinzustürzen droht. Sie schwebten in der Luft wie winzige Geschosse, die nur darauf warteten, abgefeuert zu werden. Alles war voll mit ihnen. Er sah sich einer Bienenwelt gegenüber, in der es brummte und summte. Der Wind, den die winzigen Flügel verursachten, schlug ihm ins Gesicht.

Herrje, ich kann ihn spüren.

Sie sind so klein, und ich kann ihre Flügel spüren, mitten im Gesicht!

»Was ...?«

Eine hochgewachsene Frau in hellem Kostüm und breitkrempigem Hut stand inmitten der Bienen, und einen Augenblick lang glaubte Colin, gesehen zu haben, dass ihr einige der Bienen aus dem Mund gekrabbelt kamen. Aber das konnte ja nur ein Irrtum gewesen sein.

Ich träume.

Ja, nur das konnte es sein.

Colin kam sich vor, als sei er schon wieder in eine der Geschichten hineingeraten, die seine Mutter zu erzählen pflegte, wenn sie ihn bestrafen wollte. Und einen bangen Augenblick lang fragte er sich, ob sie wieder da war.

Konnte das sein?

War Helen Darcy nie wirklich fort gewesen? War dies alles nur eine Falle gewesen? Für Danny? Für ihn? Eine Rache dafür, dass sie fortgegangen und ihre *einzige* Mutter allein in Ravenscraig zurückgelassen hatten?

Nein, nein.

Nein!

Das hier ist etwas anderes.

Die Frau in Weiß betrachtete ihn. Colin hatte sie nie zuvor gesehen.

Kleine Bienen saßen ihr ruhig auf der Schulter, andere zappelten in ihrem Haar, das grau war und lang und das ihr in sanften Wellen über den Rücken fiel.

»Mr. Colin Darcy?«, fragte sie, als sei es das Normalste auf der Welt, in dieser Bienenwolke zu stehen. Ihre

Stimme klang rauchig und fordernd. Sie war mit Sicherheit niemand, mit dem man spaßen konnte, das spürte Colin bereits im allerersten Augenblick.

Wie angewurzelt stand er da. Langsam begann er zu verstehen, dass das hier die Wirklichkeit war. Das, was er sah, das geschah wirklich, in genau diesem Augenblick.

Du bist mittendrin!

Akzeptiere es einfach!

Nun gut.

Es war also die Wirklichkeit.

Aber warum?

Das war die große Frage.

Auf die er, nebenbei bemerkt, keine Antwort erhielt.

Die surrenden Bienen waren jetzt hier, wo immer sie auch vorher gewesen sein mochten. Sie waren überall in dem Korridor und bedeckten die arme Livia, und es kamen immer noch neue herbei, von woher auch immer. Dies war genau das, was gerade passierte, und da Menschen, die in seltsame Situationen geraten, über die Fähigkeit zu verfügen scheinen, diese außergewöhnlichen Dinge als Wahrheiten zu erkennen, dauerte es nur ein paar Atemzüge, und Colin Darcy akzeptierte, dass er hier war, zusammen mit Hunderten von Bienen und einer seltsamen Frau in Weiß, die ihn ganz offenbar kannte und seinetwegen hierhergekommen war.

»Sie sehen ein wenig verwirrt aus«, sagte die Frau in Weiß, die irgendwie strahlend wirkte, als trüge sie den Sonnenschein, verborgen und versteckt, in den Augen.

Hinter der Frau, die er an einem anderen Ort und ohne all die Bienen um sie herum, als *ältere Dame* bezeichnet hätte, erhob sich eine Wand aus Bienen, die immer dichter und immer noch dichter wurde, selbst dann noch, als er dachte, sie könnte unmöglich *noch dichter* werden. Das Brummen im Korridor und hinter ihm im Zimmer wurde lauter und lauter, als mehr und mehr Bienen ins Haus eindrangen.

Wo kommen die nur alle her?, fragte sich Colin.

Doch die Frage, die er laut stellte, war eine ganz andere.

»Wer sind Sie?«, krächzte Colin, als er seine Stimme wiederfand, und er hätte unzählige weitere Fragen an diese eine anschließen können: Wo kommen Sie auf einmal her? Wer hat Sie in die Pension gelassen? Warum krabbeln Ihnen Bienen aus dem Mund? Woher wissen Sie, wer ich bin? Was, in aller Welt, wollen Sie von mir?

»Ich habe in Ihrem Büro angerufen«, sagte sie, »aber man teilte mir mit, dass Sie fort seien.« Die Frau, deren Gesicht hager und voller Falten war, kam auf Colin zu, und es sah so aus, als trete sie förmlich aus der Wand aus Bienen heraus. »Also bin ich hergekommen.« Sie mochte in ihrer Jugend wunderschön gewesen sein, und eigentlich war sie es immer noch. Sie wirkte aristokratisch und unnahbar, wie jemand, der in den alten Hollywoodfilmen jemand Bösen gespielt hat, aber nicht schon immer so war. »Der Grund meines Besuchs«, sagte sie, »ist rein geschäftlicher Natur, könnte man sagen.« Sie erinnerte Colin an Anne Bancroft, irgendwie. Es war ihr Mund, aus dem die Bienen krochen, der aussah wie der Mund der Schauspielerin.

»Wir müssen miteinander reden«, sagte sie und sah an Colin vorbei ins Zimmer hinein. Dann schnippte sie mit den Fingern. »Die Bienen tun Ihnen nichts.« Sie sagte dies in einem Tonfall, wie Hundebesitzer lapidar betonen, dass ihre Doggen und Pitbulls harmlos sind.

»Das habe ich bemerkt.« Colin wusste nicht so recht, was er mit dieser Bemerkung anfangen sollte, aber sie war auch nicht wichtig. Jedenfalls nicht jetzt. Er sah, dass sich das Bienenknäuel, das Livia befallen hatte, langsam von ihr löste.

Jedes der kleinen Tiere, das eben noch ihren Körper bedeckt hatte, flog jetzt hinauf zur Decke des Zimmers und verharrte dort. Es dauerte nur kurze Zeit, und die Decke war ein einziger schwarz-gelber Baldachin aus Bienenleibern.

Ohne die Frau in Weiß zu beachten, rannte Colin zu Livia, kniete sich neben sie.

Das Friedhofsmädchen von einst hatte die Augen fest geschlossen. Sie atmete ruhig. Abgesehen davon, dass sie nicht bei Bewusstsein war, schien es ihr gut zu gehen.

»Was haben Sie mit ihr gemacht?« Er drehte sich zu der seltsamen Frau in Weiß um. Den Zorn und die Verwirrung in seiner Stimme konnte er nicht vor ihr verbergen.

»Sie schläft nur«, sagte die Frau in Weiß ganz ruhig, »aber keine Angst, sie wird wieder erwachen, wenn wir unser Gespräch beendet haben. Sie müssen sie dann nur küssen, das ist alles.« Sie lächelte, und eine Biene fiel ihr dabei aus dem Mund, landete auf dem Boden und krabbelte zur Tür. »Es ist wie im Märchen. Ein einziger Kuss sollte genügen.«

»Was soll das alles?«

Die Frau in Weiß klatschte leise in die Hände und betrat den Raum. »Es geht, wie immer, nur ums Geschäft.« Ihre Augen, die so blau waren, dass es einen schon fast blendete, ruhten auf Livia, dann wieder auf Colin. »Aber zuerst sollte ich mich vorstellen, nicht wahr?!« Sie lächelte dünn. »Ich bin die neue Eigentümerin von Culzean Castle.« Sie verneigte sich leicht, und Colin fragte sich für einen Moment, ob diese Verneigung altmodisch zu nennen oder einfach nur reinster Spott war. »Ich bin«, sagte sie, »Pandora Redgrave.«

»Colin Darcy«, sagte Colin Darcy.

Zugegebenermaßen verdutzt.

»*Madame* Redgrave«, stellte sie klar, »ist die Anrede, die mir gefällt.«

»Wo kommen all die Bienen her?«

»Keine Angst, die gehören zu mir.«

Na, klasse!

Tolle Antwort!

Colin, der noch immer neben Livia kniete, hielt deren Hand, als könne das etwas bewirken.

»Sie können sich erheben, Mr. Darcy. Die Bienen werden Ihnen beiden nichts tun.« Der Glanz in ihren Augen, der irgendwie *grell* war, wurde zu klirrendem Eis. »Jedenfalls nicht, wenn ich es ihnen nicht sage.« Sie lächelte wieder, ganz gönnerhaft. »Aber das können Sie sich ja denken, nicht wahr?«

Er erhob sich und stand ratlos im Raum.

Hinter ihm bedeckte der Vorhang aus Bienen noch immer das Fenster.

»Sie könnten mir einen Stuhl anbieten«, schlug Madame Redgrave vor.

Colin folgte ihrem Blick zu dem einzigen Stuhl, der vor dem Bett stand.

»Nehmen Sie Platz«, forderte er sie auf. Skurrilerweise kam ihm gerade jetzt in den Sinn, dass Livia gesagt hatte, seine Stimme klinge quakend. Zur Sache tat das allerdings nichts.

Nun denn.

»Vielen Dank.« Die Bienen hinter ihr surrten zufrieden.

Colin setzte sich auf die Bettkante.

Auch der Türrahmen war voller Bienen.

Das ganze Zimmer sah jetzt so aus, als befände man sich im möblierten Inneren eines gigantischen Bienenstocks. Colin wusste mit einem Mal, dass er eingesperrt war und nur die seltsame Frau in Weiß den Schlüssel hatte, der es ihm ermöglichen würde, diese verwunschene Szenerie irgendwann zu verlassen.

»Lassen Sie uns mit der Tür ins Haus fallen«, sagte Madame Redgrave. »Manchmal muss man das tun. Manchmal muss man viele Dinge tun, von denen man nicht gedacht hat, dass man sie einmal tun muss. Manchmal ist *manchmal* ein Wort, das man wirklich häufig benutzen muss.« Sie grinste. »Na ja, manchmal auch nicht.« Sie wartete nicht ab, ob er etwas dazu zu sagen hatte, sondern fiel, wie versprochen, mit der Tür ins Haus: »Ich bin auf der Suche nach Ihrem Bruder, Mr. Darcy. Nach Daniel Darcy, denn er schuldet mir etwas.« Eine Biene kroch ihr über die Stirn. »Alles rein geschäftlich, wenn ich anmerken darf.« Sie zog den Hut vom Kopf, und eine Wolke neuer Tiere erhob sich in die Luft.

Danny hatte etwas mit dieser Frau zu tun gehabt?

Was war hier nur los?

»Ich sehe Ihnen die Verwirrung an, Mr. Darcy. Das ist durchaus nicht ungewöhnlich, seien Sie also nicht verwirrt. Ich bin es gewohnt, dass die Menschen mir gegenüber zuweilen etwas befremdlich reagieren.« Sie lächelte ihr Eislächeln. »Aber lassen Sie mich Ihnen erklären, was geschehen ist.« Sie seufzte, als würde sie bedauern, was passiert war.

»Wo ist Danny jetzt?«, fragte Colin.

»Das«, sagte sie, »sollen *Sie* für mich herausfinden. Deswegen bin ich hier. Ich habe keine Ahnung, wo sich Ihr Bruder in diesem Moment aufhält. Und das ist auch genau das, was er beabsichtigt. Er versteckt sich vor mir, weil er denkt, so seine Schuld nicht begleichen zu müssen.«

»Welche Schuld?« Wovon, in aller Welt, redete diese Frau?

»Es war ein Geschäft, nichts weiter. Ihr kleiner Bruder suchte mich vor wenigen Tagen in New York auf. Jemand hatte ihm meine Adresse genannt. So funktioniert das für gewöhnlich. Jemand, der mit meiner Arbeit zufrieden war oder vielleicht jemanden kennt, der mit meiner Arbeit zufrieden war, *irgendjemand* also gibt meine Adresse weiter, und jemand anders sucht mich auf. Dieser neue Jemand bittet mich um eine Gefälligkeit, und ich nenne ihm den Preis. Der Jemand sieht, dass ich tue, was ich versprochen habe, und dann zahlt auch dieser Jemand.« Sie fauchte mit einem Mal wütend und sah aus wie ein Tier, das richtig hungrig ist. »Daniel Darcy hat den Preis noch nicht gezahlt. Er hat seine Schuld nicht beglichen. Er hat sich davongeschlichen, und ich habe keine Ahnung, wo er steckt.«

»Ich auch nicht«, sagte Colin.

Sie hob die Hand und gebot ihm zu schweigen. »Seien Sie vorsichtig, wenn Sie Dinge sagen wie diese. Manche Menschen kennen die Wahrheit selbst dann nicht, wenn sie ihnen ins Gesicht spuckt. Aber Lüge bleibt Lüge. Das war schon immer so.«

Colin war durcheinander und bemühte sich, der seltsamen Frau in Weiß und ihren Ausführungen zu folgen.

Er versuchte es mit einer Frage. »Was hat Danny denn getan?«

Madame Redgrave beruhigte sich. »Er bat mich darum, seine Mutter zu beseitigen.«

Colin hatte ein Gefühl, als bliebe ihm die Luft in der Kehle stecken.

Das hat er getan?

Es klang beängstigend.

Doch dann kam ihm noch ein Gedanke.

Wow!

Sonst nichts, einfach nur: *Wow!*

»Wie gesagt, er suchte mich in New York auf.« Bevor Colin eine Frage stellen konnte, redete sie einfach weiter: »Ich lebe an vielen Orten, müssen Sie wissen, so ist das nun mal bei mir.« Dann fuhr sie fort: »Er bat mich, Helen Darcy zu beseitigen. Es sei jetzt endlich an der Zeit, das waren seine Worte.«

»Warum?«

»Sie sind doch Brüder. Sie kennen Ihre Mutter besser als ich. Ich habe Ihren Bruder nicht nach einem Grund gefragt, das ist nicht meine Art. Ich wollte nur von ihm wissen, ob er den Preis zu zahlen bereit war, das war alles.« Sie funkelte Colin an. »Sagen Sie, fällt Ihnen kein einziger Grund ein, weshalb er sich Helen Darcys entledigen wollte?«

Colin dachte natürlich an tausend Gründe. Aber keiner davon würde das alles hier rechtfertigen.

»Damit Sie mich nicht falsch verstehen«, fuhr sie fort, »er bat mich nicht darum, Helen Darcy zu töten.« Ein wenig entrüstet fügte sie hinzu: »Ich bin kein Killer, das wäre beleidigend.« Sie fand zu ihrer Ruhe zurück, und Colin bemerkte, dass sich die Bienen so verhielten wie die Frau in Weiß. »Nein, die Menschen suchen mich auf, wenn sie andere Lösungen für ihre Probleme wünschen.« Wenn Madame Redgrave ruhig sprach, dann waren auch die Bienen ruhig. Wurde sie zornig, dann begannen die Schwärme in einem dumpfen, tiefen Ton zu summen.

»Was für andere Lösungen?«, fragte Colin.

»Andere Lösungen.« Das war die Antwort.

Colin schaute hinüber zu Livia.

»Sie schläft«, sagte Madame Redgrave, der sein Blick nicht entgangen war.

Es fiel Colin schwer, Livia nicht helfen zu können. Aber etwas in dem Verhalten der seltsamen Frau in Weiß sagte ihm, dass sie ihr Wort halten und er Livia erwecken könnte, wenn dies alles vorbei wäre. Es war eben alles nur ein Geschäft.

»Was haben Sie getan?«, wollte er von ihr wissen.

Sie betrachtete die wuselnden Bienen, die auf ihrer faltigen alten Hand landeten. »Wie gut, Mr. Darcy, kennen Sie Ihre Mutter?« Die blauen Augen stachen sich in sein Herz, und es fröstelte ihn. »Wissen Sie, *wer* Helen Darcy ist?«

Colin wusste, dass es jetzt an der Zeit war, die Karten auf den Tisch zu legen.

»Wissen Sie, *was* Helen Darcy ist?«

Leg die Karten auf den Tisch.

Wenn nicht jetzt, wann dann?

»Ich weiß, was sie tun kann.«

»Nun gut, das ist doch schon ein Anfang, nicht wahr?!« Madame Redgrave nickte zufrieden und sagte: »Sie ist eine Sherazade, Ihre Frau Mutter, so ist das.«

Colin lauschte wie gelähmt den Worten der Frau in Weiß, und er wusste, dass es die Wahrheit war, die sie aussprach. Colin erkannte es, ja, er erkannte die Wahrheit, wenn sie ihm ins Gesicht spuckte.

»Das, was Helen Darcy erzählt, vermögen andere zu sehen, mehr noch, sogar zu erleben. Sie zaubert ganze Welten mit ihren Worten, das wussten schon die alten Kalifen. Wortwesen wie Ihre Mutter gab es schon immer. Haroun al-Raschid war mit einer Frau wie ihr verheiratet gewesen. Tja, Pech! Doch manchmal sind Geschichten nichts als Lügen, und wie wir alle wissen, sind Lügen manchmal gut und manchmal schlecht. Eine Sherazade, Mr. Darcy, ist ein äußerst mächtiges Wesen. Deshalb konnte Ihr Bruder sie nicht selbst beseitigen. Um einer Sherazade zu begegnen, muss man ganz andere Dinge tun.«

Die Welt um Colin herum begann zu wanken.

Denn der Moment, in dem man etwas Neues über die eigenen Eltern erfährt, kann so schmerzhaft sein, dass er einen von den Füßen zu reißen vermag. Es ist eine Tatsache, ein ungeschriebenes Gesetz des Lebens, dass jeder irgendwann erkennt, dass die Eltern nicht mehr die übermächtigen Wesen sind, als die man sie in seinem bisherigen Leben wahrgenommen hat, solange man ein Kind war. Unverhofft und plötzlich gibt es in jedermanns Leben einen Tag, an dem die Masken fallen und die eigenen Eltern zu schrumpfen beginnen. Man sieht sie als Menschen, von einem Moment auf den anderen, als einfache Menschen, mit all ihren Fehlern und Schwächen, und für ein Kind, das all die Jahre zuvor gottgleiche Wesen vor Augen hatte, ist dieser Tag ein schreckliches Erlebnis, immer, denn nun beginnt das Kind zu zweifeln.

Keiner wusste das besser als Colin Darcy.

Mutter ist eine Sherazade!

Na, klasse!

Alles, was bis zu diesem einen Zeitpunkt gültig war, zerrinnt einem zwischen den Fingern. Es ist fort, auf immerdar. Ein Kind weiß, dass die Eltern einen beschützen, dass, egal, was geschieht, es immer einen Ausweg gibt. Doch dann, mit einem Mal, steht man allein in der Welt, und man begreift, dass, was immer einem die Welt auch anzutun gedenkt, sie dies tun kann und dass man nur mehr aus eigener Kraft aus dieser dunklen Grube hervorkriechen und weiterleben und irgendwo sein Glück finden kann. Man erkennt, dass da keine Eltern mehr sind, die einem die Hand reichen, weil man erwachsen geworden ist.

Eine Sherazade.

Ein Wortwesen.

Diese Augenblicke sind schmerzhafte Momente im Leben eines jeden Menschen.

Und der Augenblick, in dem Colin Darcy die Gewissheit erhielt, dass seine Mutter ein magisches Wesen und den uralten Wurzeln ferner Mythen entsprungen war, konnte mit nichts verglichen werden, was er vorher erlebt hatte.

Es war schockierend.

Unbeschreiblich.

Wow!

Es war ein Witz!

»Sie *ist* eine Sherazade«, betonte Madame Redgrave.

Und Colin murmelte nur: »Ja, ich weiß.«

Denn das stimmte.

Ich habe es schon immer gewusst.

Danny hat es gewusst.

Das war die Wahrheit.

Wie hätten wir es denn nicht wissen können?

Er hatte es gewusst, all die Jahre lang. Natürlich hatte er nicht gewusst, wie er das Wesen, das Helen Darcy schon immer gewesen war, hätte nennen sollen. Er hatte es einfach nur »Mutter« genannt.

»Es ist nicht ungefährlich, sich mit einer Sherazade einzulassen«, sagte Madame Redgrave.

Auch dazu ließ Colin ein leises »Ich weiß« verlauten.

Madame Redgrave lächelte siegessicher. »Daniel Darcy wusste das, als er mich aufsuchte. Im Grunde trieben ihn die gleichen Dinge an, die Menschen immer antreiben, wenn sie mich aufsuchen. Sie sind verzweifelt, weil etwas in ihrem Leben falsch läuft. Dieses gewisse Etwas hat gewöhnlich mit einer gewissen Person zu tun. Und diese gewisse Person war in Ihres Bruders Fall seine Mutter, ganz gewiss, eine Mutter, die vor allem keine gewöhnliche Mutter war, was, nebenbei bemerkt, oftmals schon schlimm genug sein kann. Nein, Helen Darcy war eine Erzählspinnerin, eine Hexe des Wortes, ein Geschöpf der Träume.«

Jeder einzelne Begriff hakte sich in Colins Gedächtnis.

Erzählspinnerin.

Worthexe.

Geschöpf der Träume.

»Was haben Sie mit ihr gemacht?«

Sie lachte. »Ich habe sie auf den Mond geschickt.«

Colin stutzte.

Hatte er das richtig verstanden?

»Sie haben sie auf den Mond geschickt?«

»Sagte ich das nicht gerade?«

»Doch, ja, aber ...«

»Mr. Moon ist kein schlechter Kerl, aber äußerst nachtragend, wenn er nicht entlohnt wird.«

»Mr. Moon?«

»Der Mond. Mr. Moon. Manche nennen ihn auch Ziggy Stardust.«

Colin deutete zur Decke. »Sie meinen«, hakte er nach, »den Mond da oben? Den *richtigen* Mond?«

»Kennen Sie einen anderen?«

»Nein.«

»Dann beantwortet das Ihre Frage wohl zur Genüge, oder?!«

Er nickte. »Ja, natürlich.«

»Mr. Moon hat sie zu sich genommen. Auf mein Bitten hin, versteht sich.«

»Meine Mutter lebt jetzt auf dem Mond?«

»*Im* Mond«, verbesserte ihn Madame Redgrave, »das ist ein kleiner, aber feiner Unterschied.«

Okay, lebt sie eben *im* Mond, dachte Colin.

»Mr. Moon«, Madame Redgrave musste leise kichern: »Ziggy.« Sie sah auf einmal wieder jung aus, fand das anscheinend lustig. Dann fuhr sie fort: »Mr. Moon, das sollte ich erwähnen, ist ein zuweilen recht wankelmütiger ... Mann. Das ist eben so, wenn sich jemand unglücklich verliebt. Und das ist ihm passiert, was nicht schön ist, sich aber nicht ändern lässt.«

Mr. Moon – Ziggy?! – war unglücklich verliebt?

»Eine tragische Geschichte«, holte Madame Redgrave aus, »wie sie die Dichter aus alten Zeiten nicht besser hätten schildern können.« Sie griff sich ins graue Haar und betrachtete die Bienen, die jetzt an ihren Fingern klebten und ihre Flügel streckten. »Mr. Moon lernte Lady Sunshine auf einer Party des Monats Oktober kennen. Es war Liebe auf den ersten Blick, ja, so kann man es sagen. Aber, wie man weiß, die beiden lebten an Orten, die so weit voneinander entfernt waren, dass eine ernsthafte Beziehung von Anfang an zum Scheitern verurteilt war. Die beiden trafen sich auf den Partys der Monate, aber Sie werden mir zweifelsohne zugestehen, dass es nicht besonders förderlich für eine Beziehung ist, wenn man sich nur zwölfmal im Jahr zu Gesicht bekommt.« Das gleißende Licht, das in ihren Augen so grell war, wurde zu einem Flackern, ganz kurz nur.

»Was ist passiert?«

Colin fragte sich, was dies alles mit seiner Mutter zu tun hatte und in welchen Schlamassel Danny da hineingeraten war.

»Lady Sunshine hatte ein Techtelmechtel mit dem Monat Mai, und Mr. Moon tröstete sich mit dem Monat April.« Sie zog ein Gesicht. »Das war es dann. Schluss, aus, vorbei.« Sie seufzte, und eine Biene flog ihr aus dem Mund. »Um eine lange Geschichte kurz zu machen: Mr. Moon ist kein lustiger Geselle. Er ist niemand, dem das Glück der Sterblichen am Herzen liegt. Er lebt in seiner Welt, und manchmal, ja manchmal, da ist er mir zu Diensten, wenn ich mit einer Bitte an ihn herantrete.«

»Meine Mutter ist also bei Mr. Moon.« Wenn man es erst einmal laut aussprach, dann klang es, fand Colin, ziemlich bescheuert.

Madame Redgrave, die nicht fand, dass es sich bescheuert anhörte, sagte jedoch: »Es ist kompliziert, denn der Preis, den zu zahlen Mr. Moon einem abverlangt, wurde noch nicht entrichtet.« Die Biene auf ihrem Kinn surrte zu den anderen. »Wenn jemand wie Ihr Bruder zu mir kommt, damit jemand wie Ihrer beider Mutter vom Angesicht der Erde getilgt wird, dann tut er das wohl kaum, weil er die Person, die verschwinden soll, besonders gern hat. Jetzt stellen Sie sich vor, dass Ihre Mutter und Ihr Bruder gemeinsam im Mond zu leben gezwungen wären.«

»Jeder von beiden wäre des anderen Hölle.«

Sie schnippte mit den Fingern. »Genau das ist es, woran sich Mr. Moon ergötzt.«

»Hat er sonst nichts zu tun?«

»Er kümmert sich um die Gezeiten und vergleichbare Dinge. Das andere ist sein Zeitvertreib, sozusagen.«

Erschrocken erkannte Colin, welches der Preis war. »Danny war dazu bereit gewesen, selbst in den Mond zu gehen und Mutter Gesellschaft zu leisten.«

»Ja und nein«, antwortete die Frau in Weiß. »Ja, weil er behauptete, dass er dazu bereit war, und nein, weil er verschwunden ist, nachdem er wohl erkannt hat, dass er es doch nicht will.«

»Er hat sich verdrückt?«

»Hat er.«

Das sah Danny nicht ähnlich.

Oder doch?!

Warum hatte er das überhaupt machen wollen? Was hätte er selbst davon gehabt?

Nichts, rein gar nichts!

Nichts hätte er davon gehabt.

Warum also, in aller Welt, hatte er etwas so Dummes getan?

»Was hat das mit mir zu tun?«, wollte Colin wissen.

Madame Redgrave sagte mit Nachdruck: »Ihr Bruder sollte den Preis entrichten, doch dann ist er verschwunden.«

»Passiert Ihnen das öfter?«

Jetzt wirkte sie verärgert. »Normalerweise nicht.«

»Aber?«

»Niemand kann sich vor mir verstecken. Aber Ihr Bruder hat es trotzdem geschafft.«

»Und wie hat er das angestellt?«

»Er besitzt die gleiche Gabe, die auch Sie besitzen, Mr. Darcy. Sie sind beide die Söhne Helen Darcys. Und bei Ihrer beider Geburt hat eine Dschinni Sie beide mit einem Kuss bedacht.«

Herrje, die alte Geschichte. Sie stimmte also doch!

»Eine Sherazade ist ein Wesen aus einer Oase, wussten Sie das nicht?«

»Ich dachte immer, Mutter sei aus Haddington.«

Die Frau in Weiß musste lachen. »Ja, so ist das manchmal.« Dann kehrte sie zum Thema zurück. »Im Grunde genommen ist das Problem, das mich hergebracht hat, ganz einfach. Die meisten Probleme sind immer und überall ganz einfach, das liegt in der Natur von Problemen, Sie wissen das, alle Menschen wissen das, aber nur die wenigsten erkennen es auch.« Sie seufzte und schaute ins Bienenfenster hinein, in dem nichts zu sehen war außer Bienen. »Mr. Moon verlangt es nach dem Preis, Ihr Bruder ist verschwunden, weil er den Preis nicht zahlen will, und Mr. Moon ist jetzt, verständlicherweise, will ich meinen, recht ungehalten.«

Colin machte einen Vorschlag, der ihm selbst irgendwie gar nicht gefiel: »Er könnte meine Mutter wieder freilassen.«

»Das geht nicht.«

»Warum?«

»Es geht eben nicht. Die Ewigen sind da sehr eigen. Geschäft ist Geschäft.«

»Hm.«

»Wenn er sie wieder freiließe, dann wäre das ...«, sie suchte nach einem geeigneten Wort für das, was dann passieren könnte, »... nicht gut.« Sie schüttelte den Kopf. »Nein, gar nicht gut. Sie ist eine Sherazade, und es wäre für Sie, Mr. Darcy, und auch für Ihren Bruder – und eventuell auch für mich – keine erstrebenswerte Lösung.«

Livia stöhnte leise auf.

»Schlechte Träume«, kommentierte Madame Redgrave das Geräusch.

Colin ging nicht darauf ein. »Wie kann *ich* Ihnen helfen?«

Madame Redgrave brachte es auf den Punkt: »Sie müssen Ihren Bruder finden, denn nur *Sie* können das tun. Wenn jemand herausfinden kann, wo er sich versteckt hält, dann sind das Sie.«

»Und was werden Sie dann mit ihm tun?«

»Ich werde ihn Mr. Moon überlassen.«

»Warum sollte ich es dann tun?«, fragte Colin. »Ich habe mit diesem Geschäft nichts zu tun.«

Warum sollte er seinen Bruder verraten?

»Sie sollten es tun, weil Sie diese Frau dort drüben lieben«, sagte die Frau in Weiß.

Das war der Moment, in dem Colin die Biene bemerkte, die auf Livias Arm lag. Sie rührte sich nicht, die kleine Biene, und es gab nur einen Grund dafür, dass sie sich nicht rührte.

»Meine Bienen«, sagte Madame Redgrave, »sind meine Kinder. Es sind beileibe keine gewöhnlichen Bienen.« Sie lächelte süffisant und entblößte dabei schneeweiße Zähne. »Sie sind etwas ganz, ganz Besonderes.«

»Was hat sie getan?«

»Die kleine Biene?«

»Wer sonst?«

»Sie hat sich geopfert, für mich.«

»Was heißt das?«

»Für Sie, Mr. Darcy?«

»Ja.«

»Und das Mädchen?«

»Verdammt noch mal, jetzt reden Sie schon!«

»Ein Gift rinnt durch ihre Adern, was nicht besonders gut ist.« Die alten Augen funkelten. »Aber auch nicht besonders schlecht, denn es steht in meiner Macht, Livia zu heilen.« Sie sah Colin tief und fest in die Augen und betonte: »Wenn – ich – es – will!«

Alles in Colin verkrampfte sich.

Er hatte verstanden.

Ihre Worte, so kühl und berechnend, waren ihm wie ein Schlag ins Gesicht gewesen. »Sie stellen mich vor die Wahl, meinen Bruder zu verraten oder die Frau, die ich liebe, sterben zu lassen.«

»So läuft das Spiel, Sie haben es erfasst.«

»Das ist nicht fair.«

»Es ist mir egal, ob es fair ist oder nicht. Das sind die Regeln, und nach diesen Regeln wird gespielt.«

»Und wenn ich diesen Preis zu zahlen bereit wäre?« Er hob die Hände. »Es ist nur eine Frage.«

Sie musterte ihn wie eine Spinne die Fliege im Netz. »Würden Sie das tun?«

»Nein.«

»Das dachte ich mir.«

»Aber ich könnte es tun.«

»Jemand, der ist wie Ihr Bruder, könnte es tun, ja.« Sie seufzte und rieb sich das Licht aus den Augen. »Aber jemanden zu finden, der es freiwillig tut, ist ... schwierig.«

Sie hob den Blick. »Um ehrlich zu sein, Mr. Darcy, es ist noch niemals vorgekommen, dass jemand den Preis für jemand anderen gezahlt hat. Sie sollten sich diesbezüglich keine Hoffnungen machen. Denn Hoffnung ist eine wertvolle Mahlzeit, die man nicht leichten Herzens essen sollte.«

Colin nickte.

Er hatte verstanden.

Oh, Danny, du hast richtig Mist gebaut.

»Wenn Sie Ihren Bruder suchen, wo immer er sein mag, ihn dort finden und dann zu mir bringen«, sagte sie, »dann ist uns allen geholfen. Das, Mr. Darcy, ist der einfachste Weg, die Dinge zu regeln.«

Denn sonst kehrt die böse Sherazade zurück, und das ist nicht gut, nein, das ist für alle ganz, gaaaaanz schlecht.

»Und wie soll ich das anstellen? Ich meine, ich habe nicht die geringste Ahnung, wo Danny stecken könnte.«

Sie wird Geschichten erzählen, und keiner wird aus diesen Geschichten mehr herausfinden.

Die böse, böse Sherazade.

Madame Redgrave erhob sich und zog den Hut wieder auf, langsam, bis ihr Gesicht zur Hälfte im Schatten lag. »Wenn Sie am Wohlbefinden Ihrer kleinen Freundin hier interessiert sind«, zischte sie, »dann wird Ihnen, da bin ich mir sicher, schon etwas einfallen.« Sie schnippte mit den Fingern, und ein lautes Tosen erfüllte den Raum. Jede einzelne kleine Biene, mit Ausnahme der einen, die Livia gestochen hatte, erhob sich in die Lüfte.

»Wie finde ich Sie?«, fragte Colin, der vom Bett aufstand und sich neben Livia kniete.

»Sagte ich das etwa nicht? Culzean Castle ist jetzt mein Heim.« Sie breitete die Arme aus. Gelb-schwarze Wolken umschwärmten sie. »Der Mond wird Sie auch zu mir führen. Er ist überall daheim, wissen Sie, in allen Welten.« Colin konnte schon wieder den Wind spüren, den all die winzigen Flügel erzeugten. »Sie werden es tun, Mr. Darcy. Sie werden Ihren Bruder finden und ihn zu mir bringen.« Sie deutete mit dem Finger, der voller Bienen war, auf Livia. »Sonst wird Ihre Freundin bald schon sterben.« Bei diesen Worten stürzten sich die Bienen auf die Frau in Weiß, und als sich die Wolke aufgelöst hatte, da war Madame Redgrave verschwunden.

»Das hat mir noch gefehlt«, grummelte Colin.

Was hatte sie gesagt? Er solle Livia einfach nur küssen, als sei dies ein Märchen?

Er hoffte nur, dass Madame Redgrave ihn nicht angeschwindelt hatte.

Er betrachtete Livia.

Sie atmete, ruhig, gerade so, als schliefe sie nur.

Sogar das Fensterglas war wieder da. Draußen konnte man die Lichter im Hafen erkennen und die Dächer der anderen Häuser unten in Portpatrick. Es war alles so, wie es immer gewesen war, so, wie es sein sollte. Aber da war die tote Biene, die neben Livias Arm lag, regungslos. Und auf dem Arm hatte sich die Haut zu einem winzigen Mal verfärbt. Es hatte die Form einer winzigen

Wabe, die manchmal ihren Umriss zu verändern schien und sich rot von der Haut abhob.

»Livia!«

Sie regte sich nicht, zuckte nur mit den Lidern.

Colin musste an den Kuss unter dem Mistelzweig denken, an all die Dinge, die er ihr damals nicht gesagt hatte, an Black Head und den Zauber, der dort atmete, an den Galloway Graveyard und daran, dass er sich nicht mehr vorstellen konnte, ohne sie zu sein.

Er beugte sich über sie, bis ihr Atem seine Lippen streifte. Dann küsste er sie, und seine Hand lag an ihrem Haar, das so weich war wie der Duft einer Sommernacht.

»Livia«, flüsterte er erneut.

Zuerst blinzelte sie nur zögerlich, dann öffnete sie die Augen. »Hab ich was verpasst?«, fragte sie.

»Nicht wirklich«, antwortete er und nahm sie in die Arme und küsste sie noch einmal.

Sie spürte einen leichten Schmerz. »Was ist das?« Sie berührte die Wabe auf ihrer Haut, die zu atmen schien.

Colin erklärte es ihr.

Er erzählte ihr alles. Angefangen bei den vielen Bienen, erzählte er von Mr. Moon und Lady Sunshine, von Madame Pandora Redgrave und von allem anderen auch.

Es war kompliziert, so viel war klar.

Und dann tauchte auch noch der Constable in der *Ancient Mariner's Lodge* auf, völlig unverhofft, wie es der Polizisten Art sein kann, nicht wegen der Bienen, nein, sondern wegen beunruhigender Neuigkeiten, die etwas mit Colin Darcys London-Leben zu tun hatten. Und obwohl sich die Schlinge um Colin Darcys Hals nun immer enger zu ziehen begann, summte er während des Gesprächs mit Constable Plummer im Geiste jenes Lied, das ihnen das Orakel im Radio geschenkt hatte: *Summer Vine*.

Siebentes Kapitel

in dem Colin Darcy nach Rio Bravo geht,
Livia ihn begleitet und
viele Dinge ins Rollen kommen,
so oder so

Als es an der Tür klopfte, da rechnete Colin fast schon damit, dass die mysteriöse Frau in Weiß zurückkehrte, weil sie etwas Wichtiges zu sagen vergessen hatte. Stattdessen stand Constable Plummer im Korridor, was ein ebenso überraschendes Bild war wie jenes, das Madame Redgrave inmitten ihrer Bienen gezeigt hatte.

»Wie gut, dass ich Sie hier treffe«, begrüßte der Constable die beiden Anwesenden. »Wissen Sie, normalerweise treibe ich mich um diese Uhrzeit nicht mehr in der Gegend herum, aber heute will ich eine Ausnahme machen.«

Colin überlegte sich nicht wirklich, ob das jetzt gut oder schlecht war.

»Sie fragen sich jetzt sicher«, sagte er und betrat das Zimmer, »was es ist, das mich zu dieser Stunde herkommen lässt.« Er nahm sich den Stuhl und bot Colin und Livia an, sich auf die Bettkante zu setzen. »Wir sollten reden«, meinte er, und der väterlich fürsorgliche Tonfall, den seine Stimme plötzlich annahm, gefiel Colin ganz und gar nicht.

»Haben Sie etwas herausgefunden?«

Er zog eine Augenbraue hoch. »Herausgefunden?«

»Was das Verschwinden meiner Mutter angeht.«

»Oder Ihres Bruders«, fügte er hinzu.

»Ja, natürlich, oder meines Bruders.«

Er schüttelte den Kopf. »Nein, leider nicht.«

»Was führt Sie dann her?«

Er lächelte Livia zu. »Es hat auch nichts mit Ihrem Führerschein zu tun«, stellte er klar.

Sie schenkte ihm ein starres Lächeln.

»Nein, Mr. Darcy, ich habe vor einer Stunde einen Anruf bekommen.« Er seufzte, als fiele es ihm schwer, darüber zu reden, was natürlich Blödsinn war. »Von jemandem aus London, den Sie kennen.« Er beobachtete Colin genau, als er sagte: »Kennen Sie einen Inspektor McGuffin?«

»Ja.«

»Mit ihm habe ich telefoniert.«

»Und?«

»Wussten Sie, dass er in Leytonstone geboren wurde?«

»Nein.«

Wusste er nicht.

»Ich hatte mal ein Mädchen aus Leytonstone, damals, als ich noch ein junger Kerl war. Ihr Vater war Fleischer und ...«

Colin fragte sich, was das alles mit ihm zu tun hatte.

Die Antwort war offensichtlich.

Nichts!

»Können Sie zur Sache kommen?«

»Entschuldigen Sie, wenn ich abschweife«, sagte der Constable, »aber es ist interessant, finde ich, wie eng die

Dinge manchmal beieinanderliegen. McGuffin hat die Computer in Ihrem Büro untersuchen lassen, wissen Sie.« Die Haifischaugen funkelten wieder, und Colin fühlte sich mit einem Schlag unwohl, obwohl er gar nicht wusste, warum eigentlich. Vielleicht lag es an der einfachen Tatsache, dass es nichts Gutes bedeuten konnte, wenn der alte Constable sich hier draußen in Portpatrick zu dieser Stunde blicken ließ, um mit ihm über sein London-Leben zu reden.

»Hat man etwas herausgefunden?«

Der Constable sah ihn an, nur das. Schaute ihn an und wartete. »In der Firma, mit der Sie arbeiten, geht es ja mächtig rund zur Zeit«, sagte er schließlich.

»Ich weiß«, sagte Colin Darcy, und plötzlich fiel ihm auf, wie sehr er sein London-Leben zu vergessen begann. Je mehr er sich an das erinnerte, was früher einmal gewesen war, umso mehr trat das Leben, das er während der letzten Jahre geführt hatte, in den Hintergrund.

»Das mit Ihrem Kollegen, Dr. Sedgwick, tut mir leid.«

»Ja.« Colin spürte den Kloß im Hals, den er fast schon vergessen hatte.

»Sie haben sich hin und wieder E-Mails geschrieben?«

»Wie meinen Sie das?«

»Geschäftlich, natürlich.«

»Ja.«

»Auch an dem Tag, an dem Dr. Sedgwick den Unfall hatte?«

Colin überlegte.

Das liegt alles erst zwei Tage zurück. Vor zwei Tagen war Arthur noch am Leben.

»Nein«, antwortete Colin, »soweit ich mich erinnern kann, habe ich ihm keine Mail geschrieben.«

»Soweit Sie sich erinnern können?«

»Ja.«

»McGuffin hat sehr wohl eine Mail entdeckt.«

Colin starrte ihn an. »Die ich geschrieben habe?«

Der Constable nickte. »Die Sie geschrieben haben.«

»Wann?«

»Zwei Stunden, bevor Dr. Sedgwick das Büro verlassen hat.«

Was ging hier vor?

»Ist alles in Ordnung?«, wollte Livia wissen.

»Nein«, sagte Colin, »ich glaube, nicht.«

»Die Mail wurde von Ihrem Computer verschickt.«

»Das kann nicht sein. Ich bin früher losgefahren, weil ich ...« Er stockte und sagte: »Weil ich einen Termin in der City hatte.« Shila Friedman, die so schnell Vergangenheit geworden und gleichzeitig in Vergessenheit geraten war, hatte dort auf ihn gewartet.

»Sind Sie sicher?«

»Ja.«

»Jemand hat aber gesehen, wie Sie in Ihrem Büro gewesen sind. Zu der Zeit, als die Mail verschickt wurde.«

»Das kann nicht sein.«

»Nein?«

Colin schüttelte den Kopf. »Nein«, sagte er empört. »Wer soll das gewesen sein?«

»Wer Sie gesehen hat?«

»Genau!«

»Miss Duncan, die Sekretärin.«

»Rachel?«

Er dachte nach. »Ja, ich glaube, McGuffin hat diesen Namen genannt.«

Das ist doch nicht möglich.

Colin war durcheinander. Er hatte das Gefühl, dass beide Leben, die er geführt hatte, sein Portpatrick-Leben und sein London-Leben, immer mehr kollidierten.

Ich war um diese Zeit nicht mehr in meinem Büro, ich weiß es, ich bin mir sicher. Ich bin mit der U-Bahn in die City gefahren und habe Shila getroffen. Shila Friedman, die mir von einem Fall erzählt hat und essen gehen wollte. Ich habe nichts von dem getan, was angeblich passiert ist. Und schon gar nicht habe ich eine Mail an Arthur Sedgwick geschrieben.

»Colin?«

Er spürte Livias Hand, die seine ergriff, kurz drückte und dann wieder losließ.

»Rachel hat mich gesehen?«

»Sie hat sogar mit Ihnen gesprochen.«

»Was habe ich denn gesagt?«

Ich habe Rachel gegenüber erwähnt, dass ich mich mit Shila treffe und noch einige Dinge zu erledigen habe, dass ich bis zum späten Abend nicht mehr erreichbar sein würde und dass sie mich, sollten schwerwiegende Probleme in der SigmaCom-Sache auftreten, aber auch später durchaus noch anrufen könnte.

»Sie müssten noch einige Daten überprüfen.«

»Hm.«

»Stattdessen haben Sie wohl die Mail an Ihren Kollegen geschrieben und das Büro dann wieder verlassen.«

»Hat sie das gesagt?«

»Miss Duncan?«

»Wer sonst?«

»Ja, das hat sie gesagt. Sie hat sich gewundert, weil Sie nicht mehr als zehn Minuten dort geblieben sind.«

»Dann bin ich wieder gegangen?«

Er nickte.

»Worum ging es in der Mail?« Colin spürte es ganz deutlich, ja, er spürte, dass irgendjemand ihm eine Schlinge um den Hals gelegt hatte und sich die Schlinge enger und enger zog und er nicht die geringste, kleinste, winzigste Ahnung hatte, was hier los war.

»Sie baten Dr. Sedgwick, Sie in einem Café in der Wandworth Road zu treffen, etwa in einer Stunde. Das passt dann auch zu dem Zeitpunkt, zu dem Dr. Sedgwick die Firma verlassen hat.«

»Ich wollte ihn treffen?«

»Sagte McGuffin. So stand es in der Mail.«

»Weswegen?«

Er kramte einen Zettel aus seiner Hosentasche und las: »SigmaCom, so heißt die Firma. Ja, wegen irgendetwas, was mit SigmaCom zu tun hat.« Der Constable fixierte Colin. »Das sagt Ihnen doch etwas, oder?«

»Ja, SigmaCom ist ein wichtiger Kunde.«

»Der einige Probleme hat?«

Er nickte. Dem Constable das alles zu erklären würde nichts nützen.

»Stimmt es, dass Dr. Sedgwick maßgeblich an den Projektarbeiten für SigmaCom beteiligt war?«

Colin spürte die Schlinge an seinem Hals. »Ja, das war er.«

»Und Sie waren Freunde?«

»Ja.«

»Und jetzt ist er tot.«

Meine Güte, was sollte das denn? »Ja!«, schrie er ihn fast an.

»Kurz vor seinem Unfall hat er sich noch mit Ihnen in dem Café getroffen?«

»Nein.«

»Dort hat man Sie aber gesehen.«

Colin starrte ihn an.

Was ging hier vor? Er war niemals dort gewesen. Mit aller Macht griff sein London-Leben nach dem neuen Leben, das er, ja, er gestand es sich in eben diesem Augenblick ein, hier in Portpatrick zu finden hoffte. Ein Leben mit Livia.

»Wer hat mich gesehen?«

»Andere Gäste.«

»Das ist unmöglich.«

»Das sagen sie immer.«

»Wer?«

»Verdächtige.«

»Wessen verdächtigt man mich?« Das konnte doch nicht wahr sein.

»Das Café heißt *Kennington's Coffee.* Sagt Ihnen der Name etwas?«

»Nein.«

»Sie hätten sich gestritten, und dann sei Dr. Sedgwick losgefahren. Wie wir wissen, kam es dann zu dem schrecklichen Unfall.«

Colin saß nur da, und ihm schwindelte, die ganze Welt kippte um. Er hörte die Worte des alten Constable, und zwischendrin erklang die Melodie, die Livia und ihm allein gehörte: *Summer Vine*.

»Die Bremsschläuche des Wagens, den Dr. Sedgwick gefahren hat, waren durchtrennt worden.«

Das, was der Constable noch alles sagte, nahm Colin schweigend und hilflos hin.

»Peter Randall, der, glaube ich, etwas zu sagen hat in Ihrer Firma, hat McGuffin mitgeteilt, dass jetzt, nach Dr. Sedgwicks Unfall, Ihnen die Projektleitung übertragen wird.«

»Sie glauben, dass ich für Arthurs Tod verantwortlich bin, weil ich den Job haben wollte? Sie sind doch verrückt!« Er spürte, wie ihm die Stimme langsam versagte, und er spürte auch, wie ihm Tränen der Wut und der Trauer in die Augen stiegen.

»*Ich* glaube das nicht«, sagte der Constable, »*McGuffin* glaubt es. Er hat mich gebeten, Sie im Auge zu behalten.« Er faltete die Hände. »Das ist alles. Trotzdem, Mr. Darcy, es fällt auf, dass viele seltsame Dinge passieren und dass diese vielen seltsamen Dinge alle mit Ihnen zu tun zu haben scheinen. Das ist so.« Der stechende Blick wurde noch stechender. »Das macht mich«, gab er ehrlich zu, »doch etwas stutzig. Ich bin Polizist, und ich bin schon lange Polizist, und ich habe eine Nase dafür, wenn etwas nicht stimmt. Und etwas, Mr. Darcy, stimmt bei Ihnen ganz und gar nicht.«

»Was soll ich jetzt tun?«

»Am besten, Sie tun gar nichts.«

»Was soll das heißen, ich soll gar nichts tun?«

»Verhalten Sie sich ruhig.«

»Ruhig?« Als hätte er jemals für Unruhe gesorgt.

»Erledigen Sie alles, weswegen Sie hergekommen sind«, sagte er, und dann bedachte er Livia mit einem abschätzigen Blick. »Aber lassen Sie es mich wissen, wenn Sie nach London zurückfliegen. Oder wenn Sie sonst wohin fahren. Ich habe Sie im Auge, das ist alles. Das sollten Sie wissen.« Er stand auf und ging zur Tür. »Ach ja, und ich werde Mr. Peabody erneut aufsuchen und ihm einige Fragen stellen, die vielleicht Licht in den anderen Fall bringen, in den Sie auch verwickelt sind. Irgendwie.«

Colin hob resigniert die Hand. »Danke fürs Herkommen«, sagte er nur.

Constable Plummer nickte ihm bloß zu und verließ das Zimmer.

Und sobald er draußen war, überschüttete Livia Colin mit Fragen, die er allesamt nur mit einem »Ich weiß nicht!« oder einem »Keine Ahnung!« oder einem gegrummelten »Hm!« beantworten konnte.

Etwas stimmt hier nicht. Und es hat alles miteinander zu tun, da hat der Constable recht. Etwas geht hier vor, und ich habe nicht die geringste Ahnung, was es sein könnte, und es macht mich rasend, weil irgendjemand nicht nur ein einziges Leben zerstören will, sondern alle Leben, die ich habe.

»Was immer auch war«, sagte sie, »ich glaube dir.«

»Das ist ein einziger Albtraum.« Rachel war zuverlässig, wie konnte sie nur behaupten, er sei noch einmal im Büro gewesen? Und wieso hatten ihn die anderen Gäste des Cafés erkannt? Er war niemals dort gewesen, nie und nimmer.

»Lass uns hier abhauen«, schlug Livia vor.

Colin, der nichts, aber auch wirklich gar nichts, dagegen einzuwenden hatte, nahm seine große Tasche und folgte Livia nach draußen.

Die enge Schlinge, die so heimlich um seinen Hals gelegt worden war, spürte er noch immer. Livias Hand, die ihn festhielt, aber auch. Und genau das war der schöne Gedanke, den er gerade jetzt so dringend brauchte.

Sie fuhren nach Black Head zurück, und als die Nacht über die Rhinns of Galloway kam, da schliefen sie nebeneinander in dem großen Bett ein, und draußen prasselte leichter Regen auf das Dach der Kate. Colin schlief unruhig, doch wenn er wach wurde, lag Livia neben ihm und sagte etwas, was er nicht verstand, weil er sich in jenem Grenzgebiet zwischen Wachen und Schlafen bewegte, in dem man Worte nur selten, dafür aber in Nähe einzutauchen versteht.

Er träumte von Arthur Sedgwick und dann von der Beerdigung seines Vaters und den gelben Bändern, die

Danny und er an die Äste der Eichen gebunden hatten. Die Band, die Danny in einem der wenigen Pubs von Stranraer engagiert hatte und deren erster Gig auf einem Begräbnis dies war (und dazu, sollte man sagen, mit nur einem einzigen Lied), bestand aus vier Musikern mit langen Bärten und ebenso langen, fettigen Haaren. Sie trugen Cordhosen mit Karomuster und nannten sich *A Dying Sailor and his Shipmates*, so ähnlich wie in dem Song. Ihr Repertoire umfasste alte Seemannslieder, doch an diesem Tag sangen sie ausschließlich und mit Gesichtern, die keinen Zweifel daran ließen, wie sehr sie dieses eine Lied verachteten, *Tie a yellow ribbon round the ole oak tree*. In Colins Traum flatterten darüber hinaus allerlei bunte Vögel zu der Melodie zwischen den Gräbern herum und schnappten sich flink und gierig die gelben Bänder, die sie in ihren Schnäbeln von dannen trugen, sodass der Himmel gelbgrau gestreift aussah, irgendwie.

Colin erwachte, als der Morgen bereits graute. Das Bild der Vögel war noch immer greifbar, ebenso das Lied.

Livia saß neben ihm.

»Du schaust mir beim Schlafen zu?«

Sie strich ihm durch die Locken. »Ich schaue dir beim Träumen zu.«

Colin schloss die Augen erneut und fragte sich, was der kommende Tag ihm bringen würde. Den ganzen Abend hatte er gegrübelt und sich den Kopf darüber zerbrochen, was er nun tun sollte. Man verdächtigte ihn in

London, seinen Freund umgebracht zu haben, man verlangte von ihm, seinen Bruder zu finden.

Das ist alles zu viel.

Einfach viel zu viel.

Livia hatte noch Pistazien und Rotwein in der Kochecke, die sie wie eine richtige Küche behandelte, fürs Abendessen gefunden.

»Ich bin keine besonders gute Köchin«, hatte sie gesagt, »aber ich kann improvisieren.«

Zu den Pistazien und dem Rotwein hatte sie Schafskäse serviert und Weißbrot. Dazu hatte sie eine alte Platte von Emmylou Harris aufgelegt und danach, einmal auf den Geschmack gekommen, die einzigartige *Desire* von Bob Dylan.

Colin hatte es genossen und dann irgendwann versucht, nicht mehr an den Tag zu denken. Er hatte das getan, worin er gut war: Er hatte die Dinge, die ihn bedrückten, für den Augenblick verdrängt. Und, ja, es funktionierte noch immer.

Sogar jetzt.

Und hier.

Gerade hier.

Dann hatte Livia für ihn gesungen, zuerst *One more cup of coffee*, *One of these days* und *Wayfaring stranger*. Am Ende noch ein ganz leises *Save the last dance for me*.

Jetzt, am Morgen, betrachtete Colin das wabenförmige Mal auf ihrem Arm. »Tut es weh?«

»Nein, gar nicht.«

»Wir werden Danny finden«, versprach er ihr.

Und Livia sagte: »Ich weiß.«

Ein ähnliches Gespräch hatten sie schon am Abend geführt, vor dem Rotwein und vor den Pistazien. Der Raum war bis zur hohen Decke mit Fragen vollgestopft gewesen.

Und Antworten hatten nicht einmal die Lieder gebracht. Warum war Danny nach Schottland gekommen? Warum hatte er diese seltsame Frau in New York aufgesucht? Warum, warum, warum? Das alles passte doch eigentlich gar nicht zusammen.

»Glaubst du, es ist wirklich alles so passiert?«, hatte Livia ihn im Rover gefragt.

»Ja.« Die Bienenfrau, davon war er überzeugt, hatte wirklich all diese Dinge zu ihm gesagt.

Julie McAllister, die den ganzen Abend über unten an der Rezeption gestanden hatte, hatte sich allerdings weder an die Frau in Weiß noch an die mysteriöse Sache mit den tosenden Bienenschwärmen erinnern können. Als Colin und Livia sie darauf angesprochen hatten, da hatte sie nur skeptisch belustigte Blicke für die beiden übrig gehabt, nichts weiter.

Also hatten sie geschwiegen.

Colin hatte die Rechnung bezahlt, die Tasche mit seinen Sachen hinten in den Rover geworfen, und keine halbe Stunde später waren sie wieder in Black Head gewesen.

»Daheim!«, sagte Colin, als er den Raum betrat, und erst *als* er es gesagt hatte, wurde ihm bewusst, *dass* er es gesagt hatte und, noch viel später, *was* es bedeutete.

Es war nur ein einziges kleines Wort, aber es bedeutete alles!

Livia hatte es gehört, als er es gesagt hatte, und sie hatte auch gehört, *wie* er es gesagt hatte.

»Du hast es nicht wie jemand gesagt, der sich in ein Mädchen verliebt hat und es einfach nur so dahinsagt, weil er die Nacht mit dem Mädchen verbracht hat und findet, dass es sich gut anhört, es zu sagen. Du hast es gesagt wie jemand, der gerade nach Hause kommt und der weiß, dass es so ist.« Und eben das war der Moment gewesen, in dem sie die Platte aufgelegt und zu singen begonnen hatte: *Making believe*.

»Ich singe gern, aber nur, wenn es mir gut geht«, hatte sie erklärt.

»Ich singe nie.«

»Du quäkst ja auch.«

»Tu ich das wirklich?«

»Es klingt sexy.«

»Ach ja?!«

»Ja.«

Sie hatten gegessen und nach einer Weile nicht mehr über Danny und Madame Redgrave und all das gesprochen. Livia hatte ihm geschildert, wie sie damals auf der Beerdigung von Archibald Darcy gewesen war. Sie erzählte so viele Dinge, dass Colin sie gar nicht alle behalten konnte. Aber er war froh, ihre Stimme zu hören, und es war eigentlich egal, was sie sagte, denn es war Livia, die es sagte. Dann, irgendwann, hatten sie beide laut zu lachen begonnen, weil es das Leben einfach erträglicher machte, gerade in Situationen wie dieser. Sie hatten jede Menge Rotwein getrunken, und dann hatte sogar Colin spontan *Hurricane* und *Mozambique* mitgesungen, sehr zu Livias Vergnügen.

Schließlich waren sie beide müde und gingen schlafen.

Es gab keinen lauten Sex und auch keinen leisen, keinerlei Gespräche, nur eine Decke, unter die sie beide krochen, und Schlaf, der in ihrer beider Augen geträufelt wurde wie flüssiger Sand.

Livia summte noch die ersten Takte von *Whatever will be, will be*, doch dann verstummte auch sie. Das leise Lied wurde zu noch leiseren und beruhigend regelmäßigen Atemzügen, die Colin ganz dicht an seinem Körper spürte, als er ebenfalls einschlief.

Als der Traum von den seltsamen bunten Vögeln mit den Bändern in den Schnäbeln ihn endlich weckte, war schon fast der neue Tag angebrochen, und er wusste sofort, dass dieser Tag einige Dinge ins Rollen bringen würde.

»Erinnerst du dich an *deine* Mutter?«, fragte Colin Livia beim Frühstück.

Nachdenklich strich sie sich Himbeermarmelade auf den Toast. »Nein, gar nicht.«

»Du hast damals behauptet«, erinnerte er sich, »dass dich dein Name an die Melodien erinnert, die deine Mutter früher gesungen hat.«

»Sie hat nie für mich gesungen, aber das muss sie auch nicht, damit es stimmt, oder?«

Colin dachte darüber nach.

»Als ich vor sieben Jahren zur Beerdigung meines Vaters zurückkam, da habe ich die ganze Zeit über an dich denken müssen.« Er wusste nicht, warum er dies gerade jetzt zur Sprache brachte. »Ich bin seit damals nicht mehr dort gewesen«, dachte er laut nach, »drüben auf dem Galloway Graveyard, meine ich.« Und dann, wie es Gedanken so tun, kam einer ganz plötzlich, als habe er nur darauf gewartet, bei Espresso und Toast mit süßer Himbeermarmelade jemanden anzuspringen. »Vielleicht ist Danny genau dorthin gegangen.«

»Du glaubst, dass er sich auf dem Friedhof versteckt hält?«

»Nein, das nicht.« Hatte Madame Redgrave nicht gesagt, dass sie ihn überall finden würde? »Aber vielleicht ist er von dort an einen anderen Ort gegangen.«

»Du glaubst, dass er in *Rio Bravo* ist, stimmt's?!«

»Ja, vielleicht.« Er nippte an dem Espresso, der heiß und bitter war.

Livia redete nicht lange um den heißen Brei herum. »Wenn du nach *Rio Bravo* gehst, dann komme ich mit.«

Er machte den Mund auf, um etwas zu erwidern, aber sie schnitt ihm das Wort ab.

»Keine Widerrede, ich komme mit.«

Womit das also geklärt war!

Irgendwie hatte Colin das Gefühl, als würde es genau dort weitergehen, auf dem Galloway Graveyard, dort, wo es eigentlich erst richtig begonnen hatte, damals, damals, damals, zwischen all den von dichtem und samtigem Moos befallenen und mit verwitterten Inschriften versehenen Grabsteinen.

Colin erinnerte sich an den Moment, an dem man den Sarg mit der Erinnerung an Alexander Archibald Darcy in die Tiefe gesenkt hatte und die Band dieses beschwingt lustige Lied gespielt hatte. Er hatte nie auf den Text geachtet, selbst damals nicht, und auch heute tat er es nicht. Sein Vater hatte das Stück geliebt, aus einem Grund, nach dem ihn jetzt niemand mehr fragen konnte, und Mr. Peabody, der Anwalt und Notar der Familie, hatte es ihnen zur Auflage gemacht, das Lied bei der Beerdigung spielen zu lassen.

»Ich hatte an diesem Tag das Gefühl, als wärst du wieder bei mir.« Er hatte es damals nur für das Echo einer Erinnerung gehalten. Mehr als eine Ewigkeit war es her gewesen, dass er Livia zum letzten Mal gesehen hatte, mehr als fünfzehn Jahre, in denen man normalerweise die Gesichter der Menschen, die einem einmal wichtig gewesen waren, vergaß. Doch Colin hatte sie nie vergessen.

Jetzt wusste er, dass sie in der Menge gestanden und zugesehen hatte, wie Danny und er neben Helen Darcy und Miss Robinson und Mr. Munro am Grab gestanden und die Tränen zurückgehalten hatten.

»Warum hast du dich nicht zu erkennen gegeben?«

»Ich hatte Angst, dass du dich nicht mehr an mich erinnerst«, sagte sie und schaute zum Fenster hinaus. »Außerdem hatte ich noch immer Angst vor deiner Mutter. Diese Sache, die sie mir damals angetan hat …« Sie warf Colin einen Blick zu, der besagte, dass nichts von alledem je in Vergessenheit geraten würde. »Sie hat es wirklich getan, das, woran ich mich erinnern kann.«

Colin nickte.

»Wenn sie wirklich im Mond ist, dann sollte sie dort bleiben.«

Womit sie wieder bei der seltsamen Geschichte angelangt waren. Nur einen Moment dachte er daran, mit Constable Plummer über diese Sache zu sprechen. Der könnte nach Culzean Castle fahren und Madame Redgrave zur Rede stellen. Aber würde das wirklich etwas nützen? Würde die Frau in Weiß dem neugierigen Constable eine Auskunft geben? Und überhaupt, wie glaubwürdig klänge das, was Colin ihm sagen würde? Nein, er musste diese Sache selbst in die Hand nehmen, zu viel hing davon ab. Er konnte es nicht riskieren, dass Livia etwas zustieß. Darüber hinaus konnte Danny vielleicht insgesamt Licht in die Angelegenheit bringen.

Und Constable Plummer? Der glaubte ihm vermutlich sowieso nichts mehr.

Also?

Er zögerte noch.

Jedenfalls hatte Livia in einer Sache recht gehabt. Wenn Helen Darcy im Mond war, dann wäre es vielleicht besser, sie dort zu lassen.

»Trotzdem muss ich die Sache regeln«, sagte er, und dieser eine Satz umfasste sein ganzes Dilemma.

»Also?« Sie sah ihn fordernd an.

»Also was?«

»Wann fahren wir zum Galloway Graveyard?«

Colin Darcy seufzte. Dann sagte er: »Warum warten?«

Es war keine Frage, dass genau dies die Dinge ins Rollen bringen würde, so oder so.

»Warum glaubst du«, fragte Livia, als sie den Weg durch die grünen Hügel nahmen, »dass Danny dorthin gegangen ist?«

»Ich glaube es nicht wirklich. Es ist nur eine Vermutung, nicht mehr.« Tatsächlich war sich Colin der Tatsache bewusst, dass er bisher noch nie allein in *Rio Bravo* gewesen war, sondern immer nur gemeinsam mit Danny. »Ich dachte immer, dass die Erinnerungen, die man verloren hat, Stück für Stück zu einem zurückkehren und nur langsam Gestalt annehmen.« Er hatte geglaubt, dass sie, wie in Filmen, erst in kurzen und dann in immer länger werdenden Einstellungen auftauchten, bis man sich schließlich die gesamte Szene am Stück ansehen konnte.

Die Wirklichkeit sah jedoch anders aus.

»Ich kann mich an den Ort erinnern, ich weiß noch genau, wie es in *Rio Bravo* aussah, das ist nicht das Problem.«

»Was ist dann das Problem?«

»Ich habe keine Ahnung, wie ich dorthin gelange.«

Livia sagte nichts.

Schweigend ging sie neben Colin her. Das hohe Gras auf den Hügeln beugte sich dem Wind, der sanft die Spitzen der Grashalme berührte.

»Vielleicht hilft es einfach schon«, dachte Colin nach, »wenn ich mich an einem Ort aufhalte, an dem auch Danny gewesen ist.« Er roch das Meer, wie damals.

Drüben, hinter den flachen Hügeln mit den Wiesen und den großen Steinbrocken darin, würde noch immer der Galloway Graveyard sein.

»Wie kommst du darauf, dass Danny dorthin gegangen ist?«

»Es ist nur ein Gefühl, nicht mehr. Das Grab unseres Vaters ist dort.«

»Hm.«

»Und wenn Danny wirklich auf dem Friedhof gewesen ist, dann hat er dort vielleicht sogar ein Zeichen hinterlassen, irgendeinen Hinweis darauf, was er vorhatte, was weiß denn ich?! Es tut gut, sich vorzustellen, dass er vielleicht an mich gedacht und etwas getan hat, was mich zu ihm führt. Es würde bedeuten, dass er mir noch immer vertraut.« Er rieb sich die müden Augen, und dies war wieder einer der Momente, wo er kaum glauben konnte, in welche Geschichte er da hineingeraten war. »Vielleicht geht es dort besser als woanders, vielleicht auch nicht.« Er sah sie ernst an. »Ich habe das seit fast zwanzig Jahren nicht mehr gemacht.«

»Wann bist du das letzte Mal dort gewesen?«

»Ich war fast neunzehn Jahre alt, Danny elf. Es war im Herbst, an einem Montag. Es war der Tag, an dem das, was bis dahin vielleicht noch zwischen meiner Mutter und mir war, endgültig gestorben ist.« Er musste lachen, was seltsam war. »Das klingt so theatralisch, findest du nicht?! Nun ja, es ist eben so passiert. Außerdem sind an diesem Tag die Fische meines Vaters gestorben, alle zusammen im gleichen Augenblick, doch am Ende, das weiß ich jetzt, gehörten alle diese seltsamen Dinge zusammen und waren untrennbar miteinander verbunden.« Selbst dies war eine Erinnerung, die jetzt, da er daran dachte, mit einem Mal wieder so vollständig da war, als habe er nur mit dem Finger schnippen müssen, um sie abzurufen.

»Was ist damals passiert?«

Er blieb stehen.

Atmete tief durch und schmeckte das Salz in der Luft und roch das Gras im Wind.

Die ganze Geschichte also.

»Es war, wie gesagt, ein Montag.«

Vier lange Jahre vor diesem Montag im Herbst waren sich Livia und Colin begegnet, und keine fünf Wochen nach diesem allerersten Treffen auf dem Galloway Graveyard hatten sich ihre Wege wieder getrennt. Colin, der nicht wusste, warum Livia aus Stranraer fortgegangen war, hatte sich damit abgefunden, sie nie wieder zu sehen. Doch all das hatte nichts mit Danny zu tun, nicht wirklich.

»Danny hatte Probleme in der Schule, was nichts Neues war.« So fing es an.

Danny wollte oder konnte nicht mit den Gedanken beim Unterricht bleiben, andauernd tat er etwas, was nichts, aber auch gar nichts, mit der Schule zu tun hatte. Er kritzelte Noten und Textzeilen in seine Hefte, selbst damals schon. Er notierte sich die Riffs für seine Gitarre, wenn er die Songs, die er aus dem Radio auf Kassette aufnahm, gut genug kannte. Er fertigte Bleistiftzeichnungen an, die mehr über den Zustand seiner Seele aussagten, als es alle Gespräche mit ihm je getan hatten. »Er war ein stiller Junge. So ruhig.«

»Ja, so habe ich ihn kennengelernt.«

»Er hat sich nicht verändert«, sagte Colin und wunderte sich, an wie viele Kleinigkeiten er sich auf einmal wieder erinnern konnte. Die Farben der Brotdosen, die Danny zur Schule mitgenommen hatte, waren auf einmal wieder da, als seien sie nie fort gewesen. Kleine Aufkleber hatte er auf die Dosen geklebt: Batman, den Roadrunner, Bruce Springsteen, Indiana Jones, Donald Duck, Luke Skywalker, Jenny Agutter und Michael York, Abba und Tyrone Power als Zorro, Flipper. Überall fanden sich diese Aufkleber, auch daheim in seinem Zimmer, auf den Türen der Schränke und vorn auf den Schubladen. »Danny war ein Träumer, das war er schon immer gewesen.« Er seufzte. »Seine Lehrer sahen das alles ein wenig anders.«

Eines Tages, an jenem besagten Montag im Herbst, um genau zu sein, kam Helen Darcy nach Hause, nachdem sie zufällig einen der Lehrer seines Bruders beim Einkaufen in Stranraer getroffen hatte. Nach einer höflichen Begrüßung hatte Mr. Tyrell, Dannys Klassenlehrer, seinen Befürchtungen, die Versetzung in die nächste Klassenstufe betreffend, ausreichend Luft gemacht. So eröffnete sich Helen Darcy in den langen Gängen des

Tesco-Supermarktes ein völlig neues und leider weitaus weniger gutes Notenbild ihres Sohnes, und nichts von dem, was Mr. Tyrell ihr an diesem Nachmittag sagte, gefiel ihr.

»Als sie nach Hause kam, war sie wütend.« Man erkannte es daran, wie sie mit dem Mercedes auf dem Kies bremste. Er knirschte so laut, dass sogar die Steine die Köpfe einzogen.

»Und Danny?«

»Danny hatte es geahnt. Er war seit Stunden nicht aus seinem Zimmer rausgekommen, als wollte er die letzten Momente der Ruhe genießen.« Er hatte immer schon größere Furcht vor ihr gehabt. Und alles in allem war es sowieso nur eine Frage der Zeit gewesen, bis dieser Schwindel mit den gefälschten Klassenarbeiten und Unterschriften auffliegen würde.

Und nun war es passiert.

Helen Darcy wusste Bescheid.

»Was hat sie getan?«

»Anfangs hat sie geschwiegen, das tat sie immer«, sagte Colin. »Das war das Schlimmste, weil man nie genau wusste, was los war und *wie* und *ob* sie einen bestrafen würde.«

Sie parkte den Wagen jedenfalls mit einem ohrenbetäubenden Lärm, Reifenquietschen und Kieskreischen, und sie knallte jede Tür, durch die sie ging, lautstark hinter sich zu, stürmte schnell wie ein wütendes Wiesel ins Arbeitszimmer ihres Mannes, noch bevor sie Danny überhaupt einen Besuch abstattete, und fünf Minuten später tauchte dann Archibald Darcy in Dannys Zimmer auf und bat ihn, nach unten in den Salon zu kommen. »Deine Mutter und ich müssen mit dir reden.« Das war alles. Das war *immer* alles!

»Er war ihr Sprachrohr, daran hatte sich in all den Jahren nichts geändert.«

Livia lauschte seiner Erzählung. Und Colin spürte, wie ihn diese Vergangenheit zu packen bekam.

»Ich hörte den Lärm, den sie machte, als sie durchs Haus lief.«

Colin wusste sofort, dass es etwas mit Danny zu tun hatte. Er selbst hatte zu diesem Zeitpunkt kein Eisen im Feuer gehabt, nichts ausgefressen, war nicht ungehorsam gewesen, und was auch immer Helen Darcys Zorn erregen konnte, er hatte es nicht getan. Er lebte ruhig und zurückgezogen in den Mauern von Ravenscraig und sehnte den Tag herbei, an dem er das Anwesen endlich verlassen konnte. *Zurückgezogen* – das Wort traf sein Verhalten ziemlich gut, er lebte einfach nur *zurückgezogen*. Er erschien zu den Mahlzeiten, die die Familie gemeinsam einzunehmen pflegte, wenn er in Ravenscraig war, und die Gespräche, die er dabei mit seinen Eltern führte, waren zu höflicher Konversation geworden und niemals zu mehr. Er las morgens die Zeitung oder ein Magazin oder einen Comic, und abends tat er es auch, das ersparte unnötige Worte, und zudem hatte man, wenn es denn unbedingt sein musste, immer ein Thema, über das man reden konnte. Man brauchte nichts anderes zu tun, als die Schlagzeilen des Tages zu überfliegen, und es würde sich zwangsläufig ein Gesprächsthema einstellen, so einfach war das.

So einfach ...

»Ich ging nach unten in den Salon, weil ich Danny nicht allein mit ihr lassen wollte.«

Als er den Raum mit dem großen Kamin betrat, stand Danny nur still da, und Helen Darcy redete auf ihn ein, wobei sie, die Arme hinter dem Rücken verschränkt, unruhig im Salon auf und ab ging.

»Es ist, als sei es gestern gewesen«, murmelte Colin.

Jede noch so kleine Bewegung, jeder noch so zögerliche Atemzug, jeder noch so beiläufige Gedanke, es war alles noch da. Er konnte fast das Holz riechen und die klickenden und klackenden Geräusche hören, die jeder Schritt auf dem Steinboden gemacht hatte.

Ja, Colin betrat den Salon und hörte ganz genau die Worte, die den Mund seiner Mutter schon immer verlassen hatten, bevor ihnen, Danny oder ihm selbst, etwas wirklich Schlimmes passierte. »Habe ich dir schon die Geschichte von dem ...«

»Nein!«, schrie Colin.

Er wusste, was hier gleich passieren würde, und er wollte nicht, dass es passierte. Nicht mehr, es war genug. Sie hatte Danny und ihm viel zu oft die Grenzen gezeigt. Und es fing immer mit einer Geschichte an, die sie ihnen erzählte.

Helen Darcy, die sich nicht schnell schockieren ließ und immer eine gut durchdachte Show zu liefern verstand, drehte den Kopf ganz langsam, bedächtig fast, in aller Seelenruhe in seine Richtung. Wie ein Raubtier, so kam sie Colin in diesen Momenten vor.

Danny zuckte zusammen. Die Furcht stand ihm ins Gesicht geschrieben, und er zitterte am ganzen Körper, das konnte man sehen.

Archibald Darcy stand nur regungslos da, neben dem Kamin, mit hängenden Schultern und seiner braunen Strickjacke. Er gab sich alle nur erdenkliche Mühe, betroffen und streng auszusehen, was ihm nicht sehr gut gelang. Früher hatte er Colin hin und wieder eine Tracht Prügel verabreicht, wenn Helen Darcy so lange genörgelt hatte, dass ihm die Geduld abhandengekommen war. Hinterher hatte es ihm immer leid getan. Dann war er mit Colin wandern gegangen, und alles war wieder gut geworden. Aber er hatte nie das Wort gegen seine Frau erhoben, um einem seiner Söhne beizustehen.

Nein, das tat er nie.

Er spendete Trost, wenn alles vorbei war, aber das war nicht das Gleiche, bestimmt nicht.

»Nein?« Helen Darcy kommentierte den lauten, unbeherrschten Ausruf ihres ältesten Sohnes mit nur diesem einen Wort, das ausreichte, um all ihre Verachtung für ihn auszudrücken. Ihre Stimme war ganz ruhig und rauchig und vollkommen beherrscht. »Nein?« Sie wendete sich jetzt ganz von Danny ab und dafür Colin zu. »Er hat mich belogen«, sagte sie und zeigte mit ausgestreckter Hand auf Danny, ohne diesen auch nur anzusehen. »Dein Bruder hat wieder einmal alles getan, um Schande über die Familie zu bringen.«

»Blödsinn«, sagte Colin und wunderte sich darüber, wie fest seine Stimme auf einmal war. Es war, als brächen all die Gefühle, die sich während der letzten Jahre in ihm aufgestaut hatten, nun aus ihm heraus. Das, was Danny bevorstand, hatte er unzählige Male erlebt. Und er wollte nicht, dass es sich immer und immer wieder von Neuem zutrug. Irgendjemand musste diesen Kreis unterbrechen. Ja, er wollte einfach nur verhindern, dass es schon wieder passierte.

Helen Darcy starrte ihn an. »Er ist noch immer ein Lügner, und nichts, Colin, nichts und absolut gar nichts ist schlimmer als eine böse, vorsätzliche Lüge.«

»Du lügst doch auch, andauernd.« Er hätte sie ebenso gut ins Gesicht schlagen können.

»Was sagst du da?«

»Du hast mich schon verstanden.« Er ging hinüber zu Danny und stellte sich gleich neben ihn.

»Was gibt denn das?« Ihre Stimme bekam diesen zischenden Unterton.

»Er hat Angst vor dir.«

Sie riss die Augen auf. »Du wagst es ...«

»Lass ihn in Ruhe, Mama.«

Sie tat betroffen. »Du wagst es wirklich, so mit deiner *einzigen* Mutter zu sprechen?«

Colin musste an all die Geschichten denken, die Danny und er sich im Lauf der Jahre hatten anhören müssen. Die Danny und er all die Jahre lang *erlebt* hatten.

Ja, nicht wenige dieser Geschichten hatten sie dann am eigenen Leib erfahren.

»Danny ist dein Sohn.«

Die Wut kreischte auf in ihrer Stimme. »Ich kann ihn bestrafen, wie es mir passt.« Sie sprach die Worte so schnell aus, dass sie sich überschlugen.

»Nein, das kannst du nicht!«, schrie Colin sie an. »Du lässt ihn gefälligst in Ruhe.«

Archibald Darcy schwieg.

»Sieh ihn dir an, Archie, das hat er von dir.«

Ihr Vater sagte nur: »Colin, sie ist deine Mutter.«

Und Helen Darcy fuhr fort, als habe ihr Mann gerade gar nichts gesagt. »Du hast den bösen Blick, Colin. Wer seine Mutter so anschaut«, fauchte sie ihren ältesten Sohn an, »dem werden die Augen bluten vor Scham, und er wird nicht mehr sehen können. Du kennst das Märchen.«

Colin spürte einen Stich im Kopf und schrie auf.

Instinktiv hielt er sich beide Hände vor die Augen und presste die Lider so fest zusammen, wie er nur konnte.

Ja, verdammt, er kannte diese blöde Geschichte, dieses Märchen von dem jungen Kalifen, der seine Mutter nicht zu ehren wusste und deswegen mit Blindheit und Schmerzen, wie sie kein Mensch zuvor hatte ertragen müssen, geschlagen wurde. Helen hatte sie ihm schon vor langer Zeit erzählt.

Sie hatte ihren Söhnen so viele Geschichten erzählt, dass es manchmal nur gewisser Stichworte bedurfte, um die Magie freizulassen und zu bewirken, was immer sie bewirken wollte.

»Colin!« Das war Danny.

»Was passiert mit mir?« Ein neuer Schmerz stach ihm mitten durch die Stirn, und jetzt ging Colin wimmernd in die Knie. Er spürte, wie ihm etwas Warmes zwischen den Fingern hindurchrann.

»Du blutest«, flüsterte Danny, und seine Stimme war wie berstendes Eis. »Meine Güte, Colin, du blutest.« Dann begann Danny seine Mutter anzuschreien: »Hör auf, hör auf damit! Hör auf, ihn zu quälen. Hör auf damit.« Und in einem letzten Anflug von Verzweiflung schrie er: »Du Hexe!« Es war fast auch schon ein Fauchen, so voller Abscheu hörte Colin es ihn sagen. »Du machst uns alle krank.«

Colin begann zu zittern.

Er konnte nichts mehr sehen, und das machte ihm am meisten Angst.

Er kniete hilflos auf dem Boden und blutete aus den Augen, und er wusste, dass dies das Werk seiner Mutter war. Ihm widerfuhr das gleiche Schicksal wie dem Kalifen in der Geschichte.

Sein Kopf schmerzte wie verrückt, und die Gewissheit, dass die warme Flüssigkeit, die ihm aus beiden Augen rann und nach Eisen roch und ihm die Sicht vernebelte, sein eigenes Blut war, diese Gewissheit, dass Helen Darcy wieder einmal siegreich war, diese Gewissheit ließ die Wut in ihm noch größer werden.

Es war einfach ungerecht!

Nie hatten Danny und er sich dagegen zur Wehr gesetzt.

Und sein Vater ...?

»Archibald!«, hörte er seine Mutter sagen. »Bring sie nach oben auf ihre Zimmer.«

Er hörte Schritte.

Mit letzter Kraft sagte er: »Nein.«

»Und du«, richtete Helen Darcy ihre Worte an Danny, ohne Colin weiter zu beachten, »ich werde dich lehren, mich zu beleidigen. Mich, deine *einzige* Mutter.«

»Du Hexe!«, schrie Colin aus Leibeskräften und spürte einen neuen Stich mitten durch den Kopf, der ihn winselnd am Boden festhielt. »Du blöde Hexe!« Warum, verdammt noch mal, unternahm sein Vater nie etwas, wenn sie so war wie jetzt? Warum? Das hatte er nie verstanden. Er spürte das Blut über sein Gesicht laufen, und dann hörte er Danny schreien: »Meine Haut, oh, Scheiße, meine Haut, Colin!«

Colin wusste sofort, was los war.

Vor drei Jahren hatten Colin und Danny sich *Ben Hur* angeschaut, den Film mit Charlton Heston und der Armbanduhr, dem Wagenrennen und der Seeschlacht. Doch das, was Danny am meisten beeindruckt hatte, waren die Leprakranken gewesen.

Er hatte sich vor ihnen gefürchtet und in Büchern nachgelesen, was es mit dieser schrecklichen Krankheit auf sich hatte. Noch Tage nach dem Film war er abends zu Colin ins Bett gekrochen, weil ihn der Gedanke, selbst einmal Lepra zu bekommen, so sehr geängstigt hatte.

Und Helen Darcy?

Die wusste, wovor sich ihre Kinder fürchteten.

»Sie tut es«, wimmerte Danny neben ihm, und Colin wusste, dass gerade sein schlimmster Albtraum zum Leben erwachte. »Alles schält sich ab, mein Gott, ich kann mir die Haut ...« Er heulte los, war keiner Worte mehr fähig, schluchzte.

»Du – sollst – nicht – lügen«, betonte Helen Darcy irgendwo in der Finsternis aus Blut und Hautfetzen jedes einzelne Wort. »Du sollst nicht lügen, Danny, und du, Colin, sollst deinem Bruder kein schlechtes Vorbild sein. Ihr sollt eure einzige Mutter ehren, und ich werde euch lehren, es auch wirklich zu tun. Das lasse ich mir nicht bieten. Ich habe euch beide geboren, *unter Schmerzen*. Ich habe mein Leben für euch geopfert und all die schönen Dinge mit euch getan, wisst ihr das denn nicht mehr? Ich war immer für euch da, und nie, hört ihr, *nie* habe ich mich beschwert. Was glaubt ihr eigentlich, was ihr euch erlauben könnt?«

Colin hörte seinen Bruder schnaufen und kroch auf ihn zu. »Danny?«

»Ich bin hier.«

Helen Darcy redete noch immer. »Die Geschichte von den gottlosen Reisenden, die im tiefen Wald von den Wölfen zerrissen werden, ist genau das Richtige für zwei Jungs, die sich nicht im Zaum halten können.«

»Nein«, schrie Colin, und seine Stimme überschlug sich. »Nein, nein, nein.« Diese Geschichte war sein schlimmster Albtraum und Dannys auch. Es war der Traum, den Helen Darcy ihren Kindern schon geschenkt hatte, als sie noch ganz klein gewesen waren. »Das lässt du bleiben, du blöde Hexe!«

Da, er hatte es schon wieder gesagt.

Und er würde es noch mal sagen, wenn es sein musste. Einer musste es ja mal sagen.

Colin stöhnte auf.

Die Geschichte von den Wölfen, meine Güte!

Er hatte damals noch in seinem Gitterbett geschlafen, als er diese Geschichte zum ersten Mal erlebt hatte. Zwei oder drei Jahre mochte er alt gewesen sein, als seine Mutter ihm zum ersten Mal die Geschichte von den Reisenden erzählte, die sich im tiefen Wald verirrten und an ein Rudel hungriger Wölfe gerieten. Der erste Wolf, der groß und stark war und ein graues Fell besaß, hatte das Pferd, das vor die Kutsche gespannt war, angefallen und sich förmlich durch es hindurchgefressen, bis er im Zaumzeug gefangen war und selbst die Kutsche ziehen musste. So endete die Geschichte normalerweise, wenn sie in Büchern stand: Der Wolf war der Dumme.

In Helen Darcys Version der Geschichte aber nutzte der Wolf, der das Alphatier des Rudels war, seine scheinbar missliche Lage dazu, die Kutsche noch viel, viel tiefer in den Wald hineinzuziehen, in einen Talkessel, in den sich kein Mensch je verirrte und wo die anderen Wölfe warteten. Das Ende der beiden Reisenden war kein nettes Ende.

Colin und Danny Darcy hatten am eigenen Leib erfahren, wie es den Reisenden ergangen war.

Und Colin hatte die Bekanntschaft der Wölfe sogar

schon gemacht, als Danny noch gar nicht geboren war. Er hatte allein in der Kutsche gesessen und gewusst, wohin der Wolf sie ziehen würde; die ganze Zeit über hatte er gewusst, was ihn dort vorn, wo die Tannennadeln den Boden bedeckten, erwarten würde.

Und erst nachdem die ersten Wölfe die Zähne in sein Fleisch gegraben und er ihren fauligen Atem gerochen hatte, war er aufgewacht und wieder in Ravenscraig in seinem Zimmer gewesen.

Ja, Helen Darcy wusste, wie man ein Kind bestraft, wenn es unartig gewesen war. Und heute fragte sich Colin, was ein dreijähriges Kind denn Schlimmes verbrochen haben musste, um so bestraft zu werden.

Danny jedenfalls hatte das alles später auch zur Genüge erlebt.

So war das gewesen.

Jetzt krochen die beiden Darcy-Jungs über den Boden im Salon und wussten, dass es immer so weitergehen würde, weiter und weiter, wenn ihr niemand Einhalt gebieten würde.

Auf ihren Vater konnten sie nicht zählen, das hatten all die Jahre, in denen sie vergeblich auf sein Eingreifen gewartet hatten, gezeigt. Archibald Darcy war seiner Frau treu ergeben, ob nun aus Liebe, falsch verstandener Loyalität oder einfach nur Feigheit.

Und Helen Darcy, die eine überaus geschickte Sherazade war, hatte ihren Söhnen immer schon Geschichten erzählt. Unzählige Märchen, die böse endeten. Traurige Anekdoten, die gruselig waren. In Ravenscraig zu leben bedeutete, dass man jeden Augenblick in eine neue Geschichte eintauchen konnte, eine Geschichte, die einen nur schwer wieder losließ.

So funktionierte ihre Kunst.

Es war, wie immer, ganz einfach.

Sie musste etwas erzählen, um Macht über einen Menschen zu erlangen, und wenn sie eine Geschichte bereits zuvor erzählt hatte, dann fiel es ihr nur umso leichter, diese Macht zu nutzen und mit ihrem Gegenüber zu tun, was sie tun konnte. Ja, sie konnte den Zuhörer dann jederzeit in diese Geschichte hineinversetzen; eine bloße Andeutung genügte völlig, um das zu bewirken.

»Colin, ich bin hier.«

Colin tastete blind nach der Stimme.

Schließlich fand er die Hand seines Bruders. Sie fühlte sich an, als hinge die Haut in Fetzen an dem Fleisch darunter. »Es tut weh«, hörte er seinen kleinen Bruder wimmern.

Danny mochte umgekehrt das Blut sehen, das Colin aus den Augen rann.

Helen Darcy wusste, dass ihr ältester Sohn eine höllische Angst davor hatte, blind zu werden. Deshalb hatte sie ihm die Geschichte von dem Kalifen erzählt, bereits vor Jahren.

Ja, Helen Darcy wusste, wie sie ihre Söhne in Schach hielt, o ja, so war sie nun mal.

»Wir gehen fort«, flüsterte Colin.

»Ihr geht nirgendwo hin«, fauchte Helen Darcy, die das gehört hatte.

Colin stöhnte auf, als ihn neue Stiche malträtierten. Er nahm all seinen Mut zusammen und schrie: »Du weißt, was mit Anna Boleyn passiert ist, du Hexe!« Er schrie es hinaus, weil die Verzweiflung ihm die Kraft dazu verlieh. Er wusste, dass Helen Darcy das Schicksal dieser Frau kannte. Jetzt würde sie spüren, wie es war, Anna Boleyn selbst zu sein. Sie würde fühlen, wie es war, nicht mehr geliebt zu werden, sie würde sehen, wie der Scharfrichter das Beil bis über den Kopf erhob, sie würde das Geräusch hören, wenn die Klinge die Luft direkt über ihrem Kopf zerschnitt. Das würde sie ablenken, für einige Momente, in denen Danny und er fortgehen würden.

»Colin!«, schrie Helen Darcy, und dann wurde ihr Schreien zu einem Kreischen. Das war der Augenblick, in dem Colin wusste, dass sie mitten in der Geschichte angekommen war. »Nimm meine Hand, halt sie fest«, rief er Danny zu, der seiner Anweisung Folge leistete.

Colin hörte, noch als er sich den fernen Ort vorstellte, wie Danny das Lied summte.

My pony, my rifle and me.

Und die Welt veränderte sich.

»Wir sind nach *Rio Bravo* gegangen«, sagte Colin zu Livia. »Danach bin ich nie wieder dort gewesen. Und Danny, soweit ich weiß, auch nicht.«

»Was ist mit deiner Mutter passiert?«

»Sie ist uns gefolgt.«

Livia lauschte dem Rest der Geschichte.

»*Rio Bravo* war an diesem Tag nicht so, wie es sonst immer war, wenn wir dort ankamen.«

Es war eigentlich eine ruhige kleine Stadt, irgendwo zwischen Texas und den Rhinns of Galloway gelegen, eine altmodische Welt, die den Erinnerungen zweier Kinder entsprungen war, den vagen Erinnerungen an einen Film, den sie nur ein einziges Mal gesehen hatten.

So war es normalerweise dort.

Ein Mexikaner spielte Trompete, irgendwo in der Ferne, und auch das war wie immer.

Doch an diesem Montag im Herbst war die Hauptstraße menschenleer. Die wenigen Bewohner des kleinen Städtchens hatten sich in ihre Häuser zurückgezogen. Fensterläden waren geschlossen worden, Türen verriegelt. Windhexen wirbelten durch die Gegend.

Mit einem Mal verstummte die Melodie aus der Trompete.

Eine Gruppe von Revolvermännern war in die Stadt gekommen. Miese Typen, die schnell die Hand an der Waffe hatten. Sie trugen Hüte mit breiten Krempen, die ihre Gesichter in Schatten tauchten, und dazu noch lange Staubmäntel, die sie wie böse Engel des Westens aussehen ließen. Sie waren unrasiert, und einige von ihnen sahen aus wie Henry Fonda, andere wie John Russell und Claude Atkins. Sie nannten sich *Die Burdettes*, und Colin und Danny liefen in sie hinein, als sie gerade den Salon in Ravenscraig hinter sich gelassen hatten.

Ihr Anführer, der sich ihnen als Joe Burdette vorstellte, teilte ihnen mit, dass sie im Auftrag einer Lady hier seien, einer Lady, die man nicht warten ließ, wenn sie einen sprechen wollte.

Colin trat vor und verlangte den Namen der Lady zu hören.

Joe Burdette nannte ihn: *Miss Mirren.* Alles Land jenseits des Rio Bravo gehöre ihr, und bald würde ihr auch die Stadt gehören. Colin und Danny sollten die Burdettes zur Mirren Ranch begleiten, dann würde nichts Schlimmes geschehen.

Und wenn wir es nicht tun? Colin Darcy, der hier mutig war und, wie sein Bruder auch, andere Kleidung trug, wenn er in *Rio Bravo* weilte, legte seine Hände auf die beiden Revolver mit den Griffen aus Sandelholz.

Dann werden wir die Stadt dem Erdboden gleichmachen, antwortete Joe Burdette. Er sagte es mit einem Grinsen im Gesicht, ohne den Blick von Colin abzuwenden, ganz so, wie es der Bösewichter Art war in den Filmen, die die Jungs kannten.

Das, antwortete Danny, *werden wir ja sehen.*

Die Burdettes zogen ihre Waffen, und Colin und Danny, die in *Rio Bravo* als *Chance* und *Dude* bekannt waren, taten es ihnen gleich. Die Hände der Jungs waren wie Tänzer und die Revolver, die sie zogen, ihre Mädchen, die sie zum Tanz aufforderten. Sie zielten mit den Augen und trafen ihre Ziele mit den Herzen – und keiner der beiden dachte an das Gesicht ihres Vaters, als sie es taten. Danny und Colin, die gesundet waren von den Geschichten ihrer Mutter, standen Seite an Seite und schossen sich den Weg frei. Dies hier war ihre Stadt, und niemand, keine Miss Mirren und auch kein Fremder, würde sie dem Erdboden gleichmachen.

Ein Burdette nach dem anderen stürzte mit dem Gesicht voran in den heißen Sand.

Augenblicke später war es vorbei.

Der Rauch aus den Revolvermündungen trieb über die Hauptstraße.

Joe Burdette, der wie Claude Atkins aussah und der Anführer der Bande war, kniete im Dreck. Eine Kugel hatte ihm die Hand zerschmettert, eine weitere steckte in seiner Schulter. Er biss die Zähne zusammen, als er die Darcy-Jungs auf sich zukommen sah.

Geh zurück zu Miss Mirren, sagte Colin.

Ja, und sag ihr, knurrte Danny, *dass wir keinen von euch mehr hier sehen wollen.*

Colin nickte, seine Hand ruhte noch immer auf dem Sandelholzgriff des Revolvers, man wusste ja nie. *Geh zu Miss Mirren und sag ihr, dass Helen Darcys Söhne nicht länger ihr Eigentum sind. Sie wird verstehen, was wir damit meinen.*

Joe Burdette erhob sich mit einem Keuchen. *Wir sehen uns wieder*, sagte er.

Nein, antwortete Colin ruhig, *das werden wir nicht.*

Denn er wusste etwas, was Joe Burdette nicht wusste.

»*Rio Bravo* war unsere Geschichte, sie gehörte keinem anderen.« Colin konnte fast noch den Staub von einst schmecken und die Hitze auf der Haut spüren. »Meine Mutter hat niemals wieder versucht, uns dorthin zu folgen. Seltsamerweise sind auch wir nie wieder nach *Rio Bravo* gegangen, nach diesem Tag.«

Es war nicht mehr nötig gewesen.

Denn Helen Darcy hatte ihre Söhne von nun an in Ruhe gelassen.

»Sie wusste, dass wir all diese Dinge erfinden konnten, und es hatte sie geschwächt, besiegt worden zu sein.« Die folgenden Worte betonte er übertrieben spöttisch: »Von ihren *einzigen beiden* Söhnen. Sie kannte ihre Grenzen, ja, jetzt kannte sie sie, endlich.« Nachdenklich sah er die Mauern des Galloway Graveyard am Horizont auftauchen. »Aber die Geschichte geht noch weiter.«

Livia hörte zu, denn das war alles, was sie in diesem Augenblick tun konnte.

»Sie drehte vollkommen durch«, sagte er.

Helen Darcy, so berichtete es ihnen später eine völlig verängstigte Miss Robinson, schrie und tobte wie eine Furie durch Ravenscraig. Ihr Mann war bei ihr und redete auf sie ein, aber sie warf ihm Dinge an den Kopf, die kein Kind seine Mutter zu seinem Vater sagen hören sollte. Und da Colin und Danny noch in *Rio Bravo* verweilten, als sich dies alles zutrug, hörten sie es auch nicht. Aber Archibald Darcy hörte es. Er musste die Anschuldigungen hinnehmen, dass seine missratenen Söhne seien wie er selbst, dass sie sich gegen die eigene Mutter erhoben hätten, dabei habe sie die beiden unter solchen Schmerzen geboren, ihre *einzigen* beiden Söhne, verdammt noch mal, so eine Scheiße. Und dann, ganz plötzlich, starben mit einem Schlag alle Tiere, die Archibald Darcy in dem Aquarium gehalten hatte.

»Er war untröstlich, danach«, sagte Colin Darcy.

»Hat *Helen* die Tiere getötet?«

Er zuckte die Achseln. »Mein Vater hat nie darüber gesprochen.«

»Was glaubst du?«

Colins Blick war Antwort genug.

»Aber warum hat sie das getan?«

»Ich weiß es nicht.«

Nach diesem Tag jedenfalls, nach ihrer Rückkehr aus *Rio Bravo*, war es still geworden in der kleinen Stadt, die noch immer irgendwo zwischen Texas und den Rhinns of Galloway liegen mochte.

»Der Friedhof sieht noch genauso aus wie vor sieben Jahren«, stellte Colin fest, als er Livia folgte, durch das gusseiserne Tor trat und seinen Fuß auf den Galloway Graveyard setzte. Langsam und leise, wie damals, gingen sie an den Gräbern entlang, entdeckten altbekannte Namen und sahen überall die Erinnerungen aufflackern wie gewisperte Versprechen, die jetzt endlich eingehalten wurden.

Das von Unkraut überwucherte Grab seines Vaters, der damals alle Tiere in seinem geliebten Aquarium verloren und sich nie wieder neue angeschafft hatte, befand sich am Fuße einer Eiche, mit Ausblick auf die See, die in einiger Entfernung gegen die Klippen rauschte.

Es war Livia, die das gelbe Band entdeckte, das jemand an den großen Ast der Eiche gebunden hatte. Es flatterte unruhig im Wind wie ein Zeichen, das nicht übersehen werden wollte.

»Was hat das zu bedeuten?«

»Das war Danny«, sagte Colin. Es konnte nur so sein. Wer sonst wusste davon?

Colin und Livia standen still vor dem Grab, in dem die Erinnerung an Archibald Darcy ruhte.

»Ich habe von Arthur Sedgwick geträumt, letzte Nacht.«

»Willst du darüber reden?«

»Da waren viele Vögel mit buntem Gefieder. Sie haben das Auto attackiert.«

»Wie bei Hitchcock.«

»Es waren exotische Vögel. Sie sind durch die Fenster in den Wagen gelangt, irgendwie, und dann ist der Wagen in die Themse gestürzt.«

Livia wirkte ernst, als sie sagte: »Manchmal, wenn man ganz fest an sie denkt, dann reden die Toten mit einem.«

Gerade wollte Colin etwas sagen, als er den Wagen bemerkte, der auf den Parkplatz jenseits der Friedhofsmauer fuhr. Es war ein alter Vauxhall, wie der Constable einen fuhr. Colin verbesserte sich, denn genau genommen war es exakt *der* Vauxhall, den der Constable fuhr.

»Was, in aller Welt, will der denn hier?«

Livia fügte hinzu: »Woher hat er gewusst, dass wir hier sind?«

Die Dinge, dachte Colin Darcy, kommen jetzt ins Rollen.

Und als tatsächlich Constable Plummer dem Wagen entstieg und den Galloway Graveyard betrat, ihnen mit höchst ernster Mine zuwinkte und schnellen Schrittes auf sie zukam, da fragte sich Colin, in welche Richtung die Dinge jetzt wohl ins Rollen kamen.

Eigentlich wollte keiner der beiden abwarten, was den Polizisten hier an diesen Ort führte.

»Wir sollten uns beeilen«, sagte Livia und ergriff Colins Hand.

»Ja«, flüsterte er ihr zu, »das sollten wir.«

Dann trat er einen Schritt nach vorn, und während der Constable ihnen erneut etwas zurief, was sie beide ganz und gar nicht mehr hörten, spürte Colin das Friedhofsmädchen neben sich, und beide gingen nach *Rio Bravo*, ohne auch nur eine Sekunde zu vergeuden.

Achtes Kapitel

in dem Danny Darcy ein Lied spielt,
Colin beunruhigende Neuigkeiten erfährt,
Livia etwas bemerkt
und alle zusammen die Mond-
moore aufsuchen

Die Musik drang aus der Ferne an ihre Ohren. Es war keine Trompete, und es war auch kein Mexikaner, der da spielte. Colin kannte diese Gitarre, die mittlerweile eine sehr alte Gitarre war. Sie gehörte Danny, und er hatte den Klang so oft aus dem Zimmer neben seinem dringen hören, dass er ihn wohl vom Klang Hunderter anderer Gitarren bis an sein Lebensende würde unterscheiden können. Das Lied war *The River* von Bruce Springsteen, und die Stimme, die undeutlich und dumpf nuschelnd klang, gehörte ohne jeden Zweifel Danny Darcy.

»Er ist es«, sagte Colin nur.

Livia stand neben ihm an diesem fremden Ort, der aussah wie ein klein wenig Schottland, aus dem man die Kulisse für einen Hollywood-Western gezaubert hatte.

»Er ist tatsächlich hier.«

Vor ihnen erstreckte sich die Hauptstraße von *Rio Bravo*, das nicht wie eine Filmkulisse aussah, sondern wie ein schottisches Dorf, das nach Texas oder Mexiko gewandert war. Ja, dieser Vergleich passte. Ein warmer Wind wehte, und er roch nach der Hitze der Wüste nach Tagesanbruch. Irgendwo in der Ferne rauschte das Meer, und Colin fragte sich, ob es der Atlantik war oder ein anderes Meer, das weder einen Namen besaß noch je von einem Menschen entdeckt, geschweige denn befahren worden war. Dies war eine Welt, die aus Gedanken bestand, die sich fortwährend veränderte und nie das war, was man von ihr erwartete. Für Danny und Colin war diese Welt schon immer *Rio Bravo* gewesen, von Anfang an, aber die Jungs hatten sich schon damals gefragt, ob diese Welt für andere Kinder mit anderen Eltern nicht ganz andere Gesichter hatte.

»Erkennst du den Ort wieder?« Livia sah sich voller Erstaunen um. »Es ist so schnell passiert. Wo ist der Galloway Graveyard abgeblieben?« Viele Fragen auf einmal eben.

Zu wechseln war wie blinzeln, nur schneller. Meist war da ein leichtes Schwindelgefühl, das einen wanken ließ, und am Anfang, als er ungeübt im Wechseln gewesen war, da hatte sich Colin immer irgendwo festhalten müssen. Kurioserweise hatte der Gegenstand, an dem er sich festhielt, dann auch in *Rio Bravo* existiert. Mit der Zeit dann war er geübter darin geworden, hierher zu wechseln.

»Es ist wärmer hier«, stellte Livia fest. »Wärmer jedenfalls als auf dem Friedhof.«

»Das ist *Rio Bravo*«, sagte Colin. »Hier sind wir immer hergekommen, wenn die Luft in Ravenscraig zu dünn zum Atmen wurde. Hier war unser Versteck.« Er konnte es kaum fassen, wieder hier zu sein. Er konnte es kaum fassen, dass dieser Ort wirklich existierte.

Er sah an sich herab, und dann betrachtete er Livia.

Sie sahen beide noch genauso aus wie vorhin, die Kleidung hatte sich nicht verändert.

Livia, die seinen Blick bemerkte, fragte: »Müssten wir nicht anders aussehen?«

»Ja, eigentlich müssten wir aussehen wie jemand, der hier lebt.«

So war es früher gewesen, irgendwie anders.

Als die Darcy-Jungs als Kinder hier gewesen waren, da hatte sich ihre Kleidung der Umgebung angepasst, sie hatten wie echte Revolvermänner ausgesehen, mit Gürteln aus Leder, die silberne Schnallen hatten, mächtigen Gürteln, an denen die Revolver mit den glatten Sandelholzgriffen hingen. Dazu hatten sie Westen, Halstücher und richtige Cowboystiefel getragen.

Eine Jungs-Phantasie, ganz und gar.

Und Livia, die nicht anders aussah als noch vorhin, fragte: »Was machen wir jetzt?«

Colin, der ebenfalls noch genauso aussah wie in den richtigen Rhinns of Galloway, deutete in die Richtung, aus der die Musik kam. »Wir gehen zu Danny.« Er wirkte nervös, was nicht weiter verwunderlich war. Immerhin war dies das erste Mal seit sieben langen Jahren, dass er seinem Bruder begegnete. All die verworrenen Fragen, die er sich vorher nicht gestellt hatte, waren jetzt da: Wie würde Danny ihm gegenübertreten? Wäre es wie früher, oder hätten sie sich nichts mehr zu sagen? Würde Danny sich an all die Dinge erinnern, die Colin die ganze Zeit über so bereitwillig vergessen hatte?

Es war einfach ein seltsames Gefühl, ihn nach all

den Jahren wiederzusehen, und dann noch ausgerechnet hier.

»Er wird sich freuen, dich zu sehen«, sagte Livia.

»Sieht man mir die Bedenken an?«

Sie küsste ihn. »Ich kenne dich, Colin Darcy. Vergiss das nie.« Sie roch nach der minzigen Seife. »Ich wette, du bist noch nie zuvor in *Rio Bravo* geküsst worden.«

»Glaubst du, dass der Constable mich ...«

»Was? Dass er dich verhaften wollte?«

»Ja.«

»Keine Ahnung. Ich konnte sein Gesicht nicht erkennen.«

»Er ist eine richtige Klette«, murrte Colin und fragte sich erneut, was in London vor sich gegangen war. Rachel Duncan war zuverlässig, eine gute Seele, und wenn sie behauptete, dass er dort gewesen war, dann ...

Was?

Er seufzte.

Ich bin nicht dort gewesen. Ich habe mich in der City mit Fucking-Shila getroffen und mir ein langweiliges Gesprächsthema nach dem anderen angetan. Es ist gar nicht möglich, dass Rachel mich dort gesehen hat. Und es ist dann auch nicht möglich, dass ich die Mail an Arthur geschrieben habe.

Hier, an diesem Ort, über das London-Leben nachzudenken war noch viel seltsamer, als es das ohnehin schon war. Als Colin mit seinen Schuhen durch den Staub schritt und die Musik aus der Ferne hörte, da hatte er das Gefühl, niemals wieder nach London gehen zu wollen. Es war nicht mehr sein Leben, das war es eigentlich nie gewesen. Es war nur eine Zuflucht gewesen, sein hausgemachtes Casablanca.

Er musste an den Dialog denken, dieses kurze Gespräch zwischen Claude Rains und Humphrey Bogart.

Weswegen sind Sie nach Casablanca gekommen?, fragt Bogart.

Wegen der Heilquellen.

Es gibt keine Heilquellen in Casablanca.

Und Rains antwortet: Ich war falsch informiert.

Warum war ihm das früher nie aufgefallen? Colin hatte den Film einige Male gesehen.

Aus genau demselben Grund bin ich nach London gegangen.

»Ich hätte dir das alles damals zeigen sollen«, sagte er zu Livia, die mit großen Augen durch diese schottische Westernwelt ging.

Sie schaute nach vorn. »Jetzt sehe ich es ja.« Sie ging die Hauptstraße entlang, mit ihrem wippenden Gang, den er schon damals so gemocht hatte, weil er fröhlich aussah.

Jetzt folgte er ihr.

Wieder hier zu sein war mehr als nur seltsam.

Rio Bravo selbst hatte sich nicht verändert.

Es gab noch immer *Blangsted's Stall*, neben dem *Hawks' Hotel* stand, zwei klapprige Häuser weiter fand man *Brackett's Store* und *Barnes' Saloon* und die Praxis von Dr. Furthman, die allerdings, das hatten die Jungs damals herausgefunden, so gut wie nie besetzt war, weil Dr. Furthman, so hatten sie es sich erklärt, immer Hausbesuche bei den Ranchern der Umgebung machte.

Weiter hinten erhob sich eine kleine Kirche aus dem Staub und den Gräsern, und daneben lag auch gleich der Friedhof, der wie eine helle Kopie des Galloway Graveyard aussah.

Reverend Harlan war hier oft anzutreffen gewesen, damals.

Die beiden Musiker, die früher immer auf der Bank neben dem Store gesessen und auf ihren Banjos gespielt hatten, als hinge ihr Leben davon ab, waren nicht mehr da. Dimitri und Ricky, ja, das waren ihre Namen gewesen, Colin erinnerte sich wieder.

»Es ist kein Mensch hier«, stellte Livia fest.

»Stimmt.« Das war es, was sich verändert hatte.

Früher war *Rio Bravo* eine Stadt gewesen, in der das Leben gebrodelt hatte wie in der Kulisse eines Films. Die Menschen hatten getan, was Menschen in einer Westernstadt so tun, eben das, was Jungs sie im Fernsehen tun sehen.

Doch jetzt waren die Kutscherstraße und die Hauptstraße verlassen. Da war nur die Musik, *The River*, von weither.

»Glaubst du, dass es hier gefährlich ist?«, fragte Livia mit einem Mal.

Colin zuckte die Achseln. »Ich weiß es nicht. Früher war es das, manchmal.« Hin und wieder waren Banden in die Stadt gekommen, einmal war die Bank ausgeraubt worden. Es kamen Fremde in die Stadt, dunkle Gestalten, und manchmal auch Glücksspieler. Aber Colin und Danny hatten immer für Ordnung gesorgt.

Es war wie ein Traum gewesen und niemals wirklich gefährlich. Selbst wenn es zu Schießereien gekommen war, hatte man nie Angst haben müssen, verletzt zu werden, nicht wirklich.

Sie gingen weiter.

Down to the river.

Vorbei an den Häusern, deren Türen weit offen standen. Der Wind ließ die Türen und Fensterläden unruhig auf- und zuschlagen. Wilde Windhexen wehten durch die Straßen.

And into the river we dive.

»Das«, stellte Livia fest, »ist eine Geisterstadt.«

Colin sah sie von der Seite an. Sie schien keine Angst zu haben, eher noch war sie fasziniert.

»Ihr wart zu lange fort.«

»Hm.«

»Ich bin noch nie in einer Geisterstadt gewesen.« Sie wirkte neugierig. »Glaubst du, dass hier wirklich Gespenster leben? Die ruhelosen Geister derjenigen, die irgendwann einmal von *Rio Bravo* träumten?« Sie musterte ihn von der Seite.

»Ich weiß nicht.«

Livia gab ihm einen Stups. »Kannst du auch mal was anderes sagen?«

Er zuckte die Achseln. »Ich ...«

Sie gab ihm noch einen Stups.

Sah ihn gespielt wütend an.

Colin hielt inne und sagte dann: »Ja.«

»Gut so.«

»Vielleicht war der Traum von letzter Nacht wirklich ein Hinweis.«

»Arthur hat dich gemocht. Vielleicht wollte er dir damit etwas sagen.«

»Dass ein Schwarm Vögel ihn getötet hat?«

Warum nicht?

Come on.

Tie a yellow ribbon round the ole oak tree.

Es wäre doch möglich.

Just for you and me.

»Du hast es geträumt. Es war dein Traum. Und Träume sagen einem immer etwas.«

»Ja, vielleicht.« Er wollte jetzt gar nicht darüber nachdenken. »Hier ist alles so anders«, sagte er, und es klang fast, als sehne er sich danach, in dieser Stadt zu bleiben. »Es ist so ...«

»Einfach.«

Er sah sie an. »Ja, genau das ist es. Einfach. Es ist einfach.«

»Das Leben ist nicht einfach, war es noch nie.«

»Das klingt aber ...«

»Verbittert?«

Er nickte.

»Soll es aber nicht. Das Leben ist nun einmal so.«

The River wurde noch immer gespielt, irgendwo jenseits der Stadt, vor ihnen.

Schweigend folgten sie der Hauptstraße.

Am Ende des Ortes, dort, wo im Film eigentlich die Prärie hätte beginnen müssen und stattdessen grüne

Hügel die Küstenlinie der Rhinns of Galloway erahnen ließen, trafen sie auf den jungen Mann. Er saß mitten in den Hügeln vor einer Feuerstelle.

Er trug schwarze Kleidung wie Johnny Cash und saß vor einem Feuer und spielte auf seiner Gitarre.

Die Flammen knisterten, und dünner Rauch stieg auf. Über dem Feuer briet ein Tier, das wie ein Hühnchen aussah, an einem Stock, der im Boden steckte. Gleich daneben entdeckte Colin einen Blechtopf, aus dem es nach heißen Bohnen roch.

Als der Mann die beiden nahen sah, legte er die Gitarre beiseite und erhob sich.

Colin erkannte aus der schnell schrumpfenden Entfernung, dass die rechte Hand des Mannes in Schwarz auf dem Revolvergriff aus hellem Holz ruhte – man konnte ja nie wissen. Er blinzelte ins gleißende Sonnenlicht und ließ die beiden Fremden nicht aus den Augen.

Dann, nach unendlich langen Augenblicken, zu denen man sich Musik von Elmar Bernstein und vielleicht noch Ennio Morricone wünschte, ließ der Mann in Schwarz den Revolvergriff los und kam einen Schritt auf sie zu.

»Colin?« Langsam, zweifelnd, kam er noch einen Schritt näher.

Colin blieb vor seinem Bruder stehen, wie angewurzelt, dann hob er die Hand zum Gruß und sagte: »Hey!«

Danny, der erwachsen aussah, fragte: »Was, in aller Welt, machst du denn hier?«

»Ich war in der Gegend«, antwortete Colin. »Das ist Livia, ihr kennt euch.«

»Hallo Danny«, sagte Livia.

»Hallo Livia«, sagte Danny.

Dann standen die drei einfach nur im Kreis, und eine Weile sagte keiner ein Wort.

Es gab keine Geräusche mehr, nur ihrer aller Atem, der sich im Wind verfing.

Das und ein fernes Echo von *The River*.

Nur Verlegenheit.

Keine Umarmung, keine stürmische Begrüßung. Zwischen dem letzten »Mach's gut!« und dem lässigen »Hey!« lagen sieben Jahre, und die Zeit, das wusste Colin, stand auch jetzt noch in ihrer Mitte.

Danny trug einen dichten schwarzen Vollbart, der sein Gesicht verbarg. Die dunklen wachsamen Augen, die fast wie Colins Augen waren, nur ein klein wenig anders, ruhten auf dem großen Bruder.

Danny wirkte ernster als früher und reifer. Er sah aus wie ein Mann, der den Weg, den er einmal eingeschlagen hatte, auch zu Ende geht.

»Es ist lange her«, sagte Colin. Er wusste nicht, was er erwartet hatte – Jubelgeschrei, ein Lied, Fanfaren? Unbeholfen standen sie alle da und sahen einander an.

»Mama ist jetzt im Mond«, verkündete Danny Darcy schließlich die frohe Botschaft, und zum ersten Mal grinste er so wie früher, als er noch fünf Jahre alt und ein kleiner Junge gewesen war. Er grinste wie damals, wenn er etwas angestellt und noch nicht erwischt worden war.

Colin antwortete nur: »Ich weiß.«

Das waren die beiden Worte, die das Eis brechen ließen.

»Woher, in aller Welt, weißt du davon?«, fragte Danny verdutzt.

»Madame Redgrave hat es mir gesagt.«

»Scheiße«, sagte Danny und trat mit den Schuhen in den Dreck. Er trug Biker-Boots, schwarz und staubig.

»Sie ist nicht gut auf dich zu sprechen.«

Er winkte ab. »Ja, ich weiß. Deswegen bin ich ja hier.«

»Sie sucht dich.«

»Hier wird sie mich nicht finden.« Er grinste schlitzohrig, aber wenig siegessicher. »Das hier ist nicht zugänglich für Leute wie sie, das habe ich schon herausgefunden. *Rio Bravo* ist tabu. Sie wäre längst hier aufgetaucht, wenn sie es könnte. Sie sucht mich seit Tagen und will mich holen.«

»Sie hat *mich* geschickt, damit ich das tue«, sagte Colin. Er hatte seinen kleinen Bruder, der jetzt groß war, noch nie belogen, und er dachte auch nicht daran, nun plötzlich damit anzufangen.

»*Du* sollst mich zu ihr bringen?«

Er nickte.

»Na, klasse.«

»Livia wird sonst sterben.«

Das Friedhofsmädchen von einst krempelte sich den Ärmel hoch und zeigte Danny das Mal auf ihrer Haut.

Die Wabe sah noch immer lebendig aus, und man konnte den Punkt erkennen, wo die Biene zugestochen hatte.

Danny trat erneut in den Staub. »Mist, so hatte ich mir den Deal nicht vorgestellt.« Er seufzte und rieb sich die Augen. Dann schlug er vor, einen Kaffee zu trinken. »Kaffee tut gut. Wir müssen reden.« Er ging zum Feuer zurück. »Mama ist jetzt im Mond, okay, das weißt du, aber den Rest der Geschichte«, er schaute ihn an, »den kennst du noch nicht.« Sein Blick wanderte zu Livia: »Und du auch nicht.«

Colin und Livia traten ans Feuer und setzten sich.

Danny hatte eine verbeulte uralte Blechkanne mitten in die Flammen gestellt.

»Kaffee?«

»Schwarz«, sagte Colin.

»Für mich auch«, sagte Livia.

Danny schenkte den Kaffee in drei Tassen aus Blech ein.

»Du hast genau drei Tassen?«, fragte Livia.

»Hier ist *Rio Bravo*«, antwortete Danny und sagte damit alles, was es zu sagen gab. Er wandte sich wieder an Colin. »Du siehst fertig aus«, sagte er, »aber glücklich.«

Colin nickte nur und schenkte Livia einen langen Blick.

Er musste plötzlich an Danny in der Kirche denken. Damals war er vier Jahre alt gewesen.

Der Korb mit den Spenden wurde herumgereicht, und als er bei den Darcys angekommen war, da griff

Danny hinein und hatte plötzlich die geschlossene Faust voller Geld. Münzen und Scheine quollen ihm, wie im Comic, zwischen den Fingern hindurch.

Helen, die neben Danny saß, war augenblicklich peinlich berührt und packte die Hand ihres Sohnes und befahl ihm, das Geld loszulassen. Doch Danny war bockig, schüttelte beharrlich den Kopf und hielt das Geld nur umso fester in der einen Hand und den Korb in der anderen.

Die ersten Leute begannen zu schauen, was dort los war. Helen Darcy war inzwischen höchst peinlich berührt. Sie hasste es, wenn sie in der Öffentlichkeit nicht gut aussah. Und ihrer Meinung nach sah eine Mutter nicht gut aus in der Öffentlichkeit, wenn ihr kleiner Sohn das machte, was Danny gerade tat.

Sie zischte ihm zu, er solle das Geld loslassen, doch Danny weigerte sich. Sie packte ihn am Handgelenk, so fest es nur ging, und dann schüttelte sie es so lange, bis der ganze Korb durch die Gegend flog. Das war auch der Moment, in dem Danny die Münzen und die Scheine losließ. Mit einem lauten Klimpern und Scheppern prasselte ein Münzregen auf den Steinboden, und jetzt hatte wirklich der Letzte in der Kirche bemerkt, dass einer der Darcy-Jungs aus Ravenscraig Mist gebaut hatte.

Helen Darcy war stinksauer.

Am Abend lief Danny keuchend und schreiend in seinem Zimmer herum, weil er keine Augen mehr hatte. Man hörte von draußen, wie er mit dem Kopf gegen den Schrank stieß, Möbelstücke umfielen und er wieder und wieder vor Schmerzen aufschrie. Irgendwann durfte Colin dann zu ihm, wie immer, und als er die Tür aufmachte, da sah er, dass Danny Münzen in den Augen stecken hatte. Die Münzen bewegten sich, wenn er nach rechts oder links zu schauen versuchte, in eben jene Richtung. Statt der Zunge hing ihm eine Zehnpfundnote aus dem Mund, feucht und klebrig. Die Tränen, die er weinte, sahen aus wie Rost, und Colin erkannte, dass sie dort, wo sie die Haut berührten, winzige Verbrennungen zurückließen, als wären sie eine Art von Säure.

Er lief zu Danny hin und tat das, was er immer tat. Er erzählte ihm eine Geschichte, die alles wieder gut machte.

Als es schließlich vorbei war, wollte er wissen, warum Danny sich in der Kirche so aufgeführt hatte. »Du weißt doch, dass Mama das nicht mag.«

»Ich wollte sein wie er«, erklärte Danny und zeigte seinem Bruder das Buch, das auf seinem Nachttisch lag. Es war eine Bilderbuchausgabe der Abenteuer von Robin Hood. »Ich wollte sein wie Robin von Locksley. Die Kirche ist doch reich genug. Überall haben sie goldenes Zeug und so. Und in der Geschichte sind die fetten Bischöfe auch immer die Bösen.«

»Oh, Danny.« Colin streichelte ihm den Kopf, ganz sachte.

»Drüben beim Supermarkt sitzt doch die Zigeunerin mit dem Kind. Du weißt schon, die uns immer anbetteln und derentwegen Mama jetzt nicht mehr dorthin geht.«

»Du wolltest es ihnen geben?«

Er nickte nur. »Sie hätten sich bestimmt darüber gefreut. Die Schuhe der Frau sind ganz kaputt. Und es wird bald Herbst.« Seine Finger tasteten nach seinem Gesicht.

»Es ist alles in Ordnung«, beruhigte ihn Colin.

Eine Weile saßen sie da und sagten nichts.

Dann fragte Danny: »Kann ich trotzdem wie Robin Hood sein?«

»Du *bist* wie Robin Hood. Das vorhin war nur eine Niederlage.« Dann erzählte er ihm von einem Abenteuer, in dem Robin in Gefangenschaft geriet. »Mama ist so was wie Guy von Gisbourne, weißt du.«

Danny verstand das sehr gut. »Wenn ich groß bin«, sagte er, »dann will ich nicht zu den Bösen gehören.«

»Das wirst du nicht«, sagte Colin nur, »das wirst du nicht.«

Und dann, ja, dann war alles gut gewesen.

Erst mal.

Er betrachtete seinen Bruder.

Der Kleine war jetzt groß, fast sogar noch größer als er selbst. Und er gehörte noch immer nicht zu den Bösen, und das war verdammt gut so. Sie gehörten beide nicht zu den Bösen, Colin auch nicht, was immer auch der Constable behaupten mochte.

Süße Erinnerungen.

Die kamen und gingen.

Wie in dem Lied.

Yesterday once more.

Von den Carpenters, die Mutter im Krankenhaus die Wehen erträglicher gemacht hatten.

»Nun gut«, begann Colin schließlich mit seiner Erzählung, und das Feuer knisterte zu seinen Worten.

Dann erzählten Livia und er Danny ihre Geschichte. Sie erzählten von Black Head, dem London-Leben, Arthurs Tod, von Constable Plummer und Inspektor McGuffin und den Dingen, die in der Welt passierten und zueinanderpassen mussten, wenn man nicht daran glaubte, dass es Zufälle gab. Aber das, was sie erzählten, endete in der Kate und mit zwei Menschen, die sich gefunden hatten, nachdem man sie getrennt hatte.

Danny lächelte kurz und traurig. »Meine Geschichte endet nicht so schön«, antwortete er, nachdem die beiden fertig waren. »Es ist eine lange Geschichte, wollt ihr sie wirklich hören?«

»Ja.«

»Fang schon an!«

»Also gut.« Danny legte ein wenig Holz nach, bevor er loslegte.

»Du hast sicher von der Band gehört. *Dylan's Dogs*, es gibt sie jetzt schon seit fast sechs Jahren.« Er erzählte, wie er die Band mit einigen Kumpels gegründet hatte. »Die allerersten Jahre waren schwierig, wir spielten in kleinen Clubs und schäbigen Spelunken. Doch dann wurde es besser.« Er schlürfte den heißen Kaffee. »Ich lernte Soozie Sutcliffe kennen, die mit ihrer Geige zu uns kam, und wir verliebten uns, das ging ganz schnell, und wir heirateten danach noch viel, viel schneller. Ich liebe sie,

Colin, was immer auch Miss Robinson behauptet haben mag. Soozie ist eine wunderbare Frau. Sie ist mein Leben, sie und der Kleine, der bald schon zu uns stoßen wird.« Ein Schatten überzog das bärtige Gesicht. »Ja, sie ist schwanger. Im achten Monat. Und ich bin nicht mal bei ihr, das ist ja so verdammt beschissen.«

»Miss Robinson hat es uns gesagt.«

»Das mit dem Kind?«

Colin blieb ehrlich. »Das andere auch.«

»Soozie glaubt, ich habe sie betrogen.«

Colin fragte ihn nicht, ob sie recht hatte.

Danny würde das nicht tun, nein, niemals!

Nicht Danny.

Danny, der Robin Hood sein wollte.

»Ich kam eines Abends nach Hause, und da hat sie behauptet, mich mit einer anderen Frau gesehen zu haben.« Er rieb sich die müden Augen und seufzte tief. »Soozie ist keine Spinnerin, weißt du, und wenn sie sagt, sie hat mich mit einer anderen Frau gesehen, dann hat sie auch genau das gesehen.« Er seufzte und fuhr sich mit beiden Händen durch das dichte Haar, das nicht lockig war wie Colins Haar, sondern glatt wie das Helen Darcys. »Der entscheidende Punkt ist aber, dass ich nicht mit einer anderen Frau zusammen gewesen bin.« Er sah Colin an. »Na, kommt dir das vielleicht bekannt vor?«

»Oh, verdammt«, war alles, was Colin sagte.

»Genau.«

»Was ist passiert?«

»Ich beginne am besten mit dem Anruf.« Er goss sich dampfenden Kaffee in die Blechtasse nach. »Mama hat mich angerufen, vor einem halben Jahr.«

»Sie hat gewusst, wo du lebst?«

»Das ist ja das Seltsame an der Geschichte. Ja, sie hat es gewusst.«

»Woher?«

»Hat sie mir nicht gesagt. Sie hat bei mir zu Hause angerufen, nicht in der Agentur. Ich war noch unterwegs, und Soozie hatte das Ferngespräch entgegengenommen. Die beiden haben fast zwei Stunden miteinander geredet.«

»Worüber?«

»Du kennst doch unsere Mutter.«

Colin nickte betroffen.

»Sie hat ihr von meiner Kindheit erzählt und von alten Geschichten, an die ich mich selbst kaum mehr erinnern würde. Sie hat ihr sogar von deiner Sturzgeburt erzählt, kannst du dir das vorstellen?«

Konnte er, mühelos.

»Als ich nach Hause kam, hielt mir Soozie den Hörer hin und sagte, es sei meine Mutter. Zuerst dachte ich, dass sie scherzt, doch dann nahm ich das Telefon in die Hand und hörte ihre Stimme.« Er schloss die Augen, nur kurz. »Damit hat alles angefangen, mit diesem einen beschissenen Anruf. Deswegen bin ich jetzt hier, sozusagen.«

Colin fragte sich, warum seine Mutter das gemacht hatte. Warum hatte sie bei Danny angerufen?

Something wicked this way comes.

Oh, yeah!

»Sie gratulierte mir zu unserer Hochzeit, und dann fragte sie mich, ob Soozie auch wirklich die richtige Frau für mich sei, in einem Atemzug.« Er ballte die Fäuste, als er das erzählte. »Sie sei nett und habe eine wirklich schöne Stimme, und sie habe auch Photos von ihr gesehen, sie meinte das Cover der CD mit den Seeger-Songs, aber ich wüsste doch, wie Frauen sind. Ich sei ein erfolgreicher Musiker, und vielleicht sei es nur das, was Soozie so toll fände an mir. Die meisten Frauen, sagte sie, seien nur geil auf Ruhm und Geld. Sie benutzte genau dieses Wort: *geil*. Kannst du dir das vorstellen?« Er verdrehte die Augen. »Dann fing sie mit der alten Leier an: Ihre Söhne hätten sie verlassen, alle beide, keiner gebe etwas darauf, wie es ihr gehe. Miss Robinson und Mr. Munro könnten es auch gar nicht verstehen, dass wir uns nicht mehr in Ravenscraig blicken ließen. Wir hätten doch eine so schöne Kindheit gehabt. Du kennst das Gerede.«

»Ja«, sagte Colin, er kannte das.

»Ich fragte sie also, was sie überhaupt wolle und woher sie die Nummer habe. Ihre Antwort? Sie wollte nur mit mir reden und wissen, wohin sie das Hochzeitsgeschenk schicken sollte. Und was die Telefonnummer anging, sie sei eine Mutter, und eine Mutter wisse so was eben. Dann legte sie mir ans Herz, dass ich vorsichtig sein sollte.«

»Vorsichtig?«

»Ja, vorsichtig. Sie glaube ja nicht, dass Soozie die richtige Frau für mich sei. Sie habe da so ein Gefühl.«

»Was hast du gemacht?«

»Ich sagte ihr, sie solle sich zum Teufel scheren, und habe aufgelegt.« Er seufzte müde. »Keine Ahnung, warum ich mir das Gespräch bis dahin überhaupt angetan habe. Schätze, das passiert einem einfach, wenn man davon überrascht wird. Als ich in die Küche kam, hat Soozie mir zuerst die Hölle heiß gemacht, da ich so doch nicht mit meiner Mutter umspringen könne. Doch dann habe ich ihr erklärt, was los ist. Wir haben uns eine neue Telefonnummer zugelegt.«

»Aber das war nicht alles.«

Livia, die neben Colin saß, ergriff dessen Hand.

»Soozie wirkte völlig angespannt, als wir nach dem Anruf miteinander sprachen.« Danny schüttelte den Kopf und wirkte wieder so traurig wie schon vorhin. »Du kennst Mutter. Die ganze Zeit über hatte ich Angst, sie könnte Soozie eine ihrer Geschichten erzählt haben. Wir redeten darüber, doch ich fand nichts heraus. Nur Anekdoten aus unserer Kindheit hatte sie am Telefon zum Besten gegeben. Darüber hinaus hat sie Soozie gegenüber nur einmal ganz kurz und beiläufig erwähnt, dass ich als Jugendlicher hinter jedem Rock in Stranraer hergewesen sei und dass sie es ja so schön fände, dass ich es nun endlich schaffte, einer Frau treu zu bleiben. Das, teilte mir Soozie mit, hätte sie besonders betont. Ich sei immer ein so netter Junge gewesen, aber wenn ich eine Freundin mit einem anderen Mädchen aus der Schule betrogen hätte, nein, das hätte sie nie verstanden. Immer habe sie mir ins Gewissen geredet, aber geholfen hätte es nichts. Umso mehr freue sie sich aber jetzt, dass ich mich da wohl geändert hätte. Was, das merkte sie an, ja zudem nicht einfach sei für einen Musiker, der es permanent nach Konzerten mit weiblichen Fans zu tun bekam, die ihm kreischend folgten.« Er schlürfte vom heißen Kaffee, als bringe ihm das die Erlösung. »Soozie brachte natürlich mit all der Coolness, die ihr angemessen erschien, rüber, dass sie bei den Konzerten immer zugegen war. Aber du kennst Mutter. Sie zitierte eine ihrer Weisheiten: *Wo ein Wille ist, da ist meistens auch ein Weg.* Na ja, Soozie war jedenfalls stinksauer, und ich konnte die nächsten beiden Tage damit verbringen, sie zu beruhigen und ihr vor Augen zu halten, dass meine Mutter nur Schwachsinn erzählt hatte. Am Ende glaubte sie mir, jedenfalls sprachen wir nicht mehr darüber.« Er berührte das Holz seiner Gitarre, als würde ihm das Trost spenden. »Sie hat ihr sogar angeboten, mit ihr zu reden, wenn ich sie einmal betrügen würde, kannst du dir das vorstellen? Sie hätte immer ein offenes Ohr für meine Frau, das habe sie bei all den anderen Mädchen auch so gehalten und alle seien sie ihr dankbar gewesen.«

»Sie ist böse, das habe ich schon damals gesagt«, gab Livia zu bedenken. »Sie ist einfach eine alte böse Frau. Und früher war sie vermutlich eine junge böse Frau.«

»Das ist sie«, stimmte Danny zu, »das ist sie.«

»Wie ging es weiter?«

»Sie meldete sich nicht wieder. Ich habe noch immer keine Ahnung, wie sie an die Telefonnummer gekommen ist. Und ich verstehe auch noch immer nicht, warum sie überhaupt angerufen hat. Außer, dass sie Unfrieden stiften wollte, fällt mir kein Grund ein. Danach kehrte jedenfalls Ruhe ein.« Er stand auf und ging um das Feuer herum. »Wir erfuhren, dass Soozie schwanger war, und alles hätte wunderbar sein können.« Er nahm etwas Holz und legte es ins Feuer. »Der Arzt sagte, es würde ein Junge. Hey, wir wollten den Kleinen Johnny nennen«

»Wie Johnny Cash?«

Er lachte. »Soozie hatte was gegen Elvis.« Das Lachen erstarb. »Mein Gott, der Kleine ist gesund und munter. Ich habe ihn gespürt, wie er Soozie gegen den Bauch tritt. Mann, Colin, das ist Wahnsinn. Unsere Eintrittskarte ins Glück.«

»Und Mutter würde Großmutter werden.«

»Das würde ihr Ego mit einem Schlag zerstören. *Granny Helen*, wow!«

Colin musste wieder Erwarten grinsen. »Doch dann kam die Sache mit dem Seitensprung.«

Danny stocherte mit einem Stock im Sand herum. »Du sagst es. Soozie hat mich mit einer anderen Frau gesehen, das war vor sechs Wochen. Wir seien eng umschlungen aus einem Café gekommen, so hat sie es geschildert. Ein Flittchen, Anfang zwanzig, *Tits on sticks* und geschminkt wie Morticia Addams, so hat Soozie sie mir geschildert. Eine total verfickte Groupie-Schlampe, die für jeden, der ein Mikro halten kann, die Beine breit macht, das waren ihre Worte. Und normalerweise redet sie nicht so daher. Sie war einfach nur fertig, und ich wusste natürlich, dass es nicht gut für den Kleinen sein würde, wenn er all den Ärger mitbekäme.« Er schaute Livia an. »Ich habe einige Bücher gelesen, jede Menge Schwangerschaft-Zeugs und so, und mich schlaugemacht.« Er redete immer schneller. »Ich wollte gehen, aber dann ist sie mir zuvorgekommen. Ich dachte, dass sie sich beruhigen würde, aber das hat sie nicht getan.«

Es war Livia, die sagte: »Aber das mit dem Groupie, das warst nicht du.« Es war keine Frage, sie glaubte ihm.

Danny schwieg zuerst, dann sagte er: »*Ich* war es nicht. Aber Soozie hat *mich* gesehen.«

»Sie *hat* dich gesehen.«

Er nickte.

»Daran besteht kein Zweifel. Als sie von mir wissen wollte, mit wem ich da im Arm durch die Gegend gelaufen bin, da habe ich gewusst, dass Mutter ihre Finger im Spiel hat. Ich wusste sofort, dass Soozie in eine ihrer Geschichten eingetaucht war. Und ich wusste, dass ich keine Chance hatte, das klarzustellen.«

»Ganz klare Sache«, murmelte Livia.

Die beiden Männer sahen sie an.

»Was meinst du?«, fragte Colin.

»Sie will ihre Söhne für sich haben«, sagte Livia. »Das wollte sie schon damals.«

Danny starrte sie an. »Aber warum? Wir sind erwachsen. Was soll der Scheiß?«

Livia erzählte ihm, was ihr damals passiert war. Sie erzählte ihm von dem Blut und dem fratzenhaften Gesicht darin und ihrer Angst und davon, dass sie Colin einfach so verlassen hatte, weil sie nie zuvor mit einer solch abgrundtiefen Bosheit konfrontiert gewesen war.

»Ich kann mich daran erinnern.« Danny warf Colin einen langen Blick zu. »Du warst damals wochenlang niedergeschlagen und hast mit niemandem reden wollen. Und dauernd bist du zum Friedhof gelaufen. Keinen hast du an dich rangelassen. Nicht mal mich.«

»Ich weiß.«

»Sie ist böse«, sagte Livia.

»Wie ging es weiter?«, fragte Colin.

»Soozie hat mich verlassen. Sie hat ihre Koffer gepackt und ist zu einer Freundin gezogen.«

»Hättest du ihr nicht eine andere Geschichte geben können?« Es war Livia, die daran dachte. »Ich meine, du kannst es doch auch tun. Warum hast du ihr nicht eine andere Lüge als Wahrheit verkauft. Eine, die dich so dargestellt hätte, wie du wirklich bist.«

»Es wäre nicht ehrlich gewesen«, sagte Danny. »Ich würde Soozie nie anlügen.«

Colin wusste, was er meinte. Und Livia wusste es auch.

»Was hat Madame Redgrave mit dieser ganzen Sache zu tun?«

»Soozie ist vor drei Wochen ausgezogen.« Die dunklen Augen wirkten unendlich traurig. »Keine zwei Tage nachdem sie fort war, erreichte mich ein Brief. *Sie haben ein Problem, ich löse es. Pandora Redgrave, überall. Denken Sie an mich.* Daneben war noch eine Adresse an der Fifth Avenue angegeben.« Beschämt senkte er den Blick. »Ich habe, nachdem Soozie fort war, viel getrunken. Die CD lief nicht besonders gut, irgendwie geriet mir alles aus dem Ruder. Ich habe mir eine ganze Menge Scheißdreck reingezogen, und damit meine ich nicht nur Alkohol. Alles, was mir das Hirn weggedröhnt hat, war okay. Soozie war fort und schwanger, ich war einfach total im Eimer.« Allein darüber zu reden quälte ihn. »Nach New York zu fahren und Madame Redgrave aufzusuchen schien mir eine gute Idee zu sein.« Er stockte kurz. »Wenn du die Birne voller Bier und anderer Sachen hast, dann erscheint dir jede dumme Idee als die genialste und beste Lösung all deiner Probleme. Du bist bekifft und besoffen, und auf einmal hast du den Masterplan in der Hand.« Er seufzte. »Ich bin also nach New York gefahren und habe Madame Redgrave aufgesucht. Sie hat sich alles, was ich zu sagen hatte, angehört, und dann hat sie mir die Lösung vorgeschlagen. Den Preis wollte ich gern zahlen.«

»Hat sie dir den Preis genannt?«

Er schüttelte den Kopf. »Ich musste nur einwilligen, den Preis zu zahlen, bevor sie ihn nannte. Das waren die festen Regeln für *eine Leistung, die außergewöhnlich* sein würde.« Er verdrehte die Augen. »Meine Güte, Colin, ich war besoffen, als sie mir das alles gesagt hat. Es war mir egal.« Er trat mit der Stiefelspitze ein paar Steine ins Feuer und sah den Funken beim Fliegen zu. »Ich fragte nur nach, ob es kein fauler Deal sei, du weißt schon, so was in der Art wie *›Ich nehme dein Erstgeborenes‹* oder so. Sie hat laut gelacht und gesagt, sie sei nicht Rumpelstilzchen, wenngleich sie es kenne, es sei ein netter Kerl, na ja, für einen Iren halt. Nein, beruhigte sie mich, den Preis könne nur jemand zahlen wie derjenige, der den Handel eingeht.« Er zog ein Gesicht. »Also hab ich eingeschlagen. Deal ist Deal. Den Masterplan zu haben war mir wichtiger. Sie hat mir versichert, dass sie Mutter aus meinem Leben entfernen würde. Schlag ein, das war's dann gewesen.« Er kicherte. »Helen Darcy würde in den Mond verbannt werden. Es lebe die moderne Magie, woher auch immer sie kommt.« Er lachte laut auf, und Colin erkannte die Tränen in seinen Augen.

»Sie hat ihren Teil der Abmachung erfüllt, das hat sie mir gesagt.«

Danny nickte. »Ja, das hat sie.«

»Aber?«

»Ich bekam eine Rechnung, kannst du dir das vorstellen? Hey, das war doch Magie, oder?! Madame Redgrave ist ein magisches Wesen.« Er musste lachen. »Wer denkt schon daran, dass einem ein magisches Geschöpf für seine Leistung eine Rechnung schickt, und dazu noch per E-Mail.«

Colin und Livia starrten ihn an.

»Du hast wirkliche eine E-Mail bekommen?«

Danny lachte noch immer, doch es klang wie das schrille Lachen von jemandem, der trotzig dem Irrsinn die Stirn bietet. »In der E-Mail stand, dass sie für die von ihr erbrachte Leistung mein Leben in die Obhut eines Mr. Moon zu geben habe. *Begleichen Sie den Rechnungsbetrag (netto), indem Sie sich beim nächsten Erntemond in das Licht der Himmelsscheibe stellen (angezogen!).* Genau das hat in der Mail gestanden.«

»Klingt verrückt.«

»Du kannst es dir anschauen«, sagte er, »*ddarcy@aol.com.* Passwort: *bdylan.* Ich hab sie nicht gelöscht.« Er strich sich nachdenklich über den Bart. »Ich habe Miss Robinson angerufen, weil ich sicher sein wollte, dass Mutter tatsächlich fort ist.«

»Und?«

»Alles bestens, alle waren aufgeregt, weil keiner wusste, wo sie abgeblieben war.«

»Madame Redgrave hatte also Wort gehalten«, sagte Livia.

»Aber ich Idiot dachte, dass ich den Preis in Dollar bezahlen müsste. Von einem Leben im Mond gemeinsam mit Mutter war nie die Rede gewesen.«

Das war der Teil, den Colin und Livia bereits kannten.

»Warum bist du wieder nach Ravenscraig gegangen?«

Er lachte wieder dieses verlegene, verzweifelte Lachen, das Colin die ganze Zeit über schon nicht gefiel. »Eigentlich wollte ich nur hierher zurückkehren, nach *Rio Bravo.* Ich dachte mir, dass Madame Redgrave mich hier nicht finden würde. Nur wie es dann weitergehen sollte, wusste ich auch nicht.«

»Aber warum ausgerechnet Ravenscraig?«

»Ich dachte, dass es mir von dort aus vielleicht gelingen würde. In meinem alten Zimmer. Ich dachte mir, dass die Erinnerungen an das, was geschehen war, mir die Kraft geben würden, nach *Rio Bravo* zu gehen.«

»Aber es hat so nicht funktioniert.«

Danny wirkte jetzt, zum ersten Mal seit dem Beginn dieses Gesprächs, völlig verwirrt: »Wieso, ich bin doch hier.«

»Es hat also funktioniert?«

»Ja.«

»Ich dachte, du seist über den Friedhof hierhergekommen.«

»Nein, ich bin nach Stranraer gefahren, und mitten auf der A77 bin ich nach *Rio Bravo* gegangen. Im Radio lief *The River*, und das hat irgendwie etwas zum Klingen gebracht.«

»Aber deinen Wagen, den hätte man doch finden müssen.«

»Den grünen Rover?«

»Ich habe mir auch einen gemietet.«

Danny sagte: »Der Rover steht drüben, hinter den Stallungen. Ich bin mit dem Rover hierhergekommen. Ist'n Ding, was?! Ich bin mitsamt dem Wagen übergewechselt. Wenn wir das früher gewusst hätten, dann wären wir mit den Rädern hergefahren.«

Colin stutzte.

»Und das gelbe Band?«

»Welches gelbe Band?«

Er erklärte es Danny.

»Ich bin seit Vaters Begräbnis nicht mehr dort gewesen«, sagte Danny. »Von einem gelben Band weiß ich nichts.«

Sie sahen einander an, Livia und Colin. Bisher war Colin einfach davon ausgegangen, dass sein Bruder ihm ein Zeichen hinterlassen hatte.

»Der Galloway Graveyard ist immer *dein* Zufluchtsort gewesen, Colin. Du bist auch später immer dorthin gegangen, hast stundenlang mit einem Buch zwischen den Grabsteinen verbracht und hinaus auf die See geblickt. Dort hast du dich sicher gefühlt.«

Ja, dachte Colin, das gehört wohl auch zu den Dingen, die ich mehr und mehr vergessen habe.

We go down to the river.

»Mein Zufluchtsort war immer mein Zimmer. Dort war meine Gitarre.« Danny klopfte sanft auf das Holz und strich fast zärtlich über den Hals und berührte die Saiten. »Wenn ich Musik machte, dann war ich nicht mehr bei Mutter, dann war sie fort.«

And into the river we dive.

»Ergibt das einen Sinn?«, fragte Colin.

Es war Livia, die ihm antwortete: »Ja, tut es.«

Die beiden Jungs, die jetzt Männer waren, sahen sie an.

»Gemeinsam konntet ihr immer nach *Rio Bravo* gelangen. Doch wenn ihr allein seid, dann müsst ihr es von einem Ort aus tun, an dem ihr euch nie von eurer Mutter habt behelligen lassen. Für dich, Colin, war es der Galloway Graveyard. Und für Danny war es die Musik oder sein Zimmer, in dem er seine Ruhe hatte.«

»Ich habe es immer abgeschlossen, als ich ein Teenager war, weißt du noch?!«

»Ja«, murmelte Colin, »jetzt weiß ich es wieder.«

»Ich habe es abgeschlossen, nachdem wir hier in *Rio Bravo* – ich glaube, es war dort drüben – die *Burdettes* besiegt hatten. Danach ist Mutter draußen geblieben. Sie hat es nicht einmal gewagt, die Klinke zu drücken oder nach mir zu rufen, wenn ich dort drinnen war.«

»Ja«, flüsterte Colin, als sei es eine Beschwörungsformel. »Nachdem wir die *Burdettes* in die Flucht geschlagen hatten, ist einiges anderes geworden.«

Helen Darcy, die wusste, dass ihre Jungs sich selbst gehörten, war dazu übergegangen, ihren Mann zu kritisieren. Sofern Archibald Darcy früher die Ruhe gehabt hatte, mit seinen Söhnen die Küste entlangzuwandern und Vögel zu beobachten, so war er in den Jahren, in denen die Jungs größer und älter geworden waren, immer öfter in Ravenscraig geblieben. Still war er seinen Geschäften nachgegangen.

»Erinnerst du dich an die toten Fische?«, fragte Colin und wusste nicht einmal, warum er gerade das wissen wollte.

»Ja«, sagte Danny. »Als wir aus *Rio Bravo* zurückkehrten, da waren sie alle tot.«

»Und Papa hatte sein Lachen verloren.«

»Stimmt.«

Livia schaltete sich ein. »Aber das hatte nichts mit euch beiden zu tun, oder?«

Sie sahen das Friedhofsmädchen an, das jetzt eine schöne Frau war.

»Was immer Helen Darcy mit den Fischen angestellt hatte, es war nicht eure Schuld.«

Beide Darcys schwiegen.

»War sie wirklich so böse?« Danny schaute auf, nahm die Gitarre auf den Schoß und griff einen flüchtigen Riff, der niemals Dur sein würde.

»Ja«, sagte Colin. »Das war sie.«

Blood Money.

Bon Jovi, die ersten Riffs.

Danny spielte eine leise, ruhige Melodie, die zu einem anderen Lied wurde.

Where the streets have no name.

»Ich kann mich jetzt wieder erinnern, weißt du. Die ganze Zeit über konnte ich es nicht. Deswegen bin ich auch fortgegangen. Deswegen ...« Er stockte, sah seinem Bruder in die Augen.

I want to run.

I want to hide.

I want to tear down the walls.

That hold me inside.

»Deswegen wollte ich dich nicht sehen. Ich wusste, dass ich dann wieder an alles denken würde. Es wäre alles wieder da gewesen, wenn wir uns gesehen hätten.«

Colin nickte. »Ich weiß.« Er konnte nichts anderes sagen, denn das, davon war er überzeugt, war die Wahrheit.

Where the streets have no name.

Deswegen waren sich Danny und er all die Jahre aus dem Weg gegangen. Eine andere Lösung hatte es nicht gegeben. Es war die einzige Möglichkeit gewesen, Ravenscraig und Helen Darcy zu entkommen. Dies alles zu vergessen.

Danny spielte eine neue Melodie. Sie wurde einfach so aus der anderen geboren, und Livia und Colin lauschten ihr.

How can a poor man stand such times and live.

»Bruce Springsteen«, sagte Danny.

Er spielte es, und danach, auf Wunsch Livias, folgte ein Lied, bei dem sie alle mitsangen.

This little light of me.

Es tat gut, einfach am Feuer zu sitzen und zu singen.

Musik, das erfuhr auch Livia jetzt, konnte ebensolche Geschichten erzählen, wie Colin es mit seinen Worten in Black Head getan hatte. Das war Dannys Begabung. Er spielte Musik, und die Melodien konnten das tun, was Colins Geschichten konnten. Sie zauberten neue Welten in die Augen derer, die zuhörten.

Es war reines Fabulieren.

Und so schön.

Eine ganze Weile sangen die drei, einfach nur, weil es ihnen gut tat. Es ließ sie vergessen, woran sich zu erinnern sie gezwungen worden waren. Es war gut, es war richtig, es war das, was Seelen heilte.

»Und was machen wir jetzt?«, fragte Livia trotzdem irgendwann, nachdem die letzten Takte von *Jacob's Ladder* verklungen waren und mit den wilden Windhexen nach Westen zogen.

Die beiden Männer, die keine Jungs mehr waren, schauten Livia an.

»Wir haben noch immer ein Problem«, erinnerte sie die beiden.

»Madame Redgrave«, sagte Danny.

»Und Mr. Moon«, sagte Colin.

»Außerdem haben wir keine Ahnung, woher das gelbe Band am Ast auf dem Friedhof kam.«

Tie a yellow ribbon.

Natürlich dachten sie an die Beerdigung.

Archibald Darcys Beerdigung.

»Wer hat es dort angebunden, wenn nicht du?«, fragte Colin laut. »Und warum? Und woher wusste Constable Plummer, dass wir uns gerade an diesem Morgen auf dem Galloway Graveyard aufhalten? Und, nicht zuletzt, warum wollte er uns überhaupt sprechen?« Colin hoffte jedenfalls nicht, dass man ihn wegen der Sache in seinem London-Leben verhaften wollte, das wäre lächerlich.

Und definitiv sehr störend.

Colin seufzte.

Ein grauenhafter Gedanke kam ihm, mit einem Mal. Er traf ihn wie ein greller, heißer Blitzschlag. »Was ist, wenn wir uns in einer ihrer Geschichten befinden?«

Dream a little dream of me.

Danny starrte ihn an, wurde für einen Sekundenbruchteil kreidebleich. »Mutter weiß nicht, wie *Rio Bravo* aussieht«, gab er zu bedenken. »Sie ist nie hier gewesen, und wir haben ihr nie davon erzählt.«

»Ein Teil von ihr ist damals hier gewesen, wenn auch nur kurz.«

Der Teil, der sich in den *Burdettes* manifestiert hatte.

»Die *Burdettes* sind mitten auf der Hauptstraße aufgetaucht, und dazu noch auf Pferden. Sie haben die anderen Ecken der Stadt gar nicht gesehen. Nein, Colin, wir sind hier, weil wir es wollen, und nicht, weil es Mutters Geschichte ist.«

»Bist du dir sicher?«

Danny zögerte einen Moment lang. Dann sagte er: »Ja.«

»Wirklich?«

»Erinnerst du dich an die Geschichte, in der du das Spinnentier warst?«

Colin nickte.

»Ich habe damals gewusst, dass du es bist, weil ich es einfach gewusst habe, als ich dich gerochen habe. Genauso weiß ich jetzt, dass dies hier unsere Geschichte ist und niemals ihre. Ja, ich bin mir sicher. Ich weiß es einfach. Es muss noch etwas anderes da draußen sein, das alle diese Dinge lenkt.«

»Aber was?«

Livia fragte: »Oder *wer*?«

Und Danny, der die Gitarre weggelegt hatte, grummelte: »Wie schaffe ich es, meinen Kopf aus der Schlinge zu ziehen?«

»Es gibt einen Weg«, sagte Livia und lächelte, wie sie

es damals getan hatte, als sie zum allerersten Mal den Oliventrick beherrscht hatte. Dann erklärte sie den beiden, was sie meinte. Es dauerte lange, bis sie alles gesagt hatte.

Und endlich, endlich hatten sie einen Plan.

Manchmal geht das Leben seltsame Wege, und viele Dinge, die man zu wissen glaubte, erweisen sich als Trugbilder.

»Der Trick mit den Oliven war eigentlich ganz einfach«, sagte Livia am Feuer, »man musste nämlich nicht, wie ich anfangs immer dachte, mit der Olive den Mund treffen, sondern mit dem Mund nach der Olive schnappen.«

Das, dachte Colin Darcy, war in der Tat ein Unterschied, den es nicht zu unterschätzen galt.

Dann hatte Livia etwas erzählt, was ihnen förmlich den Atem raubte, und Colin war nicht ganz schlau aus der Sache geworden, weil er sich nicht erklären konnte, wie, in aller Welt, Livia in den Besitz des Wissens, das sie ihnen präsentierte, gekommen war. Er wusste nicht, warum sie es ihm nicht schon vorher gesagt hatte.

»Ich musste abwarten, wie sich die Dinge entwickeln«, sagte sie nur. »Ich war mir einfach nicht sicher.«

»Bist du es denn jetzt?«

»Nein, aber es ist den Versuch wert, oder?!«

Dass es das war, darin waren sich alle einig.

»Du musst mir vertrauen«, sagte sie.

»Woher weißt du das alles?«

»Colin!« Sie ergriff seine Hände, beide. »Ich weiß es eben. Ich kann dir nicht sagen, woher. Nicht jetzt, nicht hier, bitte. Du musst mir jetzt vertrauen, dann wird alles gut.« Ihre Augen waren dunkle Seen, in denen Sonne und Mond gleichzeitig schwimmen konnten. »Bitte, Colin, es geht nicht anders.« Fast war die Frage ein Flehen. »Vertraust du mir?«

Colin, der dabei war, in diesen Seen zu ertrinken, sagte nur: »Ja, das tue ich.«

Sie lächelte. »Dann wissen wir, was zu tun ist, nicht wahr?« Eigentlich war es keine Frage.

»Wenn Madame Redgrave mitspielt«, gab Danny zu bedenken.

»Sie wird mitspielen.« Livia war guter Dinge. »Sie hat zwar nichts zu verlieren, dafür aber alles zu gewinnen. Und sie wird wissen, dass wir sie nicht betrügen.« Sie betrachtete die Wabe auf der Haut ihres Arms. »Derentwegen.«

Das sah Danny ein.

»Aber wie kommt ihr nach Culzean Castle?«

»Mit dem Auto«, sagte Colin.

Doch Livia schüttelte heftig den Kopf. »Nein, es muss schneller gehen.« Sie dachte nach. »Madame Redgrave hat gesagt, dass wir, egal wo wir sind, nach dem Mond Ausschau halten sollen. Wir sollten keine Zeit verlieren.«

Colin und Danny sahen sich fast gleichzeitig an und sagten, noch viel gleichzeitiger: »Die Mondmoore.«

Livia schaute auf. »Die Mondmoore?« Allein der Name hörte sich an, als entstamme er einem Roman von Edgar Wallace, Wilkie Collins oder Horace Walpole. »Was, in aller Welt, sind denn die Mondmoore?«

»Es ist die Gegend im Kirkolm-Canyon«, erklärte Danny. »Es ist dort, wo wir als Kinder nie hingegangen sind, weil wir Angst vor den klagenden Stimmen im Wind hatten.«

»Ist es gefährlich?«

»Das wissen wir nicht.«

Colin sagte: »Wir hatten immer Angst vor den Mondmooren. Wir waren Kinder.«

»Woher haben sie ihren Namen?«

»Das Wasser ist hell, und es schimmert so kalt und weiß, als habe sich das Mondlicht darin gefangen.«

»Woher wisst ihr das?«, hakte sie nach. »Ihr seid doch noch nie da gewesen.«

»Wir stellen es uns so vor, weil es zu dem Namen passt«, gab Danny zur Antwort.

Livia sagte: »Aha! Und ihr glaubt, dass dies der richtige Weg ist, um schneller zu Madame Redgrave zu gelangen?«

Colin nickte zögerlich. »Es ist einen Versuch wert, oder?« Wenn es funktionieren würde, dann wäre es mit Sicherheit ein schnellerer Weg als die A77 mit dem Rover zur Hauptverkehrszeit. »Wir haben uns damals immer vorgestellt, dass die Mondmoore eine Art Hintertür nach *Rio Bravo* sind.«

In der Vorstellung der Jungs waren sie wirklich eine

Hintertür gewesen, durch die alle möglichen Dinge nach *Rio Bravo* hätten dringen können. Deswegen hatten sie auch solche Angst vor diesem Ort gehabt. Deswegen hatten sie ihn gemieden. Die Mondmoore waren eine Stelle, an der die Grenze zwischen *Rio Bravo* und dem Rest der Welt ein wenig dünner war als anderswo.

»Wir haben daran geglaubt. Und da hier fast alles nur auf dem Glauben, den wir haben oder hatten, basiert, könnte es doch sein, dass es wirklich so ist.«

»Hat dir mal jemand gesagt, dass du manchmal sehr seltsam wirkst?«

Colin schüttelte den Kopf. »Nun ja, nein.«

»Dann wollten sie alle nur nett sein.«

Er zog ein Gesicht.

»Und, Danny, du glaubst auch, dass uns die Mondmoore nach Culzean Castle bringen?«

Danny zuckte die Achseln. »Irgendwohin werden sie euch bringen, das ist klar.«

Denn wenn die dünne Stelle in einer Richtung durchschritten werden konnte, dann wohl auch in der anderen.

Something wicked this way comes.

Die Textzeile ließ Colin nicht los.

Vielleicht waren damals die Schergen ihrer Mutter durch die dünne Stelle geschlüpft?

Wer wusste das schon?

Livia klatschte in die Hände und erhob sich von ihrem Platz am Feuer. Sie streckte sich und sagte: »Worauf warten wir dann noch?« Sie zog sich das Tuch vom

Kopf und band die Haare erneut damit nach hinten. »Wir sollten keine Zeit verlieren.«

Colin erhob sich ebenso, Danny folgte ihm.

Sie schlugen sich beide den Staub von den Hosen.

Und Colin fragte sich, wer Livia wirklich war.

Er sah in ihr noch immer das Friedhofsmädchen von einst, doch das, was sie ihm eben offenbart hatte, konnte sie unmöglich wissen, wenn ihr keine wirklich außergewöhnliche Rolle in diesem Spiel zukam. Ein Geheimnis umgab sie und machte sie, das musste er sich eingestehen, noch attraktiver, als sie es ohnehin schon war.

Er sah sie an, und wie immer, wenn er das tat, erblickte er eine wunderschöne Frau, und er konnte nicht verstehen, dass er mittlerweile in einem Alter war, in dem die Männer sich nach Mädchen umdrehten, die noch halbe Kinder waren. Colin hatte keine Ahnung, warum er gerade jetzt, mitten in *Rio Bravo*, daran denken musste, aber die meisten seiner Kollegen an der London Business School hatten mittlerweile Freundinnen, die nicht selten fast als ihre Töchter hätten durchgehen können. Das war der Trend im London-Leben, wie seltsam.

»Wie weit ist es bis zum Canyon?«, wollte Livia wissen und riss Colin damit aus seinen Grübeleien.

»Zwei Meilen, vielleicht drei, auf jeden Fall aber zu weit, um den Weg zu Fuß zurückzulegen«, antwortete Danny. »Wir können den Wagen nehmen.«

»Den Wagen?«

Danny grinste. »Ich sagte doch, dass ich gemeinsam mit dem Rover hergekommen bin.«

Die Frage war also beantwortet und eines der vielen Probleme, die gerade Schlange standen, gelöst.

Sie nahmen Dannys grünen Rover, der bei den Ställen wartete.

»Meine Güte, ihr Darcys habt wirklich eine Vorliebe für grüne Rover.«

Danny lachte. »Unser Vater hat einen gefahren.«

»Ja«, murmelte Colin und dachte an Archibald Darcy und die Kindheit, die Danny und er gehabt hatten.

Es hatte auch schöne Momente gegeben, so viele, dass er ganze Zimmer mit den Bildern davon tapezieren konnte. Angelausflüge zu den Lochs im Osten, ruhige Stunden, in denen Archibald ihnen alle möglichen Dinge erklärt hatte. Selbst Helen Darcy war manchmal eine fürsorgliche Mutter gewesen, die schöne Geschichten zu erzählen wusste.

Aber nachdem Danny und er älter und älter geworden waren und mit den Jahren eigene Meinungen entwickelt hatten, waren diese schönen Momente immer seltener geworden.

Schließlich waren sie ganz verschwunden – so konnte es einem ergehen.

Alexander Archibald Darcy, der reiche Kunsthändler, war in der Hinsicht jedenfalls ein guter Vater gewesen, irgendwie. Ihm verdankten die beiden Jungs einen Haufen wunderbarer Augenblicke und Gedanken. Durch ihn waren sie der Natur nahegekommen. Durch ihn hatten sie aber auch gelernt, was ein richtiger Mann niemals tun durfte.

Dannys und Colins Vorbilder hatten im Fernsehen gelebt, in den alten Spielfilmen, die spätabends über die Bildschirme flackerten: Paul Newman, Robert Taylor, Sean Connery, James Stewart, Gregory Peck, Spencer Tracey – das waren die Helden ihrer kurzen Kindheit gewesen, aber nicht unbedingt Archibald Darcy.

»Wo sind deine Gedanken, Colin Darcy?« Livia saß neben ihm im Rover.

»Überall«, antwortete Colin ihr und lächelte sie an wie damals, als er ihr auf dem Friedhof begegnet war.

»Es ist seltsam hier«, bekannte sie, »so fremd und doch vertraut. Fast wie ein Film, bei dem man eingeschlafen ist und später nicht mehr weiß, ob man ihn gesehen hat oder nicht. Aber manche Szenen kommen einem auch später noch bekannt vor. So ist es hier, so ist euer *Rio Bravo* – jedenfalls für mich.«

Sie fuhren durch eine Landschaft, die nicht ganz Texas und nicht ganz Schottland war, aber wenn die beiden Nachwuchs gezeugt hätten, dann wäre eine ähnliche Gegend dabei herausgekommen.

Dünen aus hellem Sand und grüne Hügel wechselten einander ab, was kein Problem für den Antrieb des Rovers war. Es gab keine anderen Dörfer in der näheren Umgebung von *Rio Bravo*, dafür aber sah man hin und wieder eine Ranch, die wie gezeichnet aussah, skizzenhaft.

»Wer lebt dort drüben?«

»Keine Ahnung.« Danny zuckte die Achseln. »Die Landschaft nimmt meistens erst dann Form an, wenn wir uns darin aufhalten. Je weiter etwas weg ist, umso unfertiger sieht es aus.«

»Hat das einen Grund?«, fragte Livia.

»Bestimmt.«

»Tolle Antwort, und welchen?«

»Wir kennen ihn nicht, aber alles hat doch einen Grund.« Danny zupfte sich am Bart, was ihn einen kurzen Moment lang wie das Kind erscheinen ließ, das er einmal gewesen war, wenngleich mit der Einschränkung, dass er als Kind natürlich keinen Vollbart gehabt hatte. Er schaute konzentriert geradeaus, steuerte den Wagen über einen großen Stein, und dann stellte er fest: »Dort vorn ist er.«

In der Tat, da war er!

Der Canyon lag vor ihnen.

Something wicked this way comes.

Further on up the road.

Something really, really wicked.

Down by the river ...

Es war eine schmale Öffnung zwischen hohen Felsen, eine Öffnung, die in eine schmale und tiefe Schlucht führte, in der irgendwo weiter hinten die Mondmoore lagen. Alles sah hier aus wie bei John Ford, nur kleiner und schottischer.

Danny parkte den Rover gleich neben dem Eingang zur Schlucht.

Er stieg aus und betrachtete das, was vor ihm lag.

»Du kommst besser nicht mit«, sagte Colin und trat hinter seinen kleinen Bruder.

Danny starrte auf seine Stiefelspitzen. »Glaubst du, ihr schafft es allein?«

Colin klopfte seinem Bruder auf die Schulter, wie er es früher immer getan hatte. »Du kannst nicht mitkommen.« Madame Redgrave durfte ihn noch nicht in die Finger bekommen. Wenn sie das doch täte, dann würde der Plan nicht funktionieren. Wenn Danny aber in seinem Versteck in *Rio Bravo* blieb, dann war alles möglich.

»Wenn das, was du uns gesagt hast, wirklich stimmt«, sagte Danny zu Livia mit leiser Stimme, »dann ...« Er beendete den Satz nicht, sondern sah seinen Bruder an. »Hätten wir das jemals gedacht? Früher, meine ich.«

»Als wir klein waren?«

Danny musste lachen unter seinem dichten Bart. »Ja, als wir ganz, ganz klein waren.«

So standen sie eine Weile nebeneinander.

»Wir beide gegen den Rest der Welt«, stellte Danny fest und musste grinsen.

Colin erwiderte das Grinsen. »Wir beide, wie damals.«

Beide aber dachten etwas völlig anderes: Wir beide gegen Helen Darcy, das dachten sie, wir beide gegen Ravenscraig, wir beide gegen alles, was einst war und uns nicht loslassen will.

Und beide wussten sie, das war ganz klar, dass »wir beide« nun drei Personen waren.

»Was ist, wenn ihr Hilfe braucht?«, fragte Colin.

»Wir müssen allein klarkommen. Wenn dort wirklich dünne Stellen sind, dann könnte dich jemand sehen. Es ist einfach zu riskant, dich mitzunehmen.«

»Wir kommen aber zurück«, versprach Livia.

»Das hoffe ich.«

»Bis später«, sagte Colin.

Danny hob zum Abschied die Hand und ging zum Rover zurück.

Colin sah ihm hinterher und fragte sich, wann er ihn wohl wiedersehen würde. Dies war ein unentdecktes Land, mehr noch, es war ein wüstes Land, so wüst wie jenes, über das T. S. Eliot geschrieben hatte.

Er griff sich instinktiv an die Hüften, wo früher die Revolver mit den Sandelholzgriffen gehangen hatten und wo jetzt gar nichts mehr hing, weil er erwachsen geworden war und das irgendwie alles veränderte, sogar hier in *Rio Bravo*.

Dann folgte er Livia in den Kirkcolm-Canyon.

Ein kühler Wind wehte hier drinnen.

Zu beiden Seiten erhoben sich die Felswände fast senkrecht in die Höhe, und der Himmel war nur ein schmaler Streifen, hoch oben. Einige Striche, die Geier sein würden, sähe man genauer hin, kreisten dort oben, und ihre Schreie, die rau und guttural waren, hallten weithin über die Ebene, die tief im Canyon liegen mochte.

»War Danny damals in *Colorado?*«, fragte Livia, und ihre Stimme fand ein leises Echo in dem Canyon.

Colin musste lachen. »Du kennst den Film ja wirklich.«

»Ich sagte dir doch, dass mein Vater die alten Western gemocht hat.«

»Nein«, gab er zu, »Danny hat sich gern als *Dude* gesehen.«

Das waren die Namen der Helden in dem Film gewesen.

»Und du?«

»Ich war *John T. Chance.*« Er warf ihr einen schnellen Blick zu. »Jetzt lach mich nicht aus, ja?!«

Sie schmunzelte. »*John T. Chance* und *Dude* gegen die *Burdettes.*«

»Genauso war es.«

Hier, im Canyon, konnte man spüren, dass es so gewesen war. Jahre entfernt. In einem anderen Land.

»Und heute? *Chance* und *Dude* gegen Helen Darcy?«

»Sieht wohl so aus.«

»Was ist mit mir? Bin ich *Feathers*? Hey, ich fand Angie Dickinson toll.«

Colin lachte. »Ich auch.«

Livia grinste. »Okay, bin ich also *Feathers.*«

»Na, besser als *Stumpy.*«

Sie gab ihm einen Stups. »Das will ich aber meinen.«

Während sie weitergingen und über Dinge redeten, die nichts mit Helen Darcy oder den anderen Dingen, die Livia ihm vorhin anvertraut hatte, zu tun hatten, öffnete sich der Canyon zu einem Tal. Die Luft wurde kälter, je weiter sie in das Tal vordrangen. Indianische Totems säumten den Weg dort hinein. Es gab Schlangen, das konnte man an den Spuren im Sand erkennen, und Skorpione, die sich unter den großen Steinen verkrochen, wenn sie jemanden nahen hörten.

»Was ist das?«

Hohe Gräser ragten aus den hellen Wassern empor. Es sah wirklich so aus, als sei der silbern scheinende Mond mit dem Moor verwachsen. Selbst die Mondkrater schwammen in der milchigen Brühe, die wie klirrendes Eis und tiefer Schnee roch.

Die Luft an diesem Ort war eisig kalt, und der Atem begann ihnen vor den Gesichtern zu gefrieren.

Livia zitterte am ganzen Leib, je näher sie den Wassern kamen.

»Sag nicht, wir sollen da reingehen«, bibberte sie.

Colin Darcy, der ein wenig ratlos wirkte, nickte nur. »Ich denke, doch. Na ja, ich weiß es nicht genau.«

Livia kniete sich vor die Mondmoore.

Sie steckte vorsichtig einen Finger in den Morast und zog ihn gleich wieder heraus.

»Das ist schweinekalt!«

Colin betrachtete die eisig lodernden Mondmoore, die sich bis zum Horizont erstreckten, und fragte sich, welchem spitzen Eissplitter aus seiner oder Dannys Seele diese Gegend hier entsprungen war.

Er stand am Rand der Mondmoore und schaute in die Tiefe, wo er nicht einmal sein Gesicht entdecken konnte. Er musste an die Themse denken und sein Leben in London. War dies die Welt, wie sie aussehen mochte, wenn er das Leben nur mit einem Ort namens *Rio Bravo* ertragen konnte?

»Etwas ist anders«, hörte er Livia flüstern.

Und er spürte es.

Something wicked.

Es wurde kälter.

This way comes.

Mehr als nur eisig kalt.

Further on up the road.

Als würde die Luft gefrieren.

Down by the river …

Dann sah Colin, was es war, und es war sein eigener Atem, der ihm vor den Augen zu gefrieren schien. Die Oberfläche der Moore war zu Eis erstarrt, und unter dieser Oberfläche waren Gesichter zu erkennen. Sie trieben dahin und starrten durch das Eis empor. Manche hatten nicht einmal mehr Körper, waren nur Köpfe, die an dürren Sehnen durch die Fluten trieben. Es war wie ein Meer aus Leibern und Schädeln, das sich dort gesammelt hatte.

»Da ist Helen«, hörte er Livia keuchen.

Sie trat ganz dicht neben ihn und ergriff seine Hand.

»Scheiße, Colin, sie ist es.«

Er schaute zu der Stelle, die ihre zitternde Hand meinte.

Ja, verdammt, sie war es.

Helen Darcy, Ehefrau und Mutter, Sherazade und Worthexe, presste ihr Gesicht von unten gegen die Eisschicht und starrte ihren Sohn aus schmalen Augen an.

Colin, du kannst das Eis zerschlagen, wisperten ihre kalten Lippen tonlos.

»Kannst du sie hören?«, flüsterte Colin seiner Begleiterin zu.

Livia nickte nur.

Hallo, mein hübsches Kind, ich sehe, du bist wieder da. Kannst einfach nicht lockerlassen, was? Aber du weißt ja, wie so was endet. Mit einem dicken Bauch und einem Mann, dessen Schwanz andere Mädchen sucht. Er sucht Mädchen, die jung sind und hübsch und glatte Haut haben. Er findet dich jetzt noch ansehnlich, aber warte nur ab, wenn du alt wirst und die Falten dir die Haut zerfurchen. Wenn dein Gesicht das Gesicht einer alten Frau ist, dann wird sein Schwanz noch immer zu tun haben, überall in der Welt, denn so sind die Jungs nun mal.

»Warum kann sie nicht mal jetzt die Klappe halten?«, murmelte Livia.

Weil ich die Wahrheit sage, und die Wahrheit, mein Kind, ist das, was am schwersten zu ertragen ist. Du wirst alt werden, manchmal fühlst du dich schon so. Du bist bald vierzig, das ist alt, glaub es mir. Und Colin sieht sich nach anderen Mädchen um, so ist es immer. Lass mich dir eine Geschichte erzählen, die ...

»NEIN!«, schrie Livia so laut, dass Colin zusammenzuckte.

Komm zu mir, zerschlag das Eis. Im Mond ist es wunderschön, und es ist noch jede Menge Platz hier drinnen. Mr. Moon ist ein netter Gastgeber. Ja, ihr beiden, kommt zu mir. Ihr könnt euch hier oben den Verstand in kleine Fetzen vögeln, ich werde einfach wegschauen.

»Mutter«, sagte Colin, »das bist nicht du.«

Die Kreatur in den Mondmooren musste ein Geist sein, etwas in der Art, ein Dämon vielleicht.

Natürlich bin ich es, du dummer Junge. Du warst schon immer dumm, weißt du das nicht mehr? Danny war der klügere von euch beiden. Archie hat dich geliebt, weil er auch dumm war. Du hast damals gefragt, warum er so klug sei, warum ihm alles zufallen würde und dir nicht. Ha! Weißt du das noch? Du warst verunsichert, weil Danny viel besser in der Schule war, obwohl du der Fleißige warst und er der Faulenzer. Ja, Colin, weißt du noch, was ich damals gesagt habe? Ich sag es dir noch einmal: Bei dir haben wir nur geübt, und es hat nicht mal Spaß gemacht. Du warst so, wie dein Vater im Bett war, ein Langweiler. Ja, Colin, du warst ein Langweiler, und das bist du immer noch. Schau dich nur an, du weißt, dass es so ist.

Colin stand regungslos da und fragte sich, was er gegen dieses Trugbild, sofern es eines war, unternehmen konnte.

Ich hätte dich abtreiben lassen sollen, dann hätte ich nur ein kluges Kind gehabt. Du hast deinen Bruder immer beeinflusst. Danny war ein so liebes Kind. Er hat seine Mutter geliebt, nicht so wie du. Und er liebt mich noch immer. Er wird bald bei mir sein, im Mond, und vielleicht bist du auch bald hier.

»Einen Teufel werde ich tun«, fauchte Colin.

Danny wird dafür sorgen. Du glaubst, dass er dich liebt? Sie lachte. *Sagte ich, dass du dumm bist? Da siehst du es. Hah! Pass nur auf, wer am Ende den Preis zahlen wird.*

»Hör ihr nicht zu!«, sagte Livia neben ihm.

Danny hat mir immer alles erzählt, hast du das gewusst? So habe ich auch von deiner heimlichen Liebschaft erfahren. Ja, so habe ich es erfahren. Dann bin ich zu ihr gegangen, und weißt du, was sie gemacht hat? Sie war mit einem anderen Jungen zu-

sammen, allein im Haus ihres Vaters. DAS hat sie dir nicht gesagt, was? Ja, mein Junge, so sind die Weiber, haben immer eine Lüge auf den Lippen.

Vor Colins Augen entstand das Bild eines Wohnzimmers, in dem Livia mit einem Jungen auf dem Sofa saß. Der Junge schob ihr seine Hand unter das T-Shirt und ...

Da, du siehst es mit eigenen Augen. Sie hat sich befummeln lassen, diese Schlampe, und wer hat geglaubt, dass sie eine treue Seele ist, WER war das wohl?

Colin schluckte, als er sah, wie sich die beiden küssten.

Der dümmere Sohn von meinen beiden. Ja, der war es. Und es wäre alles schlimm ausgegangen, wenn ich nicht dort aufgetaucht wäre und den beiden Einhalt geboten hätte.

Colin schloss die Augen.

»Sei ruhig«, flehte er.

Er wusste, wie schwer es war, sich den Bildern zu entziehen, wenn sie erst einmal ihre Geschichte erzählte, ihre Geschichte, die zweifelsohne eine Lüge war, wie immer schon, nicht mehr als eine kunstvolle Lüge.

Sie hat sich befummeln lassen, und er ist nicht der Einzige gewesen.

Colin konnte den Blick nicht abwenden, selbst wenn er die Augen ganz fest schloss.

Und dich hat sie nicht rangelassen.

»Hör auf!«

Schau hin!

»Ich will das nicht hören!«

Mach die Augen auf, du Feigling, und schau hin!

Er öffnete die Augen und sah in Livias Gesicht. Es war seinem ganz nah. Sie weinte. Die Tränen liefen ihr nur so übers Gesicht, und ihre Lippen zitterten.

Sieh es dir an!

Something wicked.

»Ich habe auch Dinge gesehen, die nicht stimmen«, sagte sie. »Glaub ihr kein Wort, Colin. Ich bin hier, und ich war immer hier, und ich werde auch immer da sein.«

Colin konzentrierte sich auf Livias Augen, und als er sein Spiegelbild in ihnen erkannte, da wusste er, was Wahrheit und was Lüge war. Er zog sie zu sich und küsste sie, und als er das tat, da barst das Eis, und die Helen Darcy, die dort unten in den grellen, kalten Lichtgefilden des Mondes lebte, war verschwunden.

Sie war einfach nicht mehr da.

»Wo ist sie hin?«, fragte Livia, als sie wieder klar sehen konnte.

»Sie ist wieder im Mond.«

Beide betrachteten sie die Wasseroberfläche.

»Ist es vorbei?«

Colin nickte. »Irgendwie hat sie wohl einen Weg gefunden, die Nase nach *Rio Bravo* zu stecken.«

»Hast du eine Ahnung, wie sie das gemacht hat?«

»Sehe ich so aus?«

Sie musste lachen. »Nein, bestimmt nicht.«

Der Wind, der ihnen ins Gesicht wehte, war noch immer eiskalt. Die Mondmoore waren jetzt wieder ganz ruhig. Niemand, keine einzige Mutter und auch keine andere Kreatur, schwamm jetzt in den hellen Wassern, und niemand sprach mehr zu ihnen.

»Was hat sie dir gezeigt?«, wollte Colin wissen.

Livia sagte es nicht. »Wenn wir anfangen und darüber reden, dann hat sie gewonnen. Wenn wir es nicht tun, werden wir selbst es vergessen.«

»Ja«, sagte er, weil er wusste, dass sie recht hatte.

»Und jetzt?«

»Jetzt tun wir, weswegen wir hergekommen sind.«

Sie warf ihm einen fragenden Blick zu.

»Danny ist auch der Meinung, dass dies der richtige Weg ist.«

»Aber er hatte keine Ahnung, was wir tun sollen.«

Colin nickte.

Dann murmelte er: »Wie kommen wir von hier nach Culzean Castle?«

Livia gab ihm keine Antwort. Vermutlich kam ihr das, was sie hier und jetzt vorhatten, ebenso blödsinnig vor wie Colin selbst.

Dann hörte Colin eine Stimme hinter seinem Rücken: »Als ich klein war, da hatte ich eine unbändige Angst vor dem Meer. Weißt du, wie ich damals, als ich klein war, die Angst vor dem Wasser verloren habe?«

»Wie?«

Colin spürte einen kräftigen Stoß. »So«, hörte er Livia hinter sich sagen.

Die Wasser der Mondmoore kamen rasant schnell näher, und dann war es auch schon zu spät.

Colin stürzte kopfüber ins Wasser, und die weiße, helle Eiseskälte griff nach ihm und zerrte ihn mitsamt seiner Sachen in die Tiefe hinab.

Er hörte ein Geräusch, irgendwo in der eisigen Kälte hinter sich im Wasser.

Er hustete.

Fuchtelte mit den Armen.

Er hatte früher davon geträumt, wie es war, zu ertrinken.

Panisch war er in die falsche Richtung geschwommen, bis er gesehen hatte, dass er auf den Meeresgrund zuschwamm und die Wasseroberfläche in immer weitere Ferne rückte.

Er hatte nie gewusst, wie viel von diesen Träumen das Geschenk seiner Mutter waren. Denn auch das hatte sie tun können. Helen Darcy hatte die Träume zu lenken vermocht.

Colin ruderte mit den Armen.

Ihm war kalt.

»Sie müssen das nicht tun«, sagte eine Stimme, die er kannte. »Es geht Ihnen gut.«

Colin öffnete die Augen.

»Mr. Darcy!«

Livia stand neben ihm und zitterte noch, obwohl ihr gar nicht mehr kalt war.

»Miss Lassandri!«

Die beiden Neuankömmlinge rieben sich die Augen und sahen, dass sie nicht mehr in *Rio Bravo* waren.

Sie waren weit gereist in der kurzen Zeit, so schnell

konnte es also gehen, wenn man die richtige Abkürzung zu nehmen wusste.

»Willkommen«, sagte rauchig die sündhafte Stimme, die zweifelsohne Madame Redgrave gehörte. »Willkommen in Culzean Castle, dem Heim der Pandora.«

NEUNTES KAPITEL

in dem Colin Darcy einen Vorschlag macht,
anschließend im Gefängnis landet,
unverhofften Besuch bekommt
und Mr. Moon seinen Auftritt hat

Papa hat mich einfach ins Meer geworfen«, erklärte Livia ihm, »und danach war die Angst verschwunden.«

Madame Redgrave, die weder böse noch ungeduldig war, konnte sich ein Lachen nicht verkneifen. »Da, hören Sie, Mr. Darcy, zu welchen Dingen die Menschen fähig sind, wenn man sie ihnen aufbürdet.«

Was genau sie damit sagen wollte, wusste Colin nicht, aber das war auch egal.

Livia und er waren in Culzean Castle angekommen.

Er war früher schon einmal hier gewesen, als das Anwesen noch der Öffentlichkeit zugänglich war, und damals hatte er, gemeinsam mit Danny und seinen Eltern, die Felsenburg mit dem riesigen Park besichtigt, wie Hunderte anderer Menschen es getan hatten. Es war ein altes Anwesen, erbaut irgendwann zwischen 1777 und 1792 von Robert Adam, Schottlands berühmtestem Architekten. Culzean Castle liegt südlich von Prestwick, eingekeilt zwischen zwei Buchten auf einem Klippenvorsprung. Normalerweise verlässt man die A77 gleich hinter Turnberry und folgt dem ausgebauten Küstenweg, bis man auf die weiten Parkanlagen mit dem mächtigen Schloss trifft.

Archibald Darcy war damals neugierig durch jeden Raum geschlendert, und sein prüfendes Auge hatte all die alten Kunstwerke, die dort waren, eingehend betrachtet. Er hatte, wenn Colin sich recht erinnerte, sogar einige der Bilder erstanden und dem damaligen Besitzer zwei Gemälde von Nasmyth vermittelt.

Jetzt standen Livia und Colin, die noch immer ein wenig desorientiert waren, in dem eleganten Salon, der kreisrund war.

Die hohen Fenster waren gerahmt von karmesinroten Vorhängen, den Holzboden bedeckte ein runder Teppich von der gleichen Farbe. Alles in dem Raum wirkte warm wie das Sonnenlicht.

Colin konnte sich an den Teppich erinnern, Robert Adam höchstselbst habe ihn entworfen, hatte man ihnen damals gesagt.

Der Raum befand sich in einem Turm, der mitten aus dem schroffen Felsen herauswuchs, sechsundvierzig Meter hoch über dem Firth of Clyde mit seinen unruhigen Wassern.

Zwischen den Fenstern, die zwei Meter hoch sein mochten, standen in regelmäßigen Abständen große bewohnte Bienenkörbe, geflochten aus Stroh, goldgelb mit einigen dunklen Flecken. Aus den winzigen Öffnungen an den Vorderseiten der Körbe flogen vereinzelt Bienen durch den Raum zu den geöffneten Fenstern hinaus.

Einige der Tiere krabbelten auf den Vorhängen herum.

»Wie ich sehe, haben Sie den Weg hierher gefunden.«

»Ja«, sagte Colin und sah sich um.

»Manche Pfade zu beschreiten«, stellte sie fest, »ist nicht einfach.«

»Wir haben sie gesehen«, sagte Colin.

»Wen?«

»Meine Mutter.«

»Jeder sieht etwas anderes, wenn er in den Mond schaut, haben Sie das nicht gewusst?«

»Nein«, sagte Colin.

»Und Sie?«

»Nein«, sagte Livia.

Madame Redgrave lächelte, und eine Biene fiel ihr aus dem Mund. »Sie sind noch jung, beide.«

»Jetzt sind wir hier.«

Madame Redgrave, der, wie am Tag zuvor, Bienen auf Händen und Armen saßen, stand ruhig da. »Ja, ich habe Sie erwartet«, bekannte sie. Dann trat sie vor, ergriff Livias Arm und betrachtete das Mal darauf. »Es lebt noch immer, und bald schon wird es hungrig werden. Dann wird sich die wilde Wabe von Ihnen ernähren, mein Kind.« Sie wandte den Blick von ihr ab und richtete ihn erneut auf Colin. »Ich dachte, Sie bringen Ihren Bruder mit nach Culzean Castle.«

»Danny ist an einem Ort, an dem Sie ihn niemals finden werden«, gab er zu.

Warum lügen?

»Sie spielen also nicht nach meinen Regeln.« Es war

eine Feststellung, so beiläufig und leise geäußert, dass Madame Redgrave fast schon wie ein Raubtier klang, das seine Zähne fletscht.

Colin machte ein Gesicht, das, wie er hoffte, cool aussah. »Ich schlage Ihnen dafür ein anderes Spiel vor.«

»Ein anderes Spiel, hm?« Sie schaute Livia so an, wie ein Tiger seine Beute beäugt. »Ist *sie* damit einverstanden?«, fragte sie Colin. Ihre Haare, das bemerkte er erst jetzt, waren ganz weiß geworden.

»Sie sagten, dass einer wie Danny den Preis zahlen muss.«

»Ja, das sagte ich.«

»Könnte ich derjenige sein, der den Preis bezahlt?«

»Das sagte ich Ihnen bereits.«

Colin schaute zum Fenster hinaus, dachte nach.

»Heißt das, Sie bieten sich an, Mr. Darcy?«, köderte sie ihn.

»Nein, tue ich nicht.«

»Aber Ihren Bruder zu übergeben, das weigern sie sich ebenso.«

»Ja.«

»Worin also besteht dieses interessante neue Spiel? Und warum sollte ich einwilligen, es zu spielen?«

»Sie haben meine Frage noch nicht beantwortet. Könnte *ich* derjenige sein?«

Sie nickte.

Eine Biene landete ihr auf den Lippen.

Madame Redgrave öffnete den Mund, und das kleine Tier kroch hinein. Sie leckte sich mit der Zunge über die

Lippen und lächelte dann. »Ich hätte Ihnen gestern schon anbieten können, den Preis an Ihres Bruders statt zu entrichten, doch schien es mir, als wollten Sie mit der ganzen Sache nicht über Gebühr zu tun haben.«

»Stimmt.«

»Ich kann Sie natürlich nicht dazu *zwingen*, Ihres Bruders Schulden zu tilgen. Das war es, was ich Ihnen gestern klarzumachen versuchte. Das Geschäft wurde zwischen Daniel Darcy, Mr. Moon und mir geschlossen, wobei ich, das sei noch einmal angemerkt und betont, nur der Vermittler bin.« Sie lächelte süffisant, und die Biene, die ihr vorher in den Mund gekrochen war, zwängte sich wieder zwischen den Lippen hindurch nach draußen, entfaltete die Flügel und flog zu einem der Fenster hinaus. »Die Vermittlungsgebühr«, fügte sie an, »entrichtet Mr. Moon, damit haben weder Ihr Bruder noch Sie etwas zu tun. Ist das nicht nett?«

Colin fragte sich, wie sie das meinte.

Am Ende war es vermutlich egal, es tat nichts zur Sache, und mit einer Antwort hatte er wohl kaum zu rechnen.

»Es gibt nur einen einzigen Grund, weshalb ich Sie aufgesucht habe, Mr. Darcy.«

»Ich sollte Ihnen Danny ausliefern.«

Sie lächelte jetzt nicht mehr. »Sie haben ihn demnach gefunden?«

»Sagte ich das nicht bereits?«

»Sie deuteten es an, mehr nicht.«

Colin brachte sein Anliegen auf den Punkt. »Es reicht

also durchaus, wenn nur einer von uns den Preis entrichtet?«

Madame Redgrave nickte, wirkte wachsam wie jemand, der an einer Partie Schach teilnimmt. »*Irgendjemand*, der wie Daniel Darcy ist, steht bei Mr. Moon und mir in der Schuld.«

Colin nickte zufrieden.

Genau das hatte er hören wollen.

»Und worin genau«, fragte Madame Redgrave, »besteht jetzt das neue Spiel?«

Livia trat vor.

Und sagte es ihr.

Madame Redgrave lauschte ihr aufmerksam, nickte und lächelte ab und zu. »Sie haben eine sehr bemerkenswerte Freundin, Mr. Darcy, das muss ich schon sagen.«

»Ich weiß.«

Madame Redgrave ging zu einem kleinen runden Tisch, der neben dem Eingang stand. Eine Blechdose stand auf dem Tisch. Sie war sehr zerbeult und fleckig und sah uralt aus.

»Was ist das?«, fragte Livia.

»Eine Büchse«, sagte Madame Redgrave und stellte das rostige Ding an seinen Platz zurück. »Sie enthält Dinge, die von persönlichem Wert für mich sind, das ist alles.«

»Erinnerungen?«

»Nein, Mr. Darcy. Erinnerungen tragen wir alle in unseren Herzen. Das tun sogar die Ewigen, die gar keine Herzen mehr haben. Erinnerungen sind das, was wir niemals fortgeben können, auch wenn wir uns Mühe geben.«

»Sie sieht interessant aus«, stellte Livia fest.

Etwas Faszinierendes ging von der alten Blechdose aus.

»Ich habe sie schon lange, lange nicht mehr geöffnet«, sagte Madame Redgrave, »und so soll es auch bleiben.« Sie lächelte müde und fuhr fort: »Ich werde also Mr. Moon unterrichten, und dann schauen wir, was passiert.« Sie betrachtete Livia mit Augen, die weit entfernte Welten erblickt hatten. »Sie sind in der Tat außergewöhnlich, Kind. Es wäre schade, wenn Sie der Wabe zum Opfer fallen würden.« Ihr Blick wanderte zu Colin. »Deshalb«, trug sie ihm mit strengem Blick auf, »geben Sie sich Mühe.« Zwei Bienen entschlüpften dem Mund mit den rot geschminkten Lippen und flogen aus dem Fenster. »Wir werden bald eine Antwort erhalten.«

»Wann?«, fragte Colin.

Madame Redgrave streckte die Hand aus, und wieder setzte sich eine Biene darauf nieder. Sie surrte leise, und ihre Flügel flirrten. Die Frau in Weiß hob die Hand und leckte die Biene mit einer flinken Bewegung auf. Sie verzog das Gesicht und schüttelte den Kopf, schnurrte leise wie eine Katze, die gekrault wird, und öffnete dann erneut den Mund, sodass die Biene entweichen konnte.

»Er ist einverstanden«, teilte sie ihren beiden Gästen mit.

»Das ging aber schnell«, sagte Livia.

Madame Redgrave grinste. »So ist er, unser Mr. Moon. Außerdem geht es schneller, wenn wir statt der Briefkästen Bienenstöcke benutzen, das war schon früher so.«

»Aha«, machte Colin.

»Dann können wir jetzt gehen?«

»Sie können auch noch auf einen Tee bleiben«, bot Madame Redgrave ihnen an.

»Das ist nett«, sagte Colin, »aber ich finde, wir sollten nach Stranraer zurückkehren. Es gibt da einen Constable, der uns etwas zu sagen hat.« Er grinste, als er an den Plan dachte. »Und außerdem haben wir ihm auch etwas zu sagen.«

»Darf ich fragen, wie Sie dorthin zurückkommen?«

Colin verdrehte die Augen.

Mist!

Daran hatte er nicht gedacht. Der Rover stand noch immer neben Livias Kate.

»Ich kann Ihnen die Bienen anbieten«, schlug Madame Redgrave vor.

Livia schluckte.

»Wie meinen Sie das?« Colin hatte eigentlich keine Angst vor Bienen, aber nach dem Erlebnis in der *Ancient Mariner's Lodge* war er, was diese Sache anging, vorsichtiger geworden.

»So, wie ich es sage. Ich biete Ihnen meine Bienen an. Sie bringen Sie sicherer und vor allem auch schneller nach Stranraer als der öffentliche Bus von Prestwick in die Rhinns.«

»Okay«, sagte Livia mit einem dennoch etwas vorsichtigen Blick in Richtung der Bienenstöcke. «Man sollte hin und wieder mal etwas Neues ausprobieren.«

Madame Redgrave klatschte in die Hände. »Dann los!«

In Windeseile erwachten die Bienenstöcke an den Fenstern zum Leben. Ein lautes Tosen erfüllte den Salon von Culzean Castle, und Tausende von Bienen verließen ihre Wabenwelten, um sich auf die Gäste zu stürzen, die stocksteif dastanden.

Colin hoffte nur, dass ihnen die Bienen freundlich gesonnen waren.

Die kleinen Leiber wirbelten um Livia herum, und das Letzte, was er von ihr sah, waren ihre Augen, die in einem Meer aus Bienen begraben wurden. Dann stürmte die Wolke aus wilden Leibern auf Colin zu.

»Bis bald«, sagte Madame Redgrave, und Colin konnte gerade noch erkennen, dass sie zu der Blechdose ging, sie aufhob und ans Ohr hielt. Dann nahmen die Bienen ihm die Sicht auf alles, was zu Culzean Castle gehörte. Es wurde nachtschwarz um ihn herum. Die Dunkelheit roch nach süßem Honig, und das leichte Flirren Tausender winziger Flügel trug ihn fort.

Als er die Augen wieder öffnete, da stand er in Stranraer, unten am Hafen.

Livia war neben ihm.

Nur vereinzelt sahen sie noch Bienen, die in alle Richtungen davonflogen.

»Na, das war ja was«, sagte Livia.

»Du sagst es.«

Drüben an den Landungsstegen legte gerade eine der großen Fähren ab, die hinüber nach Irland fuhren. Einige Fischkutter, allesamt größer als jene kleinen Dinger, die man in Portpatrick antraf, kehrten in den Hafen zurück. Dazwischen flitzten ein paar Sportboote mit gelangweilten Touristen durch das aufgewühlte Wasser.

Willkommen in der Wirklichkeit, dachte Colin nur.

Auf einer Laterne, nicht weit von der Stelle, an der sie standen, hockte ein Vogel mit buntem Gefieder. Er neigte den Kopf, als er Colin und Livia sah.

Diese Drecksvögel, dachte Colin.

Dann hörte er das Lied.

Tie a yellow ribbon round the ole oak tree.

Und über dieser Melodie eine andere Textzeile.

Something wicked this way comes.

»Es wird alles gut werden«, sagte Colin laut und deutlich. »Wenn sie Danny nicht finden, dann wird Mr. Moon meine Mutter laufen lassen. Sie werden das Geschäft rückgängig machen, und alles wird gut sein.«

Livia betrachtete den Vogel, der aussah wie jener Vogel, der das gelbe Band im Schnabel getragen hatte. Und er hatte Federn wie die Vögel, die im London-Leben Arthur Sedgwick bedrängt hatten.

Es gibt keine Zufälle.

Das war genau das, was Colin dachte.

»Lass uns gehen«, schlug Livia vor. »Ich weiß, wo die Polizeistation ist.«

Der Vogel erhob sich in die Lüfte und flog davon.

Ein leichter Nieselregen setzte ein und tauchte die kleine Hafenstadt in einen schleierhaften Zustand voller nebelhafter Andeutungen.

Colin und Livia gingen langsam durch die Straßen, und es war fast so, wie es damals gewesen war. Das Wetter hatte sich nicht verändert, sie beide auch nicht, nie wirklich. Wenn dies alles vorüber war, dann würde er nicht mehr nach London zurückkehren. Nie war ihm das klarer gewesen als jetzt, als er Livia durch die engen Straßen von Stranraer folgte.

Damals waren sie durch die Pubs des Ortes gestreunt und hatten immer nur geredet und geredet, so lange, bis sie das Gefühl gehabt hatte, einander zu kennen.

Doch erst jetzt lernte er Livia wirklich kennen. Und das Geheimnis, das sie umgab, würde sie ihm später offenbaren, wenn alles vorbei wäre. Das hatte sie versprochen, und er glaubte ihr.

»Da ist sie«, sagte Livia, nachdem sie eine halbe Stunde durch die Gegend gelaufen waren.

Die Polizeistation von Stranraer war nicht groß, nur ein kleines Haus in der Nähe der gut erhaltenen Burgruine, eigentlich der einzigen wirklichen Touristenattraktion der Stadt. Zwei weiße Autos mit den typischen gelben Streifen an der Seite und dem Emblem der *Ayrshire-Police* standen vor dem Haus, daneben erkannte man unschwer den Vauxhall des Constable. Gleich neben der Polizeistation befand sich das Touristenbüro. Jemand war wohl der trefflichen Meinung gewesen, die beiden Institutionen passten gut zueinander.

Colin warf Livia einen langen Blick zu. »Dann mal los«, sagte er und holte tief Luft, drückte die Klinke herunter und trat ein. Livia folgte ihm ins Haus.

Es konnte losgehen.

Constable Plummer war einigermaßen überrascht, die beiden zu sehen. »Ich habe Sie gesucht«, sagte er und wartete ab, welche Reaktion sie zeigen würden. »Drüben auf dem Galloway Graveyard. Sie waren unmittelbar vor mir und dann plötzlich unauffindbar.« Das Büro war in einem kleinen Raum untergebracht: zwei Schreibtische, die einander gegenüberstanden, ein Haufen Ablagefächer voller Papierkram, zwei rote Telefone auf den Schreibtischen, an den Wänden hässliche Aktenschränke, dazwischen eine Tür, die zu den Zellen führte.

»Wir haben Sie nicht gesehen«, log Colin.

»Hm«, machte der Constable. »Ich dachte eher, Sie laufen vor mir weg.«

»Wo hätten wir denn hinlaufen sollen?«

»Und *warum* hätten wir fortlaufen sollen?«, fügte Livia hinzu.

Die wachsamen Augen fixierten Livia und Colin. »Vielleicht habe ich mich getäuscht, und es war von vornherein niemand auf dem Friedhof. Es hat für meine alten Augen aber so ausgesehen, als sei jemand dort, jemand, der Ihnen beiden ähnlich sah.«

Livia zuckte die Achseln. »Sie haben sich bestimmt getäuscht.«

»Ja«, sagte der Constable, »so muss es wohl gewesen sein.«

Der andere Polizist, der am Tisch gegenüber Schreibkram erledigte, schaute die beiden an, schwieg aber.

»Was wollten Sie uns denn sagen?«, fragte Colin schließlich.

Constable Plummer bedeutete den beiden, Platz zu nehmen.

»Es gibt Neuigkeiten«, sagte er.

Colin und Livia setzten sich.

»Welche Neuigkeiten?«

Der Constable seufzte. »Ich habe Mr. Peabody aufgesucht, den Anwalt und Notar Ihrer Mutter. Und dann habe ich noch mit meinem Kollegen in London telefoniert.«

»Und?«

»Zuerst zu Peabody. Es gibt da etwas, was man mir bei meinem ersten Besuch dort nicht gesagt hat. Nun ja, man hatte es noch nicht gewusst.« Er schnäuzte sich in ein Taschentuch, in das jemand die Initialen *C.P.* gestickt hatte. »Ihre Mutter, Mr. Darcy, hat eine Ergänzung zum Testament bei ihrem Notar eingereicht.«

Colin horchte auf. »Ach?«

»Helen Darcy hat die Begünstigung im Testament völlig neu regeln lassen«, sagte er. »Die Ergänzung wurde einen Tag vor ihrem Verschwinden bei dem Notar abgegeben. Da Mr. Peabody fast die ganze Woche über in Cornwall war und es seiner Genehmigung bedurfte, die bereits vorliegenden Unterlagen zu ändern, lag die Sache auf Eis, sprich: Sie dümpelte in der Ablage der Eingangspost herum. Als ich in der Kanzlei nachfragte, wie es um die Erbschaftsverhältnisse bestimmt sei, nahm die anwesende Dame lediglich die bisherige Abschrift des Testaments zur Hand, jene Abschrift, in der noch Ihr Bruder und Sie selbst die Begünstigten sind.«

»Wen hat Mutter jetzt eingesetzt?« Colin wusste genau, dass er entnervt klang. Es war ihm egal, wer dieses grauenhafte Haus erbte. Er wollte es gar nicht haben.

Der Constable beobachtete Colin genau, als er sagte: »Helen Darcy will die Personen, die ihr, so schrieb sie in der Verfügung, *am Ende ihres Lebens nahestanden*, begünstigen. Damit meint sie Miss Anne Robinson und Mr. Jonathan Munro.«

Colin sagte nichts.

»Haben Sie das gewusst?«

»Nein, woher sollte ich das wissen? Ich sagte Ihnen doch, dass der Kontakt äußerst dürftig bis nicht vorhanden war und das Verhältnis zwischen meiner Mutter und mir alles andere als gut. Was auch für meinen Bruder gilt.«

Constable Plummer nickte bedächtig. »Wenn Ihr Bruder und Sie selbst keine Kenntnis davon hatten, was Sie mir ja gerade bestätigt haben«, sagte er, »dann hätten Sie also noch immer einen Grund gehabt, Ihre Mutter verschwinden zu lassen.« Er zündete sich eine Pfeife an. »Miss Robinson, so sagte sie mir zumindest, hatte keine Ahnung, dass Helen Darcy sie und Mr. Munro zu den alleinigen Erben von Ravenscraig und auch allen anderen Vermögensteilen machen wollte.«

»Wie schade, denn sonst hätten die beiden auch ein Motiv gehabt«, sagte Livia.

»Sie sagen es, Sie sagen es«, grummelte der Constable, und man merkte ihm an, dass er diese Möglichkeit gern in Betracht gezogen hätte. »Aber so, wie es jetzt aussieht, haben die beiden kein Motiv.«

»Na, klasse. Wir stehen also noch immer auf der Fahndungsliste?«

Dazu sagte er nichts. »Inspektor McGuffin rief mich heute Morgen an. Es gibt auch in London Neuigkeiten.« Er schüttelte den an manchen Stellen schon recht haarlosen Kopf, was irgendwie missbilligend aussah. »Keine Ahnung, wie die in London ermitteln, seltsam, seltsam.« Er schaute auf und seufzte. »Ich erzählte Ihnen doch, dass man die Bremsschläuche des Wagens, in dem Dr. Sedgwick gestorben ist, manipuliert hat. Und manipuliert heißt im Klartext: Jemand hat sie angeschnitten.«

»Das sagten Sie mir schon.«

»Die Kollegen fanden dies heraus, als sie den Wagen aus der Themse zogen.« Er hob den Finger und sagte: »Aber.« Er sah die beiden bedeutungsvoll an und sagte noch mal: » Aber.« Und dann: »Jemand hat das Ganze genauer untersucht. Die modernen Ermittlungsmethoden sind schon fast Zauberei, wissen Sie?! Man kann da Dinge herausfinden, für die wir früher lange hätten ermitteln müssen.« Er sagte erneut, ganz lang gezogen: »Aber.« Und schließlich fuhr er fort: »Um eine lange Geschichte kurz zu machen: Man hat die Bremsschläuche genauer untersucht. Und etwas herausgefunden, was, wie so vieles in diesem Fall, keinen Sinn ergibt.«

»Sagen Sie es mir irgendwann?«

»Natürlich.«

Es folgte ein Schweigen.

Der Polizist am Nebentisch schaute auf und grinste.

Colin und Livia grinsten nicht zurück.

Constable Plummer schon.

Dann rückte er mit der Neuigkeit heraus: »Die Schläuche sind nicht angeschnitten worden, nein, sie wurden angenagt.«

Hatte Colin sich verhört?

»Ange*nagt*?«, fragte er.

»Sie sagen es.«

»Von wem?«

»Oder von was?«

Der Constable zuckte die Achseln. »Das weiß man nicht. Aber es kommt noch viel besser.« Er schnäuzte sich in sein Taschentuch mit den eingestickten Initialen und sagte: »Sie wurden *unter Wasser* angenagt.«

Colin wusste nicht recht, was er davon zu halten hatte. »Jemand oder etwas hat sie angenagt, nachdem der Wagen in die Themse gestürzt war.«

»Das ist doch wirklich ein Ding, oder?!« Der Constable war begeistert. »Ein richtiges Rätsel, wie man es sonst nur in einem Kriminalroman findet. Haben Sie früher Edgar Wallace gelesen? Habe ich geliebt, da war ich noch ein Kind.«

Colin versuchte sich den Constable als Kind vorzustellen und wollte lieber nicht daran denken.

»Was hat das zu bedeuten?«

»Nun ja, das hat zweierlei zu bedeuten. Zum einen sind Sie, was diese Sache angeht, teilweise aus dem Schneider. Jemand wollte es wohl gern so aussehen lassen, als wären die Schläuche angeschnitten gewesen, *bevor* der Wagen in die Themse stürzte, damit jedermann annehmen würde, dass der Wagen aus genau diesem Grund in die Themse gestürzt ist.«

»Jemand wollte mir was in die Schuhe schieben?«

»Könnte man sagen.«

»Aber wer?«

»Keine Ahnung. Haben Sie Feinde?«

»Außer der Steuerfahnung? – Nein, keine.«

Der Constable lachte nicht. »Haben Sie etwa auch noch Probleme mit den Finanzbehörden?«

»Nein«, sagte Colin betreten.

Jetzt lachte der Constable. »War ein Scherz, die Finanzbehörden sind mir egal.«

»Hm.«

Colin dachte an das London-Leben und an das, was Livia in *Rio Bravo* erzählt hatte. Es passte alles zusammen. Ihm schwindelte, wenn er nur daran dachte, dass dies alles wirklich wahr sein könnte. Er wünschte sich sogar förmlich, es hier mit einer Lüge zu tun zu haben.

Eine Lüge würde alles einfacher machen.

Die Wahrheit würde wehtun.

Wie sie es immer tat.

»Wollten Sie mir das mitteilen?«, fragte Colin. »Sind Sie deswegen bis zum Friedhof gefahren?«

»Ich wollte Sie einfach nur sprechen«, sagte der Constable, »um mit Ihnen über diese Neuigkeiten zu reden. Nachdem ich zuerst in Ravenscraig und dann«, er bedachte Livia mit einem vielsagenden Blick, »drüben in Black Head war, da bin ich extra zum Galloway Graveyard hinausgefahren, um Sie dort zu treffen. Doch Sie beide sind mir entwischt, könnte man sagen.«

»Wie kamen Sie nur zu der Annahme, dass wir dort seien?«

»Miss Robinson vermutete, dass ich Sie beide dort antreffen könnte.«

»Miss Robinson?« Das überraschte Colin. Woher, in aller Welt, wusste Miss Robinson davon?

»Sie sind nur dorthin gekommen, um mir dies alles zu sagen?«

»Ja.«

»Aber?«

»Kein aber, das war alles.«

»Sie verdächtigen mich noch immer, etwas mit dem Verschwinden meiner Mutter zu tun zu haben, nicht wahr?« Colin wusste, dass ihm jetzt der schwierigste Teil bevorstand. Er wusste, dass einiges von dem abhing, was er jetzt tun würde. »Wie lange soll das denn noch so weitergehen. Geht es nicht in Ihren Kopf, dass meine Mutter verschwunden ist, als ich noch in London war?«

»Wir machen nur unsere Arbeit, Mr. Darcy.«

Colin äffte die Stimme des Polizisten nach: »*Wir machen nur unsere Arbeit* ... Erzählen Sie das doch sonst wem.« Er beugte sich über den Schreibtisch und spie das nächste Wort in Richtung des Constable aus: »*Sherlock!*«

Der Polizist, der mit dem lästigen Schreibkram beschäftigt war, schaute jetzt auf, was denn auf einmal in dem Raum los war. Constable Plummer wusste nicht so recht, was er tun sollte.

»Wissen Sie, was ich glaube, *Constable*?«

Der Angesprochene schwieg.

»Ich glaube, dass Sie schon zu lange auf eine Beförderung warten.«

»Mr. Darcy, wie darf ich das verstehen?«

»Sie sitzen hier in diesem Nest und spielen den wichtigen Ermittler. Hören Sie mir genau zu, lesen Sie es mir von den Lippen ab: Meine Mutter ist verschwunden, und ich sorge mich um sie, auch wenn wir kein gutes Verhältnis hatten. Ich komme den ganzen weiten Weg aus London hierher«, er sprach jetzt mit Nachdruck, »und dann muss ich mir anhören, was so ein Wald- und Wiesenpolizist aus den Rhinns dazu zu sagen hat. Es ist unglaublich.« Seine Stimme wurde mit jedem Wort lauter.

Livia saß nur auf ihrem Stuhl, hatte die Hände im Schoß gefaltet und tat gar nichts.

Sah einfach nur unschuldig aus.

Toll!

Constable Plummer indes wirkte völlig überrascht und überrumpelt.

»Das ist nicht im Mindesten«, spuckte Colin ihm das nächste Wort entgegen, *»professionell!«*

»Mr. Darcy, ich versichere Ihnen, dass wir ...«

»Ach, hören Sie doch auf damit.« Colin sprang auf und griff in eine der Ablagen. »Dieser ganze Papierkram hier«, schrie er den Constable an, »das ist doch das, woran ihr Schreibtisch-Bobbies glaubt.« Mit einem Ruck warf Colin den Inhalt der Ablage durch die Luft. Ein Regen aus Papier fiel auf die beiden Schreibtische. »Das ist doch alles Mist!«

»Bitte, beruhigen Sie sich.«

Der andere Polizist, der eine Gelegenheit witterte, den überaus lästigen Papierkram für einen Moment beiseitezulegen, sprang von seinem Platz auf und näherte sich Colin.

»Bleiben Sie mir bloß vom Leib«, schrie der und ergriff den Stuhl, auf dem er eben noch gesessen hatte.

Wie ein Dompteuer im Zirkus hielt er den Stuhl schützend vor sich und stieß mit den Stuhlbeinen drohend in die Richtung, aus der sich der Polizist langsam näherte.

»Mr. Darcy, beruhigen Sie sich«, sagte der Polizist.

»Reden Sie nicht in diesem Ton mit mir.«

»Mr. Darcy.«

»Tun Sie das nicht!«

»Das sind die Nerven«, sagte Livia, die sich nicht von der Stelle rührte.

»Sagen Sie doch was zu ihm«, forderte sie der Constable auf. »Sie sind ein Paar.«

»Er hört nicht auf mich, wenn er so ist. Außerdem ist er noch nie so gewesen. Ich kenne ihn gar nicht, wenn er so ist.«

»Ah, jetzt bist du auf deren Seite?!«, fuhr Colin sie an.

Constable Plummer saß noch immer wie versteinert auf seinem Platz.

»Ich bin es leid, dass mir dauernd jemand sagen will, was ich zu tun habe.« Colin ging einen Schritt zurück. Neben ihm klingelte ein Telefon, und Colin hielt es für angemessen, das Gerät mitsamt Kabel durch den Raum zu werfen. »Was zu viel ist«, schrie er, »ist einfach zu viel. Er reicht, es reicht, es reicht, es reicht!«

»Nur seine Nerven«, wiederholte Livia.

Constable Plummer nickte ihr zu, war offenbar der gleichen Meinung.

»Beruhigen Sie sich, Mr. ...«

»Dann kommen Sie mir auch noch mit der blöden Finanzbehörde, so eine Scheiße! Dabei habe ich nur EINEN WITZ gemacht. Verstehen Sie, es war NICHT ERNST gemeint!«

»Mr. Darcy!«

Colin warf den Stuhl angewidert in die Ecke. »Ihr habt kein Recht, so mit mir umzuspringen«, schrie er alle an, die außer ihm noch in dem kleinen Raum waren.

Hinter ihm öffnete sich eine Tür.

Ruckartig drehte er sich um und wurde von einem dritten Polizisten zu Boden geworfen.

Wieselflink war Polizist Nummer zwei zur Stelle, packte mit kräftigem Griff zu, und gemeinsam und immer noch beruhigend auf ihn einredend, hielten sie Colin Darcy am Boden fest.

Livia stand mittlerweile mit dem Rücken zur Wand und sah dem seltsam anmutenden Schauspiel zu, als habe sie gar nichts, aber auch wirklich gar nichts damit zu tun.

»Er ist sonst ganz anders«, flüsterte sie und sah immer noch verdammt hemmungslos unschuldig aus.

Constable Plummer trat neben sie und legte ihr tröstend eine Hand auf die Schulter. »Vielleicht sind es wirklich nur die Nerven«, sagte er. »Es war immerhin seine Mutter.«

Livia nickte und presste ein trauriges »Ja« hervor.

Und Colin, am Boden liegend, schrie so laut er konnte: »LASSEN SIE MICH DOCH ENDLICH MIT MEINER MUTTER ZUFRIEDEN!« Was nicht einmal gelogen war.

Constable Plummer ging zu Colin hin, kniete sich neben ihn und sah ihn ernst an. »So geht das nicht, Mr. Darcy, so nicht.« Und freundlich und irgendwie väterlich fügte er hinzu: »Ich glaube, Sie sollten erst einmal hierbleiben.«

»Das können Sie nicht machen«, zischte Colin. »Ich habe Rechte.«

»Das stimmt.«

»Also?«

»Nur so lange«, sagte der Constable, »bis Sie sich wieder besser fühlen.«

Keine zehn Minuten später fand sich Colin Darcy in einer Zelle wieder, ohne Schuhe, ohne Gürtel, ohne spitze Gegenstände. Zur Sicherheit hatte er, nachdem sie die Tür hinter ihm geschlossen hatten, kräftig mit den Fäusten dagegengeschlagen und dem Polizisten, der jetzt zu seinem Schreibkram zurückkehren musste, einige Beschimpfungen hinterhergerufen.

Als er sich beruhigt hatte, durfte Livia sich von ihm verabschieden. Er betrachtete ihr Gesicht durch das kleine Guckloch in der Tür.

»Ich liebe dich, Colin«, sagte sie so laut, dass es die anderen hören konnten.

»Hab ich zu dick aufgetragen?«, flüsterte Colin.

Sie musste grinsen. »Du warst klasse«, flüsterte sie.

»Wünsch mir Glück.«

Sie ließ ihn für Sekunden in ihren Augen ertrinken, dann musste sie gehen.

So blieb Colin Darcy allein in der Zelle zurück, die sonst ausschließlich Alkoholiker und Raufbolde beherbergte. Er ließ sich auf der Pritsche nieder, wartete auf die Nacht und darauf, dass jemand zu seiner Befreiung herbeieilen würde, jemand, der nicht zulassen konnte, dass er hier eingesperrt war, während Wesen, die Ewige waren, vergeblich nach Danny Darcy suchten.

Die Stunden vergingen, und irgendwann döste Colin Darcy ein, tauchte durch einen unruhigen Traum und erwachte, als es draußen schon dunkel war und die Stechmücken vor dem Fenster ihre nächtlichen, vom Blut vieler Schlafender angeheizten Tänze aufführten.

Die Zelle war klein und beengend.

Wenn er länger als einen Tag hier drinnen bleiben müsste, dann würde ihm die Enge die Luft nehmen, davon war er überzeugt. Doch morgen früh würde ihn der Constable wieder laufen lassen. Colin würde sich für sein Verhalten entschuldigen und aufrichtig Besserung geloben, er würde dem Constable erklären, wie unendlich stark die nervliche Belastung für ihn sei und wie zermürbend es wäre, diese Familienangelegenheit zu regeln. Jeder, der eine Familie hatte, würde verstehen, was er meinte. Und der Constable, der alles in allem ein netter Mensch zu sein schien, würde ihn rügen und zur Ordnung ermahnen und dann laufen lassen.

Das war der Plan.

Zumindest der Plan für den kommenden Tag.

Und definitiv der *einzige* Plan, den er hatte.

Was heute Nacht passieren würde, konnte Colin indes nicht sagen, aber er hatte eine Vorstellung davon, was passieren *könnte*.

Danny würde sicher in *Rio Bravo* abwarten, bis dies alles vorbei war, und irgendwie erfüllte Colin das alles mit Stolz, weil er sich in seiner Rolle als älterer Bruder wiederfand und den Kleinen schützen konnte, wie er es auch früher immer getan hatte.

Was immer auch passiert war, es würde sich in den nächsten Stunden klären.

Er seufzte, rieb sich müde die Augen.

Arthur Sedgwicks Unfall, da war er sich jetzt sicher, hatte etwas mit ihm, Colin Darcy, zu tun. All die seltsamen Dinge, die sich im London-Leben zugetragen hatten, konnten keine Zufälle gewesen sein. Etwas ging da draußen vor, und Colin wusste, dass er sich mitten im Auge des Sturms befand.

In was, fragte er sich erneut, bin ich da nur hineingeraten?

Er verspürte nicht das gerinste Interesse, davongeweht zu werden.

The answer, my friend.

Trotzdem!

Is blowing in the wind.

Er fühlte sich gut.

'cause the times, they are a-changin'.

Ja, er fühlte sich so erstaunlich beschwingt und gut wie schon lange nicht mehr. Und das, obwohl er in dieser winzigen Zelle festsaß.

Im London-Leben, seinem alten, fast schon abgelegten Leben, war Colin Darcy allzeit in der Gesellschaft von irgendwem irgendwo gewesen, und trotzdem (oder gerade deswegen) hatte er sich allzeit allein gefühlt. Und jetzt, in dieser engen Zelle irgendwo in Stranraer, teilte er die Abendstunden mit ein paar Mücken, die es auf ihn abgesehen hatten, und fühlte sich kein bisschen allein.

Er wusste, dass Livia da draußen war.

Livia, die noch immer ihr Geheimnis hütete.

»Wirst du es mir verraten?«, hatte er sie gefragt.

»Das werde ich.«

Dann hatten sie den Plan geschmiedet.

Colin musste grinsen.

Insgeheim gratulierte er sich selbst zu der seltsamen Nummer, die er vorhin abgezogen hatte. Er hatte gewusst, dass alles davon abhing, ob man ihn hier einsperren würde. Nach außen hin musste es so aussehen, als habe er keine Möglichkeit mehr, sich frei zu bewegen. Wer auch immer hinter all dem steckte, er musste genau das glauben.

»Tschiep, tschiep«, machte es vor dem Fenster.

Und er erschrak.

Colin war früher oft mit seinem Vater durch die Landschaft der Rhinns gewandert, doch Vögel wie dieses bunt gefiederte Tier hatte er früher nie in Schottland gesehen.

Er wusste nicht, was für ein Vogel das war, der da draußen auf dem Fenstersims hockte. Es war einer der bunten Vögel, die andauernd irgendwo auftauchten, wo auch er sich aufhielt.

Tie a yellow ribbon.

Gelbes Gefieder.

Round the ole oak tree.

Wie in dem Wagen, den Arthur gefahren hatte.

Just for you.

Mitten hinein in die Themse.

And me.

Colin blickte den Vogel entnervt an.

Dieses blöde Getschiepe!

Es war ein monotones Geräusch, das einen ganz wirr im Kopf machte.

Wahrhaftig.

Am Ende ließ ihn der Vogel gar an die erste Geschichte denken, die seine Mutter ihm erzählt hatte, jene Geschichte, die eine Lüge gewesen war und die von der wohl langsamsten Sturzgeburt in der langen Geschichte des Krankenhauses von Stranraer, das keine fünf Straßen weiter lag, gehandelt hatte.

Das, was die Krankenschwester damals erblickt hatte, die Wüstenwelt, die Oase und die Tiere, die Dschinni, die ihm angeblich die Stirn geküsst hatte – Colin war sich jetzt sicher, dass die arme Frau diese Dinge wirklich gesehen hatte und deswegen all die Jahre in einer Nervenheilanstalt oben in Prestwick verbracht hatte, wo man sie von ihren immer wiederkehrenden Wahnvorstellungen zu heilen versucht hatte.

Das Leben, dachte er, kann wirklich grausam sein.

Der bunte seltsame Vogel indes flog einfach so davon, nachdem er einige Male gegen das Fenster gepickt und gezirpt hatte.

Wieder war Colin allein.

Draußen spielte Musik im Radio, aber er konnte die Melodie nicht erkennen.

Colin döste ein.

Er träumte von Livia, lauter schöne Dinge.

Dann, spät in der Nacht, hörte er ein Kratzen, das ihn schlagartig wach werden ließ.

Jemand machte sich leise am Schloss der Tür zu schaffen, ganz sicher. Es war ein Schlüssel, der vorsichtig in das Schloss geschoben wurde, den jemand umdrehte, sodass sich der Mechanismus mit einem Klicken und Klacken in Bewegung setzte, bis die Tür unendlich langsam aufschwang, fast beiläufig.

Colin setzte sich auf seiner Pritsche auf und rührte sich nicht.

Jetzt passierte das, was sie alle vermutet hatten.

Livia.

Danny.

Er selbst.

Jetzt rollten die Steine.

Eine hochgewachsene Gestalt betrat die Zelle.

Sie trug einen Mantel und einen breitkrempigen Hut, der die Maske, welche die Gestalt trug, halb in seinen Schatten tauchte. Die Gestalt blieb im Türrahmen stehen und betrachtete Colin aus schmalen Augenschlitzen, die nur Dunkelheit verbargen. Die Maske selbst war ein Spiegel, in dem Colin sich selbst sah, verzerrt und fremd. Ein Spiegel, der die Form eines breiten Gesichts hatte.

Mit pantomimischen Bewegungen bedeutete die Gestalt dem Insassen der Zelle, mit nach draußen zu kommen.

Colin rührte sich nicht.

Der vermummte Maskenmann wackelte mit dem Kopf, dann machte er eine eilige Bewegung mit der schwarz behandschuhten Hand und deutete mittels hektischen Klopfens auf das Handgelenk, wo sich normalerweise eine Uhr befinden mochte, an, dass die Zeit drängte.

Colin rührte sich noch immer nicht.

Er betrachtete den Maskenmann und wunderte sich, dass er wirklich gekommen war. Livia hatte es gesagt. Keine Ahnung, woher sie es gewusst hatte.

Der Maskenmann trat zwei Schritt vor und packte Colin kurz am Arm, machte wieder eine hektische Bewegung, die zur Eile mahnen sollte. Reden wollte er wohl nicht. Er gestikulierte mit den Händen herum, und sein Kopf gab nickend Zeichen.

»Was soll der Quatsch«, sagte Colin zu dem Maskenmann. »Wen willst du darstellen, John Robie, die Katze?«

Der Maskenmann stand still.

»Ich hätte nicht gedacht, dass du kommst.«

Der Maskenmann stand noch stiller.

»Wir müssen reden«, sagte Colin.

Langsam, fast zögerlich, zog der Maskenmann sich die Spiegelmaske vom Gesicht.

»Hallo, Colin«, sagte er.

»Du bist also nicht tot«, stellte Colin fest und betrachtete seinen Vater, der besser aussah als damals, als er nach St. Abb's Head gefahren war, um zu sterben.

»Ich hol dich hier raus, Junge«, sagte Archibald Darcy, der gesund und munter war.

Colin stand auf und ging auf ihn zu. »Was ist das für ein Spiel? Bist du von allen guten Geistern verlassen?« Er spürte den Zorn in sich aufflammen. »Wir dachten, du bist tot. Schöne Scheiße, wir haben dich sogar beerdigt.«

Er hielt inne und verbesserte sich dann: »Na ja, einen leeren Sarg haben wir verbuddelt. Und dazu wurde dieses bescheuerte Lied gespielt.«

Archibald Darcy, der noch immer wie Cary Grant aussah, senkte den Blick. »Es ging nicht anders, Colin, das musst du mir glauben.« Er seufzte und sah schuldig aus. »Du wirst es verstehen, wenn ...«

»Wenn was?«

Er zuckte die Achseln. »Du kennst die Familiengeschichte nicht.«

»Ach, ja? Sollte ich die etwa kennen? Gibt es da etwas, was ich wissen sollte?«

Er nickte. »Einiges.«

»Na, dann schieß mal los, wir haben Zeit.«

Er schaute über die Schulter. »Nein, haben wir nicht. Der wachhabende Polizist ist nur betäubt.«

»Betäubt?«

»Ja, nur betäubt.«

Colin rollte mit den Augen.

Er konnte es nicht fassen.

Livia hatte es doch tatsächlich gewusst.

Sie hatte ihm gesagt, dass sein Vater gar nicht tot sei. Sie hatte es selbst gerade erst erfahren, ehe Colin sie nach *Rio Bravo* mitgenommen hatte. Wie, das wollte sie ihm später erklären, und es war in diesem Augenblick auch egal, *woher* sie es wusste, denn die Tatsache, *dass* Archibald Darcy hier war, zeigte doch nur, wie recht sie gehabt hatte.

»Meine Güte, was wird hier eigentlich gespielt?«

Archibald Darcy seufzte. »Jede Familie«, sagte er, »hat ihre Abgründe.«

»Fein, das ist die Neuigkeit des Abends.«

»Du verstehst mich nicht.«

»Nein, das tue ich ganz und gar nicht. Wir haben geglaubt, du seist tot. Und jetzt stehst du hier und erzählst mir etwas über die Abgründe in der Familie.« Colin trat wütend gegen den einzigen Stuhl im Raum, der mit einem lauten Scheppern gegen den einzigen Tisch stieß, auf dem der einzige Becher mit dem einzigen Wasser umfiel. »Wo, verdammt noch mal, kommst du her? Wo hast du gesteckt?«

»Das ist eine lange Geschichte«, murmelte sein Vater.

Colin nahm sich den Stuhl, stellte ihn gerade hin und setzte sich. »Wir haben durchaus Zeit, würde ich sagen.«

Archibald Darcy nahm den Hut ab und setzte sich auf die Pritsche. »Ich musste es tun«, sagte er.

»Was? Abhauen? Deinen Tod vortäuschen?«

»Sie hätte mich nicht gehen lassen.«

»Wer? Mutter?«

Er nickte. »Sie war eine Sherazade.«

»Das weiß ich mittlerweile. Und Danny und ich haben ihr Talent geerbt und sind wirklich ganz außerordentlich überglücklich deswegen.«

»Du verstehst es noch immer nicht.«

»Nein«, fuhr Colin ihn wütend an, »ich verstehe es in der Tat immer noch nicht.«

»Es ist ein Geheimnis«, druckste er herum.

»Was ist ein Geheimnis?«

»Das!«

»WAS?«

Er hüstelte. »Weswegen ich damals abgehauen bin.«

»Oh, Mann.« Colin begann ungeduldig zu werden.

»In jeder Familie gibt es doch ein dunkles Geheimnis«, sagte Archibald, und jetzt sah er seinem Sohn in die Augen. Und die Augen, die Colin in der schattenhaft düsteren Zelle anschauten, schimmerten grün und leuchtend schmal wie die kleinen Augen einer Eidechse, die aufmunternd zu zwinkern versucht. »Ich musste von ihr fort. Deine Mutter war immer unerträglicher geworden.«

»Du hättest dich doch scheiden lassen können, wie normale Menschen es tun.«

»Das ging nicht.«

»Ihr hättet euch trennen können.«

Er schüttelte den Kopf. Sein Haar war jetzt so grau wie das Cary Grants in *Charade*.

»Sie hatte Macht über mich.«

»Das behaupten alle, die sich nicht lösen können.«

»Nein, Colin, sie hatte wirklich Macht über mich.« Er sah seinen Sohn an, und urplötzlich hatte Colin Mitleid mit ihm. Doch da sagte er: »Ich bin ein Kelpie.«

Und Colin fragte: »Was?«

Und Archibald Darcy wiederholte: »Ein Kelpie, ein Geschöpf aus dem Wasser.«

Das war der Augenblick, in dem Colin endgültig die Schnauze voll hatte.

Er stand auf und lief in der Zelle auf und ab, einmal im Kreis durch den Raum.

Noch mal.

Und ein drittes Mal.

Dann setzte er sich wieder hin.

Atmete durch.

»Kannst du das wiederholen?«

»Kann ich.«

»Dann tu's!«, schrie er ihn an.

Archibald Darcy tat wie geheißen: »Ich bin ein Kelpie, und ich lernte deine Mutter in Edinburgh kennen. Auf einem Maskenball der Universität. Wir tanzten miteinander, den ganzen Abend lang, und dann, als es Mitternacht schlug, küsste sie mich, und als ich die Maske auszog, da sah ich aus wie Helens Idol.«

»Cary Grant«, seufzte Colin.

»Ja.«

»Ihr habt geheiratet.«

»Ein Kelpie lebt normalerweise in den Bächen und Flüssen.« Er lachte verlegen. »Jethro Tull hat denen meiner Art damals sogar einen ganzen Song gewidmet.«

Colin fand das nicht witzig.

Nein, darüber konnte er überhaupt nicht lachen.

»Früher hat ein Kelpie Menschen angelockt und sie dann gefressen, doch diese alten Zeiten sind längst vorbei. Heute kann ein Kelpie die menschliche Gestalt annehmen und tun, was die Menschen tun.« Er seufzte. »Da gibt es nur ein Problem.«

»Frauen.«

»Wenn ein Kelpie die Gestalt eines Mannes angenommen hat, kann man ihm einen Hochzeitsschleier überwerfen und es bändigen, dann wird es zum Sklaven der Frau. Das jedenfalls erzählte man sich früher in den Highlands. Geht der Hochzeitsschleier verloren, dann flieht das Kelpie und spricht einen Fluch gegen seine ehemalige Besitzerin und deren Familie aus.«

»Sag jetzt nicht, dass du so was getan hast.«

»Nein, natürlich nicht. Das sind nur Geschichten. Die Wahrheit ist, dass Helen mich so zum Mann genommen hat, wie sie mich haben wollte. Nicht von ungefähr habe ich diese Ähnlichkeit mit Cary Grant.« Er seufzte. »Aber die Sache mit dem Hochzeitsschleier ist natürlich dummes Zeug. Helen hat noch immer Macht über mich.«

»Aber sie glaubt doch, du seist tot.«

»Trotzdem, wenn sie wüsste, dass ich noch lebe ...« Er sprach den Satz nicht zu Ende. »Deine Mutter, Colin, ist eine bösartige Hexe. Mit einer Sherazade ist nicht zu spaßen.«

»Hattest du es gewusst?«

»Was?«

»Dass sie eine Sherazade ist.«

»Vor der Hochzeit?«

Colin verdrehte die Augen. »Ja, wann denn sonst?!«

»Nein.«

Colin schwieg.

Und Archibald Darcy ergänzte: »Leider nicht.«

Colin hielt sich beide Hände vors Gesicht und atmete mehrmals tief durch.

»Was hast du?«

»Ich bin der Sohn zweier magischer Wesen«, stammelte Colin und konnte kaum glauben, was er da sagte. »Meine Mutter ist eine Sherazade, und mein Vater ist das Ding aus dem Sumpf.« Er schüttelte den Kopf, als könne er damit alles ändern.

»Danny ist auch unser Sohn.«

»Weiß er das alles?«

»Wo denkst du hin, nein!«

»Er wird sicher ganz aus dem Häuschen sein, wenn er die Neuigkeiten erfährt.«

»Es tut mir leid.«

Auf diese Wahrheit hatte ihn niemand vorbereitet, nicht einmal Livia.

Colin schaute auf, seufzte erneut, hätte das die ganze Nacht lang tun können. »Du hast dich also versteckt«, sagte er stattdessen.

»Ja.«

»Aber jetzt bist du wieder da.«

»Wie man sieht.«

»*Warum* bist du hier?«

»Wie meinst du das?«

»Warum tauchst du gerade jetzt auf, und dazu noch in dieser dämlichen Kostümierung, und willst mich aus dieser Zelle befreien?«

»Du bist mein Sohn«, gab Archibald Darcy zur Antwort. »Es ist nie zu spät, sich einen Fehler einzugestehen und seinem Sohn beizustehen. Ich will dir doch nur helfen.«

Nur helfen?

Er?

»Du bist mein Fleisch und Blut.«

Das war der Moment, in dem Colin richtig wütend wurde. »Du bist ein Heuchler«, fuhr er seinen Vater an, und er spürte den Zorn in sich, der rot und orange und gelb war. »Du bist so ein erbärmlicher, dreckiger Heuchler.«

Archibald Darcy, der gebeugt auf der Pritsche hockte, schwieg, wie er es immer getan hatte, wenn er eigentlich etwas hätte unternehmen sollen. Er saß nur da und schwieg, weil er dachte, der Moment würde irgendwann einmal vorübergehen.

Das war seine Strategie, das hatte er schon früher immer getan, wenn Helen ihre beiden Söhne mit ihren Geschichten gequält hatte. Er hatte alles an sich vorbeiziehen lassen wie einen schlechten Film, an den man sich später nicht mehr erinnern musste.

Doch dann zeigte er auf einmal eine für seine Verhältnisse überbordend heftige Reaktion, und das, was sich in seinem Gesicht abspielte, bedeutete blankes Entsetzen.

Denn plötzlich, ohne Vorwarnung, fiel der Mond in die Zelle – es anders zu umschreiben, würde den Sachverhalt nicht treffend wiedergeben.

Es war auf einmal grellhell, und in diesem gleißenden Licht stand ein Mann, der ein grünes und ein blaues Auge besaß, in einem bleichen Gesicht, das geschminkt wirkte, es aber nicht war, mit Lippen, die wie die Lippen einer schönen Frau aussahen. Er trug einen Anzug, der glitzerte und funkelte wie das pure Licht des Vollmondes.

»Ich bin Mr. Moon«, stellte er sich vor und entblößte spitze Zähne, als er lächelte.

Niemals zuvor hatte Colin Darcy stärkeres Entsetzen im Gesicht seines Vaters erblickt als jetzt.

Mr. Moon sagte: »Es ist Zahltag.«

Und Colin Darcy wurde das Gefühl nicht los, dass es jetzt erst richtig losging.

ZEHNTES KAPITEL

in dem Colin Darcy eine Entscheidung trifft,
Mr. Moon auf seine Kosten kommt,
es richtig losgeht und
irgendwann sogar vorbei ist

Mr. Moon sah aus, als habe ihn die Erinnerung an den Glam-Rock der 70er-Jahre geboren. Er war schrill und leuchtend, und wenn er redete, dann hörte es sich an wie verrückte Musik, zu der die Stimme Disco tanzt. »Lady Pandora«, so nannte er Madame Redgrave, »hat mir mitgeteilt, dass ich Sie hier treffen würde.«

»Ja«, sagte Colin, der wusste, dass dies alles nach Plan lief.

»Nein«, wimmerte Archibald Darcy, der zu ahnen begann, was ihm bevorstand.

Mr. Moon stand im Türrahmen und bewegte sich nicht von der Stelle. Mondlicht strahlte von ihm ab, kühl wie frischer Wind und bestimmt nicht freundlich.

»Ich muss mich entschuldigen«, sagte er, »aber ich platze gern mitten in Gespräche hinein. Es ist so erbaulich, zu sehen, wie Menschen, die sich etwas zu sagen haben, miteinander reden.« Er grinste, und die spitzen Zähne funkelten in dem Mondlicht, das er im Grunde ja höchstselbst war.

Er sieht wirklich aus wie Ziggy Stardust, dachte Colin.

Und dann, als würde das Mondlicht Wunder wirken, sah Colin erneut die Panik in seines Vaters Augen. Er sah, wie Archibald Darcy auf der Pritsche saß, als erwarte er, dass die Anklageschrift verlesen wird.

Und er verstand, dass genau dafür jetzt der Moment gekommen war.

Es war wie in den alten Filmen.

Ein Augenblick wie jener, in dem die junge Joan Fontaine endlich versteht, was es mit Rebecca de Winter auf sich hat, in dem John Robie erfährt, dass Danielle Foussard die zweite Katze ist, und John »Scottie« Ferguson schließlich, hoch oben auf dem Glockenturm, den Zusammenhang zwischen Madeleine Elster und Judy Barton erkennt.

Ja, es war ein ebensolcher Augenblick der Klarheit, den Colin erlebte, als das Licht Mr. Moons das Antlitz Archibald Darcys berührte.

Trotzdem fühlte er sich wie Roger Thornhill am Mount Rushmore, und der Gedanke, dass auch Eve Kendall (oder aber Eva Marie Saint, wie auch immer) dort gewesen war, ließ ihn an Livia denken und sich wünschen, dass sie jetzt bei ihm wäre.

Zugleich war ihm aber auch klar, dass er dies allein durchstehen musste, und außerdem, auch das wusste er, war Livia in Gedanken bei ihm, er konnte es spüren.

Es gibt immer ein Motiv, so hatte es Constable Plummer formuliert, und damit hatte er recht. Es gab wirklich immer eins. Nie passierte etwas ohne Motiv, und es zu finden hieß, den Schlüssel in der Hand zu halten, einen Schlüssel, mit dem man die Tür aufsperren oder für alle Zeit verschließen konnte, je nachdem.

»Du hättest dich nicht für den Rest deines Lebens versteckt, nicht wahr?«

Archibald schwieg betreten. Seine Blicke wechselten ängstlich von Mr. Moon zu Colin und wieder zurück.

»Du hast nach einem Weg gesucht, sie loszuwerden. Du konntest dich nicht von ihr scheiden lassen, weil sie die Macht über dich hatte, aber du konntest etwas anderes tun, du konntest untertauchen und jemand anderen die Arbeit machen lassen.«

»Sie hat meine Verwandtschaft getötet, einfach so«, schrie Archibald Darcy seinen Sohn an, und dicke Tränen standen in seinen Augen. »Sie hat sie ermordet, weil Danny und du sie verärgert habt.« Er hielt sich die Hand vor den Mund.

Colin wurde es ganz anders zumute, als er verstand, was sein Vater da gerade gesagt hatte. »Das Aquarium!«, flüsterte Colin und dachte an all die Fische und Frösche und anderen Tiere, die dort zwischen den hohen Gräsern und dem Schilf in dem künstlichen Tümpel gelebt hatten.

Das Aquarium.

Ja, das war es gewesen!

Die ganze Zeit über hatte Archibald Darcy seinen Verwandten aus den Bächen und Flüssen im Arbeitszimmer Obdach gewährt. Sie waren bei ihm gewesen, alle unter einem Dach.

»Wenn sie alt werden, dann muss man sich doch um sie kümmern«, klagte er.

Colin seufzte.

Nein, darüber wollte er jetzt nicht reden.

»Du hast Danny die Karte geschickt«, stellte er fest, »damit er Madame Redgrave aufsucht. Und vorher hast du Mutter einen Hinweis gegeben, wo sie Danny finden kann.«

Archibald Darcy nickte beschämt. »Ich konnte ja nicht ahnen, dass sie, nachdem ich fort war, all ihren Hass auf euch beide konzentrieren würde.«

»Das konntest du nicht ahnen?«

Sein Vater schüttelte den Kopf.

Colin zischte nur: »Lügner.«

Oh, wie er die Schnauze doch voll hatte!

Trotzdem, das alles war noch immer kein schlüssiges Motiv, nein, das alles nicht.

Aber das hier: »Du hast nichts gegen Mutter ausrichten können, weil du an sie gebunden warst.« Durch Magie, Geld oder einfach nur Trägheit, was auch immer. »Aber wir, Danny und ich, wir konnten es tun. Das hast du gewusst, du Heuchler, du hast gewusst, dass Mutter rasend werden würde vor Eifersucht, wenn sie erfahren würde, dass Danny geheiratet hat.« Er funkelte seinen Vater an. »Du hast gewusst, dass sie bei Livia gewesen ist, damals, stimmt's?! Du hast es gewusst und es geduldet, wie alles, und mir nichts gesagt.«

Alle Bilder von früher, die noch da waren, wurden auf einmal in ganz anderen Farben gemalt.

»Was hätte ich denn tun sollen?« Die Verzweiflung in Archibald Darcys Stimme war echt.

Colin verdrehte die Augen.

»Du hast Danny nachspioniert, du hast herausgefunden, wo er lebt, und du warst derjenige, der Mutter einen Tipp gegeben hat.« Colin dachte an die bunten Vögel, deren Augen so manches gesehen haben mochten. »Du hast Mutter verraten, wo er lebt, obwohl du wusstest, dass er nicht gefunden werden will.«

»Nein«, konterte Archibald Darcy schnell, »das war Miss Robinson.«

Plötzlich herrschte Stille.

Colin starrte ihn an.

Mr. Moon schien seine helle Freude an dem Gespräch zu haben.

»Miss Robinson?«, wiederholte Colin ein wenig ungläubig.

»Ja.«

»Woher weißt *du*, dass es Miss Robinson war?«

Archibald Darcy sah ihn nur betreten an wie jemand, dem gerade ein Fehler unterlaufen war, und hüllte sich in Schweigen.

»Woher weißt du«, wiederholte Colin, »dass Miss Robinson sie darüber informiert hat?«

Noch immer: Schweigen.

»WOHER?«

Achibald Darcy zuckte zusammen. »Colin, ich ...«

»Ich will es wissen!«

»Du wirst es nicht verstehen.«

»Ich will es auch nicht verstehen, ich will es nur wissen!«

»Sie ... Miss Robinson ... Ich stand noch immer mit

ihr in Kontakt, weil ich wissen wollte, was in der Familie vor sich ging, ich wollte wissen, wie es euch allen geht.« Die grünen Augen suchten nach Zustimmung, die ihnen verweigert wurde.

»Das ist doch Blödsinn!«

»Du glaubst mir nicht?«

»Kein Wort.«

»Aber …«

»Nachdem Mutter erfahren hatte, dass Danny verheiratet ist, hat sie alles getan, um seine Ehe zu ruinieren. Sie hat Dannys Leben zerstört, und dann hat Danny zufälligerweise diese mysteriöse Karte erhalten, die ihn auf Miss Redgrave hingewiesen hat.«

Colin kam sich so vor, als flögen ihm die Puzzlestücke nur so zu.

»Ja, das war wohl ein Zufall.«

»Wirklich? Ein Zufall?«

Archibald Darcy nickte beflissen.

»Du hast Danny gekannt. Du hast gewusst, dass er etwas Unüberlegtes tun würde.«

»Woher hätte ich das wissen sollen?«

»Er ist dein Sohn.«

Archibald Darcy sagte nichts.

»Du hast ihn Madame Redgrave in die Arme getrieben. Du hast Danny die Drecksarbeit erledigen lassen.«

»Nein, Colin, so war …«

»Lass mich ausreden!«, fuhr er ihm ins Wort.

»Du kannst so nicht …«

»Doch, ich kann!«

Archibald Darcy hielt den Mund.

Mr. Moon gefiel sich in der Rolle des stummen Beobachters, der jedes einzelne Wort, das gewechselt wurde, aufzusaugen schien, als sei es pures Lebenselixier.

»Ich habe fast alle Filme von Alfed Hitchcock gesehen«, schrie Colin seinen Vater an, »also verkauf mich nicht für so dumm!«

»Ich …«

»Hast du gewusst, welchen Preis Danny zahlen muss?«

Wieder herrschte Stille.

Sein Vater nickte zögerlich.

»Hast du darüber nachgedacht, was aus ihm werden wird, wenn er den Preis bezahlt?«

Archibald Darcy senkte den Blick.

»Du bist so erbärmlich«, stellte Colin fest und spürte den Zorn und das Bedauern, das ihm von den Lippen troff wie Gift, das bitter brannte. »So war es doch von dir geplant, oder etwa nicht?! Danny geht mit Madame Redgrave ein Geschäft ein, Mutter verschwindet, und du bist frei.«

Archibald Darcy seufzte nur. Und warf einen beunruhigten Blick auf Mr. Moon.

»Danny bezahlt den Preis, und alles ist dufte!«

»Colin, ich …«

»Aber dann passierte etwas, womit du nicht gerechnet hattest.« Fast war es schon komisch. »Danny kommt nach Ravenscraig und geht von dort aus nach *Rio Bravo*. Ja, genau dorthin, wo sonst niemand hinkann. Richtig dumm gelaufen, was? Auf einmal besteht die Gefahr, dass Mutter wieder freigelassen wird. Und was wäre dann? Würde sie nicht eins und eins zusammenzählen? Oh, du hättest eine Menge Ärger am Hals, wenn sie nicht mehr im Mond wäre.«

»Sie ist stinksauer«, sagte Mr. Moon.

»Sie weiß Bescheid?«, fragte Archibald Darcy furchtsam nach.

Mr. Moon grinste. »Sie weiß alles.«

Resigniert ließ Archibald Darcy den Kopf in die Hände sinken.

»Und genau das ist die Stelle, an der ich ins Spiel komme.« Colin hatte große Mühe, ruhig zu bleiben. »Danny muss den Preis zahlen, und deshalb muss ihn jemand ausfindig machen. Ja, und wer kommt nur dafür in Frage? Colin, der große Bruder, der schon damals wusste, wo *Rio Bravo* liegt. Miss Robinson ruft mich also an, und schon kehre ich in die alte Heimat zurück.« Er hielt inne, betrachtete seinen Vater, dann Mr. Moon und wieder Archibald Darcy. Ganz leise, als könnte er es selbst kaum glauben, flüsterte er ihren Namen: »Miss Robinson!«

Archibald Darcy schaute auf.

Und Colin sah seinen Verdacht bestätigt. »Miss Robinson hat mich angerufen, weil sie es gewusst hat!«

»Das ist gut«, sagte Mr. Moon. »Das ist besser als Kino auf DVD.«

»Sie hat es die ganze Zeit über gewusst.«

Allmählich dämmerte Colin die ganze Tragweite dessen, was er da gesagt hatte.

»Peabody sagte dem Constable, dass Miss Robinson und Mr. Munro das Vermögen erben werden. Mutter habe das Testament geändert, weil sie sich über ihre Söhne geärgert hatte.«

Archibald Darcy sah so schuldig aus, dass es kaum zu ertragen war.

»*Du*«, spie Colin das Wort aus, und dann, nach einer Pause, in der er nach Luft schnappen musste, fügte er hinzu: »*Du* ... und *sie*. Miss Robinson und du.«

»Wir lieben uns«, sagte Archibald Darcy nur. »Was soll man machen. Die Vernunft kommt gegen das Herz nicht an.«

Das also war das Familiengeheimnis, der tiefe Abgrund, der sich schon so lange in Ravenscraig aufgetan hatte.

»Hat Mutter es gewusst?«

»Nein.«

Mr. Moon grinste. «Jetzt weiß sie es.«

Beide starrten ihn an.

Mr. Moon deutete hinauf zum Himmel. »Sie hört mit, das darf sie.«

Archibald Darcy wirkte auf einmal noch sehr viel verzweifelter als vorher schon.

Und Colin sah, wie die letzten Puzzlestücke ein Bild formten, das ihm absolut nicht gefiel.

Für sich selbst fasste er flüsternd und noch ganz und gar ungläubig zusammen, was die einzelnen Puzzleteile zeigten: »Mutter ist jetzt fort, Danny zahlt den Preis und leistet ihr im Mond Gesellschaft, Miss Robinson und

Mr. Munro erben Ravenscraig und die Kunstschätze und das gesamte Vermögen der Familie.« Er starrte in die grünen Augen seines Vaters. »Und du? Was machst du? Was sollte passieren, sobald alles so weit war? Tauchst du einfach wieder auf, gehst nach Ravenscraig, lächelst charmant und sagst: *Hallo, Miss Robinson?*« Er schüttelte den Kopf. »Nein, so einfach kann es nicht gewesen sein, oder?«

»Er ist ein Kelpie«, half Mr. Moon ihm auf die Sprünge.

Ja, das war die Lösung.

Das allerletzte Puzzleteil.

»Derjenige, der Macht über das Kelpie hat, kann auch bestimmen, wie es aussieht.« Warum war Colin nicht schon früher darauf gekommen? Es war so offensichtlich, was sein Vater und Miss Robinson im Schilde geführt hatten.

So simpel.

Archibald Darcy sah so ertappt aus, wie ein Wesen nur jemals ertappt aussehen kann.

»Du liebst Miss Robinson, und sie liebt dich, wie wunderbar. Ja, das ist es. Miss Robinson ist diejenige, die fortan alle Macht über dich hat. Sie kann dir ein neues Gesicht geben, wenn sie will. Du wirst so sein, wie sie es sich wünscht.«

»Mr. Munro«, schlussfolgerte Mr. Moon und grinste breit.

Colin nickte.

Mr. Munro also.

Ja, das war offenbar der Plan gewesen.

Er musste an den Mann denken, der sich immer um den Park und alles andere gekümmert hatte. Wie Miss Robinson so hatte auch Mr. Munro zur Familie gehört, sozusagen. Er war ein Bestandteil von Ravenscraig gewesen, und Colin konnte sich an keine Zeit erinnern, in der er nicht da gewesen war.

»Aber was passiert mit dem echten Mr. Munro?«

»Den müsste man beseitigen«, schlug Mr. Moon vor.

»Nein, nein, er lebt noch«, sagte Archibald Darcy, als sei dies eine Entschuldigung dafür, dass er und Miss Robinson nur daran gedacht hatten, diesen Plan in die Tat umzusetzen.

»Ja, *noch*.«

»Aber ...«

»Du bist so erbärmlich«, sagte Colin.

Archibald Darcy würde Mr. Munro töten und dann dessen Stelle an Miss Robinsons Seite einnehmen. Ravenscraig würde den beiden gehören, so war es geplant.

Es war alles so einfach.

Das war es, was Colin am meisten erschreckte. Es war zum Totlachen einfach.

Archibald Darcy sagte eine Weile lang nichts mehr. Ruhig saß er auf der Pritsche und betrachtete das Gesicht seines Sohnes, in dem die Welt, wie sie einmal gewesen war, in Scherben zerfiel.

»Du hast Arthur umgebracht.«

Sein Vater wandte sich ab, als er das hörte.

»DU HAST ARTHUR ERMORDET!«

»Eigentlich waren es die Vögel«, stammelte er.

Colin spürte neue Tränen der Wut in seinen Augen aufsteigen. Er dachte an Mary und Selina, den Autounfall und die Sache mit SigmaCom, an Randall und Rachel und ...

»Du bist ein Kelpie.«

Mr. Moons Augen funkelten wie Eissplitter.

»Du kannst deine Gestalt verändern. Du bist in meinem Büro aufgetaucht und hast sie alle getäuscht. Du hast die Mail an Arthur geschrieben und ihn getroffen. Ihr habt über etwas gestritten.«

Archibald erwiderte nichts.

»Sag es mir.«

»Nur über die Leitung des Projekts. Er dachte, dass du ihm seine Position streitig machen willst.«

»Das hast du ihn glauben lassen?«

Er nickte.

Betroffen.

»Du hast ihn in den letzten Augenblicken seines Lebens glauben lassen, dass ich sein Vertrauen missbraucht habe?«

»Was hätte ich denn tun sollen?«

»Du Dreckschwein!«

»Colin ...«

Mr. Moon grinste von einem Ohr bis zum anderen, und das nicht mal sprichwörtlich. Und er hatte wirklich spitze Zähne, die mit jedem Lächeln mehr blitzten.

»Als er zurückfuhr, da haben ihn deine Freunde angegriffen.«

»Die Vögel.«

Colin stöhnte. »Ja, mein Gott, die Vögel.«

Man hat bunte Federn gefunden, überall im Auto.

»Wie ist er gestorben?« Eigentlich wollte er bloß hören, dass er nichts gespürt hatte.

Doch Archibald sagte lediglich: »Ich bin nicht dabei gewesen.«

Colin war fassungslos.

»Er ist in die Themse gestürzt, und als er schon ertrunken war, da hast du die Bremsschläuche angenagt.« Ihm schwindelte. Ja, ein Kelpie war natürlich ein Geschöpf aus dem Wasser. In der trüben Brühe der Themse zu tauchen war eine Leichtigkeit für ein solches Geschöpf. »Du wolltest das alles mir anhängen.«

Archibald Darcy schwieg.

Das konnte er gut.

»Und warum?« Colin gab sich die Antwort selbst. »Damit ich wieder verschwinde, bevor du in Ravenscraig einziehst und dir das Gesicht von Mr. Munro zulegst. Während Danny und Mutter im Mond sind und keiner, aber auch wirklich keiner mehr deinem Glück mit Miss Robinson in die Quere kommen kann.«

Colin starrte das Wesen, das einmal sein Vater gewesen war, nur stumm an.

Die Zeiten, in denen Archibald Darcy ihm geantwortet hatte, waren nun vorbei.

Er schwieg sich aus, einfach so.

Bilder bestürmten Colin wie Nadelstiche. Arthur und Mary und Selina, die düstere Themse, eine Wolke bunter Vögel, Schreie, Tod, Betrug und Lüge, wohin man sah.

Dann, mitten hinein in die nächtliche Stille, fragte Mr. Moon lapidar und kühl: »Kann ich ihn jetzt mitnehmen?«

Erneut blitzte grellbunte Panik in Archibald Darcys Augen auf. »Nein«, schrie er den Mond an, »das geht nicht.«

Jetzt endlich erwachte der Alte zum Leben.

Mr. Moon, der lässig am Türrahmen lehnte, zuckte nur leicht die Achseln. »Warum nicht?«

»Danny ist der Schuldner.«

»Du Heuchler«, zischte Colin.

»Er ist derjenige, der das Geschäft mit Madame Redgrave eingegangen ist, nicht ich. Niemand kann mich zwingen, Ihnen dorthin zu folgen.« Er blickte durch das Fenster hinauf zum Nachthimmel.

Mr. Moon trat einen Schritt vor und lehnte sich mit der Schulter gegen die Wand. »Sie sind noch immer an Helen Darcy gebunden«, sagte er und betonte das folgende »Mr. Darcy« mit besonderer Wonne. »Danny muss den Preis zahlen, nach wie vor, das ist richtig. Aber es wusste ja niemand, dass Sie noch leben, Mr. Darcy senior.«

Draußen, am Himmel, zogen Wolken auf.

»Ihre Frau hat ein Anrecht darauf, mit ihrem Mann zusammen zu sein, das wissen Sie. Sie sind ein Kelpie und müssen tun, was Ihre Frau von Ihnen verlangt.«

Archibald Darcy wurde kreidebleich.

»Sie weiß alles«, säuselte Mr. Moon.

Archibald Darcy schüttelte den Kopf. »Nein, das können Sie nicht machen.«

»Eingedenk dieser neuen Umstände«, sagte Mr. Moon lächelnd und rieb sich die Hände mit den langen Fingern und den manikürten Nägeln, »steht es mir frei, die Zahlungsweise zu modifizieren. Da Ihr ältester Sohn hier«, er bedachte auch Colin mit einem Lächeln, das sehr raubfischartig aussah, »sich so viel Mühe gegeben hat, die Wahrheit ans Licht zu bringen, um mir Sie, Mr. Darcy senior, vorzustellen, ist für mich das Problem damit gelöst. Es ist doch so, dass Helen Darcy und Sie, wenn Sie beide im Mond leben, viel mehr zu meinem Amüsement beitragen werden, als wenn Danny und seine Mutter dort oben verweilen.« Er nickte Colin zu. »Ich denke also, dass sich ein Preisnachlass in voller Höhe, netto, durchaus rentiert. Für mich.« Dann klatschte er in die Hände. »Deswegen«, er beugte sich vor, bis sein Gesicht dem Archibald Darcys so nahe war, dass Colin schon dachte, er wolle ihn küssen: »Willkommen im Mond!«

»Nein, nein, das war doch nur ein Trick«, kreischte Archibald Darcy verzweifelt.

»Ja, das war es. Wir ließen dich glauben, dass Mutter freigelassen würde, wenn Danny den Preis nicht zahlt.«

Archibald Darcy erkannte nun die Falle, in die er getappt war.

Colin hatte sich alle nur erdenkliche Mühe gegeben

und bei Constable Plummer randaliert, damit man ihn einsperrte. Archibald Darcy hatte befürchten müssen, dass folglich niemand mehr Danny finden und das Geschäft damit platzen würde.

Er hatte seinen Sohn befreien müssen, damit dieser seine Rolle zu Ende spielen konnte.

»Du hast mich ausgetrickst, damit ich mich dir zeige.«

»Es hat funktioniert«, stellte Colin fest.

Die seltsamen bunten Vögel, die Archibald Darcys Augen und Ohren in der Welt gewesen waren, hatten es ihm zugezwitschert.

»Ich denke«, sagte Mr. Moon, »dass es jetzt an der Zeit ist, zu gehen.«

Archibald Darcy sprang auf und wollte zur Tür laufen, aber das Licht des Mondes lähmte ihn.

Mr. Moon fletschte die Zähne, die wie kleine Blitze waren, und trat auf den Mann zu, der noch immer ein wenig wie Cary Grant aussah, aber langsam im Licht zu zerfließen begann.

»Colin, bitte!« Archibald Darcy reckte die Hände verzweifelt seinem Sohn entgegen. »Das kannst du nicht machen, Junge. Ich werde die Ewigkeit dort oben verbringen, mit ihr! Stell dir das vor: Jetzt, da sie alles weiß, wird sie mir so viele Geschichten erzählen wie nie zuvor. Du kennst sie, du weißt, was sie tun kann.«

»Du hast sie geheiratet.«

»Ja, aber ...«

»*Du* hast es getan, keiner sonst.«

»Colin, bitte ...«

Mr. Moon packte ihn mit Klauen aus reinem Licht. Sie wickelten sich ihm um den Körper und zerrten ihn hinein in eine Helligkeit, die ewig, ewig, ewig war.

»Die Kinder«, flüsterte Colin, »sind nicht für das Glück ihrer Eltern verantwortlich.«

»Wir hatten doch auch schöne Zeiten«, kreischte Archibald Darcy wie von Sinnen.

Das grelle Licht zerrte an ihm. Unnachgiebig floss es wie Klingen durch ihn hindurch und brachte ihn fort aus der Zelle, fort aus Stranraer, fort aus der Welt, die nie, nie mehr die seine sein würde.

Colin musste an die lustige Melodie denken, die sein Vater so gemocht hatte.

»Lebwohl«, sagte er, als das gleißende Licht explodierte und ihn blendete, als habe ihn die Sonne geküsst. »Lebwohl und richte Mutter liebe Grüße von mir aus. Sie wird schon wissen, wie ich es meine.«

Dann begann er, ganz ohne Bedauern, das Lied zu pfeifen. Fröhlich und beschwingt.

Tie a yellow ribbon round the ole oak tree.

Der Wind trug die Melodie in die Nacht hinaus, wo die Mücken in den Lüften tanzten. Er trug das Lied ganz weit, weit fort, höher und höher. Und oben, am sternenklaren Firmament, das konnte Colin Darcy erkennen, wenn er durchs Zellenfenster blickte, leuchtete ein voller Mond über den Rhinns of Galloway, die einmal seine Heimat gewesen waren.

Ja, früher hatten sich die Menschen erzählt, dass dort oben in der silbernen Scheibe jemand wohne, dass es einen Mann im Mond gebe, der ein geheimnisvoller Kerl sei.

Doch Colin Darcy, der glücklich lächelte und noch immer das lustige Lied pfiff, wusste es besser. Es gab einen Mann, und es gab eine Frau, die beide im Mond lebten, und es gab Mr. Moon, der auf sie aufpasste.

Das war alles, was jetzt wichtig war. Das und die Tatsache, dass Dinge manchmal sogar ein gutes Ende finden für jene, die sich ein gutes Ende ihr Leben lang verdient haben.

»Ein Epilog«, sagte Livia, »ist nur ein hinausgezögertes Ende.« Sie mochte keine Epiloge.

Colin Darcy, der sich am nächsten Morgen bei Constable Plummer für sein Verhalten entschuldigte und wieder auf freien Fuß gesetzt wurde, lief Livia in die Arme, als er die Polizeistation in Stranraer verließ. Das einstige Friedhofsmädchen umarmte ihn und bedachte ihn mit Küssen.

»Es ist vorbei«, sagte er.

Der Polizist, den Archibald Darcy ausgeschaltet hatte, war irgendwann in der Nacht mit Kopfschmerzen erwacht, hatte die Zelle aber verschlossen und den Insassen schlafend vorgefunden. Das war alles, was geschehen war, an etwas anderes konnte er sich nicht erinnern.

»Heute Morgen, gleich nach Sonnenaufgang«, erklärte Livia ihm, als sie zum Wagen gingen, »hat mich Madame Redgrave in einem Café unten beim Hafen getroffen.

Wir haben Tee getrunken, gefrühstückt und geredet, sie ist eigentlich sehr nett. Und sie ist die Lady Sunshine, hast du das gewusst?!«

»Ich habe es mir gedacht«, sagte Colin, der sich mittlerweile über gar nichts mehr wunderte.

Livia zeigte ihm den Arm. »Sie hat es fortgenommen.«

Colin berührte die weiche Haut. Die Wabe war verschwunden, wie sie es versprochen hatte.

»Wo hast du den Wagen her?«

Der grüne Rover, den er sich in Prestwick gemietet hatte, stand unten am Hafen.

»Madame Redgrave sagte mir, dass er dort steht und dass die Schlüssel stecken.«

»Sie ist wirklich sehr geheimnisvoll.«

Livia lächelte. »Und sie hat nicht mal einen Führerschein.«

»Wie du«, grinste er.

»Ja, wie ich.«

Sie stiegen ein, und dann fuhren sie los.

»Was wird jetzt passieren?«, fragte sie unterwegs.

Colin sagte es ihr.

Sie folgten der A77, und als sie endlich an die Abzweigung kamen, die nach Ravenscraig führte, hielt Colin an. Beide stiegen sie aus. Drüben, auf der anderen Seite der Hügel, hinter den Wäldern, lag das große Haus. »Miss Robinson und Mr. Munro werden es erben«, sagte Colin, «so steht es in dem Testament.«

»Du überlässt es ihnen?«

Er nickte. »Ich will nicht mehr zurückschauen.«

Ein lauwarmer Wind blies von der See her.

»Lass uns fahren«, schlug er vor.

Sie ließen die Abzweigung hinter sich und nahmen die Straße, die nach Black Head führte. Colin parkte den Rover neben der Kate, in der es nach den bunten Seifen roch und fernen Wundern, die erst noch entdeckt werden müssten.

»Komm!« Colin schnappte sich Livias Fahrrad, und zu Fuß gingen sie zum Friedhof.

Schweigend folgten sie dem schmalen Küstenweg, den sie so oft schon zuvor gegangen waren, manchmal auch allein. Als sie endlich den Galloway Graveyard erreichten, war es fast Mittag.

Schatten ruhten sich zwischen Grabsteinen aus, und der Efeu wuchs wie Geschichten, die noch erzählt werden mussten, um die knorrigen Bäume, an deren Ästen nun kein einziges gelbes Band mehr hing. Auch das, wusste Colin jetzt, war nur ein Hinweis gewesen, um ihn auf die Fährte des kleinen Bruders zu führen.

»Familie«, dachte er laut, »ist etwas Seltsames.«

»Ich weiß.«

»Nichts ist so, wie es scheint.«

Sie setzten sich an den Grabstein, der ihnen mittlerweile wie ein Freund war, nach all den Jahren.

Livia hatte ein Glas mitgebracht. »Manchmal ist es auch besser«, sagte sie.

Dann öffnete sie das Glas und fischte eine Olive heraus, legte sie sich auf den Handrücken, schlug sich mit der anderen Hand auf den Unterarm, und dann, flink wie ein Fliegenfisch, schnappte sie nach der fliegenden Olive. »Eigentlich«, sagte sie, »ist es ganz einfach.«

Er tat es ihr gleich.

Beide mussten sie lachen.

»Meine Mutter«, sagte Livia und sah ihm dabei tief in die Augen, »ist ein Geist.«

Colin schaute sie lange an.

»Deswegen bin ich so oft hier gewesen.«

»Sie lebt auf dem Galloway Graveyard?«

»Ja. Papa und sie haben sich während der Arbeit kennengelernt.«

»Ist sie später gestorben?«

»Sie war damals schon ein Geist.« Sie lächelte, zögerlich, und wartete seine Reaktion ab. Dann erklärte sie ihm, was ihre Mutter so machte und wie sich ihre Eltern ineinander verliebt hatten. »Manchmal«, sagte sie, »gibt es keinen einzigen Grund, nicht glücklich zu sein.«

»Deswegen hast du gewusst, dass mein Vater noch lebt.«

Sie nickte. »Ich habe sie gefragt. Aber sie hat ihn nicht gekannt.«

»Und Arthur?«

»Er hat versucht, mit dir zu reden, in deinem Traum. So fängt es an.«

»Was?«

»Das Geister-Verstehen.«

»Hm.«

»Er wird immer für sie da sein«, sagte sie.

»Für Mary und Selina?«

Sie nickte. »Er wird sie nie verlassen. Niemals wird ihnen ein Leid geschehen. Er wird auf sie aufpassen, solange sie leben. Und dann, am Ende, werden sie ihn wiedersehen.«

»Das ist ein schöner Gedanke.«

»Es ist die Wahrheit. Mama hat gesagt, dass es so ist.«

Colin schnappte sich eine Olive, ließ sie durch die Luft trudeln, dachte an den Tod, das Leben und die wahrhaftige Liebe. »Ja«, sagte er, als er die Olive geschnappt hatte, »es ist eigentlich ganz einfach.«

Er stand auf.

Livia folgte ihm.

»Ich mache euch später miteinander bekannt«, sagte sie. »Um diese Uhrzeit ist Mama meistens noch unterwegs.«

Colin fragte sie gar nicht erst, was sie damit meinte.

Er dachte an sein London-Leben und an die Dinge, die er dort erledigen würde, an die dürftig befestigten Brücken, die hinter sich abzureißen ein Leichtes sein würde.

Dann gingen sie zu dem Fahrrad, das alt und klapprig war, aber alles, was sie jetzt brauchten. Colin stieg auf, und Livia setzte sich vorn auf die Lenkstange. Sie würden nach *Rio Bravo* fahren, und Danny würde zu seiner Frau und dem Kind zurückkehren. Sie würden ihm von Mr. Moon und Lady Sunshine und allem anderen auch erzählen. Sie würden ihr Leben leben und tun, was eigentlich so einfach war: Sie würden glücklich sein.

»Sing für mich«, bat Livia ihn, als er in die Pedale trat und das Rad den Weg hinab nach Black Head raste.

Und Colin Darcy, der wusste, dass die Meerjungfrau und ihr Liebster noch immer unten beim Leuchtturm in den Fluten lebten, begann für das Friedhofsmädchen, das er immer schon geliebt hatte, zu singen. *Raindrops keep falling on my head.* Er sang für sie, wie er es noch tun würde, wenn er alt wäre, und keiner der beiden wunderte sich darüber, dass ihnen wirklich kleine Regentropfen auf die Köpfe fielen: Denn eigentlich, das wussten sie auch, war alles ganz einfach. Man musste es nur tun.

DANKSAGUNG

Schon immer wollte ich etwas ersinnen, das mit Schottland, zwei Brüdern, Regen und einem düsteren Anwesen in der Nähe der Klippen zu tun hat, mit Familie und den Dingen, die geheimnisvoll geflüstert und verschwiegen werden. Eine Geschichte sollte es sein, in der Friedhöfe und Märchen und beschwingte Musik und exotische Vögel vorkommen. Dank gebührt Martina Vogl und Uta Dahnke, die die Reise nach Ravenscraig überhaupt erst ermöglicht, mich allzeit begleitet und nie die Nerven verloren haben. Manchmal meint es das Leben wirklich gut mit einem und schenkt einem solche Lektoren. Nicht zu vergessen Sascha Mamczak, Gisela Frerichs, Dirk Schulz und Andreas Hancock, die darauf achten, dass die Geschichten sich wohlfühlen, wenn sie auf dem Papier leben.

Die Musik, die einmal mehr der Takt der Geschichte gewesen war, verdient eine tiefe Verbeugung. Ich danke Bruce Springsteen, Bob Dylan, Dawn, B. J. Thomas,

Doris Day, Bono, The Corrs, Mark Knopfler und Roger Whittaker.

Zuletzt danke ich meiner Familie: Helga und Dieter Marzi, die ganz andere Eltern als Helen und Archibald Darcy sind, und Stephan Marzi, der ganz anders als Danny ist. Dass Tamara, Catha, Luzi und Stella meine Tage, Nächte, wilde Familie, mein Leben, alle Lieder sind, muss nicht erst erwähnt werden.

Wollen Sie mehr von Christoph Marzi lesen?

Auch in »Nimmermehr«,
der Titelgeschichte
seines großen Erzählbandes,
öffnet der Autor das Tor
zu einer phantastischen Welt.

Treten Sie ein ...

Nimmermehr

Wir besiegelten unsere Freundschaft mit einem Kuss und einer Geschichte. Der Kuss war ein Fingerhut und die Geschichte eine Lüge, aber beides war letzten Endes etwas, was Kinder, die noch an Märchen glauben, als magische Dinge bezeichnen würden. Es ist wirklich lange her, doch nur dann, wenn man die Zeit im Zeigertakt misst. Es war der Winter, in dem sich meine Eltern trennten, in dem ich mich zum ersten Mal verliebte; jener Winter, in dem ich von den unheimlichen Dingen erfahren sollte, die sich hinter den hohen Mauern von Burg Metzengerstein zutrugen. Es war eine magische Zeit, und dessen eingedenk ist es nur angemessen, mit dem Bild zu beginnen. Dem Bildnis des traurigen Junkers, der von der Leinwand verschwand, während die Welt im Schnee versank, als sei sie in einer dieser wunderbaren Glaskugeln gefangen.

Mitten in dem Gestöber aus wirbelndem Weiß, das seit Tagen das Firmament verdeckte, erschien Burg Metzengerstein, als sei sie einer der Geschichten entsprungen, die mir meine Mutter erzählt hatte, als ich noch ein kleines Kind war, still auf der Bettkante sitzend mit einem dampfenden Kaffee in der Hand, während ich mit aufgerissenen Augen und eine heiße Schokolade schlürfend jedem ihrer Worte andächtig lauschte. Gänzlich verwunschen ragten die hohen, eckigen Gebäude und die Türme mit ihren kegelförmigen schneebedeckten Dächern in den wolkenverhangenen Himmel, umgeben von dem kleinen Flüsschen Breitenbach, das sich um die Bergnase schlängelt, jenen schroffen Felssporn, der aus dem Hang am Rand des Tales vorspringt und an dem sich die uralten Befestigungsanlagen aus dunklem Stein festkrallen. Ein schmaler, steiler Zufahrtsweg führt in ungemütlichen Serpentinen ins Tal hinab.

»Gefällt sie dir?«, fragte mich Greta, als der halb verrostete Geländewagen, ein alter grüner Rover, dessen Farbe an allen Ecken und Enden abblätterte, vorsichtig über die feste Schneedecke vorankroch.

»Sie sieht aus wie die Burgen in den tschechischen Filmen, die ich als Kind gesehen habe.«

Sie musste lachen.

»Drei Haselnüsse für Aschenbrödel.«

Ihr Vater drehte kurz den Kopf in unsere Richtung und grinste.

Hier also würde ich die nächsten beiden Wochen verbringen.

Weihnachten in der Märchenfilmburg.

»Gefällt sie dir?«, fragte Greta erneut.

Und ich antwortete: »Ja.«

Wie ein verwunschener Ort, so kam sie mir vor.

»Es verirren sich normalerweise keine Menschen in diese Gegend«, erklärte sie mir. »Jedenfalls nicht im Winter. Und erst recht nicht kurz vor Weihnachten. Da sind die Leute lieber woanders.«

Ich zog es vor, ihr darauf keine Antwort zu geben.

Ich starrte nur weiter nach draußen, wo sich die Baumwipfel unter der Last der Schneemassen beugten und im Wind ächzten. Es erschien mir alles so unwirklich, und doch war ich hier.

Letzten Endes hatte ich diesen Besuch meinen Eltern zu verdanken, ihnen und ihrem Unvermögen, ein wenig von dem Zauber zu bewahren, der ihnen einst Liebesschwüre entlockt hatte, oder wenigstens miteinander auszukommen, ohne einander ständig Vorwürfe zu machen und schreiend zu streiten. Vor wenigen Tagen erst hatte meine Mutter das Haus, in dem ich aufgewachsen war, verlassen, um mit einem Fremden zusammenzuleben, der (zumindest für meinen Vater und mich) aus dem Nichts gekommen war. Schlimme Dinge hatte meine Mutter gesagt, bevor die Tür endgültig hinter ihr ins Schloss gefallen war und dieses Geräusch eine Leere hinterlassen hatte, die sich seit jenem Moment in unser aller Herzen ausgebreitet hatte. Dinge, die sie meinem Vater ins Gesicht geschrien hatte, sodass seine sonst so beherrschten Gesichtszüge in tausend Scherben zersprungen waren. Dinge, die kein Kind seine Eltern sagen hören möchte.

»Man kann sich sein Leben oft nicht aussuchen«, pflegte Luzia Grillparzer, Gretas Großmutter, zu sagen.

Spontan hatte mein Vater daraufhin den Auftrag angenommen.

»Was hältst du davon, die Ferien auf Burg Metzengerstein zu verbringen?«

Er war in meinem Zimmer aufgetaucht, hatte im Türrahmen gestanden, irgendwie unbeholfen, in seinen Cordhosen und dem blauen Hemd, das er so mochte und an dem er jetzt, nachdem meine Mutter gegangen war, noch mehr zu hängen schien, weil sie es ihm im vergangenen Jahr geschenkt hatte.

Den ganzen Tag über war ich durch die Innenstadt geschlendert, wo einlullende Weihnachtsmusik aus jedem Geschäft erklang. Eine Weile hatte ich mich auf der Domplatte herumgetrieben und den eisigen Wind in meinem Gesicht gespürt. Eine Gruppe kleiner Kinder hatte alte Kirchenlieder gesungen. Irgendwann war es dann unangenehm geworden. Eisspitzen auf der Haut hatten mich an die Schneekönigin denken lassen. Die Hände tief in die Taschen meines Parkas vergraben, war ich verdrossen nach Hause gestapft. Wo mein Vater nur darauf gewartet hatte, in die Stille meines Zimmers einzudringen, um mir diese seltsame Frage zu stellen, als ich gerade in einen Comic von Will Eisner vertieft war.

»Was hältst du davon, die Ferien auf Burg Metzengerstein zu verbringen?«

»Nie davon gehört.«

Irgendwie antwortete ich ihm immer öfter auf diese Weise. Kurz angebunden.

»Es müssen einige Bilder restauriert werden.« Er betrachtete gedankenverloren die Flut von Comicalben, die sich überall in meinem Zimmer stapelten, auf dem Boden, in den Regalen, selbst auf dem Fensterbrett und unter dem Kleiderschrank. »Das Übliche.« Er sah mich nicht an. Das tat er in letzter Zeit nie. Nicht mehr. »Ich dachte, dass uns eine Luftveränderung guttun würde.«

»Ja.«

Beide wollten wir hier weg.

Fort aus diesem Haus, wo alles daran erinnerte, dass jemand fehlte.

»Dann wirst du mich begleiten?«

»Ja.«

So war es also beschlossene Sache gewesen.

Während mich der Zug meinem Ziel immer näher brachte, betrachtete ich den grauen Rhein durch ein regentropfenbesprenkeltes Fenster. Bahnhöfe rasten draußen vorbei, so schnell, dass sich die Konturen der Gebäude und Menschen von der Geschwindigkeit des Zuges verwischen ließen. Remagen. Andernach. Koblenz. Vereinzelt erkannte ich hoch oben auf den Weinbergen alte Burgen, nur mehr Ruinen, zerfallen und traurig.

In allerletzter Minute hatte mein Vater einen Rückzieher gemacht. Statt gemeinsam mit mir das Gepäck im Wagen zu verstauen, hatte er mich zum Kölner Hauptbahnhof gebracht, mir einen Fahrschein in die Hand gedrückt und versprochen, in den nächsten beiden Tagen nachzukommen.

»Was ist das für ein Termin?«

»Etwas Geschäftliches.«

Er wusste, dass er ein schlechter Lügner war.

Und ich wusste, dass es etwas mit meiner Mutter zu tun hatte.

»Bis dann«, sagte ich zum Abschied.

Er nickte. »Pass auf dich auf.«

Wir sahen uns an.

Das Schweigen, das uns umgab, war unangenehm.

»Mach ich.«

In diesem Augenblick war mir, als habe ich kein Zuhause mehr. Als stünde ich auf dem Bahnsteig in einer fremden Welt, den alten Koffer meines Opas in der Hand und auf den Zug wartend, der mich einfach nur fortbringen würde. Weit, weit weg. Bis zum dritten Stern, wo ich rechts abbiegen müsste, und dann immer weiter bis zum Morgengrauen. Mein Opa war oft verreist. Ich dachte an ihn, und mir fiel auf, dass ich das schon lange nicht mehr getan hatte.

Irgendwie war mir, als hätte ich meine Heimat verloren.

Alles, was mir bis dahin treu und lieb gewesen war.

»Burg Metzengerstein«, sagte mir Greta Grillparzer später, »ist meine Heimat. Das war sie schon immer.«

Sie wusste, wo sie hingehörte.

Darum beneidete ich sie.

»Wie alt bist du?«, wollte sie wissen, als wir uns begegneten.

»Sechzehn.«

»Hey, wie ich.«

Sie stand neben ihrem Vater, der eine Flanelljacke

trug und dazu eine ähnlich gemusterte Mütze mit Ohrenklappen, feste Stiefel und dicke Handschuhe. Er zog einen Handschuh aus, schüttelte mir herzlich die Hand und stellte sich mir als Hans Grillparzer vor, Kastellan von Burg Metzengerstein. Das Mädchen, das hinter ihm stand, trug eine bunte Norwegermütze und einen Schal, den es über den Mund gezogen hatte. Dazu eine Bundeswehrjacke mit Kapuze, Bluejeans und feste Wanderschuhe.

Sie reichte mir ihre Hand.

»Ich bin Greta Grillparzer.« Sie zog den Schal vom Mund und lächelte freundlich.

»Jonathan Morgenstern«, sagte ich.

So klopfte das Schicksal an die Tür.

Sie trug ihr blondes Haar kurz geschnitten und zerzaust, als sei sie gerade aus einem tiefen unruhigen Schlaf aufgeschreckt und eilig in ihre Sachen geschlüpft. Auf den ersten Blick schien sie ganz anders zu sein als die Mädchen in der Schule.

»Die Burg«, erklärte sie mir, nachdem ihr Vater den Wagen vor dem Burgtor geparkt und uns zum Aussteigen aufgefordert hatte, »wurde vermutlich im frühen zwölften Jahrhundert erbaut. Es könnte aber auch noch früher gewesen sein.« Aus der Nähe wirkten die Mauern und Gebäude noch um ein Vielfaches gewaltiger. »Erstmalig erwähnt wurde sie im Jahre 1268. In den Schriften eines englischen Mönchs, der dem Grafen seinerzeit als Schreiber gedient und die ersten Chroniken der Familie angefertigt hatte. Vincent Usher war sein Name.«

Das Kopfsteinpflaster zu unseren Füßen war von einer dünnen Eisschicht überzogen, und man musste höllisch darauf achten, nicht auszurutschen.

Hinter uns wendete Hans Grillparzer den rostigen Rover und machte sich mit aufheulendem Motor daran, den steilen Hang hinaufzukriechen, was ihm, den Schneeketten sei Dank, auch gelang. Nur Augenblicke später hatte das Schneegestöber den Wagen und alle Geräusche verschluckt.

»Hörst du das?«, fragte Greta.

Ich lauschte. »Was denn?«

»Die Stille.«

Ich sah sie an. Es war kein Scherz gewesen.

»Wann hast du das letzte Mal eine solche Stille gehört?«

Wenn man darauf achtete, dann wurde einem schnell klar, dass nicht einmal ein Vogel sang. Dafür krächzte irgendwo im kalten Winterwald ein Rabe, ganz kurz. Dann war es wieder still.

Da war nur das sachte Herabfallen der Schneeflocken, die ein dahingehauchtes Geräusch, das gar kein richtiges war, verursachten. Nicht einmal der Wind pfiff. Es war einfach nur still.

»Ich weiß nicht«, antwortete ich.

»Als ich klein war«, gestand sie mir, »da hat mir diese Stille oft Angst gemacht.«

Ganz helle Augen hatte sie, wie ein Schlittenhund.

Ich folgte ihr über das rutschige Kopfsteinpflaster bis hin zu dem verwitterten Burgtor, wo wir durch eine enge, niedrige Tür aus massivem Holz schlüpften.

»Das nennt man das Mannsloch«, erklärte Greta mir die schmale Tür, die in einen der Torflügel eingelassen war. Sie schien es zu mögen, Dinge erklären zu können.

Mit eingezogenen Köpfen schlüpften wir durch die Tür – das Mannsloch – in den Burghof hinein, und mir war, als sei die Zeit während der letzten achthundert Jahre zum Stillstand gekommen. Der Steinboden, auf dem wir uns bewegten, war uneben, urtümliches Felsgestein in roher Schönheit. Die Wohngebäude reckten sich zu allen Seiten in den Himmel. Die steilen Dächer waren mit schwarzem Schiefer gedeckt.

»Das Rübenacher Haus dort drüben«, erklärte Greta, »ist das größte der sechs Häuser, aus denen die Burg besteht. Außerdem gibt es noch die Häuser Rodendorf, Naunheim und Mörz und die beiden Kempenicher Häuser.« Ein Hund kam uns entgegen. Ein Labrador. »Die Häuser wurden übrigens nach denjenigen Orten benannt, auf die sie einen Ausblick ermöglichen.« Die neugierigen Augen musterten mich argwöhnisch. »Sag mal, interessiert dich mein Gequatsche überhaupt?« Der Hund bellte und wedelte freundlich mit dem Schwanz. »Das ist Zero«, stellte sie mir den Labrador vor.

»Toller Name.«

»Er versteckt immerzu seine Knochen und findet sie nicht mehr wieder.«

»So was passiert.«

»Er ist alt, musst du wissen.« Sie lachte und ließ sich die Hand lecken. »Und deswegen sucht er den ganzen Tag danach.«

Fröhlich beschnupperte mich das Tier. Den treuen Hundeaugen konnte man vermutlich keinen Wunsch abschlagen.

»Wegen vorhin«, murmelte ich, nachdem Zero das Weite gesucht hatte. »Tut mir leid. Aber ich war mit den Gedanken gerade woanders. Hat nichts mit dir zu tun. Oder der Burg.« Die Aussicht, mit jemandem über meine Probleme sprechen zu können, wirkte verlockend. »Es ist nur ...«

»Ja?«

Ich schluckte. »Nichts.«

Unsere Blicke trafen sich. Für einen Moment nur.

»Schon okay«, meinte sie.

»Es ist schön hier«, gestand ich.

Sie zog eine Grimasse.

»Nein, ehrlich. Ich meine es ernst.«

Die aus den grauen Wänden hervorstehenden Erker zeugten von geschickter Fachwerkskunst. Weiße Flächen, durchzogen von schwarzen Balken, inmitten dieses Geflechts verborgen, kleine tief liegende Fenster.

»Im Rübenacher Haus befindet sich unsere Wohnung«, fuhr Greta fort. »Dort bin ich aufgewachsen.« Sie war wirklich sehr mitteilsam. Andauernd redete sie. »Außerdem gibt es dort ein kleines Büro und ein mickriges Büdchen für Andenken. Dort oben«, fuhr sie fort, »ist dein Zimmer.« Ich folgte ihrer Hand und schaute zum Bergfried hinauf und wurde dort oben eines kleinen Fensterchens gewahr. »Genau dort«, bestätigte Greta meine Vermutung.

»Luftig.«

Sie grinste.

»Geboren bin ich übrigens im Haus Mörz.«

Verwundert hielt ich inne.

»Du bist hier auf der Burg geboren?«

»Meine Eltern sind nicht von hier. Papa lernte meine Mutter in Freiburg kennen. Mama studierte dort Geschichte. Wie Papa. In einem Seminar über den Hundertjährigen Krieg haben sie sich kennengelernt. Ist das nicht romantisch?« Ohne eine Antwort abzuwarten, fuhr sie fort: »Nach dem Studium, als beide noch keine richtige Anstellung hatten, reisten sie durch Deutschland, und als sie hier ankamen, suchte der Besitzer der Burg, Dr. Robert Graf zu Metzengerstein, gerade einen neuen Kastellan. Zufälligerweise. Tja, so sind wir im Breitenbachtal gelandet. Und so kam es, dass ich hier geboren wurde. Dort drüben, hinter dem schmalen Fenster mit dem Buntglas.«

Ich fragte mich, wie es wohl sein mochte, in einer Burg aufzuwachsen.

»Du bist sehr gesprächig«, sagte ich.

»Du nicht.«

»Hm.«

»Gleich lernst du meine Großmutter kennen.« Sie steuerte zielstrebig auf eine massive Holztür zu, aus deren Mitte uns ein großer Tierkopf mit einem eisernen

Ring im Maul anstarrte. »Papa muss noch nach Münstermaifeld. Besorgungen machen.« Sie klopfte lautstark mit dem Eisenring gegen die Tür. »Außerdem muss er meine Mutter abholen.«

»Arbeitet sie dort?«

Gespielt verwundert, sah Greta mich an. »Hey, du hast ja eine Frage gestellt.«

Ich zog ein Gesicht.

Hielt mich an meinem Koffer fest.

»Ich bin nicht so geschwätzig«, gestand ich ihr. »Nicht heute.«

Sie nickte.

Zog sich die Mütze vom Kopf, zerwuschelte ihr Haar.

Mit einem Knarren öffnete sich die Tür mit dem Tierkopf.

»Du musst Jonathan Morgenstern sein«, begrüßte mich eine alte Frau mit lockigem schlohweißen Haar. »Unser winterlicher Gast mit dem klangvollen Namen.« Lachend ergriff sie meine Hand und schüttelte sie herzlich. »Ich bin Luzia Grillparzer.«

»So viele interessante Geschichten leben hier«, sagte Greta später, »und viele Geheimnisse ruhen in den kalten Mauern.«

Bei einem Stück selbst gebackenem Stollen und heißer Schokolade, die mich beide an die Winternachmittage meiner Kindheit zurückdenken ließen, erfuhr ich zum ersten Mal von dem Bildnis des traurigen Junkers.

»Er ist verschwunden«, erklärte mir Greta.

Natürlich dachte ich, dass es das Bild wäre, das verschwunden war.

»Nein, nicht das Bild«, verbesserte sie mich. »Nur der Junker darinnen.«

»Wie kann eine Figur aus einem Bild verschwinden?«

Luzia Grillparzer hatte ihrer Enkelin die Neuigkeit am Vortag mitgeteilt.

»Niemand kennt seine Geschichte«, erklärte Greta mir.

Luzia Grillparzer, die ihrer Enkelin die strahlend blauen Augen vererbt hatte, bemerkte während jener kurzen Augenblicke, in denen ich aus dem Wintermärchen in die wohlige Wärme hineintrat, ganz nebenbei, dass mein Vater wohl erst nach den Feiertagen auf Burg Metzengerstein eintreffen würde.

»Er wird heute Abend anrufen«, versicherte mir die alte Frau, deren Gesichtszüge unverkennbar die ihrer Enkelin waren. »Es gibt da wohl noch einige Termine, die er wahrnehmen muss.«

»Ja«, erwiderte ich, »die gibt es immer.«

Kurz darauf führte Greta mich die gewundene Treppe des Bergfrieds hinauf.

»Dort oben ist die Gästekammer«, sagte sie.

»Klingt nett.« Ich schleppte den alten Koffer, dessen bereits abgenutzte Ecken gegen die steinernen Treppenstufen stießen.

»Es geht dir nicht wirklich gut«, stellte sie fest, ohne sich nach mir umzudrehen.

Ich fragte mich, ob ich ihr antworten sollte.

Schließlich sagte ich: »Nein, nicht wirklich.«

»Willst du sie mir erzählen?«

»Was?«

»Deine Geschichte.«

»Da gibt es nichts zu erzählen.«

»Nein?« Sie blieb stehen und musterte mich.

»Nein«, antwortete ich.

»Das gibt es aber immer.«

»Was?«

»Etwas zu erzählen«, sagte sie, ohne den Blick von mir abzuwenden. »Jeder hat eine Geschichte zu erzählen. Und weißt du was?« Für einen Moment war es, als wartete sie auf eine Antwort. »Es ist wichtig, dass wir unsere Geschichte erzählen. Damit sie nicht in Vergessenheit gerät.« Dann drehte sie sich um und stieg vor mir die Treppe hinauf.

Ich folgte ihr.

Bis wir zur Dachkammer kamen.

»Und?«

»Was meinst du?«

Die Schlittenhundaugen fixierten mich.

»Gefällt sie dir?«

»Die Dachkammer?«

»Ja.«

Die Einrichtung war karg.

Ein kastenförmiges Bett mit Himmel, ein schmaler Stuhl, darunter ein staubiger Teppich, in der Ecke ein niedriger Schrank mit verschnörkelten Verzierungen, die ein Einhorn und eine Jagdgesellschaft erkennen ließen. Das Fenster war schmal wie ein zusammengekniffenes Auge und tief in die Wand eingelassen.

Ich stellte meinen Koffer ab.

»Bist du müde?«

»Ja, bin ich.«

»Wie wäre es mit einer heißen Schokolade?«

»Unten bei deiner Großmutter?«

»Und selbst gebackenem Stollen.«

Eisig kalt war es in der Kammer. Hier oben würde ich wohl kaum den Rest des Tages verbringen.

»Ja, ich bin dabei.«

»Wirst du mir deine Geschichte erzählen?«

»Du bist ganz schön neugierig«, stellte ich fest.

Und lächelte, damit sie es nicht missverstand.

»So bin ich eben. Großmutter sagt, dass ich jedem meine Geschichten erzählen muss, ob er sie nun hören will oder nicht.« Sie lächelte zurück. Senkte den Blick, nur kurz. »So ist das.«

Ich rieb die dünne Eisschicht vom Fensterglas. Eisblumen funkelten, als sei der Frühling erstarrt.

Draußen war nichts als das Wirbeln dicker weißer Flocken zu erkennen.

»Weißt du, wie ich die Burg nenne?«

Ich sah sie an.

»Ich nehme an, du wirst es mir sagen.«

Fast war es ein Flüstern: »Burg Karfunkelstein.«

»Das klingt jetzt wirklich wie in einem der alten Märchenfilme.«

»Finde ich auch.«

»Willst du wissen, warum?«

Ich konnte mir ein Grinsen nicht verkneifen. »Du wirst es mir bestimmt sagen.«

»Ja«, antwortete sie, »das werde ich.«

Mit einem Mal fiel mir auf, wie hübsch sie war.

»Es ist nur eine kurze Geschichte.«

»Nun erzähl sie schon.«

Sie hatte es doch tatsächlich geschafft, mich neugierig zu machen. Köln wirkte mit einem Mal so unendlich weit entfernt. Irgendwie beschlich mich das Gefühl, als sei ich in einer neuen Welt angekommen.